La profecía de Babilonia

Bestseller Internacional

Tim LaHaye y Greg Dinallo
La profecía de Babilonia

mr · ediciones

Título original: *Babylon Rising*
Esta edición ha sido publicada de acuerdo con The Bantam Dell
Publishing Group, una división de Random House, Inc.

© Tim LaHaye, 2003
© Bantam Book (Bantam Dell), 2003
© de la traducción del inglés, Bruno G. Gallo, 2005
© Ediciones Martínez Roca, S. A., 2006
   Paseo de Recoletos, 4. 28001 Madrid (España)

Diseño de la cubierta: adaptación de la idea original de Carlos Moreno
Ilustración de la cubierta: Photonica / Cover
Primera edición en Colección Booket: marzo de 2006

Depósito legal: B. 7.608-2006
ISBN: 84-270-3199-8
Composición: Víctor Igual, S.L.
Impresión y encuadernación: Litografía Rosés, S.A.
Printed in Spain - Impreso en España

Tim LaHaye es un estudioso de las profecías bíblicas que ha escrito más de cuarenta libros de ensayo. Además de profesor universitario, es creador y coautor de la serie de novelas titulada *Left Behind*. Vive con su mujer en el sur de California.

Greg Dinallo es un veterano escritor de novelas de suspense. Vive en Nueva York con su esposa.

Dedicado a

El GENERAL LEW WALLACE, cuyo clásico del siglo XIX, *Ben-Hur*, subtitulado *Un cuento sobre Cristo*, me enseñó que la ficción puede ser a la vez emocionante y educativa, y seducir tanto a los lectores cristianos como a los que no lo son. Con más de seis millones de ejemplares impresos y una obra de teatro vista ya por más de medio millón de personas antes del cambio de siglo, este libro ha tenido una difusión internacional y ha inspirado tres películas: primero, en el cine mudo; luego, en blanco y negro, y en 1959, el clásico en color de William Wyler, con Charlton Heston como protagonista, que convirtió esta historia en una de las películas más amadas de todos los tiempos.

JERRY B. JENKINS, mi coautor y socio en la serie «Left Behind®», que se ha convertido en todo un fenómeno literario. Me ayudó a trasladar a la letra impresa mi idea de un retrato ficticio sobre una profecía bíblica basada en el Apocalipsis. Juntos demostramos que en el siglo XX aún es posible hacer ficción con mensaje.

GREG DINALLO, mi coautor en este libro, que me ha ayudado a modelar mi idea de un *thriller* de acción con ritmo para el siglo XXI basado en profecías bíblicas que no traté en la serie «Left Behind®».

Y a los PROFETAS HEBREOS que tuvieron, por inspiración divina, premoniciones de acontecimientos mundiales que deben saber a toda costa aquellos que viven en el llamado «tiempo final», o lo que algunos historiadores modernos denominan «el final de la historia», que podría tener lugar en la primera parte del siglo XXI.

Un mensaje de Tim Lahaye

Querido lector:

Bienvenido a mi nueva serie de ficción profética titulada «La profecía de Babilonia». Espero que compartas el tremendo entusiasmo que me inspira esta primera novela (que da nombre a la serie), tanto si eres uno de los millones de lectores que conocen los libros de «Left Behind» (escritos junto a Jerry B. Jenkins) como si es la primera vez que te topas con una obra mía de ficción.

Siento más emoción con *La profecía de Babilonia* que con *cualquiera* de mis libros anteriores. Rezo para que produzca el mismo efecto en la vida de los lectores que la serie «Left Behind».

La tremenda popularidad alcanzada por los libros de «Left Behind» (54 millones de copias impresas y creciendo) me convenció de que la ficción es una poderosa herramienta para poder compartir con los lectores parte de lo que tanto me fascina de las profecías del final de los tiempos. Por suerte, a los lectores les ha agradado la combinación de grandes aventuras y revelaciones de enorme importancia.

La profecía de Babilonia es mi último intento por crear otra combinación sin igual de suspense y sustancia. He basado esta emocionante historia en la profecía más importante de la Biblia sobre acontecimientos internacionales, una profecía que está teniendo un impacto increíble en la sociedad actual.

Las profecías bíblicas y su interpretación constituyen signos claros de lo que nuestro presente y futuro albergan para este mundo, y son siempre la base de todas mis obras. En la serie «La profecía de Babilonia» encontrarás material fascinante y trascendental, basado en mi permanente investigación de las profecías bíblicas.

Espero que *La profecía de Babilonia* no sólo te resulte una lectura fascinante, sino que la serie te permita, además, comprender que la profecía del fin de los tiempos podría cumplirse en nuestros días, y que te haga más fácil encontrar el sentido de «el signo de los tiempos», que vemos haciéndose realidad en todo el mundo casi cada vez que encendemos la televisión o leemos un periódico.

La trama de «Left Behind», como probablemente sabrás, comienza con el rapto de la Iglesia,[1] y luego acompaña al mundo a través del período de la tribulación, el reino milenario de Cristo y, por fin, hasta el cielo. *La profecía de Babilonia* empieza en el presente y avanza hasta el rapto, uno de los períodos más emocionantes de la historia mundial.

Para convertir esto en el hilo argumental de una novela, *La profecía de Babilonia* cuenta la historia de un héroe que se enfrenta a muchos de los desafíos actuales

---

1. Basándose en un fragmento de la Biblia, ciertos cristianos creen que Dios arrebatará a un grupo de elegidos antes de la Segunda Venida, lo que han denominado el rapto —o arrebatamiento— de la Iglesia. *(N. del E.)*

que todos conocemos. Ese héroe, Michael Murphy, es para mí uno de los mayores atractivos de esta serie. Me gusta tanto que le bauticé en honor a mi yerno. Nuestro mundo alberga muchas maravillas, pero también muchos riesgos, y quería centrar esta historia en un héroe al que considero cautivador a la vez que extremadamente real, alguien dispuesto a enfrentarse a una avalancha, cada vez mayor, de peligros a lo largo de esta serie de libros.

Murphy es un estudioso especializado en arqueología y profecías bíblicas, pero al contrario que sus colegas es, además, un aventurero amante del riesgo capaz de seguir el rastro a cualquier artefacto antiguo que le pueda ayudar a probar la verdad de lo narrado en la Biblia. Es un hombre de acción y un hombre de fe, un héroe de verdad de nuestros días, lo que nunca viene mal porque, como podréis ver desde el inicio de esta serie, Murphy deberá enfrentarse a un poderoso mal. Pronto descubrirá que una fuerza maligna le ha atrapado en una cuenta atrás hacia lo que la Biblia denomina «el tiempo final».

Te agradezco tu interés por mi trabajo. Espero que ya desde este primer volumen, compartas mi impresión de que «La profecía de Babilonia» es una serie realmente apasionante con una historia que engancha a la vez que muestra aspectos muy apropiados para los tiempos que corren.

Espero que leer este libro sea para ti una experiencia gratificante. Te dejo con *La profecía de Babilonia.*

1

Exactamente 33 horas y 47 segundos después de haber estado en la iglesia por última vez, Michael Murphy se encontró cayendo en picado por un terrible y oscuro abismo. Nunca antes le había parecido tan necesario rezar. En la oscuridad más absoluta, con el silbido de su cuerpo cayendo a través del aire como único sonido, Murphy no tenía forma de adivinar hacia dónde se dirigía.

Sólo sabía que hacia abajo. Muy rápidamente. Su metro noventa de estatura, en caída libre.

Hacía tan sólo un instante, se encontraba en el tejado de lo que parecía ser un almacén abandonado en una desolada calle de Raleigh, Carolina del Norte. Era un sitio bastante extraño para pasar la noche de un lunes durante el semestre lectivo en la universidad cuando, normalmente, debería estar preparando su clase del día siguiente.

Pero, aun así, había bastado tan sólo una palabra para que dejara a un lado todas sus actividades habituales y se precipitara hacia esas húmedas y desiertas alturas. Por supuesto, esa palabra estaba escrita en arameo, una de las lenguas antiguas que Michael Murphy podía leer con cierta fluidez.

Las letras habían sido escritas con un estilo elaborado y tinta de un azul intenso, aplicada generosamente sobre un papel grueso y caro de color marfil, que luego había sido enrollado cuidadosamente y atado con una cinta transparente a una pesada piedra.

Una piedra que había atravesado la ventana inferior del despacho de Murphy en la universidad a última hora de la tarde.

Fuera quien fuese el que la tiró, ya había desaparecido cuando Murphy se asomó a la ventana. Una vez que hubo desenvuelto el papel y traducido la única palabra escrita en él, se quedó con la mirada fija y empezó a contar.

Treinta segundos después sonó el teléfono. Sabía qué voz iba a escuchar al otro lado de la línea, aunque nunca había visto la cara de su dueño.

—Hola, Matusalén, viejo granuja.

Le respondió una risa cacareante, un sonido que podría reconocer en cualquier lugar.

—Vaya, Murphy, nunca me decepcionas. Doy por hecho que he captado tu interés.

—Y me has costado una ventana nueva.

Leyó de nuevo la única palabra escrita en el papel.

—¿Va en serio?

—Murphy, ¿alguna vez te he decepcionado?

—No. Has intentado matarme con todas tus fuerzas en varias ocasiones, pero nunca me has decepcionado. ¿Cuándo y dónde?

El cacareo de su risa se vio sustituido en esta ocasión por un chasquido de lengua.

—Bueno, no me metas prisa, Murphy. Mis reglas. Mis tiempos. Mi juego. Pero créeme, éste será el mejor de todos. Al menos para mí.

—Doy por hecho entonces que, como en ocasiones anteriores, ningún hombre en su sano juicio te seguiría en este juego.

—Sólo un tipo ambicioso como tú. Pero como siempre, te doy mi palabra: si sobrevives, tendrás aquello que fuiste a buscar. Y créeme, desearás sobrevivir para conseguir este premio.

—Siempre deseo sobrevivir, Matusalén. Al contrario que para ti, mi vida es para mí un valioso bien.

El anciano emitió un bufido.

—No tan valioso como para no correr como un perro ansioso detrás de este hueso que te he lanzado. Pero basta de cháchara. Esta noche. A las 21.17 deberás estar en el tejado del almacén situado en el número 83 de Cutter Place, en Raleigh. Y sigue mi consejo, amigo Murphy. Si al final vienes, y sé que lo harás, trata de aprovechar al máximo estas pocas horas que te quedan.

Y tras un cacareo más, colgó.

Murphy negó con la cabeza, colgó el teléfono y cogió el papel. Volvió a comprobar su traducción. En esta ocasión, el nombre que leyó disparó sus pensamientos con mayor fuerza aún si cabe.

Para Michael Murphy, un estudioso que no podía limitarse a examinar estante por estante de bibliotecas repletas de antiguos tomos cubiertos de polvo, un arqueólogo entregado a la caza y captura de artefactos que pudieran probar los sucesos narrados en la Biblia, éste era el nombre de profeta que más le podía intrigar:

DANIEL

Durante el resto del día, Murphy no pudo hacer otra cosa que especular sobre su cita nocturna con Matusalén. Habían pasado, más o menos, dos años desde la primera vez que entró en contacto con este excéntrico personaje. Cada vez que, sin previo aviso y sin mostrar su cara, Matusalén le dejaba un mensaje, era siempre una palabra escrita en un lenguaje antiguo que resultaba ser el nombre de uno de los libros de la Biblia.

Apenas un minuto después, le seguía una misteriosa cita en algún lugar desierto donde Matusalén pudiera observarle oculto y mofarse de él mientras trataba de sobrevivir a un reto físico muy real y muy mortífero.

El riesgo de acabar muerto siempre era muy alto y estaba muy presente. Matusalén parecía tomarse tan en serio su sádico entretenimiento como la erudición que se escondía tras sus hallazgos. Y, aparentemente, disponía de dinero de sobra tanto para sufragar la adquisición de los artefactos como para hacer realidad sus invenciones más locas con el fin de atraer a Murphy hacia las trampas mortales más sofisticadas. Llegado el caso, ¿dejaría morir a Murphy? Hasta ese momento, siempre que había estado a punto de perder la vida no le había cabido duda alguna de que Matusalén no habría hecho nada por evitarlo.

Pese a todo, aparte de un par de costillas rotas, una muñeca fracturada e incontables cicatrices, Murphy se las había arreglado, de una forma u otra, para hacer acopio de todas sus habilidades y sobrevivir así lo suficiente como para poder reclamar su premio.

Y qué premios. Tres artefactos que de otra forma nunca habrían llegado hasta sus manos. Tras realizar pruebas de laboratorio, todos resultaron ser auténticos. Matusalén nunca soltó prenda sobre sus fuentes. Había un montón de aspectos de estas locas cacerías que le mortificaban, pero cuando hacía públicos sus hallazgos nunca nadie, ninguna organización, gobierno o coleccionista privado, se le acercaba para decirle que le habían sido robados.

Así que, independientemente de cómo y de dónde sacase Matusalén sus tesoros, habían resultado ser sólo eso: tesoros.

Matusalén seguía siendo un completo misterio para Murphy. Decir que era excéntrico no serviría ni para empezar a explicar sus actos. Era, sin duda, un estudioso de los artefactos antiguos, pero Murphy no había podido hallar ni rastro de su origen o de cómo había conseguido hallazgos ante los que cualquier arqueólogo babearía. Resultaba especialmente desconcertante que Matusalén no se los quedara o los donase a un museo y que prefiriese embarcarse en juegos, realmente extraños, para que Murphy tuviera la oportunidad de conseguirlos.

Como hombre íntegro que era, Murphy creía poder pasar por alto ciertos aspectos potencialmente turbios sobre el origen de estos artefactos. La mejor explicación que tenía al respecto era imaginar a Matusalén como un coleccionista rico, bien relacionado, pero completamente loco. Sin embargo, quedaba pendiente un molesto fleco.

Estaba claro que Matusalén no era un hombre creyente. Todo lo contrario. Gran parte del placer que sacaba de sus retos provenía de poder mofarse de Murphy por su fe. Hasta el momento, Murphy se había enfrentado a todas sus pruebas y tenía que admitir que, además de obtener los artefactos, tenía la motivación adicional de poder desafiar los sucios insultos verbales de Matusalén contra su fe.

Lo que sin duda era un mal motivo para arriesgar la

vida, se decía a sí mismo Murphy. Sin embargo, el orgullo, el carácter y la cabezonería eran tres de sus defectos más acusados. Probablemente, su reserva más importante hacia estas aventuras era fruto de su profunda fe religiosa, que hacía mucho más difícil de justificar el tremendo peligro que corría su vida.

Justificarlo no sólo ante sí mismo sino también ante su esposa, Laura.

Su pasión por la búsqueda de artefactos constituía una verdadera prueba de amor por parte de Laura. Sin duda, le ayudaba el hecho de que ella fuera también una especialista en civilizaciones antiguas. Sin embargo, pese a todas las discusiones y súplicas para que tratara de resistir la siguiente tentación de Matusalén, Laura sabía que siempre habría otra trampa insensatamente peligrosa esperando. Todo lo que necesitaba era agitar otro artefacto delante de las narices de su marido.

Precisamente por esto, esa tarde Murphy garabateó rápidamente un mensaje para Laura antes de salir hacia Raleigh. Ella se había ido a una conferencia en Atlanta y no volvería hasta la noche siguiente. Murphy le contó lo poco que sabía sobre adónde se dirigía y dejó la nota en la repisa del salón. Por si acaso.

Mantuvo apretado levemente el acelerador durante todo el trayecto entre Preston y Raleigh para asegurarse de que no le multaran por exceso de velocidad. Ése era un riesgo que por esta noche podía evitar. La dirección que le había ladrado Matusalén correspondía a un edificio de ocho plantas en una calle vacía de un barrio desierto. Una vez en el tejado, se puso a buscar alguna pista sobre su siguiente paso.

Sin previo aviso, el suelo se abrió bajo sus pies y fue entonces cuando se encontró cayendo hacia el interior del edificio.

En caída libre.

En los fugaces instantes que siguieron a su desplome, su mente multitarea le permitió recordar lo guapa que estaba Laura la tarde anterior, cuando se preparaba para salir de viaje; rezar una oración rápida y obligarse a sí mismo a concentrarse en sus años de entrenamiento en artes marciales, en concreto, en cuál sería la mejor posición para amortiguar el aterrizaje.

Asumía que, tarde o temprano, tendría que aterrizar, y que no resultaría agradable.

Se colocó en una posición que denominaba el Último Aliento del Gato, su personal y no muy conseguida interpretación de una maniobra de aterrizaje tibetana. Imaginaba que sería el mismo movimiento que adoptaría un gato en su séptima vida para aterrizar sano y salvo. Relajó todos los músculos, luchando contra el instinto natural de tensarse ante lo que estaba claro que sería un temible impacto.

Pero en lugar de eso, rebotó. En medio de la más profunda oscuridad, su cuerpo chocó contra lo que parecía ser una enorme red, y Murphy se puso a rebotar de arriba abajo, lo que terminó por desorientarle aún más que la caída.

Un sentimiento que se vio intensificado por un fogonazo de luz que le cegó por completo.

—Qué detalle por tu parte el haberte dejado caer por aquí, Murphy.

Matusalén. Aunque aún no podía ver nada, no había manera alguna de confundir la risa cacareante que llenaba el lugar. En cualquier caso, sabía que, aunque pudiera ver con claridad, Matusalén estaría bien escondido. Siempre lo estaba.

—Todavía debes de estar orientándote, ¿verdad, Murphy? Seguro que no puedes apreciar lo grande y viejo que es este edificio. Construyeron ese conducto para que atravesara todos los pisos y así poder tirar cosas desde el tejado hasta la planta principal de trabajo. Hice que mi gente lo preparase especialmente para ti, pero en el último minuto me diste pena y puse la red. Me estoy ablandando. Esperemos que a ti no te pase lo mismo.

Murphy dejó por fin de rebotar y rodó hasta un extremo de la red. Empezaba a recobrar la visión, pero no parecía haber mucho que ver en el interior del edificio. Las paredes blancas rodeaban una planta enorme. El techo, si es que lo había, debía de estar a varios pisos de altura, pero la combinación de la oscuridad tenebrosa y los hirientes focos colocados en los muros le impedía estar seguro de ello.

La red estaba montada en un extremo de la sala. Era de gruesas cuerdas entrecruzadas y estaba atada a cuatro pesados postes de madera puestos en pie sobre el suelo gracias a unos voluminosos sacos que parecían contener arena. Al otro lado de la vasta estancia, había lo que parecía ser una puerta corredera de brillante metal ondulado. Estaba cerrada.

Alrededor de la sala se extendía una zona de trabajo elevada y protegida por un grueso cristal. Ahí debía de encontrarse Matusalén, pensó Murphy, pero no pudo distinguir ninguna figura humana. Su cabeza empezaba a despejarse, y estaba recobrando el ritmo normal de respiración.

—Ha merecido la pena venir para esto, Matusalén. ¿Puedo pedirte ahora mi premio y volver a casa?

—¿Llamas a eso ganarse el jornal, Murphy? Eso era sólo mi forma especial de hacerte entrar en la tienda. Prepárate para el verdadero espectáculo. Ahora mismo.

Fue entonces cuando Murphy escuchó por primera vez ese amenazante sonido, un rumor grave que llenaba la sala vacía, pero no estaba seguro de lo que estaba oyendo.

—Ah, ya veo, profesor Murphy, por lo alerta de sus orejas, que está listo para empezar el juego.

Murphy suspiró. «Así que ahora es cuando comienza de verdad», pensó. Y entonces, oyó un segundo sonido aún más amenazador. Algo chocó contra la puerta metálica al otro lado de la sala. Algo que estaba a punto de salir disparado hacia él, pensó Murphy.

—Bueno, Matusalén, ¿no vas a dejarme echar primero una miradita a tu último artefacto, para que al menos sepa qué es lo que te va a llevar a intentar matarme con todas tus fuerzas?

—Ya sabes que me gusta practicar este deporte contigo, Murphy. De hecho, me gustaría que sobrevivieras para poder conseguir éste. Es canela fina. Cuéntame, ¿por qué te emocionó tanto que te mostrase la palabra «Daniel»?

Antes de que Murphy pudiera contestar, se oyó otro golpe aún más fuerte contra la puerta. No pudo evitar retroceder unos pasos y mirar nervioso hacia la puerta metálica que temblaba.

—Hasta ahora has puesto en escena algunos artefactos extraordinarios de los tiempos bíblicos, Matusalén. No sé cómo los conseguiste, pero yo nunca los habría encontrado por mi cuenta. Y respecto a Daniel, bueno, sabes que fue el profeta más importante. Llevo años estudiándolo. Déjame al menos echarle un buen vistazo de cerca a cualquiera que sea el artefacto relacionado con Daniel que has conseguido esta vez.

—No. Basta ya de cháchara, Murphy. Estás a punto de echarle un vistazo desde más cerca de lo que te gustaría. Esta noche no vas a *estudiar* a Daniel, esta noche vas a *ser* Daniel.

Con un rechinar metálico, se elevó la puerta corredera al otro lado de la sala.

Detrás rugía un enorme león. Murphy no pudo evitar admirar el brillo de su pelo, los músculos en tensión bajo su lomo, su melena y cómo los focos de las paredes hacían que las garras parecieran echar chispas.

Sin embargo, el león no perdió ni un segundo en contemplar a Murphy. Soltando un rugido que retumbó en todas las paredes, se lanzó como una flecha con todo el impulso de sus cuatro patas hacia él, como si se tratara de una merienda fácil.

Por puro instinto, Murphy se tiró al suelo y aterrizó con un golpe sordo a la izquierda de su ubicación original, lo suficientemente cerca, eso sí, como para sentir una bocanada caliente del aliento fétido del león.

—Vamos, Murphy, no huyas. Plántale cara, sé un hombre.

El león clavó sus garras en el suelo de madera para frenar su carrera, al tiempo que rugía moviendo la cabeza de un lado para otro. Murphy pudo sentir las gotitas de saliva caer sobre su cara, e instantáneamente, se puso otra vez en movimiento, rodando un par de veces por el suelo y retrocediendo a gatas. Sin detenerse ni un momento, llegó hasta uno de los postes de madera que sujetaban la red y trepó encima de ésta. El león le seguía los pasos de cerca, y lanzó un zarpazo que se quedó a escasos centímetros de su pierna. Al comprobar que había fallado, volvió a estirar sus garras de acero sin darle un momento de respiro y de nuevo erró por muy poco. El tercer zarpazo redujo a harapos la manga izquierda de Murphy.

Antes de que le pudiera alcanzar nuevamente, Murphy botó sobre la red y aterrizó a unos metros de distancia. Sin ni siquiera tomar aliento, volvió a botar, mientras el león golpeaba con sus zarpas las cuerdas una y otra vez, frustrado y confundido ante esta presa saltarina.

Entre que sus patas traseras resbalaban sobre el suelo de madera y las garras delanteras se le enredaban en la red, el león empezaba a desesperarse y rugía frustrado. Murphy, entre tanto, seguía botando lo más lejos posible de él, puesto que sabía que, cuando esas zarpas le alcanzaran, aunque fuera de refilón, habría vivido su último instante en la Tierra.

—Murphy, deja de hacer de palomita de maíz, baja de ahí y dale al minino una oportunidad para jugar contigo de verdad.

«Voy a bajar, pero no como tú crees», pensó Murphy. Metió la mano en el bolsillo y sacó su navaja suiza. No deseaba acabar con la vida de otra criatura de forma intencionada, aunque en este caso, la bestia tuviera cuatro zarpas repletas de cuchillas amenazando la suya. Así que, mientras el león saltaba hacia él lanzándole zarpazos, Murphy avanzó a trompicones hasta uno de los postes, que alcanzó de cuatro saltos. Luego cortó la cuerda que ataba la red al poste.

—Murphy, eso no es justo —gritó Matusalén.

—No me hables de justicia, perturbado.

Murphy se dirigió saltando hasta el siguiente poste. El león se giró hacia él furioso, pero parecía empezar a cansarse, como si se tratara de un boxeador de pesos pesados tras varios asaltos de combate. O quizá eso es lo que le gustaría a él creer, pensó Murphy. En cualquier caso, el león parecía estar confundido ante los rápidos movimientos de su presa.

Cuando la navaja de Murphy soltó el segundo extremo de la red, el león se dio cuenta, demasiado tarde, de que debería haberse movido para que no le cayera encima. Sus dos patas delanteras se le habían quedado enredadas entre las cuerdas. Murphy se dejó caer al suelo, manteniéndose lejos de su alcance.

O eso creyó, al menos, hasta que un intenso dolor taladró su hombro izquierdo, al alcanzarle una de las patas traseras que el león había logrado liberar de las cuerdas. Murphy se obligó a sí mismo a correr hacia uno de los dos postes que aún sostenían la red. Ahora que estaba en el suelo podía hacerlo más rápidamente pero, en el mejor de los casos, tendría otros diez segundos antes de que el león lograse soltarse de las cuerdas que habían caído sobre él.

El dolor en el hombro le hizo ver que tendría que trepar sólo con su brazo derecho y, recordó, entonces, con profunda gratitud, las cientos de flexiones que hacía cada semana en el gimnasio. Trepó hasta la red y luego pegó un salto sobre ésta para alcanzar el poste y cortar la tercera cuerda, justo cuando el león empezaba a deshacerse del montón de cuerdas que rodeaban su cuerpo.

Cuando cayó sobre él otra parte de la red, el león se desplomó en el suelo. Soltaba roncos rugidos y respiraba pesadamente mientras trataba de liberar sus patas delanteras. Murphy rodó hasta el suelo, no sin antes asegurarse de que estaba completamente fuera del radio de alcance del león.

—Oh, Murphy, lo has estropeado todo —farfulló Matusalén—. Pero tienes un luchador dentro, chaval. Para ser sólo un inútil profesor de religión, reconozco que tienes coraje.

Murphy respiraba casi tan rápido como el león, pero se las arregló para responder, con el aliento entrecortado:

—¿Qué tal si en lugar de piropearme me das mi artefacto?

—Bueno, supongo que te lo has ganado. Sólo que no es lo que tú te crees.

Murphy se incorporó, mirando hacia la plataforma.

—¿De qué estás hablando, Matusalén?

—Cierra la boca y escucha. Está justo delante de tus narices. Sólo tienes que cogerlo.

—¿Coger el qué? ¿De dónde? —Murphy tenía un mal presentimiento.

—Vaya, está claro que tienes el cuerpo en forma, pero juraría que de tanto excavar el cerebro se te ha convertido en fosfatina. Fíjate en el cuello del león.

Fue entonces cuando Murphy se dio cuenta, por primera vez, de que había una fina cinta de cuero atada alrededor del cuello del león, la cual sostenía un tubo rojo, más o menos, con la misma forma y tamaño que un envase para puros.

—Ah, no, Matusalén. ¿Crees que voy a volver a enfrentarme al león para coger esa cosa que lleva en el cuello? Eso es demasiado retorcido incluso para ti.

Murphy hizo una pausa, notando que estaba perdiendo su oportunidad.

—Además, ¿qué hay dentro del tubo?

Matusalén volvió a echarse a reír, cacareando.

—Vaya, Murphy, parece que esta noche he encendido de verdad tu curiosidad. No te puedes resistir. Te

25

conozco demasiado bien. Volverás junto a él, no puedes evitarlo. Y esta vez... je, je, je... tu curiosidad va a hacer que el gato te mate.

Murphy bajó la mirada hacia la navaja que sostenía en la mano y se sintió tentado a hacerlo, pero la cerró y se la volvió a meter en el bolsillo.

—Ohhh, siempre tan buen chico, Murphy. Vas a luchar limpiamente.

Murphy meneó la cabeza mientras se dirigía hacia el poste más cercano al lugar donde el león se debatía bajo la red.

—No, Matusalén, la lucha no va a ser exactamente limpia, pero podré soportarlo. No siento más deseos de matar a ese león de lo que me gustaría matarte a ti ahora mismo, y sabe Dios que tú me has dado más tiempo que él para pensármelo. Pero eso no evitará que aproveche mi ventaja ahora que tengo la oportunidad.

Murphy cogió uno de los pesados sacos que sostenían en pie el poste. Tuvo que usar los dos brazos para levantarlo, aunque su hombro herido le hizo gritar de dolor y casi deja caer el saco encima de su pie. Pero logró llevarlo hasta donde el león aún trataba de desgarrar las cuerdas que enredaban sus patas.

—Estoy seguro de que esto te va a doler mucho más que a mí —resopló Murphy. Luego le tiró el saco a la cabeza. El león se desplomó inconsciente.

Murphy se quedó mirando a «la bestia durmiente» durante unos instantes, luego se acercó lentamente y cogió el cordón de cuero que sostenía el tubo rojo junto a su melena. Aguantando la respiración, soltó el tubo de un tirón.

Agarró con fuerza su premio. Era tan ligero que temió que estuviera vacío.

—¿Qué hay dentro, Matusalén? Espero que no sea un puro.

Matusalén tardó en responder. Luego la puerta de metal se abrió.

—Has ganado, Murphy. Ahora vete. Disfruta con tranquilidad de tu botín de guerra. Pero antes, quiero decirte tres cosas, porque un guerrero victorioso merece respeto. Primero, como te dije antes, debes saber que es especial, muy especial.

—¿Tan especial como para haberlo robado?

—No importa cómo lo haya conseguido. Como con el resto de los que te he dado, en esta ocasión tampoco aparecerá un propietario furioso dispuesto a perseguirte para que se lo devuelvas. Pero sí hay alguien que irá detrás de ti cuando se entere de que lo tienes. No sé quiénes son ni por qué les interesa tanto, y como bien sabes, he cubierto bien mis huellas, pero tengo indicios claros de que alguien está muy desesperado por conseguirlo y nada, escúchame bien, nada, va a impedir que lo haga.

—Pero ¿conseguir qué? ¿Qué hay aquí dentro?

—Ésa es la segunda cosa que tengo que decirte. El tubo no contiene ningún artefacto. El tubo tiene la clave para encontrarlo. Cuál es la clave y de qué artefacto se trata es algo que tendrás que averiguar tú solito. Pero creo que eres una de las pocas personas vivas que puede hacerlo. Y también estoy seguro de que si lo consigues harás el descubrimiento de tu vida. Si sigues vivo, claro.

—Pero ¿tiene algo que ver con Daniel? —Murphy empezaba a desesperarse.

—Ésa es la tercera y última cosa que te diré. La relación no te parecerá obvia, pero te juro que estoy seguro de que es auténtico y de que te convertirá en el rey de tu querido grupo bíblico. Te lo garantizo. Ahora, vete de aquí.

—Vamos, Matusalén, no me puedes dejar así. ¿De qué se trata?

—Puedo dejarte así y lo voy a hacer, Murphy. Vete. Soy un mal perdedor y lo sabes.

Tras echar un último y dolorido vistazo al león por encima de su hombro herido, Murphy se dirigió hacia la puerta, agarrando bien fuerte el tubo.

—Bueno, pues adiós, pájaro de mal agüero. Y supongo que... gracias.

Justo antes de que Murphy atravesase la puerta, Matusalén gruñó:

—Murphy, no confíes demasiado en tus heroicidades de beato. Te repito que tengas cuidado con éste. Si alguien tiene que acabar contigo, quiero ser yo en uno de nuestros pequeños combates.

Murphy volvió la mirada hacia la plataforma.

—Siempre has sido un sentimental, Matusalén. Gracias por el consejo, pero por el momento, tal y como estoy jugando, el resultado es: Cristianos 1, Leones 0.

2

El grito traspasó la noche de Babilonia como el aullido de una enorme bestia moribunda. Retumbó por los corredores de piedra y pudo escucharse, incluso, más allá de los muros de palacio, en la plaza del mercado, iluminada por la luna, y en los callejones laberínticos donde los mendigos dormitaban. Hasta las bandadas de aves que descansaban junto a las orillas del gran río respondieron alteradas por el gemido con sus graznidos, y echaron luego a volar lejos de las impresionantes riberas sobre las que se había levantado la ciudad.

Al grito le siguió un silencio aún más escalofriante.

Y después, la agitación, la angustia, el movimiento incontrolado de unos ojos que vertían lágrimas reales a causa del más horrible de los sueños. Paisajes aterradores, torbellinos de caos, imágenes y sonidos de un reino entre la vigilia y el sueño.

El emperador de la mayor potencia sobre la faz de la Tierra era incapaz de resistir el implacable asalto que llegaba desde el interior de su mente.

Una docena de miembros de su guardia real de élite, hombres fuertes cuyos pasos decididos atronaban sobre las baldosas de piedra, intercambiaban órdenes a gritos. La luz de las antorchas, encendidas apresuradamente, iluminaba sus caras tensas por el miedo bajo los yelmos, mientras se apresuraban a enfrentarse con aquella espantosa amenaza que no habían sido capaces de prever.

Con sus cortas espadas desenvainadas, los guardias inundaron el dormitorio real, escudriñando desesperados las sombras en busca del brillo de la daga asesina. Los oscuros recovecos de la habitación no resguardaban ninguna figura amenazadora, pero eso no les alivió en modo alguno, puesto que todos ellos hubieran preferido plantarle cara a un asesino antes de volver su mirada aterrada hacia el cuerpo del rey.

Nabucodonosor, el emperador de Babilonia, el conquistador que había derrotado al ejército de Egipto en Carchemish, aquel que había destruido Jerusalén dos veces en la misma década y cuyo nombre insuflaba pavor en los corazones más valientes, se había incorporado sobre la gran cama de ébano como si le hubiese alcanzado un rayo, con los ojos como platos, los labios temblorosos y la piel del torso pálida como la de un fantasma. Las almohadas reales estaban empapadas en sudor.

—Mi señor.

Arioch, el jefe de la guardia real, dio un paso hacia él, a sabiendas de que acercarse demasiado al rey era una invitación a morir. Pero tenía que estar seguro. El cuerpo del rey parecía no tener herida alguna y era imposible que el asesino hubiera tenido tiempo suficiente para huir. ¿Había sido entonces envenenado? La respiración del monarca era una sucesión de suspiros roncos y, aunque estaba aturdido, no parecía sufrir dolor alguno. Si hubiera sido envenenado, ahora estaría apretándose la tripa entre retortijones de agonía.

El capitán recuperó la compostura, a sabiendas de que debía dar ejemplo a sus aterrorizados hombres, y esperó.

—Un sueño.

La voz del rey era apenas un susurro. El trueno habitual se había reducido a un soplo de brisa.

—¿Un sueño, mi señor?

El capitán entrecerró los ojos. Aún podía haber peligro. Un sueño enviado por un hechicero experto en magia negra podía resultar tan mortal como un cuchillo.

—Perdonadme, mi señor. ¿Qué clase de sueño era ése?

El rey se giró hacia él.

—De seguro que sería terrorífico —añadió rápidamente.

El rey cerró sus ojos, pensativo, como si tratara de recordar un nombre o la cara de un amigo muerto hace tiempo.

—No —dijo por fin, gesticulando furioso. Su voz se elevó hasta un tono más parecido al habitual, al tiempo que agarraba la jarra de vino de arcilla que reposaba junto a la cama y la estrellaba contra el suelo—. No lo sé. ¡No recuerdo nada!

—¡Hablad! —El rey apretaba con fuerza los reposabrazos de su trono de oro, mientras sus dedos acariciaban los pliegues de las cabezas de león delicadamente talladas en ellos. Siguió interrogando a los hombres que tenía delante.

Era un extraño grupo de personas. Dos caldeos con las cabezas afeitadas y parches en los ojos, cubiertos sólo por taparrabos de lino y con amuletos sagrados colgando de sus cuellos. Un nubio negro con una piel de leopardo alrededor de sus finos hombros. Un egipcio, en el que la sencillez de su camisa de algodón contrastaba con un llamativo círculo negro pintado con polvos alrededor de sus ojos. Y un babilonio, un clérigo de Marduk, el mismísimo portador de plagas.

—Traedme a los mejores hechiceros —había ordenado—. Buscadlos por todos los rincones de Babilonia, pues mi espíritu arde de impaciencia y debo conocer el significado de mi sueño.

Ahora estaban de pie frente a él, formando un semicírculo alrededor del trono real, con la piel brillante por el sudor del miedo, mientras el monarca rugía una vez más.

—Hablad, perros, o juro que vuestros inútiles cuerpos servirán de alimento para los chacales antes de que el sol se ponga.

No tenían motivo alguno para dudar de sus palabras. El rey no había podido pensar en otra cosa desde que tuvo aquel sueño. Pasaba las noches en vela, presa de un nerviosismo agónico, y pasaba los días tratando inútilmente de recordar algún detalle, por mínimo que fuera, de su revelación.

Ahora deberían ser los adivinos los que lo hicieran por él. La hilera de soldados que aguardaban tras el trono real, firmes y con lanzas cortas en ristre, dejaba bastante a las claras lo que ocurriría si no lo lograban.

Después de un silencio desesperantemente largo, Amukkani, el líder de los hechiceros caldeos, se aclaró la garganta y trató de componer una sonrisa congraciadora.

—Quizá, mi señor ha sido agraciado con una revelación enviada por el propio Kishar, una revelación que sólo vos merecéis. Tal vez, la divinidad os ha robado la memoria para que no la podáis transmitir a los hombres corrientes.

Se inclinó entonces reverencialmente, mientras Nabucodonosor le atravesaba con sus ojos negros.

—¿Qué sentido tiene eso, estúpido? Enviarme una revelación para luego quitármela. Si es sólo para mí, entonces ¡yo debo saber de qué se trata!

El rey se acarició los rizos de la barba peinados con aceite y se giró hacia Arioch.

—Asegúrate de afilar bien las lanzas, porque estos a los que llaman sabios son más escurridizos que una anguila.

El jefe de la guardia sonrió burlonamente. Como la mayoría de los babilonios, temía el poder de los hechiceros casi tanto como a los demonios. No estaría mal verlos ensartados en sus lanzas. Notando que se les acababa el tiempo, el egipcio escenificó su sorpresa y pegó un respingo como si, de repente, se le hubiera ocurrido algo.

—¡Mi señor! ¡Puedo verlo! Mi mente se ha llenado de luz, como si ardieran un millar de antorchas. Y allí, en medio de las llamas, hay un río de fuego y sobre él...

—¡Silencio! —estalló la voz del rey—. ¿Crees que puedes engañarme? ¿Crees que soy una de esas estúpidas viejas a las que cobras por adivinarles el futuro? Cuando alguien sea capaz de describírmelo, lo reconoceré, igual que me daré cuenta de cuándo un perro sarnoso pretenda conocerlo. ¡Ya basta! ¡Una punzada de acero pondrá fin a vuestra farsa!

El rey alzó la mano para que los lanceros preparasen la carga.

—¡Esperad! ¡Os lo suplico, mi señor! —El otro caldeo había dado un paso adelante como si, aterrorizado, estuviera a punto de poner sus manos sobre el rey—. Perdonadnos la vida y juro que conoceréis vuestro sueño.

Nabucodonosor dejó caer su mano y se dirigió al hechicero con una sonrisa divertida.

—Ninguno de vosotros me ha proporcionado otra cosa que no fueran mentiras o evasivas. ¿De qué me servirá perdonaros la vida?

El caldeo tragó saliva, con la boca muy seca.

—Nosotros no podemos deciros qué soñasteis, mi señor, eso es verdad. Pero sé quién podría hacerlo.

El rey se puso en pie de un salto y los hechiceros se encogieron aterrorizados.

—¿Quién es, pues? ¿Quién es ese hombre?

—Un hebreo, mi señor —respondió el caldeo—. Venido de Jerusalén.

Más erguido ahora, convencido a medias de que viviría lo suficiente como para poder ver amanecer de nuevo, continuó:

—El hebreo se llama Daniel.

3

Shane Barrington era un hombre que nunca había sentido miedo. Creció en las calles de Detroit, donde los perros se devoran los unos a los otros, y aprendió pronto que, para sobrevivir, es necesario no mostrar nunca señales de flaqueza, y no dejar que tu oponente se dé cuenta de que tienes miedo, aunque sea mucho más fuerte o duro que tú.

Y las lecciones aprendidas en la calle le habían sido igual de útiles en los despachos de la América corporativa. Barrington Communications era ahora uno de los mayores gigantes del mundo de los medios de comunicación y la tecnología, y su éxito se debía tanto a la habilidad de su fundador para destruir sin piedad a sus competidores como a su capacidad para amañar las cuentas.

Ahora, mientras su avión privado Gulfstream IV se acercaba a las costas escocesas, tenía la mirada perdida en la oscuridad helada y un escalofrío recorrió su espalda. Por primera vez en su vida, Shane Barrington estaba asustado.

Por enésima vez, volvió a echar un vistazo a los papeles que había impreso, arrugado y manchado de sudor. Por enésima vez, volvió a leer las columnas de cifras, las diminutas filas de números que podían conjurar

35

el fin de todo aquello por lo que tanto había trabajado, conspirado y mentido. Diminutas filas de números que podían destruirle sin piedad como un tiro en la cabeza.

Ya había abandonado la esperanza de averiguar cómo era posible que las prácticas de contabilidad creativa de Barrington Communications hubiesen trascendido. Sus secretos habían permanecido a salvo durante 20 años gracias a sistemas de encriptación personalizados de última generación y a la amenaza de terribles consecuencias para cualquiera que se atreviese a traicionarle. Con toda seguridad, ninguno de sus empleados era lo suficientemente listo —o tonto— como para engañarle. ¿Podía tratarse entonces de uno de sus antiguos rivales? Recorrió mentalmente una galería de nombres y caras, pero los fue desechando uno tras otro. Uno era ahora un alcohólico destrozado; otro se había colgado en el garaje de su casa. A todos ellos les había hecho trizas, de una forma u otra.

¿Quién había podido mandar entonces aquel correo electrónico?

Pronto lo averiguaría. Cuando las primeras luces del amanecer clarearon el horizonte, echó un vistazo a su rolex y calculó cuánto tardaría en llegar a Zúrich. Un poco antes de lo que le había exigido su chantajista. Dentro de unas horas, estarían frente a frente. Y, entonces, conocería el precio de su supervivencia.

Para cuando el Gulfstream se detuvo en un aeropuerto secundario de las afueras de Zúrich, Barrington ya se había duchado, afeitado y vestido con un traje azul oscuro diseñado para realzar su figura atlética. Se examinó en el espejo del baño: una cara demasiado dura para ser guapo de verdad, labios finos, unas mejillas recias iluminadas por sus ojos grises como el pedernal, encendidos aún por el brillo de su ambición juvenil. Sabía que sólo los suaves tonos grises de sus sienes le evitaban parecer lo que era, un guerrero corporativo de corazón frío.

Había empleado las últimas horas en recomponerse, extrayendo energías de las profundidades de su pozo interior de autoconfianza. Cuando descendió del avión, se sintió concentrado y alerta, como un luchador presto para la batalla. Una cosa estaba clara: no se rendiría sin oponer feroz resistencia.

Había un reluciente Mercedes negro aparcado junto al aparato. Frente a él, un chófer de uniforme con la piel pálida y la mirada perdida aguardaba erguido pese al frío matutino, y abrió la puerta trasera cuando Barrington se acercó, invitándole a entrar sin abrir la boca.

—Y ¿adónde nos dirigimos? —preguntó Barrington, mientras el Mercedes se deslizaba por una carretera alpina llena de curvas que parecía perderse entre las nubes. En el espejo retrovisor sólo pudo ver la sonrisa que, con la boca cerrada, le dirigió el chófer.

—Le he hecho una pregunta y espero una respuesta, exijo una respuesta.

Su tono era inconfundiblemente amenazador, pero el chófer no titubeó. Mantuvo su mirada durante un momento y luego volvió a concentrarse en la carretera, que no dejaba nunca de ascender.

La ira que Barrington había ido acumulando durante las últimas veinticuatro horas estalló en un instante. Se echó hacia adelante y agarró el hombro del chófer, mientras gruñía:

—Contéstame de inmediato o juro por Dios que vivirás para arrepentirte.

El chófer detuvo el coche con suavidad en medio de una curva que rodeaba la montaña. Volvió la cabeza con parsimonia hasta poder mirar directamente a los ojos a Barrington. Estiró la mano para encender la luz interior del coche y luego abrió la boca para mostrarle que no tenía lengua.

Barrington se reclinó contra su asiento, boquiabierto por la sorpresa, mientras el coche volvía a acelerar. Sólo se escuchaba el ronroneo firme del motor y los latidos de su corazón.

El castillo parecía surgir de la ladera de la montaña como una gárgola malévola colgada de la torre de una iglesia. Sus enormes muros de granito, coronados con afilados torreones, atravesaban el cielo cubierto de nubes como si abrazaran la oscuridad, mientras sus antiguas ventanas emitían una luz vacilante y enfermiza.

El reloj de Barrington casi señalaba ya el mediodía, pero cuando el cielo se abrió y la lluvia golpeó el techo del vehículo bien podría haber sido de noche. Frente a ellos, en medio de esa tenebrosa oscuridad, el castillo parecía salido de una pesadilla.

Para cuando Barrington se recuperó de la aparición medieval de las torres oscurecidas por la lluvia, el chófer ya estaba abriéndole la portezuela, mientras sostenía un gran paraguas chapado a la antigua y le señalaba el enorme portón de hierro del castillo.

Tras respirar profundamente y recordarse a sí mismo que aún era de día, que se encontraba en un país moderno y civilizado y en el siglo XXI —pese a que sus sentidos le indicaban justo lo contrario—, Barrington le siguió.

Apenas se sorprendió cuando la pesada puerta se abrió en silencio hacia dentro y se vio impelido a entrar en un vestíbulo cavernoso que se perdía entre las sombras. Lo que sí le sorprendió fue el súbito fogonazo de luz que iluminó una parte del muro a su izquierda que parecía ser de acero brillante. ¿Era allí adónde debía dirigirse? Se volvió hacia el chófer, pero las sombras le habían engullido. Barrington estaba solo. Sintió un escalofrío sobrenatural, mientras un fino hilo de sudor le bajaba por la espalda.

Echó a andar hacia la puerta de metal, que se abrió con un suave silbido cuando se aproximó a ella. Cuando entró en el ascensor y la puerta se cerró en silencio detrás de él, estuvo más cerca que nunca de empezar a rezar.

Para cuando el ascensor le regurgitó, Barrington se sentía ya como si se hubiera hundido en las entrañas de la montaña. El silencio sobrenatural que le circundaba le provocó un ataque de pánico que le dejó sin respiración, y se sintió como si le hubieran enterrado en vida.

Una voz tronó y le devolvió a la realidad.

—Bienvenido, señor Barrington. Nos alegramos de que haya podido venir. Siéntese, por favor.

A trompicones, como un zombi, Barrington se dirigió a tientas entre las sombras hacia una silla tallada ornamentalmente y situada a su derecha. Tras dejarse caer con suavidad sobre ella, como si se tratara de una silla eléctrica que le fuera a quitar la vida, levantó la cabeza, esperando, por fin, poder fijar la mirada en su torturador.

Pero sólo pudo ver la silueta rígida de siete personas sentadas alrededor de una enorme mesa de obsidiana, que parecía absorber la escasa luz de la sala.

Recortadas a contraluz, las figuras parecían negras siluetas de dos dimensiones, como la luna durante un eclipse solar; resultaba imposible discernir ningún detalle.

La voz volvió a hablar. Parecía provenir del que se sentaba en medio de los siete. Ya no atronaba, pero tras su suave vocalización, podía percibir un rechinar agudo que le hacía pensar en uñas arañando una pizarra.

—Su presencia indica que entiende la gravedad de su situación, señor Barrington. Puede albergar, pues, esperanza. Pero sólo si, desde este momento, hace lo que nosotros le ordenemos.

Barrington sentía que la cabeza se le iba, como si fuera una rana hipnotizada por una serpiente, pero aun así aquello era demasiado para él.

—¿Lo que me ordenen? No sé quiénes son ustedes, ni siquiera estoy seguro ya de quién soy yo, pero de una cosa sí estoy seguro: nadie da órdenes a Shane Barrington.

Sus palabras retumbaron en la oscuridad y, por un instante, se preguntó si habría logrado una victoria que alterara un poco el equilibrio de poder. «Bueno, vamos al ataque», pensó.

Entonces comenzaron las risas. Suavemente, al principio, ganando fuerza después hasta repicar por toda la sala como un torrente imparable. Era una risa de mujer y provenía de la figura que estaba sentada en el extremo izquierdo.

—Vaya, señor Barrington. Sabíamos que no tenía principios, pero nunca pensamos que no tuviera cerebro. ¿Acaso no lo entiende? Ahora nos pertenece. Es todo nuestro. Y usaremos hasta su alma, si es que la tiene.

Hizo una pausa para dejar que sus palabras causaran efecto. No cabía duda de que se estaba divirtiendo.

—Los datos que tenemos sobre las prácticas empresariales llevadas a cabo por Barrington Communications en las dos últimas décadas bastarían para mandarle a la cárcel para el resto de sus días, en el caso de que se hicieran públicos.

Una vez más, hizo una pausa teatral.

—Eso, contando con que sus accionistas, a los que ha engañado concienzudamente, no asalten furiosos la sede de la compañía para golpearle hasta convertirle en un guiñapo sanguinolento.

Una voz nueva rasgó la oscuridad, una voz profunda con un claro acento británico.

—No se equivoque, señor Barrington, la invitación que le enviamos tuvo que ser necesariamente corta, pero no era sino una muestra de su enorme cúmulo de irregularidades empresariales. Como la punta del iceberg, de un iceberg de malas prácticas financieras, señor Barrington, que le podrían hundir de una forma tan terrible que haría parecer al Titanic un juguete de bañera.

Barrington se puso en pie, haciendo acopio de sus últimos restos de arrogancia.

—Imposible. Ya veo que han comprado a un puñado de gente para conseguir algo de basura, pero no pueden tener nada más que unas pocas alteraciones vergonzantes de fondos que puedo hacer...

La voz británica le cortó de raíz.

—No nos tome por tontos, señor Barrington. Lo sabemos todo. Las amortizaciones de capital que ha hecho pasar por beneficios, las compañías en paraísos fiscales que considera activos cuando lo único que ocultan son deudas... Por no mencionar las amenazas a sus competidores, la intimidación. Vaya, que incluso en estos tiempos tan dados a las ganancias ilícitas, usted se lleva el récord Guinness al mayor delincuente empresarial.

«Así que de eso se trata, al fin ha pasado», pensó Barrington. «Venganza.» Él siempre se había creído demasiado listo, demasiado despiadado para que sus pecados terminaran por atraparle. Ahora, bien a su pesar, comenzaron a cruzar su mente las caras de aquellos a los que había arruinado en su camino hacia el trono de hombre más rico y poderoso del mundo. La desgraciada viuda de uno de sus antiguos socios a la que había llevado al suicidio. Los ancianos a los que había esquilmado las pensiones para poder pagar sus deudas.

—¿Así que van a entregarme? —graznó sin fuerza Barrington.

Le respondió una nueva voz. De hombre hispano, afilada como el graznido de un ave de presa.

—No le hemos citado aquí para concederle el Premio al Empresario del Año de la Cámara de Comercio, señor Barrington,[1] pero no, tampoco tenemos interés alguno en entregarle a las autoridades.

Un relámpago de lucidez encendió la mirada de Barrington.

—Ah, ahora lo entiendo. Lo que quieren ustedes es llevarse tajada.

Cerró la boca de golpe al escuchar una fuerte palmada, y se sorprendió aún más al descubrir que había sido obra de la mujer.

—Siéntese y déjese de cháchara.

Barrington volvió a hundirse en su silla.

—¿Tajada? Esto no tiene nada que ver con la mafia.

1. En español en el original. (N. del T.)

¿Aún no lo ha entendido? Nos pertenece, señor Barrington.

La voz británica volvió a hablar tras aclararse con un carraspeo la garganta.

—Ahora que veo que comprende su posición, déjeme ofrecerle una alternativa a toda una vida entre rejas, aunque esta vida fuera tan corta como sin duda sería de saberse la verdad.

Barrington casi pudo ver la mueca de desprecio que oscureció su cara.

—Le hemos elegido, señor Barrington, por lo que puede hacer por nosotros. Por cómo puede ayudarnos en nuestros... esfuerzos. Estamos listos para aportar un mínimo de 5.000 millones de dólares a Barrington Communications, lo suficiente como para borrar todas esas deudas que tan astutamente ha ocultado, lo suficiente como para que siga absorbiendo al resto de sus competidores.

—Lo suficiente como para convertirle en el... número uno[1] del mercado global de comunicaciones. Excepto por el hecho de que usted estará trabajando para nosotros. Los Siete.

De repente, Barrington se sintió mareado. Se imaginó como un condenado a muerte que, tras contar los segundos que le quedaban de vida, se encuentra con que el gobernador del Estado le concede el indulto y un cheque por valor de miles de millones de dólares. Sonrió, dándose cuenta de que haría cualquier cosa —cualquiera— que le pidieran.

—Bueno, creo que prefiero la opción número dos —dijo Shane Barrington, recuperando rápidamente la

---

1. En español en el original. *(N. del T.)*

compostura mientras una inyección caliente de adrenalina recorría sus venas—. Sólo necesito que me digan qué es lo que quieren que haga.

En el exterior, las nubes parecían abrazar aún más fuerte los muros del castillo, mientras el viento bailaba entre las murallas. Entre el gemido fúnebre de los elementos, el castillo reposaba frío, negro y silencioso.

El golpe sordo de la puerta de metal al cerrarse no traspasó el impenetrable manto de silencio de la cripta subterránea. Tampoco pudieron escuchar los Siete el rugido que le siguió, al emprender el Mercedes su trayecto hacia el aeropuerto. Pero sabían que Barrington estaba en camino, con la mente puesta en su nueva misión, justificando la elección que habían hecho.

La suave luz de unos focos ocultos devolvió a los Siete la apariencia humana que habían perdido como espectros entre las sombras. Sin embargo, aunque se permitían momentos de relajación cuando estaban a solas, todos ellos emanaban un aura aterradora. El tercero por la derecha, un hombre de cara redondeada y con una melena plateada de finos cabellos, se ajustó sus gafas de cristal semiesférico y se giró, sonriendo, hacia el hombre cuya voz atronadora había roto el silencio antes.

—Bueno, John, debo disculparme. Barrington ha resultado ser, realmente, una buena elección. Casi me sorprende que no se haya ofrecido antes como voluntario para la causa. Parece saborear con gusto sus nuevas responsabilidades.

La musical cadencia de su acento británico degeneró en una risa ahogada.

Serio, sin apartar la mirada de la silla en la que Barrington había permanecido sentado hasta hacía sólo un momento, John Bartholomew volvió a hablar, con un tono aún gélido.

—Creo que el momento de las felicitaciones todavía está muy lejano. Nuestro gran proyecto acaba de comenzar y aún queda mucho por hacer.

—¡Pero John! ¡John! Está claro que lo que acabamos de poner en marcha no podrá ser detenido. ¿No está escrito? —continuó el inglés—. Admiro tu sabiduría suprema en los reinos de las finanzas. Pero como hombre de hábito, creo que puedo reivindicar un conocimiento excepcional de, digámoslo así, la dimensión espiritual. Piensa en Daniel, piensa en el sueño de Nabucodonosor. ¡Piensa en lo que significa!

Embargado por la emoción, agarró el hombro de Bartholomew.

—Seguro que con los planes de nosotros Siete, el poder real de Babilonia, el poder oscuro de Babilonia, renacerá de nuevo.

4

Murphy no tenía claro qué era peor, si las dolorosas marcas rojas que cruzaban su hombro, o el salvaje ataque de furia de su esposa. Bueno, la furia podía terminar por consumirse. O, al menos, eso esperaba.

—Bien, Michael —siempre le llamaba Michael en épocas de tormenta—, cuéntame, entonces, por qué soy tan especial.

Murphy gruñó cuando ella aplicó el desinfectante sobre su hombro. Con algo más de fuerza de la necesaria, pensó él.

—El resto de esposas llega a casa sin avisar a primera hora de la mañana y se encuentra a su marido en la cama con otra, o apostándose al póquer el dinero para la universidad de sus hijos, o simplemente, borracho como una cuba —hizo una pausa para extender algo más de desinfectante sobre otro pedacito de algodón—. Pero yo, vaya suerte la mía, llego a casa y me encuentro con que a mi marido casi le mata un león.

Dejó lo que estaba haciendo un instante para sonreír dulcemente.

—Explícame qué es, exactamente, lo que he hecho para merecer esa suerte.

Como en muchas otras ocasiones, Murphy dio gracias a Dios por haber encontrado una chica tan maravillosa que, milagrosamente, o al menos así le parecía a él, había aceptado, además, convertirse en su mujer. Ahora le estaba echando una buena bronca, y no era la primera, pero él sabía que lo hacía sólo porque se preocupaba por él. Y, como de costumbre, se lo merecía.

Por otra parte, había sido como mínimo providencial que llegara a casa cuando lo hizo. Habían cancelado la última jornada de conferencias sobre cómo trazar mapas de ciudades perdidas por indisposición del invitado estelar, el profesor Delgado del Instituto Arqueológico de México. Y, con una mezcla de decepción por perderse las historias legendarias de aquel gran hombre, y la alegría de poder regresar un día antes junto a Murphy, Laura había cogido el primer avión desde Atlanta.

—Esperaba poder sorprenderte —dijo irónicamente—. Pero supongo que debería habérmelo imaginado. Siempre soy yo la que acaba sorprendida, ¿verdad?

Terminó de colocar las gasas estériles en su hombro, y pudo verla reflejada en el espejo del baño, aprobando con la cabeza su obra maestra antes de ayudarle a ponerse una camiseta limpia. Ambos sabían que él no habría podido hacerse las curas solo.

Descendieron a la planta baja y le dejó sentado en una de las mecedoras, mientras ella se dirigía a la pequeña cocina, para salir poco después con dos tazas de té humeantes.

—Bueno, profesor Murphy, parece que sus heridas no van a acabar con usted. Su maravillosa y sufrida esposa se ha calmado, pues, lo suficiente como para escuchar el absurdo sinsentido que está a punto de contarle. Así que siéntese ahí, trate de no caerse de la mecedora por segunda vez en lo que va de noche, y déjeme oír su triste historia.

Murphy suspiró. No le iba a gustar nada.

—Fue él. Matusalén. Me llegó un mensaje cuando estaba en mi despacho. Muy convincente.

—Y tú abandonaste todo lo que estabas haciendo y fuiste a donde ese pirado te había indicado —ella puso los ojos en blanco—. Ah, claro, me olvidaba de que eres Michael Murphy, el arqueólogo aventurero famoso en el mundo entero. Ninguna misión es demasiado peligrosa para ti. Y cuanto más loca parezca, mejor.

Ella meneó la cabeza. Murphy esperó hasta estar seguro de que había terminado. Cuando por fin se llevó la taza a los labios, él continuó.

—Decía «Daniel». El Libro de Daniel. ¿Cómo no iba a estar interesado?

—Ah. Eso explica lo de la guarida del león. Ahora lo entiendo.

—Exacto.

Murphy dejó su taza en una pequeña mesita situada entre las mecedoras y se inclinó hacia ella.

—Uno de los libros más importantes de la Biblia. La madre de todas las profecías. Todo está ahí, el sueño de Nabucodonosor, la estatua, todo.

Estaba tan exaltado que hasta se le había olvidado el dolor en el hombro.

—Matusalén me estaba ofreciendo un artefacto relacionado con el Libro de Daniel. Una prueba convincente podría obligar a los escépticos a pensárselo dos veces antes de asegurar que Daniel es pura ficción. ¡Imagínate!

Laura se reclinó en su mecedora para colocarse fuera de su alcance.

—Y todo lo que tenías que hacer tú era resistir tres asaltos con un león devorahombres —dijo en tono gélido.

—Bueno, querida, podía haber sido peor —respondió Murphy con una mueca—. Si hubiera sido el Apocalipsis, hubiera tenido que enfrentarme cara a cara con la Bestia.

Ella le echó una mirada cortante. No tenía gracia. Ninguna gracia.

Murphy cambió de táctica.

—Cariño, lo que quiero decir es que, aunque Matusalén esté más loco que un cencerro, nunca rompe las reglas...

—Sus reglas —le interrumpió Laura—. Las reglas de un loco misterioso que no tiene otra cosa que hacer con su dinero que seducirte para que pongas en peligro tu vida. ¡Y siempre caes en sus redes!

—Sí, porque sus reglas estipulan —continuó Murphy imperturbable— que si gano su juego, me llevo el premio. Mira, Laura, ya hemos hablado sobre esto. Sé que parece una locura, pero es real. No soy un tipo de medias tintas. Amo con pasión mi trabajo, trato de amar con pasión a Dios y, sobre todo, te amo con pasión a ti. Soy un paquete cerrado, querida, incluso en noches como ésta en las que tienes la sensación de que el premio que te ha tocado es una calabaza.

Laura frunció el ceño derrotada. Ella ya había dicho su parte. Era consciente de que Murphy era tan capaz de resistirse a la tentación de los artefactos de Matusalén como de dejar de respirar. Y aunque ella nunca se lo diría, su valiente pasión por sacar a la luz las verdades de la Biblia era una de las razones fundamentales por las que ella le amaba.

Aguantó diez segundos más y al fin se rindió, acercándose a él para abrazarle.

—Michael Imposible Murphy —susurró, usando el sobrenombre con el que le había bautizado años atrás—, sabes demasiado bien que tu mejor cualidad es que no puedo estar enfadada contigo más tiempo del que tardarás en volver a meterte en líos.

Él señaló la mesa con la cabeza y ambos fijaron la mirada en el tubo rojo que descansaba inocentemente, como una bomba sin estallar, entre ellos.

—Está bien, Murphy.

Ella le había regalado su sonrisa más dulce, pero ahora él se preguntaba qué era lo que pasaba al ver como de pronto se tornaba en una mueca de preocupación.

—La hemorragia es más grave de lo que había pensado. Las heridas de ese león son más profundas de lo que parecían. Te llevo a un hospital para que te las cosan. Y no protestes.

Pese a que antes se había negado a acudir a urgencias, ahora no puso ni el más mínimo reparo.

Laura volvió a suavizarse.

—Oye —dijo cruzando las manos alrededor de su hombro sano—, puesto que has tenido que luchar tú solito para conseguir esa cosa, ¿qué te parece si mañana, después de clase, me paso por tu laboratorio para ayudarte a averiguar qué es lo que esconde?

5

—¿Así que te juegas la vida todos los días?

—Exactamente, amigo mío. Un resbalón y... ¡cataplaf!

El camarero, que estaba lo suficientemente cerca de sus dos únicos clientes como para escuchar la conversación, meneó la cabeza y siguió ojeando el periódico. En aquella tranquila tarde de martes, en aquel barucho de barrio de Astoria, a la sombra del no muy lejano Manhattan, se sentía a millones de kilómetros de las diversiones de la gran ciudad.

Llevaba veinte minutos escuchando la matraca de aquellos dos tipos, y sólo habían consumido una cerveza. Se la había tomado Farley, el gran héroe, uno de sus clientes habituales.

El otro hombre era un forastero. Tenía que serlo para estar tanto tiempo conversando con Farley. El resto de clientes habituales sabían que era un pesado que podía pasarse horas y horas hablando de lo peligroso que era su trabajo. ¡El tipo era limpiaventanas, no un soldado de élite! El camarero le echó otro vistazo al forastero. Él hubiera pensado que el hombre tenía que estar sordo para soportar la aburrida cháchara de Farley, pero le estaba escuchando embebido. Y ni siquiera necesitaba tomarse nada más fuerte que un vaso de agua.

Cuando el forastero pidió agua —ni siquiera agua mineral, agua del grifo—, él empezó a soltarle la misma reprimenda de siempre, que esto es un bar y no una fuente pública y todo eso, pero hubo algo en su forma de actuar que le impidió seguir. No se trataba de que fuera amenazador. Farley era un tipo gris de figura blanduzca, y el forastero era como mínimo aún más vulgar, con el pelo grisáceo, gafas de montura metálica, nariz gruesa y picada de viruela, y postura cabizbaja. Sin embargo, mientras que Farley sólo podía amenazarte con matarte de aburrimiento, este apacible forastero tenía algo que hizo que el camarero prefiriese evitar meterse en problemas con él.

—Oye —escuchó preguntar al forastero—, ¿te apetece que vayamos a por una hamburguesa?

Luego, demostrando que era un tipo perspicaz, puesto que todo el mundo sabía que Farley era el individuo más tacaño de Astoria, el forastero añadió: «Invito yo».

Cuando les vio salir del bar, ni siquiera se le ocurrió comprobar si Farley le había dejado algo de propina, pero levantó las cejas asombrado al ver un billete de cinco dólares junto al vaso vacío del forastero. «Vaya», pensó el camarero, «espero volver a verte pronto».

Era imposible que pudiera saber que nunca volvería a ver a ninguno de los dos.

Ya fuera del bar, el forastero dijo:

—¿Por qué no cogemos mi coche? Está justo al otro lado de la esquina.

Farley asintió y le siguió.

—Oye, compañero, dime otra vez cómo te llamas.

—Nunca te lo he dicho.

Se paró delante de un jeep de color verde oscuro y Farley se detuvo a su lado, con cara de perplejidad.

—Vaya, tienes razón. ¿Y cómo te llamas entonces?

El forastero no se inmutó y giró la cabeza a la izquierda y a la derecha para inspeccionar la calle desierta. Luego Farley le vio hacer un par de movimientos rápidos alrededor de su cabeza.

—¿Eh? —Farley parecía aún más sorprendido.

Sólo entonces se dio la vuelta el forastero para ponerse frente a Farley. Pero la cara que éste vio entonces ante él era completamente diferente. Ya no tenía aquel pelo gris, nariz y gafas.

—Ya no necesitarás saber cómo me llamo nunca más.

Tan rápidamente que casi no se pudo ni ver, el forastero cruzó la mano derecha por delante de la garganta de Farley, dibujando una fina línea carmesí antes de que él tuviera tiempo siquiera para gritar. Luego trató de emitir algún sonido, pero no pudo.

—Ya no necesitarás saber nada nunca más.

Se inclinó sobre él para agarrarle y luego lanzó su cuerpo como un peso muerto dentro del coche.

—Ahora que ya sé las únicas cosas que tú sabías que merecía la pena saber.

El forastero se sentó al volante. Se limpió las manchas de sangre del dedo índice de la mano derecha en la camiseta del cadáver sentado junto a él. A Farley no le importará, pensó. Sacó su teléfono móvil y se examinó el dedo bajo la luz verdusca de la pantalla mientras marcaba. Parecía un índice normal, pero si se miraba más de cerca se podía ver que era un dedo falso, moldeado y pintado cuidadosamente para que pareciera real. Excepto por el extremo, donde en lugar de estar la uña había un filo mortal.

Su llamada recibió una sola palabra como respuesta: «Situación».

El forastero replicó con una voz mortecina, fría y sin acento, muy diferente al tono animado que había usado con Farley.

—Estoy listo para ponerme en marcha en cuanto lo ordenes —dijo, tensándose a la espera de la respuesta.

—Adelante —le dijo—. Y Garra, no falles, y no caigas.

El hombre conocido como Garra apagó el teléfono, asegurándose antes de haberse limpiado toda la sangre del dedo que le daba nombre. Empujó a Farley para que no se le viera por la ventanilla y se dirigió al lugar en el que debía deshacerse del cadáver. Un sitio en el que nunca lo encontrarían.

Se permitió esbozar una sonrisa burlona. Fallar o caer eran dos opciones tan imposibles para él como lo era volver a respirar para el señor Farley.

6

El rey y el prisionero de Judá se miraron a los ojos, y al monarca le sorprendió comprobar que le aguantaba la mirada. Era cierto que no había guardias en la habitación que pudieran intimidarle con sus espadas o sus miradas asesinas, pero ¿no bastaba su presencia regia, la majestad y el poder de Nabucodonosor, un nombre que hacía temblar a reyes y príncipes, para aterrorizar a un humilde esclavo judío?

Y aun así, el hombre parecía ser un océano de calma, a la espera de que el rey hablase. Resultaba extraño, desde luego. Estas gentes tenían fama de ser listas. Pero este individuo parecía no comprender que perdería la vida si no podía dar al rey una respuesta. Una respuesta que, hasta ahora, ni el hombre más sabio del reino había podido proporcionarle.

Vestido con un simple manto de lana, el rey adoptó una postura relajada, ni arrogante ni sumisa, con mirada paciente y limpia, y se preguntó si, realmente, éste podía ser el hombre que le revelaría su sueño. Si fallaba, como el resto, sólo una cosa estaría clara: Daniel sería el primero de muchos en sentir su furia. Los arroyos de Babilonia enrojecerían de sangre antes de que se calmara su ira.

El rey se revolvió en su silla de madera de cedro tallada y rompió el silencio.

—Bien, Daniel —su manera de pronunciar el nombre del esclavo era burlona, como si hiciera alusión a algún secreto vergonzante—. No creo que necesite explicarte por qué te encuentras aquí.

—Estoy aquí porque así lo habéis ordenado, mi señor.

Nabucodonosor le examinó en busca de rastros de ironía. Su tono había sido desesperadamente neutro, al igual que su expresión, iluminada por la vacilante luz de las antorchas.

—Así es, Daniel. Y estoy seguro de que tu sabiduría te permite comprender por qué lo he ordenado. Y qué es lo que deseo que hagas.

Daniel inclinó la cabeza, haciendo una pequeña reverencia.

—Un sueño os preocupa, mi señor. Un sueño terrible que perturbó vuestro espíritu; y aun así, al despertar, no quedó de él ni un retal, ni un hilo. Sólo un eco vacío, como el sonido de una palabra en una lengua extraña.

Nabucodonosor se descubrió a sí mismo apretando con fuerza el amuleto de Anu que llevaba colgado alrededor del cuello. Por todos los dioses, ¿cómo podía conocer este hombre tan bien sus pensamientos más profundos?

—En efecto, toda Babilonia sabe eso. Pero ¿puedes revelarme tú cuál fue mi sueño, Daniel? ¿Puedes devolvérmelo?

Se dio cuenta alarmado de que se le estaba quebrando la voz y su tono, habitualmente imperativo, estaba siendo sustituido por el inquieto gemido de un niño.

Daniel cerró los ojos y respiró lenta y profundamente. El momento se alargaba y Nabucodonosor sintió que estaba a punto de perder los nervios. Al fin, Daniel abrió los ojos, que brillaban ahora con una intensidad nueva, y habló:

—No hay sabios, magos, adivinos ni astrólogos que puedan desvelar el misterio que el rey quiere saber. Sólo el Dios del cielo puede revelar secretos así.

Daniel calló, concentrándose profundamente.

—Vale, vale, no pares ahora —gritó Nabucodonosor.

A Daniel no se le podía meter prisa. Al fin, dirigió su mirada tranquila hacia el monarca y habló fuerte y despacio para que no cupiese error a la hora de interpretar su mensaje.

—El Dios del cielo, en este sueño, os ha querido manifestar, rey Nabucodonosor, cosas que sucederán en los Últimos días.

7

Michael Murphy, que ahora se encaminaba resueltamente hacia el edificio en el que tenía que dar su clase, no tenía pinta de profesor universitario. Es cierto que poseía ese aire ligeramente desaliñado de los que se preocupan más por las ideas que por las apariencias externas: la corbata, un poco torcida por encima de una camisa de algodón arrugada, la vieja chaqueta de pana con los codos deshilachados y un par de zapatillas que, claramente, habían recorrido muchos kilómetros. Pero si se iba un poco más allá en este examen, su zancada medida y pausada, sus manos callosas y las leves cicatrices que resaltaban elegantemente sus bellos rasgos delataban que no vivía en una torre de marfil. Era un hombre que prefería el aire libre, sobre todo, si había que lidiar con los más duros desafíos físicos.

Por un momento, Murphy se descubrió deseando que, de repente, le requiriesen para llevar a cabo alguna tarea de ese tipo. Cualquier tarea física. Pese a que, normalmente, no era un hombre minado por la falta de confianza, durante todo ese paseo rápido por el campus de la Universidad de Preston, bajo los últimos calores de agosto, se había estado preparando para un desenlace embarazosamente decepcionante.

No hacía demasiado que había incorporado a su expediente la clase de profecías y arqueología bíblicas. Sus clases habituales contaban con una audiencia entusiasta, pero reducida. Simplemente, no había tantos estudiantes en una universidad como Preston que estuvieran dispuestos a dedicar su tiempo al estudio del pasado, y menos aún, del pasado bíblico. Pero al final del último semestre, un grupo de pudientes antiguos alumnos había presionado al rector para que incorporase más cursos sobre la Biblia al currículo general del centro.

«Benditos sean», pensó Murphy, aunque a la postre podía resultar una bendición de doble filo. Los dos lados negativos eran que tendría que dar muchas explicaciones a sus mecenas si nadie se apuntaba a sus cursos, y que el decano Fallworth, de la Facultad de Artes y Ciencias, detestaba en lo más hondo de su corazón tener que añadir otro curso de arqueología bíblica.

Murphy había tratado de no convertirse en un tipo vanidoso pese a la creciente fama que le proporcionaban sus descubrimientos de artefactos bíblicos. Hasta la fecha, había protagonizado tres documentales de televisión acerca de su trabajo, que le habían permitido recibir dinero de empresas para el departamento y organizar algunas exposiciones muy provechosas en el museo de la universidad.

El interés de los antiguos alumnos había encendido la ira y despertado la envidia del decano Fallworth. Había soltado varios comentarios velados que a Murphy le parecieron antirreligiosos, pero lo cierto es que Fallworth era claro y directo cuando se trataba de expresar su opinión: lo que Murphy estudiaba y enseñaba no era ni ciencia útil ni historia verídica.

Y eso venía de un hombre, como le había señalado

Murphy a su mujer la semana pasada, cuyo último trabajo publicado se titulaba «El material con el que se fabricaban los botones en las plantaciones de algodón de Georgia en el siglo xviii».

Las ventajas de ese nuevo curso, profecías y arqueología bíblicas, eran que a él le encantaba dar clase y, además, la inyección adicional de dinero le permitiría apuntalarlo con otro también nuevo que había denominado en su último informe: «Estudiar el pasado, probar la Biblia e interpretar las señales de los profetas».

Por primera vez, cualquier estudiante, independientemente de la carrera que estuviera cursando, podría apuntarse a esa clase. Su intención era animar las lecciones con vídeos documentales que no hubiera podido incluir en los programas que había hecho para la televisión, y pensó, además, que podría mostrar algunos de sus hallazgos más recientes para que los alumnos pudieran verlos.

Aun así, había evitado comprobar cuántos alumnos se habían apuntado a su curso antes de presentarse a dar la primera clase. Albergaba grandes esperanzas, pero una voz dentro de su cabeza le reprendía recordándole, como solía hacer cuando dejaba que la realidad se colase en sus habituales reflexiones sobre el estudio de la antigüedad, que «estamos en el siglo xxi y ¿a quién le van a importar los hititas en el mundo del hip-hop?».

Bueno, a mí me importan —dijo Murphy sin querer en voz alta. Vamos a disfrutar de una clase estupenda, aunque sólo estemos mis diapositivas y yo.

Cuando oyó el timbre que sonaba dentro del edificio, cogió aire y entró resuelto en el aula. Se quedó sorprendido al ver que todas las sillas estaban ocupadas, había varios estudiantes apoyados contra las paredes y algunos se habían sentado en el suelo alrededor de su atril.

Murphy dio unas palmadas y todo el mundo se calló rápidamente.

—Bueno, chicos, vamos a empezar. Tenemos que ocuparnos de miles de años de historia y sólo tenemos cuarenta minutos, así que no hay tiempo que perder.

Paseó la mirada por las filas de caras que le observaban, preguntándose qué era lo que estarían esperando. Esbozó una media sonrisa al descubrir en la primera fila los ojos brillantes y la sonrisa ávida de Shari Nelson. Al menos tenía una amiga entre la audiencia. Si le empezaban a tirar cosas, quizá pudiera ayudarle a calmarles.

—Me alegro de ver cuántos sois, pero dejadme comprobar primero si sabéis dónde os habéis metido. Esta clase se llama profecías y arqueología bíblicas, y de acuerdo con la descripción de vuestro folleto universitario versa sobre el estudio del Antiguo y el Nuevo Testamento, y en especial, sobre los hallazgos arqueológicos que prueban la veracidad histórica y la naturaleza profética de la Biblia. Todos los que se hayan perdido en su camino hacia el seminario «Matrix: película o borrador de nuestro futuro», ahora es vuestra oportunidad para escapar.

Se oyeron algunas risitas, pero nadie hizo amago de levantarse para marcharse.

—Bueno, y ¿qué significa arqueología bíblica? Veamos, dejadme haceros unas cuantas preguntas. ¿Construyó de verdad un arca Noé y la llenó con parejas de animales?

»¿Separó realmente Moisés las aguas del Mar Rojo con un movimiento de su bastón?

»¿Vivió, respiró y caminó por la Tierra Santa, enseñando, curando y haciendo milagros, hace dos mil años, un hombre llamado Jesús?

»¿Cómo podemos saber todo eso a ciencia cierta?

Una mano se levantó vacilante al fondo de la clase. Pertenecía a una chica rubia de pelo liso y largo con gafas redondas y grandes, a la que había visto una o dos veces en la capilla de la universidad.

—Porque la Biblia nos lo dice —dijo con voz tranquila, pero segura.

—Y porque Hollywood nos lo dice —le interrumpió otra voz. Pertenecía a un estudiante rechoncho de pelo negro, que tenía los brazos cruzados sobre una sudadera de Preston y lucía una sonrisa presuntuosa—. Si Charlton Heston se lo cree, tiene que ser cierto, ¿verdad?

Cosechó algunas risas, incluso un amago de aplauso. Murphy sonrió y esperó a que los estudiantes se calmaran.

—¿Sabes?, cuando tenía tu edad también era bastante escéptico. Quizá aún lo soy. Se supone que los cristianos deben creer que la Biblia es verdad en virtud de su fe. Pero, a veces, la fe necesita una mano amiga. Y eso es lo que es la arqueología bíblica —señaló al aún sonriente chico sentado en la fila de detrás de Shari.

—¿Qué tendría que hacer para probarte que el arca de Noé existió realmente? ¿Qué te convencería?

El estudiante pareció pensárselo durante unos instantes.

—Supongo que tendría que ver una prueba sólida, ¿sabes?

Murphy pareció reflexionar sobre ello.

—Una prueba sólida. Suena correcto. Bueno, vamos a ver, cuando se trata de investigación científica, tienes que querer ir a donde las pruebas te conducen. Sólo en los últimos 150 años ha habido más de 30.000 excavaciones arqueológicas que han desenterrado evidencias, y eso sólo para probar hechos del Antiguo Testamento.

»Durante siglos, los escépticos se burlaban de la idea de que realmente hubiera habido una nación hitita, como dice la Biblia, hasta que los arqueólogos descubrieron pruebas irrefutables de su existencia. De igual forma, la mera mención del nombre de Nínive solía provocar risas y ser ridiculizada por los no creyentes, hasta que el gran arqueólogo A. H. Layard descubrió la ciudad entera cerca del río Tigris.

»Y aun así, hasta ahora no se ha descubierto ni una sola prueba que ponga en duda la veracidad de la Biblia.

—¡Guau! ¡Es impresionante! —exclamó alguien desde el fondo.

El estudiante que quería pruebas sólidas aún no estaba satisfecho.

—Yo todavía necesito ver el timón de Noé si quiere que me crea la historia esa del arca.

Murphy sonrió.

—Bueno, nadie ha encontrado hasta ahora el timón del arca. Pero aquí tengo algo que te puede interesar.

Murphy proyectó su primera diapositiva sobre la pantalla situada detrás de su atril. Mostraba un bloque cubierto con una sábana. La siguiente revelaba que bajo la sábana había una caja de piedra descolorida cubierta con una tapa. Tenía 61 centímetros de largo, 38 de ancho y 25 de profundidad, y todavía mostraba las marcas de las herramientas primitivas con las que se había esculpido el bloque sólido de piedra caliza.

—¿Alguien sabe qué es esto? —preguntó Murphy.

—¿El maletín del almuerzo de Pedro Picapiedra? —respondió una voz ya familiar.

Shari se dio la vuelta y lanzó una mirada mordaz al chico antes de responder.

—¿Un sarcófago? ¿Quizá el sarcófago de un niño?

—Efectivamente, Shari —Murphy le regaló una cálida sonrisa—. Es un ataúd, un ataúd para huesos. Lo conocemos como osario. Hace miles de años, era común en algunas partes del mundo rescatar los huesos una vez que la carne de los cadáveres enterrados se había descompuesto, envolverlos con muselina y luego colocarlos en uno de éstos.

—¿Y de quién es este ataúd de huesos que estamos mirando? —dijo una voz al fondo—. ¿De Russell Crowe, quizá?

Murphy ignoró las risas.

—Bien, vamos a echar un vistazo.

La siguiente diapositiva era una ampliación del panel lateral de la caja, y mostraba una inscripción desgastada y casi borrada.

—Aquí dice Jacobo...

—¡Eh, Jaco Hoffa, teníamos curiosidad por saber dónde habrías acabado!

Perdido en sus pensamientos, Murphy no escuchó el comentario ni las risitas tontas que provocó. Estaba en otra parte. En un sitio muy lejano en el tiempo. Pasó la diapositiva y comenzó a leer la inscripción en una ampliación del panel del osario.

—Jacobo... hijo de José...

Se hizo el silencio en el aula.

—... hermano de Jesús.

Dejó que el silencio se volviera más denso y luego se giró hacia su audiencia.

—En esta pequeña caja que veis aquí, y que yo he llegado a tocar, descansaron los huesos del hermano de Jesús.

»Por lo general, sólo se inscribía en el osario el nombre del padre del finado, a menos que tuviera otro pariente muy conocido. Y en esa parte del mundo y en esa época, nadie era más famoso, u odiado, que Jesús.

»Lo más significativo es que el osario no sólo confirma la existencia histórica de Jesús, sino también que Él era tan conocido que la familia de Jacobo empleó su nombre para identificar a su hermano. Una vez que se pruebe la autenticidad de este osario, quedará demostrado que Jesús no sólo vivió en este período histórico, sino que, además, fue un personaje conocido en sus días, tal y como asegura la Biblia.

Como siempre que contemplaba las imágenes de la caja de piedra, Murphy estaba experimentando una sensación extraña que le desorientaba, como si se hubieran borrado de un plumazo los miles de años que le separaban de ese hombre muerto, como si, en cierto modo, estuvieran juntos en este momento fuera del tiempo.

Una voz que surgió cerca de Shari quebró ese estado en mil pedazos.

—Puede que sea eso lo que dice en la caja, pero ¿cómo podemos saber que no es falsa? Ya sabe, como todas esas reliquias de santos que surgían como *souvernirs* baratos durante la Edad Media. Como la Sábana Santa de Turín. Se supone que es falsa, ¿no es cierto, profesor Murphy?

Murphy miró de hito en hito al chico que había preguntado. Parecía ser un escéptico, eso estaba claro, pero también parecía más serio, reflexivo y mejor informado que el payaso de la clase, que había acaparado toda la atención hasta entonces. Se percató de que Shari se había girado hacia él también para examinarle.

—Es una buena pregunta...

—Paul —añadió el estudiante; luego comenzó a sonrojarse, pues sin duda no esperaba recabar tanta atención.

—Bien, Paul, algunos expertos aseguran que la Sábana Santa es probablemente una falsificación medieval. Yo no estoy tan convencido. ¿Y cómo se puede distinguir lo real de lo falso? ¿Qué es lo que me hace pensar que este osario de verdad guardó los huesos del hermano de Cristo?

—¿Una datación con carbono 14? —la respuesta fue rápida y segura.

—Gracias, Paul. Si quieres subir aquí y dar tú la clase, sólo tienes que decírmelo. Parece que te sabes todas las respuestas —dijo Murphy con una sonrisa.

Paul volvió a sonrojarse y Murphy se dio cuenta en seguida de que había sido demasiado duro con él. Este chico no trataba de ponerle las cosas difíciles, lo que pasaba es que era más espabilado de lo normal.

—En efecto, la datación con carbono 14 es la manera de saber casi exactamente el año en el que se fabricó o se usó un artefacto —continuó Murphy—. El carbono 14 es un isótopo radiactivo que se encuentra en todos los objetos orgánicos. Dado que conocemos la velocidad a la que se va desintegrando, la cantidad de carbono 14 que queda en un objeto determinado nos indica su edad.

Paul parecía más cortado ahora. Estaba claro que no

le gustaba estar en el punto de mira, pero tampoco podía callarse las preguntas que le iban surgiendo.

—Mmm... Pero, profesor Murphy, el carbono 14 nos puede decir cuándo se formó el bloque de piedra, pero no cuándo se fabricó con él la caja, el osario.

—Tienes toda la razón, Paul. Pero dentro de la caja, escondidos en grietas diminutas, hemos encontrado fragmentos de tela y de polen que el carbono ha indicado que son de alrededor del año 60 d. C. Y no sólo eso, la inscripción está escrita en un arameo muy particular propio, únicamente, de esa época. Y si quieres más pruebas, el examen al microscopio de la pátina formada en la inscripción prueba que no fue realizada en años posteriores.

Murphy hizo una pausa y percibió la atención con la que le miraban. Nadie cuchicheaba en la parte de atrás. Nadie jugueteaba con el móvil o con otros aparatos electrónicos. Nadie hacía el tonto. Aunque no les hubiera convencido, al menos parecía que había logrado atraer su atención. Y ahora, la prueba de fuego.

—Todo estupendo, señores y señoras, pero lo que os acabo de decir es un montón de bazofia. Esta caja es una falsificación barata.

La clase estalló en gritos de desesperación y confusión. «Y luego dicen que la vieja arqueología es una balsa de aceite», pensó Murphy.

—Aclárate, tío.

—Así es, este osario es un fraude. Eso es lo que más de un grupo de científicos y estudiosos ha dicho. Yo, sin embargo, me he quedado sorprendido por las pruebas del carbono 14, que examinaremos en futuras clases, y por la inscripción realizada en un arameo que se circunscribe al siglo I. Se trata, en cualquier caso, de un hallazgo relativamente reciente, así que centrará muchos más estudios y discusiones en los próximos años. Os he contado todo esto al principio de este viaje por una razón.

Murphy hizo una pausa antes de continuar.

—Yo soy científico, y la gente que ha puesto en duda la autenticidad del osario también lo es. Estoy muy orgulloso de ser, además, un cristiano practicante. Sospecho que los científicos que aseguran denodadamente que este importante descubrimiento es falso lo hacen porque, en caso contrario, se verían forzados a cambiar sus dudas preconcebidas sobre Cristo. ¿Está mi fe nublándome la razón? ¿Acaso la falta de creencias religiosas distorsiona sus juicios? Compañeros, éstos son sólo algunos de los otros aspectos interesantes a los que se enfrenta un arqueólogo que busca pruebas sobre la verdad histórica de la Biblia. Espero poder explorarlos todos con vosotros en las próximas semanas.

Vaya suerte. Murphy vio al decano Fallworth recorrer la parte de atrás de la clase. «¿Cuánto tiempo llevaba escuchando?», se preguntó.

—Pero, para no dejaros en ascuas, os diré que la cuestión de si Jesús de Nazaret fue *bona fide* un personaje histórico no depende de la autenticidad de este osario. Estudiaremos algunas de las evidencias al respecto durante el curso. Pero cuando se pruebe la autenticidad del osario, como creo que ocurrirá, será una prueba más para aquellos que creen que Jesús caminó una vez entre nosotros.

Murphy consultó su reloj.

—Ahora, vamos a repasar la bibliografía del curso antes de que agote todo mi tiempo.

—¡Espere, Murphy!

Una mano huesuda le agarró por la mochila cuando salía de la clase.

—Decano Fallworth. Qué buen ejemplo ha dado a los estudiantes al venir a controlar mi clase.

—Guárdese sus comentarios.

Fallworth era tan alto como Murphy, pero estaba condenado a lucir una palidez de bibliotecario que, en comparación, hacía parecer saludables a algunas momias.

—¿Llama clase a eso? Yo lo considero una vergüenza. Vaya, que lo único que lo diferencia de un predicador es el hecho de que usted no pasa el cepillo.

—Aceptaré agradecido cualquier donación que quiera hacer, decano. Por cierto, ¿necesita un programa del curso?

—No, señor Murphy, tengo todo lo que necesito para que la junta universitaria le abra expediente por esta cháchara evangelizadora que usted llama clase.

—Cálmate —se murmuró para sí Murphy—. Decano, si cree que mi trabajo no es por un motivo u otro todo lo profesional que debería, ayúdeme, por favor, a mejorar mi forma de dar la clase. Pero si lo que desea es arremeter contra los cristianos, no necesito estar delante para que lo haga.

—¿Sabe cómo llaman ya en el campus a este espectáculo ridículo? Trivial bíblico, Jesuslerías y un Dior de Galiléa.

Murphy no pudo sino reír.

—Me gusta el último. Intento que sea un curso que estimule el intelecto de los alumnos, decano, pero confieso que no he exigido un nivel mínimo de inteligencia para poder apuntarse. Aportaré conocimiento, se lo prometo, pero creo que no podré cumplir lo que parece ser uno de sus requisitos, que el único método docente que resulta aceptable consiste en aburrir a los estudiantes hasta llevarles a la tumba antes de tiempo.

—Recuerde mis palabras, Murphy. Su esperanza de seguir dando este curso y de seguir enseñando en esta universidad están tan muertas como lo que fuera que hubiese en esa caja de huesos suya.

—Osario, decano. Osario. Estamos en la universidad, así que tratemos de usar palabras con más de dos sílabas. Si resulta que no es auténtico, quizá pueda conseguírselo barato para que guarde sus botones en él. Ahora, si me disculpa, tengo un nuevo artefacto que investigar.

8

Murphy cerró tras de sí la puerta del laboratorio y suspiró aliviado. Éste era su santuario, un lugar en el que los egos hinchados y las mezquinas disputas académicas no tenían cabida. La única cosa que importaba aquí era la verdad. Muy adecuadamente, las paredes estaban pintadas de un color blanco virginal. Bañada por los halógenos, la habitación estaba amueblada con bancos de laboratorio de alta tecnología y estantes con aparatos metálicos. Sólo se escuchaba el murmullo sordo de los ordenadores y de los sistemas de control ambiental de última generación.

En medio de la habitación, había una mesa equipada especialmente para fotografiar los artefactos, con dos focos halógenos para lograr una iluminación neutra y sin sombras, y escalas métricas para usar de referencia. Encima de un trípode descansaba la cámara digital más moderna y avanzada. Shari Nelson, vestida con una bata de laboratorio de un blanco inmaculado, estaba introduciendo en ella una tarjeta de memoria.

—Hola, Shari —dijo Murphy—. Gracias por haber hecho un hueco en tu agenda de esta tarde para echarme una mano. Laura va a tratar de escaparse, pero vamos a ir empezando porque seguro que tiene el despacho abarrotado por un tropel de jovenzuelos deseando poder quejarse por nada.

—Profesor, a veces creo que nunca fue joven.

—Y tienes razón. Soy un alma antigua. Pregunta a mi momia si no me crees.

—Sus chistes sí que son antiguos —respondió ella, alzando la cabeza con una sonrisa radiante—. Llevo aquí una hora preparándolo todo. ¡Es que es tan emocionante!

Señalando el tubo de metal que él sostenía con firmeza en su mano, añadió:

—¿Es eso?

Él lo colocó en la mesa, delante de ella.

—No quiero que te desilusiones si al final resulta ser nada, Shari. Hasta que lo examinemos no podremos saber lo que es.

—Pero usted cree que podría ser algo grande, ¿verdad? Eso es lo que dijo, vamos. Pude notar su emoción en el mensaje que me mandó.

Ella tenía razón. A las tres de la mañana, medio delirante por el dolor y el cansancio, Murphy había estado convencido de que tenía en su poder algo de tremenda importancia y su mensaje de correo electrónico, algo alocado, transmitía a las claras esa sensación. Ahora, bajo la fría luz del día, le invadían las dudas, amén de los pinchazos de dolor en el hombro.

—Espero que así sea, Shari. Pero recuerda cuál es la primera ley de la arqueología bíblica.

—Ya lo sé, ya lo sé —pió ella—. Estate siempre preparado para la desilusión.

—Exacto. No dejes que tus expectativas nublen tu objetividad.

Ella se sabía la lección, pero no parecía haberla asimilado. Él confió por el bien de ambos en que el tubo guardara algo más que polvo antiguo en su interior.

Antes de que Laura y él se durmieran plácidamente, tuvieron tiempo para examinarlo minuciosamente y descubrieron una división, casi invisible, en el centro. Parecía que las dos mitades estaban encajadas y selladas herméticamente.

Shari estaba como hipnotizada cuando Murphy cogió el tubo con ambas manos y se dispuso a desenroscarlo.

—¡Espere! —gritó Shari—. ¿No hay algo que debemos hacer antes?

Murphy parecía confundido.

—Ah, ¿te refieres a radiografiarlo? Shari, eres una joya para tu viejo profesor. Tienes razón, por lo general, es deseable tener una idea aproximada de lo que hay en su interior antes de exponerlo al aire y a un posible daño. Pero te apuesto una comida a que lo que tenemos aquí es un pergamino de papiro. Es la única cosa lo suficientemente pequeña y ligera y, aun así, capaz de contener las pistas que me dijeron que guardaba este tubo. Y si es un papiro que ha sobrevivido durante un par de milenios o más sin pudrirse, entonces, es que está bastante seco, lo que significa que tan pronto como hayas hecho las fotografías...

—¡Tenemos que rehidratarlo!

Murphy no pudo evitar sonreír ante el entusiasmo de Shari. Pese a ser aún una estudiante, era la persona más equilibrada que había conocido. Pero la perspectiva de un hallazgo bíblico auténtico la hacía balancearse sobre sus talones como una niña de dos años hiperactiva.

—Exacto. ¿Tienes todo listo? Bien, pues adelante. Mientras Murphy iba forzando el sello que unía ambas mitades, Shari colocó en la mesa una bandeja de plástico, justo debajo de sus manos. Así podría recoger cualquier fragmento de pergamino que se desprendiera para luego datarlo con el carbono 14. El zumbido de las máquinas parecía ir haciéndose más fuerte según se concentraban cada vez más intensamente en el tubo. Con un chasquido, el sello se quebró. Murphy estaba seguro de que Matusalén había abierto ya el tubo para comprobar lo que escondía, pero de alguna forma lo había vuelto a sellar tan bien como su propietario original. Ahora, las dos partes estaban separadas y dejaban ver un pergamino enrollado y en mal estado. Murphy lo depositó en la bandeja con un ligero golpecito.

—Tendré que invitarle a comer, profesor —dijo Shari sin aliento—. Yo diría que es un auténtico papiro, ¿no? —añadió dubitativa.

En un primer momento, Murphy no pareció oírla. Estaba inclinado sobre el pergamino, tratando de descifrar ya las débiles marcas que tenía en su superficie. ¿Tinta? ¿O sólo signos de putrefacción? ¿Eran formas dibujadas por un hombre, o sólo manchas? Un momento después, sonrió y le dio una palmadita en el hombro.

—Yo tomaré lo de siempre, por favor, Shari. Hamburguesa con chili y extra de pepinillos.

—Y una coca-cola —añadió ella con felicidad.

Se pusieron manos a la obra. Shari tomaba fotos y recogía el polvo y otros restos de la bandeja con una aspiradora del tamaño de una linterna, mientras Murphy examinaba el pergamino desde todos los ángulos. Cuando ella terminó, Murphy llevó la bandeja hasta lo que parecía ser un gigantesco microondas, con una puerta de cristal y el cuadro de mandos a un lado. Metió la bandeja en la cámara hiperbárica, cerró la puerta y tecleó las condiciones de presión y humedad correspondientes.

Si había suerte, las fibras antiguas del pergamino irían absorbiendo gradualmente la humedad hasta que pudiera ser desenrollado sin destrozarlo. Si no, las fotografías que había tomado Shari sería todo lo que tendrían para desvelar sus secretos.

Fijaron la vista en el cristal opaco como unos padres nerviosos mirarían a su bebé en una incubadora.

—Y ahora, toca esperar —dijo Murphy.

Cuando Shari Nelson salió del laboratorio del profesor Murphy, Paul Wallach tuvo que acelerar el paso para cogerla, a riesgo de que con su andar ligero se le perdiera en el laberinto de pasillos que conforma el edificio de Historia.

—Perdona. ¿Puedo hablar contigo un momento?

Shari se dio la vuelta y Paul se sorprendió al ver que estaba sonriendo. Con el pelo negro anudado en una coleta corta y vestida con pantalones de chándal azul oscuro y sudadera, parecía como si no se preocupara nada por su apariencia. Pero el efecto que causaba, especialmente gracias a sus brillantes ojos verdes, era cautivador. Paul perdió de repente el habla.

—Mira, yo... yo sé que trabajas con el profesor Murphy y sólo quería disculparme por lo que he dicho en clase. No quería que pensaras que quería pasarme de listo o algo así.

Ella ladeó la cabeza, como si estuviera midiendo sus palabras en una balanza.

—Planteaste una pregunta importante. ¿No es eso

lo que no dejan de repetirnos que debemos hacer aquí? ¿Hacer preguntas?

—Supongo. Es sólo que me di cuenta de que tú eres... ya sabes.

Sus ojos descendieron hasta la sencilla cruz de plata que llevaba alrededor del cuello.

Ella frunció el ceño y Paul sintió que se estaba sonrojando. Ella había sido amable y él la había ofendido. Si era tan listo, ¿cómo es que ella le hacía sentir tan tonto?

—Los cristianos también pueden hacer preguntas, ¿sabes? Y aquí tienes una: ¿quién eres tú?

Él se sonrojó aún más.

—Paul Wallach. Me acabo de cambiar a Preston este mismo semestre.

Shari extendió su mano.

—Shari Nelson. Encantada de conocerte, Paul. Y no creo que fueras un listillo, en absoluto. De hecho, en lo que respecta a las preguntas realmente trascendentales, suelen ser a los ateos a los que no les gusta hacerlas —dijo, para luego echarse a reír—. Perdona, estoy segura de que no has venido a Preston para que yo te dé clases.

—Bueno, no, quiero decir, no importa, puedes hacerlo si quieres...

Tomando aire, trató de recuperar la compostura. Vamos, tírate al vacío.

—Me gustaría preguntarte algunas cosas, si no te importa. Si tienes tiempo. Sobre la clase del profesor Murphy. Me han dicho que hay donuts en la cafetería que necesitan urgentemente ser datados con carbono 14. ¿Qué te parece la idea?

—Y dime, ¿cómo es el profesor Murphy? —preguntó Paul—. Parece un tío majo.

—¿Para ser un arqueólogo bíblico, quieres decir?

Paul y Shari llevaban charlando veinte minutos. Un donut con pinta de arcaico descansaba en un plato de papel delante de ellos, sin haber sido tocado, junto a dos tazas de café ya vacías. Hasta el momento, ella no se estaba aburriendo con su compañero. Pero ella aún tenía esa capacidad desquiciante para hacerle sentir como un completo idiota.

—No, no quería decir eso. De verdad. Quería decir majo para ser profesor.

Ella le sonrió para que viera que le creía, o quizá que simplemente le estaba tomando el pelo. En cualquier caso, su suspiro de alivio tuvo que ser audible.

—Murphy es majo. Y es el mejor en su campo. He aprendido un montón de cosas de él.

—Me has dicho que, de vez en cuando, te deja trabajar en su laboratorio con sus hallazgos, ¿no es cierto? —preguntó Paul.

—Eso es lo mejor de todo. Soy tan afortunada. A veces, no puedo creerme que él confíe en que yo no voy a dejar caer esas cosas al suelo. Son artefactos históricos realmente importantes, ¿sabes?

Ella miró a Paul con esos ojos verdes que ahora él sabía que eran tan incitantes como intimidatorios. Quizá le había dicho más de lo que pretendía.

—Bueno, Paul, ya basta de hablar sobre el profesor Murphy —dijo, mirándole de arriba abajo—. No me has contado aún ni una sola cosa sobre ti. Mmm —murmuró, posando un dedo sobre la barbilla—, a juzgar por tus pantalones de vestir y tu camisa recién planchada, tu elegante corte de pelo y no nos olvidemos de esos mocasines brillantes, yo diría que no eres el típico estudiante de Preston. De hecho —continuó bajando el tono de voz e inclinándose hacia él—, no estoy segura de que seas ni siquiera un estudiante.

Él se estremeció y se atragantó antes de poder responder. Shari se dio cuenta de que se había pasado. Se estaba divirtiendo a su costa y eso no estaba bien.

—Oye, no tenía intención de...

—No, tienes razón —dijo él, fijando su mirada desamparada en las tazas vacías—. Realmente, no encajo en este sitio. Bueno, ya no estoy seguro de si encajo en algún sitio.

—¿Por qué dices eso? Alguna razón habrás tenido para cambiarte a Preston este año.

Paul estaba decidiendo si largarle su historia. Realmente le atraía Shari, así que lo hizo.

—Bueno, tú lo has querido. Antes estudiaba en Duke.

Shari se echó para atrás en su asiento.

—Guau, no hay muchos estudiantes que dejen Duke para venirse aquí.

—No, y yo tampoco lo hice por las buenas. Verás, mi padre era muy estricto. Nunca fue a la universidad; levantó la empresa familiar, un negocio de impresión, con el sudor de su frente, a la antigua usanza. Se separó de mi madre cuando yo era muy pequeño porque siempre estaba trabajando, de día y de noche, y la mayor parte del tiempo que tenía para mí lo empleaba en recordarme que debía ir a la universidad y estudiar Empresariales «a la manera refinada», como decía él. Ganó dinero suficiente como para mandarme a un colegio de élite, donde cogí la costumbre de arreglarme para ir a clase; en casa siempre había criados a mi alrededor, ellos fueron los que de verdad me educaron, y eran bastante estrictos. Fui a estudiar Empresariales a Duke porque eso fue lo que mi padre siempre soñó poder hacer. El invierno pasado, murió de un ataque al corazón... ¡Bang! Sin previo aviso.

Shari extendió el brazo para cogerle la mano.

—Paul, lo siento mucho. Tuvo que ser muy duro.

Paul intentaba con todas sus fuerzas concentrarse en su historia y olvidar lo agradable que resultaba que su mano estuviera en contacto con la de Shari.

—¿Sabes?, nunca llegué a conocer demasiado a mi padre, así que, por muy mal que suene, realmente, no le eché de menos cuando murió. La peor parte vino cuando los contables y abogados examinaron la empresa y descubrieron que se estaba ahogando en deudas. Dejé temporalmente la universidad para tratar de enderezar las cosas, pero fue inútil. Pude pagar las deudas liquidando la empresa y la casa, pero no habría podido permitirme volver a Duke aunque hubiese querido. Pero me gustaba la zona, además, me di cuenta de que era lo más parecido a un hogar que había conocido, y pensé que podría pagar la matrícula de Preston. Si consigo un trabajo, claro.

—¿Y por qué te apuntaste a Empresariales aquí si odiabas la carrera en Duke?

—Después de tantos años oyendo a mi padre insistir una y otra vez, aún me parece que es mi destino. Quiero terminar la carrera, estoy intentando con todas mis fuerzas no derrumbarme, y Empresariales es lo más parecido a un plan serio que he tenido nunca. Eso sí, me he prometido a mí mismo probar unas cuantas asignaturas de otras áreas, y la del profesor Murphy parecía interesante.

—Lo sé. A mí me pasó lo mismo. Desde luego, nunca había soñado antes con ser arqueóloga —dijo Shari con una sonrisa.

Paul volvió a fijar la vista, sin darse cuenta, en la cruz que llevaba en el cuello.

—Bueno, tú cuando menos tienes raíces religiosas. Yo ni siquiera eso. Una religión fue otra de las cosas que mi padre nunca tuvo tiempo o necesidad de darme.

—Tampoco mis padres lo hicieron en vida, pero lo mejor de nuestra Iglesia es que puedes unirte a ella cuando quieras, en cualquier momento.

—Supongo. Pero primero creo que tendré que centrarme en mi carrera de Empresariales. Me siento como un atleta que, después de pasarse media vida entrenando, no logra clasificarse para los Juegos Olímpicos. Es lo único para lo que me preparó mi padre, pero realmente lo odio.

Shari miró el reloj.

—Tengo que irme corriendo a clase, pero me apuesto lo que quieras a que, siendo nuevo en el campus, no te vendría nada mal una buena comida casera. ¿Por qué no te vienes a cenar una noche de esta semana y seguimos hablando?

—No tendrás que pedírmelo dos veces —respondió Paul sin dudarlo un instante.

9

Al contrario que muchos de los dueños de apartamentos de lujo en los rascacielos de una gran ciudad, que pagan fortunas desorbitadas por una terraza que raramente tienen tiempo de disfrutar, Shane Barrington salía todas las mañanas a estudiar el deslumbrante panorama urbano que rodeaba su ático. Como los grandes señores de las mansiones antiguas, sentía que, algún día, sería el dueño de todo lo que alcanzaba con la vista.

La mayoría de los días se perdía mentalmente en sus planes de conquistas empresariales a corto y largo plazo sin que pudieran distraerle los ruidos del tráfico que fluía 62 pisos más abajo. Pero esa mañana, en particular, un sonido repetitivo que no pudo identificar le sacó de sus ensoñaciones. Parecía el golpeteo de una bomba de agua.

Una sombra se proyectó durante un instante en la pared de la terraza; Barrington se volvió para ver qué estaba ocurriendo a su espalda y descubrió sorprendido como un gran halcón peregrino descendía del cielo para posarse a menos de metro y medio de distancia sobre una mesa de hierro forjado.

El pájaro tenía un porte majestuoso, imperial; más o

menos como el propio Barrington. Los dos predadores se dirigieron miradas llenas de frío respeto.

Barrington fue el primero en retirar la vista, al darse cuenta de que el halcón portaba algo en una de sus garras: unos pequeños prismáticos que parecían ser ultrasofisticados. Entonces, adivinando que Barrington era su destinatario, el halcón los dejó caer suavemente sobre la mesa. Barrington esperó a que extendiera de nuevo sus alas y echara a volar sobre los tejados para acercarse y cogerlos.

Mientras el halcón se elevaba majestuosamente en el aire sobre su cabeza, Barrington volvió a sorprenderse aún más al descubrir el pequeño estandarte que colgaba de su otra garra. Ajustó rápidamente los prismáticos para leer el mensaje escrito en él:

ENDICOTT ARMS PISO 14.º 12 MINUTOS

Picado por la curiosidad, buscó el edificio de apartamentos Endicott Arms con la mirada, situado en diagonal frente al suyo, y contó catorce pisos desde la calle. Luego, se acercó los prismáticos a los ojos. Las lentes se resquebrajaron sin llegar a romperse cuando las dejó caer conmocionado por lo que acababa de contemplar.

A través de las ventanas del piso 14.º de Endicott Arms pudo ver una cara que reconoció al instante. No era exactamente la cara de un conocido al que viera cada poco tiempo; de hecho, no había visto a esa persona desde hacía tres años. Pero era una cara muy similar a la que acababa de ver esa misma mañana, y todas las mañanas de su vida, en el espejo: la suya.

A través de los prismáticos había visto la cara de su hijo de 25 años, Arthur. Único fruto de su breve matrimonio, éste se había convertido en una versión muy atractiva y más joven de su padre. Más allá de pagar su manutención y de las visitas en vacaciones, que le traían sin cuidado, Barrington había mostrado poco interés por él durante su niñez. Y esta situación se agudizó cuando su ex mujer se mudó a California con su nuevo esposo.

Barrington ordenó a sus secretarios que se mantuviesen al tanto de las vidas de su ex mujer y de su propio hijo para poder defenderse si algún día acudían a él en busca de ayuda financiera. Así que no se sorprendió cuando a Arthur le expulsaron de su cuarta escuela de arte y se mudó a Manhattan con la clara intención de que su padre le lanzara como escultor.

De esta forma, Barrington se encontraba en sobre aviso cuando su hijo se presentó en su despacho con el pelo morado, pantalones de cuero rotos y un *piercing* en la lengua, pidiéndole dinero para abrir una galería de escultura. Arthur Barrington recibió una lección de un minuto y medio de duración de su furioso padre sobre como no tenía ni un duro que dar a un bala perdida fracasado y extravagante. Ésas fueron las últimas palabras que cruzaron los dos antes de que los guardias de seguridad sacaran a Arthur de la sede central de Barrington Communications.

Ahora, Barrington había reconocido a su hijo al instante a través de los prismáticos, pero él no podía verle desde el otro lado de la calle, ya que se encontraba muchos pisos por debajo. Sin embargo, tenía la cabeza vuelta hacia su padre a la fuerza, sujeta por un individuo al que podía ver a su lado en la ventana.

Esa figura apretaba fuertemente la cabeza del jovencito con una mano enguantada, mientras que con la otra sostenía un cuchillo muy largo y amenazador junto a su garganta. La última imagen que pudo ver antes de que los prismáticos se le cayeran de sus sobresaltadas manos y se estrellaran contra el suelo de la terraza fue un cartel escrito a mano que colgaba del cuello de su hijo:

PADRE, TIENE
11 MINUTOS Y 30 SEGUNDOS
PARA LLEGAR HASTA AQUÍ,
AL APART. 14 C, O ESTE HOMBRE
ME MATARÁ

—¿Eres un maníaco homicida? ¿Qué pasa contigo?

Shane Barrington gritaba con el poco aliento que le quedaba después de salir corriendo de su ático, cruzar Park Avenue y subir al piso catorce de Endicott Arms, como le habían ordenado. Sólo había tardado ocho minutos, y, en los tres siguientes, el mundo había vuelto a derrumbarse sobre su cabeza, como ya le había sucedido en el castillo suizo.

Los Siete.

Estaba gritándole al hombre que hacía sólo unos minutos presionaba un cuchillo contra la garganta de su hijo. El arma ya no estaba a la vista, pero Arthur Barrington yacía ahora en la cama, aparentemente inconsciente, con la cara cubierta por una mascarilla que, a su vez, estaba conectada a una máquina bastante compleja que emitía bips y tenía muchas lucecitas.

—Señor Barrington, me honra que haya aceptado mi invitación. Pero ¿no quiere darle una calurosa bienvenida a su hijo, al que perdió hace tanto tiempo?

La voz del hombre parecía tener cierto acento sudafricano, pero carecía de cualquier ápice de emoción humana.

—¿Quién es usted y qué le está haciendo a Arthur?

—Soy el hombre que los Siete le dijeron que le visitaría, señor Barrington. Pero no creo que le mencionaran mi nombre. Tengo varias identidades, mi trabajo lo requiere así, pero puede llamarme como los Siete: Garra.

La furia de Barrington, teñida ahora de miedo, no se había calmado.

—¿Garra? ¿Qué clase de nombre es ése? ¿Es nombre o apellido?

—Da lo mismo. Lo empleo en honor a la única herida importante que he sufrido en toda mi vida como guerrero. El primer halcón que crié y entrené cuando era joven, en Sudáfrica, la última cosa a la que me permití coger cariño, se volvió contra mí un día y me arrancó el dedo índice.

Se quitó el guante de la mano derecha. Barrington tardó unos instantes en darse cuenta de lo que le estaba mostrando. De un primer vistazo, la mano de Garra parecía perfectamente normal, pero luego se dio cuenta de que el índice había sido sustituido por algún tipo de material duro de color carne modelado como si de un dedo se tratara, excepto por el hecho de que, en el lugar donde debía estar la uña, había una cuchilla mortalmente afilada.

—Maté al halcón, y ahora llevo esto para acordarme de lo que ocurre cuando eres amable y cariñoso. Y me resulta muy útil en situaciones en las que no es apropiado usar un arma. Lo que, como puede comprender, siendo un hombre de mundo, sucede muy a menudo ahora que vivimos en una época tan desquiciante.

—¿Así que tengo que creerme que los Siete quieren que obedezca sus órdenes?

—Correcto, señor Barrington.

—¿Pero qué tiene que ver mi hijo con todo esto? Llevo años sin verlo.

—Tres años y dos meses, para ser exactos. Él sólo es un pequeño ejercicio que debemos completar para satisfacer a los Siete y convencerme a mí de que está realmente preparado para hacer todo aquello que le pida. Sin importar de qué se trate. Así que, aunque no son precisamente una familia feliz, supongo que algún lazo sentimental les unirá, aunque sólo sea como seres humanos que son.

—¿Qué tipo de lazo sentimental? ¿Qué le ha hecho a Arthur?

—Es un poco tarde para preocuparse por su hijo, ¿no, Barrington? Pero, de hecho, es una actitud muy convincente. Y se lo digo de hombre sin corazón a hombre sin corazón.

Garra se acercó al tubo de plástico que salía de la máscara que cubría la cara de Arthur Barrington.

—No lo entiendo. ¿Por qué está inconsciente? ¿Está enfermo? ¿Le ha hecho algo? —a su pesar, había cierta desesperación en su tono de voz.

Garra cogió el tubo de plástico con la mano derecha.

—Verá, señor Barrington, voy a darle órdenes terminantes para que realice tareas ocasionales y muy específicas para los Siete. Algunas pueden ser ilegales, otras pueden ser poco agradables, pero todas tendrá que llevarlas a cabo cuando yo se lo ordene. Entonces, tendrá que responder al momento sin pedir explicaciones ni inventarse excusas y sin posibilidad de error.

—Ya lo sé. Ya acepté hacerlo en el castillo de Suiza.

Los ojos de Garra atravesaron a Barrington tan limpiamente como su dedo índice cortó el tubo de plástico, dejando escapar un silbido de aire. La máquina situada junto a la cama comenzó a emitir un pitido agudo de alarma, y cuatro luces rojas se pusieron a parpadear insistentemente.

—Sí, resulta fácil rendir pleitesía de boquilla cuando no hay nada en juego, Barrington. Pero muéstreme que tiene lo que hay que tener cuando realmente hace falta.

—¿Lo que hay que tener para qué? ¿Qué le está pasando a mi hijo?

—No finja ahora que le quiere. Desde luego que es una vida humana, pero tampoco tiene excesiva vida. Sin amigos de verdad, sin objetivos... nadie le echará de menos cuando muera.

—¿Cuando muera? ¿De qué está hablando? ¿Por qué debería morir?

—Porque lo digo yo. Aquí y ahora. Éste es nuestro examen. Es completamente arbitrario, sin sentido y brutal. Igual que muchas de las cosas que los Siete le obligarán a hacer. Que yo le obligaré a hacer. Cosas que tendrá que hacer... o morirá.

Barrington se tiró hacia Garra.

—Eres un...

Garra le cogió por el brazo parándole en seco.

—Ni lo sueñe, Barrington. Ni por un segundo. Ah, y no soy completamente insensible. Si me pide que salve a su chico, lo salvaré.

Con su dedo índice tapó el agujerito por el que se escapaba el aire del tubo. El silbido cesó de repente y las alarmas dejaron de sonar. Unos segundos después, levantó el dedo y el aire volvió a escaparse; las alarmas atronaron de nuevo.

—Sí, pararé durante unos segundos. El tiempo suficiente como para rebanarle el pescuezo.

Acercó su afilado índice a unos milímetros de los ojos de Barrington.

—Y luego, mataré al chico.

Barrington se desplomó sobre el suelo del dormitorio, pero sin poder evitar alternar la mirada entre su hijo y Garra. Dos minutos después, la máquina comenzó a emitir un pitido continuo y los gráficos del monitor se aplanaron.

—Felicidades, señor Barrington. Los Siete estarían orgullosos de usted. Yo estoy orgulloso de usted. Hizo lo correcto cuando hacía falta. Ahora, sólo debe seguir haciéndolo cada vez que me ponga en contacto con usted, y tendrá más poder y dinero del que nunca pudo imaginar.

»Aquí tiene sus primeras instrucciones; necesito algunos datos —le espetó, lanzándole una hoja de papel.

—¿Qué pasará con mi hijo?

—Doy por hecho que no sentirá un temblor de amor tardío en su corazón como para enterrarle en el panteón familiar, así que me encargaré de él y nadie sabrá nunca nada. De hecho, eso sólo es verdad a medias. La gente sí oirá hablar bastante de Arthur Barrington y de su muerte. Hay, como de costumbre, un plan fijado. Pero todavía no es necesario que conozca cuáles serán las siguientes fases. Le serán reveladas cuando yo esté listo para ello. Por ahora, consígame esos datos. Ya puede marcharse.

10

Laura Murphy observó al joven de cabeza afeitada y vaqueros holgados que corría por el pasillo, y meneó la cabeza, sonriendo. Recordaba lo bastante bien sus años de universidad como para sentir una corriente de empatía cada vez que un estudiante se plantaba en la puerta de su despacho con los ojos enrojecidos y las uñas devoradas, con pinta de no haber dormido o comido en una semana. Y aunque a los chicos y chicas de hoy en día parecía costarles más que a los de su generación adaptarse a este mundo, malvado e inacabable, no era demasiado dura con ellos.

Negociar esa tierra de nadie plagada de trampas que separa la niñez de la madurez nunca ha sido sencillo, y no cabe duda de que ahora había más tentaciones y distracciones a las que hacer frente. Teniendo en cuenta todos esos mensajes e imágenes turbadoras que cada día les lanzaban la televisión y las canciones, le maravillaba que hubiera siquiera uno de estos jóvenes que acabara tan bien como la mayoría solía.

Aunque, a veces, no pudiera comprender su gusto en cuestión de ropa.

Y si ella podía desempeñar un pequeño papel en ese camino hacia la vida adulta, mejor que mejor. Desde hacía dos años, era consejera estudiantil en la universidad. Aunque algunas personas muy próximas —sobre todo su padre— la habían reñido por desperdiciar una carrera potencialmente brillante como arqueóloga de campo sólo para poder escuchar a un grupito de adolescentes con granos «lloriquear por sus notas», ella no se arrepentía de su decisión. Conocía muy pocos triunfos profesionales que pudieran compararse con el sentimiento de éxito que la embargó cuando una estudiante de literatura inglesa que había tratado de suicidarse logró publicar su libro de poesía y puso en marcha sus propios cursos de escritura creativa, ayudando a otros a canalizar sus torbellinos de emociones de manera positiva.

Además, Laura aún sacaba tiempo para trabajar en su libro sobre ciudades perdidas. Puede que no terminara en la lista de los más vendidos, y que, seguro, tampoco serviría de guión para una superproducción, pero cuando le entregara llena de orgullo un ejemplar a su padre, al menos, habría creado un artefacto arqueológico con sus propios manos.

También compartía de lleno el trabajo de su marido, y no sólo haciendo de mediadora en sus frecuentes encontronazos con las autoridades, sino aportando sus considerables conocimientos a su cruzada para localizar y autentificar artefactos bíblicos.

Algo que debería estar haciendo justo en ese momento, pensó con un intenso escalofrío de emoción. Se había perdido la jornada inicial de investigación por tener el despacho lleno, como de costumbre, de estudiantes, pero ahora era el momento de ver si el pergamino, ya rehidratado, estaba listo para revelar algún extraordinario secreto sobre Daniel.

Cerró la puerta del despacho tras ella y colocó el

cartel de *ya sé que dije que mi puerta está siempre abierta, pero volveré pronto, ¡lo prometo!* Luego se encaminó con andar ligero hacia el exterior del edificio. Minutos después, llegaba al despacho de Murphy, y tras llamar con decisión a la puerta, entró.

Murphy estaba sentado en un banco de trabajo, con las mangas subidas y el pelo revuelto, observando algo a través de una lupa y totalmente ensimismado. «Ése es el Murphy que creo que más me gusta —pensó ella mientras sonreía—, el Murphy tan absorto por su trabajo que no se daría cuenta de que el edificio está en llamas.» El Murphy que la había llamado unos minutos antes completamente entusiasmado para decirle que el pergamino estaba listo.

Ella apretó su mano, saludó a Shari y se centró en la cámara hiperbárica.

—Bueno, ¿crees que el pergamino ya se ha rehidratado como debiera?

—Calculo que debe de estar tan jugoso y rollizo como el pavo que cocina tu madre en Navidades —afirmó Murphy—. De hecho, incluso un poquito más jugoso —añadió.

—Vale, vale, y seguro que sabe mejor y todo —dijo Laura, poniendo los ojos en blanco.

Murphy se enfundó un par de guantes blancos de algodón, abrió la puerta de la cámara y sacó con cuidado el pergamino.

—Vamos a ver qué hemos cocinado —dijo con calma.

Empezó a desenrollar suavemente el papiro sobre la bandeja de plástico. Laura contuvo la respiración, asombrada por la firmeza de sus manos, teniendo en cuenta que sostenía algo fabricado durante el reinado de Nabucodonosor, en los tiempos de Daniel. «En este momento

—pensó—, en esta habitación, estos tres seres vivos están en contacto con el pasado bíblico a través de un objeto absurdamente frágil que podría convertirse en polvo en cualquier momento.»

Pero el antiguo papiro no se desintegró. Como si de una mariposa emergiendo de su crisálida se tratara, se desenrolló despacio, intacto y bello.

—Mira esto —dijo Murphy a medida que, línea a línea, surgieron antiguos signos de escritura cuneiforme.

Triángulos con líneas como rabos, figuras con forma de uve como pájaros volando por el cielo, embutidos todos en estrechas columnas. Completamente desenrollada, la hoja de papiro medía, aproximadamente, 23×38 centímetros. Tenía grandes arrugas marcadas por toda su superficie de color tabaco, los bordes estaban destrozados, y gran parte del papiro estaba desgastado. Pero las letras habían sobrevivido mejor de lo que Murphy se hubiera atrevido a esperar.

—Yo diría que es caldeo.

Laura no podía apartar la vista de los extraños símbolos geométricos, por si acaso se borraban delante de sus propios ojos.

—Tiene sentido. En los tiempos de Nabucodonosor, la mitad de los sacerdotes y hechiceros de Babilonia eran caldeos. ¿Puedes leerlo?

Murphy inclinó ligeramente el pergamino para tener mejor ángulo.

—Bueno, no lo domino muy bien. Podría pedir una ensalada o preguntar una dirección en la oficina de correos, pero cosas más complicadas que eso...

Laura le apretó el brazo.

—No bromees. Te he visto haciendo garabatos en caldeo mientras hablabas por teléfono. ¿Qué dice?

—Bueno, eso es lo gracioso —Murphy lanzó una mirada penetrante hacia las letras—, puedo identificar claramente el símbolo del bronce, y éste —dijo señalando una mancha que apenas se podía leer— es el símbolo de la serpiente. Y mira, ahí está otra vez, esta vez con el símbolo de los israelitas.

Permanecieron un instante en silencio; Shari podía notar cómo se exprimían las meninges para dar sentido a las imágenes que tenían frente a ellos.

—¿Qué significa todo eso? —preguntó.

—La Serpiente de Bronce —susurró Laura.

—Exacto —dijo Murphy—. Fabricada por Moisés hace 3.500 años...

—Y rota en tres pedazos por el rey Ezequías en el 714 a. C.

—Pero señoras, esto no tiene sentido. Matusalén dijo que el premio era un artefacto relacionado con Daniel, que vivió en la misma época que Nabucodonosor, es decir, casi 150 años después del rey Ezequías.

Murphy echó su silla para atrás y empezó a caminar por la sala.

—No tiene sentido. ¿Por qué se interesaría un escriba caldeo por la Serpiente de Bronce? ¿Y qué conexión tiene con Daniel?

Laura observó el pergamino en busca de nuevos detalles.

—¿Hay alguna posibilidad de preguntarle al loco que te lo dio?

—¿Que me lo dio?

—Ya me entiendes.

—A Matusalén le gusta que adivine las cosas yo solito. Forma parte del juego —dijo meneando la cabeza.

De repente, chasqueó los dedos y añadió:

—Pero no hay motivo alguno por el que no pueda pedir un poco de ayuda. Vamos a tomar unas cuantas fotos. Conozco a una mujer que, prácticamente, sueña en caldeo.

Laura cruzó los brazos y le miró muy seria.

—¡No es que yo haya estado allí para verlo —añadió rápidamente—. De hecho, ni siquiera la he visto nunca en persona.

—Tranquilízate, Murphy. Sé que guardas tu amor sólo para mí... y para cualquier cosa que lleve 2.000 años bajo tierra. ¿Quién es ese oráculo?

—No vas a creerme, pero se llama...

Murphy pronunció cuidadosamente su nombre, sílaba a sílaba, como si estuviera pidiendo una botella de vino exótico en un restaurante de lujo.

—... Isis Proserpina McDonald.

11

La Fundación Pergaminos para la Libertad era una de las cientos de organizaciones privadas que tenían su sede central entre los edificios de piedra con aspecto de ministerios de Washington D.C., esos que muchos ciudadanos asumen automáticamente que son oficinas del Gobierno. La placa colocada en la puerta del despacho de la segunda planta decía, únicamente, *dra. i. p. mcdonald*, y sólo los iniciados podrían adivinar que tras ella se escondía una de las mayores especialistas vivas en culturas antiguas.

Tampoco nadie que pasara en ese momento frente al despacho relacionaría el estudio de polvorientas civilizaciones perdidas con el continuo estruendo que llegaba desde el otro lado de la puerta cerrada.

Al ruido de libros golpeando uno a uno contra el suelo, le siguió el suave latigazo de las pilas de papeles al caer y luego el estrépito de un objeto pesado (¿una lámpara? ¿un pisapapeles?), al impactar contra algo sólido. Tenía suerte el causante de este caos de que casi nunca pasara nadie por este pasillo en particular.

El pequeño despacho sin ventanas tenía tres paredes cubiertas de estanterías, pero muchos de los volúmenes —algunos irreemplazables, casi todos raros o, como mínimo, descatalogados— yacían ahora amontonados sobre una alfombra marrón pálido de aire institucional. De pie, en medio de esta carnicería, una pequeña y ágil figura inspeccionaba una pila de documentos que descansaba sobre un buró antiguo, lanzándolos por el aire con furia.

—Tiene que estar por aquí, tiene que estar por aquí —decía con voz irritada, mientras depositaba en el suelo una temblequeante columna de diarios académicos. Quedaron a la vista los tiradores del buró y fue abriendo cajón tras cajón de forma sistemática, pero a juzgar por los resoplidos de ira que acompañaban esta búsqueda, el objeto deseado no se encontraba allí.

La figura se detuvo repentinamente, girando la cabeza hacia la puerta. Pisadas. Tacones avanzando por el corredor. En el despacho se hizo la calma. Las pisadas siguieron acercándose. Luego se detuvieron. Una pausa. Luego unos golpecitos, suaves, inseguros. Y más tarde otros, más fuertes e insistentes.

—¿Doctora McDonald? ¿Necesita ayuda?

La estirada jovencita, vestida con un elegante traje azul, dudó. En ocasiones, cuando la doctora McDonald no contestaba, simplemente era porque estaba tan concentrada en un manuscrito que, literalmente, no oía los golpes en la puerta, y pobre del que se atreviera entonces a entrar sin su permiso. Una cosa que había aprendido pronto era que la doctora McDonald no se tomaba nada bien que la interrumpieran mientras trabajaba. Era un poco como los sonámbulos, pensó para sus adentros, si los despiertas pueden perder la noción de la realidad e, incluso, mostrarse violentos. Es mejor dejarles solos hasta que encuentran por sí mismos el camino de regreso hasta la tierra de los vivos.

Pero esta vez era diferente. Sin lugar a dudas, había escuchado varios fuertes golpes cuando pasaba cerca del despacho, y, según se acercaba a la puerta, estaba cada vez más segura de que alguien estaba destrozando la oficina de la doctora McDonald.

Fiona Carter no era una mujer valiente. Sólo pensar en cualquier tipo de violencia física la hacía temblar de miedo. Pero si había algo que temiera más que enfrentarse a un ladrón era tener que explicarle a la doctora McDonald que había dejado a alguien diezmar su valiosa biblioteca.

Su mano temblaba cuando giró el picaporte y empujó la puerta.

Se abrió suavemente, dejándole ver una figura delgada de mujer, vestida con una falda de *tweed* y una sudadera holgada, rodeada por pilas de diarios y páginas manuscritas, algunas de las cuales salieron volando por la corriente. La figura la miró.

—¡Doctora McDonald! —Fiona dio un paso hacia adelante y a punto estuvo de tropezar con un pesado tomo negro—. ¿Se encuentra bien? Oí un ruido tan fuerte... Creí que había un intruso. Pensé que alguien había...

—¡No logro encontrar el maldito poema de Caribdis! Ayer mismo lo estaba consultando y ahora ha desaparecido. Fiona, ¿has vuelto a revolver entre mis manuscritos?

Fiona soltó una risa nerviosa. ¿Cómo podría alguien, aunque fuera malintencionadamente, desordenar aún más el despacho de la doctora McDonald?

—¿El poema de Caribdis? ¿Puede ser que estuviera consultando el volumen *Literatura copta antigua* de Merton mientras lo leía?

La doctora McDonald pareció dudar.

—Es posible, supongo.

—En ese caso, quizá, puso el poema dentro del libro para que no se estropeara.

Si no recordaba mal, ese tomo tenía una encuadernación verde oscuro con letras rojas en el lomo. No estaba en su sitio habitual, en la estantería de la pared del fondo, pero pocas cosas lo estaban en ese momento. Bajó la mirada hacia la pila de libros del suelo.

—¿No es ése? Allí, al lado de LO SAGRADO Y LO PROFANO, de Eliade.

La doctora McDonald se giró hacia donde apuntaba Fiona y recogió un libro verde y gordo. Pasó las hojas rápidamente y un pergamino descendió revoloteando hasta el suelo. El poema de Caribdis.

La doctora McDonald se volvió hacia Fiona, exultante. Con sus vestidos de abuela y su expresión siempre severa, resultaba fácil no darse cuenta de que Isis Proserpina McDonald era una mujer increíblemente bella. Sólo sus poco frecuentes sonrisas la delataban. Y tampoco era normal verla sonreír cuando la llamaban por su nombre.

—Chica lista. ¿Cómo es posible que me aguantes?

Antes de que Fiona pudiera encontrar la respuesta apropiada, ambas se quedaron petrificadas por el sonido del teléfono. Se volvieron instintivamente hacia el escritorio vacío y luego inspeccionaron el suelo tratando de averiguar de dónde provenía el sonido. Fiona empujó una pila de diarios y descolgó el auricular.

—Despacho de la doctora McDonald, ¿dígame?... Soy Fiona... Ah, buenos días, profesor Murphy —se giró hacia la doctora McDonald, que estaba aún de pie entre los restos de su biblioteca, meneando la cabeza con furia y gesticulando para decir que no.

—No, no está ocupada, profesor Murphy, estoy segura de que estará encantada de hablar con usted.

Fiona sonrió con dulzura y le pasó el teléfono.

Isis se sentó en su escritorio, cruzó los brazos, apretó los labios y esperó a que llegara un mensaje de correo electrónico nuevo a su ordenador. Apenas se había dado cuenta de que Fiona se había puesto manos a la obra para ordenarlo todo de nuevo, mientras ella escuchaba la loca historia del profesor Murphy sobre un pergamino babilónico, de pie, entre los restos del naufragio en que se había convertido su despacho. Ahora casi todo estaba, si no en su lugar, al menos ya no en el suelo, sino en aseados montones. Incluso se había esforzado al máximo para colocar su colección de antiguas figuras de barro —sus diosas— por orden cronológico encima de una vitrina.

Sus ojos recorrieron esa fila de formas que tan familiares y queridas le resultaban, desde la hinchada diosa de la fertilidad del valle de Neander, en Alemania, hasta la elegante deidad lunar de los sumerios. Sintió como se le escapaba una lágrima y pestañeó para retenerla. Las pequeñas figuras eran un valioso legado de su padre, otro doctor McDonald y uno de los más eminentes arqueólogos de su época, el resultado de toda una vida de excavaciones por el Mediterráneo y Oriente Próximo.

—Para mi pequeña diosa, la más amada y adorada de todas ellas —le dijo cuando se las dio dentro de una caja cuadrada de cartón envuelta con lazos.

Con tan sólo trece años, las pequeñas figuras, algunas sin brazos o algo desgastadas, todas ellas rayadas y cubiertas por el polvo y la suciedad de civilizaciones desaparecidas hace ya mucho tiempo, eran mucho más valiosas que una muñeca Barbie. Ese regalo marcó el comienzo de su apasionado compromiso por desvelar los secretos del pasado.

Por desgracia, las diosas no fueron el único legado que heredó de la obsesión de su padre. También lo fue su nombre.

Ella imaginaba que habría chicas que se llamaran Freya con las que nadie se metería en el colegio. Conocía a una paleontóloga griega bautizada como Afrodita que no parecía ni siquiera inmutarse por ello. ¿Y no había también una tenista que se llamaba Venus? Nadie le daba la lata porque se llamara como la diosa romana del amor. Pero Isis Proserpina era un caso aparte. Era como haber nacido con un anillo de estrellas alrededor de la cabeza. O con serpientes en lugar de pelo. Complicaba bastante el pasar inadvertida.

En la pequeña escuela de las Highlands había sido Issy o Posy, dos nombres que aborrecía. ¿Por qué no podía llamarse Mary, Kate o Janet, como el resto de las niñas? En el museo, refugiada en su despacho, al menos podía insistir en que la llamaran doctora McDonald. Pero con los amigos era más complicado. Lo que quizá explicaba, en cierto sentido, que no pareciera tener ninguno, pensó.

Repiqueteó sobre la mesa con sus dedos finos, elegantes, pero con las uñas completamente mordidas. Esperaba impaciente las fotos del pergamino. Un trabajito fino. Frunció el ceño.

El profesor Michael Murphy parecía un bicho raro. Muy metido en el campo de las profecías bíblicas. Charloteando sobre el Libro de Daniel. Pero el pergamino no parecía demasiado interesante. Podía ser una falsificación, por supuesto, o terminar siendo algo mundano, como un permiso para tener una hiena o una lista de la compra con 3.000 años de antigüedad. Sabe Dios, a estos babilonios les encantaba la burocracia.

Con el paso de los años, a medida que crecía su reputación como filóloga, las consultas para descifrar enigmas antiguos gracias a sus habilidades lingüísticas se habían vuelto corrientes. Si alguien desenterraba un tiesto de barro con una inscripción extraña o descubría un pedazo de papiro cubierto con garabatos sin sentido, siempre terminaba yendo a consultar a Isis Proserpina. Y nueve de cada diez veces, incluso aunque le llevara medio año y casi se volviera loca en el intento, terminaba por resolver la adivinanza, descifraba el código o deshacía el nudo lingüístico que había desconcertado al resto de expertos. Ése era su extraordinario don.

Su padre, que había observado con felicidad como su carrera cogía velocidad a medida que la suya se desvanecía, especuló con que pudiera ser una cuestión de memoria más que de conocimiento. Estaba seguro de que sólo alguien que hubiera sido una sacerdotisa egipcia en una vida anterior podría descifrar con tanta facilidad los jeroglíficos sagrados. Algo ridículo, por supuesto. Pero el tipo de tonterías que solía decir cuando su fin estaba próximo. Probablemente, era su divertida forma de decir, con el lenguaje de un arqueólogo, cuánto la quería.

Pestañeó de nuevo para quitarse de la cabeza esos recuerdos. La pantalla comenzó a llenarse con imágenes del pergamino y abandonó, con alivio, el tormentoso mundo de las emociones en dirección al mucho más sencillo universo de la antigua Babilonia.

Lo que vio llamó su atención al instante, y la mantuvo con la vista fija en la pantalla y tomando notas apasionadamente durante las siguientes dos horas.

El sonido del teléfono la devolvió de un golpe al presente.

—¿Profesor Murphy? Soy la doctora McDonald. He estado leyendo su pergamino.

Él dejó la Biblia suavemente a un lado.

—Me alegro de oírla. Y, por favor, mi nombre es Michael. Aunque la mayoría de la gente se maneja con Murphy.

Un silencio embarazoso siguió a sus palabras.

—Bien, señor Murphy, parece que estaba en lo cierto. Nos enfrentamos sin duda a la Serpiente de Bronce de la Biblia...

—Pero el pergamino está datado en una época 150 años posterior a la destrucción de la Serpiente.

Pudo sentir como ella fruncía el ceño con impaciencia.

—Lo siento. Este asunto me tiene muy intrigado. Continúe, por favor.

—Bien, el pergamino parece ser una clase de diario escrito por un sacerdote caldeo llamado Dakkuri. Por lo que he podido entender, la Serpiente fue, efectivamente, quebrada en tres pedazos, como dice la Biblia, pero, aparentemente, alguien olvidó tirar las tres piezas. Debieron de ser guardadas en el templo, y cuando los babilonios saquearon Jerusalén las encontraron allí y, obviamente, pensaron que valía la pena llevárselas a casa.

—¿Y en Babilonia ese sacerdote, Dakkuri, volvió a unir las tres piezas de la Serpiente de Bronce?

—Eso creo, sí. Pero eso sólo fue el comienzo. Creo que Dakkuri pensó que la Serpiente tenía mucho más valor que el de una simple escultura de bronce bonita.

La mente de Murphy se lanzó por delante a la carrera.

—Así que lo que está diciendo es que los babilonios habían escuchado lo que se contaba en Jerusalén sobre los poderes curativos que tenía la Serpiente cuando la fabricó Moisés, y creyeron que valía la pena ver si Dakkuri podía volver a ponerla en funcionamiento.

A Isis no le agradaba que Murphy la interrumpiese y pronto se dio cuenta de que debería ser igual de agresiva si quería poder acabar su historia.

—Lo que quiero decir en realidad, profesor Murphy, es que creo que Dakkuri intentó usar la Serpiente como objeto de culto.

—¿Quiere decir que Dakkuri obligó a los babilonios a adorar la Serpiente como habían hecho los israelitas en tiempos de Ezequías?

—No a muchos. El pergamino parece indicar que había algún tipo de sociedad secreta de sacerdotes dirigida por Dakkuri, que rodeaba las líneas de poder dibujadas alrededor de la Serpiente.

—¿Y luego no parece que adorar a la Serpiente resultara ser un gran error para los babilonios, como lo fue para los israelitas en tiempos de Ezequías?

—Bueno, hay algunas referencias a problemas con la Serpiente, pero el pergamino está dañado en esa parte crucial.

El tono de Isis parecía indicar que lo achacaba a la falta de cuidado por parte de Murphy. Él lo dejó pasar.

—Parece como si esos problemas, como los llama usted, fueran grandes problemas. Aquí está el símbolo del rey, lo que puede significar que el culto de la Serpiente que lideraba Dakkuri fue prohibido por el propio Nabucodonosor, ¿no?

—Sí, estoy segura de que no necesita que le dé lecciones sobre su Biblia, señor Murphy —respondió Isis con afectación—. De acuerdo con el Libro de Daniel, Nabucodonosor construyó una gran estatua con la cabeza de oro a semejanza de la de su famoso sueño. Y a los príncipes de todos los confines se les ordenó postrarse y adorarla a ciertas horas del día. Cuando escucharan el sonido del cuerno, el pífano, la cítara... veamos, ¿y qué más?

—La sambuca, el salterio y la zampoña —añadió Murphy sin vacilar.

—Gracias. Sí, el salterio y la zampoña, cuán poético podía ser el rey Jacobo. Me retrotrae a las mañanas de domingo en nuestra pequeña iglesia en Escocia —los recuerdos parecieron hacerle perder el hilo durante un instante, pero pronto lo recuperó—. En cualquier caso, en pocas palabras, lo que pasó es que Dios enloqueció al rey en castigo por su arrogancia, y cuando por fin recuperó la cordura, Nabucodonosor entendió el mensaje: adorar ídolos era malo, así que lo prohibió.

—Exacto. Y, por supuesto, esa prohibición afectaba también al culto a la Serpiente.

—Eso creo.

Murphy trató de ordenar todos esos datos en su cabeza.

—Así que este sacerdote, Dakkuri, recibe la orden de dejar de adorar a la Serpiente, de deshacerse de ella.

—Pero estoy empezando a pensar que resulta muy complicado deshacerse de esa Serpiente. Ninguno de sus dueños pensó nunca en fundirla y fabricar con ella cualquier otra cosa.

Murphy saltó de su silla.

—¡Claro! ¡Eso es! Por eso escribió el pergamino. Dakkuri no se tomó la molestia de anotarlo todo sólo para que la gente supiera que había sido un odioso adorador de la Serpiente. Nada de eso. Él dio a entender que, una vez más, había roto la Serpiente y se había desembarazado de los trozos como había ordenado Nabucodonosor. No era un estúpido. Pero en lugar de eso, escondió las tres piezas, eso es lo que cuenta en el pergamino, ¿verdad, doctora McDonald?

—Es aún mejor que eso, señor Murphy. Creo que lo que Dakkuri anotó no fue sólo que había escondido las piezas, sino también la pista inicial para encontrarlas.

Murphy se hundió de nuevo en la silla como si este último comentario le hubiese desinflado.

—¿Qué significa «la pista inicial para encontrarlas»?

—La última parte del pergamino está dividida de hecho en dos secciones. En la primera, Dakkuri continúa el relato de los hechos. Parece como si hubiera elegido a tres de sus acólitos para diseminar las partes de la Serpiente por los más remotos confines del imperio babilónico.

—¿Pero nos cuenta adónde se llevaron las piezas?

Isis se estaba empezando a acostumbrar a sobrellevar las interrupciones de Murphy.

—Ésa es la segunda sección de la parte final del pergamino. Es como si Dakkuri estuviera preparando una especie de gincana de altos sacerdotes para encontrar las piezas de la Serpiente. Y luego, parece como si indicara que, después de hallar la primera, esa pieza conduciría hasta el resto.

Murphy fijó la mirada en la ampliación del pergamino que tenía ante sí.

—Y de acuerdo con este dibujo de aquí, la curva con ondulaciones al final, la primera parte debe de ser la cola, ¿no?

—Yo voto por la cola de la Serpiente.

—Parece claro que Dakkuri se esforzó mucho por salvar la Serpiente, y aun así, convirtió en una tarea complicadísima el poder recuperar las piezas.

Isis descubrió que la conversación con Murphy había despertado en ella sus pasiones gemelas por el conocimiento y la competitividad con hombres inteligentes.

—Tampoco demasiado complicada para alguien lo suficientemente listo como para descifrar las pistas.

Murphy sintió como todos sus huesos de arqueólogo comenzaban a vibrar de emoción dentro de su cuerpo.

—¡Eso significa que podemos encontrar la Serpiente de Bronce fabricada por Moisés! Y aun mejor, si hallamos la Serpiente con este pergamino, probaremos que aún existía en la época de Daniel.

A Isis se le escapó una carcajada especialmente poco femenina antes de poder volver a cerrar la boca.

—Olvídese de ese «nosotros», señor Murphy. Yo apenas puedo encontrar las cosas en mi propio despacho. Y no salgo nunca de expedición. Aunque es usted libre de perderse en busca de la primera parte de la Serpiente. No le costará encontrarla. Sólo necesita saber dónde están los Cuernos del Buey.

12

«Los Cuernos del Buey.»

«Los Cuernos del Buey.»

Murphy siguió repitiendo la frase mentalmente, maravillado por la facilidad con la que Isis McDonald había averiguado el nombre de ese lugar a partir de los símbolos de la parte final del pergamino. Pese al tiempo que había pasado concentrado en esos mismos símbolos, ni siquiera se había aproximado a resolver el enigma.

Pero claro, ahora que ella le había dado la solución, parecía transparente como el cristal. Con bastante parte de su orgullo masculino y profesional escocidos, Murphy se dio cuenta de que éste era el momento en el que su experiencia de campo podía sacar partido de los descubrimientos lingüísticos de la doctora McDonald.

Los Cuernos del Buey tenían que hacer referencia a un lugar fácilmente identificable cerca de la vieja Babilonia. Dakkuri habría elegido, seguramente, un sitio especial, conocido y reconocible, pero obra de la naturaleza y no del hombre, dado que no podía saber cuánto tiempo pasaría antes de que la pieza fuera desenterrada.

Murphy pasó unas cuantas horas escudriñando sus libros sobre mapas, pero pronto se dio cuenta de que nadie conocía los paisajes antiguos mejor que su propia mujer. Sus estudios sobre ciudades del pasado la habían proporcionado un conocimiento enciclopédico que él necesitaba ahora, desesperadamente.

Murphy la encontró al fin en la sala de descanso de los profesores.

—Cariño, tienes que traer todos tus libros y mapas. Creo que he encontrado el lugar donde se esconde la Serpiente.

—¿En serio, Murphy, que has averiguado dónde está la Serpiente?

En un instante, Laura se había despojado de su bata de consejera y se había convertido en arqueóloga de la cabeza a los pies.

—Bueno, en realidad ha sido la doctora McDonald. Y sólo tenemos la pista que conduce al escondite de la primera pieza de la Serpiente. De acuerdo con lo que ella me ha dicho, el pergamino es una especie de mapa caldeo del tesoro y esa pieza de la Serpiente es el botín.

—¡Qué emocionante! —dijo Laura—. ¿Pero dónde está escondida entonces?

Murphy se arrodilló frente a ella y le mostró un papel en el que había escrito «Los Cuernos del Buey» y había dibujado a lápiz algunos esquemas sobre paisajes que pudieran responder a ese apodo. Todos tenían dos puntos muy verticales curvados como si fueran cuernos, situados entre un terraplén que podría semejar el cráneo del buey.

—Esto es todo lo que he conseguido. La verdad es que necesito de tus habilidades para leer mapas antiguos. Ha llovido bastante desde que Dakkuri hizo esas indicaciones y creo que la zona ha debido de sufrir unos cuantos cambios en ese tiempo.

Laura río, cogió a Murphy de la mano y le guió fuera de la sala.

—No sé, Murphy —dijo, meneando la cabeza—. ¿Por qué será que los hombres no sabéis leer mapas?

En cuanto le mostró una traducción parcial del pergamino, ella puso el turbo y, en unos minutos, ya había convertido su ya de por sí desordenado salón en un tormentoso océano de papeles. Mapas, libros de referencia e impresiones de ordenador cubrían el suelo, y Laura, sentada en medio de este caos, los cogía y los lanzaba a un lado, haciendo anotaciones con furia loca mientras canturreaba para sí misma con voz desafinada.

Como había dicho antes, era buscar una aguja en un pajar. De hecho, se trataba de reconstruir un pajar de hacía 2.000 años, averiguando dónde se encontraba cada brizna de paja antes de ser arrastrada durante dos milenios por vientos, inundaciones y terremotos. Y luego, había que encontrar la aguja.

Las indicaciones de Dakkuri para hallar el escondite de la cola de la Serpiente habían sido muy específicas, dando por hecho que Murphy e Isis hubieran descifrado correctamente el pergamino. Laura dio a los Cuernos del Buey una interpretación mucho más elaborada que los dibujitos de Murphy, apuntando que lo más seguro era que hiciera referencia a un accidente geográfico en particular, probablemente, un cerro terminado en dos abruptos promontorios. Quizá, incluso, con una gran joroba de piedra o una colina bien visible detrás, el cuerpo del buey. Y todo ello debía de verse desde la distancia, de forma que los alrededores habrían de ser relativamente planos.

Pero el paisaje que Dakkuri imaginó habría cambiado mucho desde entonces. El nivel del mar había subido y bajado, la erosión había movido montañas como si de piezas de ajedrez se trataran, el curso de los ríos podía haber variado, tornando desiertos en zonas de pasto y viceversa. Y, por si fuera poco, los terremotos podían haberlo puesto todo patas arriba como en un caleidoscopio, cambiando por completo el panorama de un año a otro.

Para ver las cosas tal y como lo hizo Dakkuri, era necesario revertir este proceso para descubrir debajo del paisaje actual el que alguna vez hubo.

Y para eso, para interpretar mapas en relieve en tres dimensiones, hacía falta una habilidad excepcional, un conocimiento detallado de geografía antigua, y una capacidad intuitiva para captar las transformaciones geológicas que pudieran haber tenido lugar a lo largo de los años. Y eso, sin mencionar algo parecido a un sexto sentido muy difícil de explicar.

Por suerte, Laura era una de las poquísimas personas del mundo que reunía todas esas habilidades. Murphy la veía escudriñar todos esos papeles y se maravillaba por su extraordinaria y excepcional capacidad, pero encontrar la cola de la Serpiente en los Cuernos del Buey iba a suponer un examen de la máxima dificultad.

13

Fue el segundo puñetazo el que le hizo arrepentirse. No estaba peleándose con nadie; golpeaba un pesado saco de arena en el gimnasio de la Universidad de Preston. El primer puñetazo, un derechazo limpio, le sentó bien, tan bien que rápidamente lanzó la mano izquierda contra el saco y la sacudida voló desde el guante de boxeo hasta su hombro. El hombro que por un momento había olvidado que aún latía dolorido por las garras del león.

Cuando Murphy dejó caer los brazos para que el dolor rebotase por la parte superior de su cuerpo, la corpulenta figura que había a su lado soltó un gruñido:

—Vamos, Murphy, nada de descansos. Esto es un gimnasio, no un ministerio.

Levi Abrams le empujó del hombro para ponerle en marcha otra vez. Del hombro izquierdo.

Ahora Murphy tuvo que doblar el cuerpo para mantener el dolor bajo control.

—¡Levi! ¿No me has oído decirte que hoy tengo que tener cuidado con ese hombro?

—Te aguantas, Murphy. Intensidad. Concentración. ¿Ya no recuerdas nada de cuando estabas en el ejército? Entrenamiento, entrenamiento y más entrenamiento. Es la única manera de no acabar tan decrépito como una de esas momias tuyas del desierto.

Murphy tuvo que reírse, mientras miraba a ese israelí de metro noventa y cinco, siempre tan serio en lo que respecta a las sesiones de entrenamiento. En realidad, Levi Abrams era serio en todo lo que hacía, al menos, hasta donde Murphy podía saber. Había llegado a Estados Unidos de mano de una empresa de alta tecnología de Raleigh-Durham, que le había contratado como experto en seguridad con un buen sueldo. Tan bueno que pudo retirarse del Mossad y traerse a toda su familia a Raleigh.

Sin embargo, Murphy estaba seguro de que Levi no se había retirado del todo. Él nunca se lo iba a preguntar directamente, y Levi era demasiado serio y discreto como para decir nada, pero seguía teniendo muy buenos contactos en Oriente Próximo, en los países árabes y en Israel. Tanto es así que, en muchas ocasiones, había echado una mano a Murphy a la hora de conseguir los papeles necesarios para sacarle a él y, más importante aún, a algunos de sus objetos, de Oriente Próximo.

Levi, por su parte, parecía respetar a Murphy, aunque resultaba imposible adivinarlo por su expresión grave y la seriedad de sus conversaciones. De alguna forma, tenía como él dotes innatas para la enseñanza, si bien es cierto que si Murphy tratara a sus alumnos como Levi le trataba a él, la universidad le habría denunciado hace mucho por malos tratos.

Se habían conocido hacía dos años en la pista de atletismo, una mañana antes del amanecer; por entonces, Levi estaba controlando la seguridad de los sistemas informáticos de alta capacidad que su empresa había donado a la universidad. Algún tiempo después, Levi se ofreció para perfeccionar sus conocimientos en artes marciales, lo que desembocó en sesiones de entrenamiento de alta intensidad que llevaban a cabo siempre que podían. Con Levi, Murphy siempre se obligaba a llegar más allá de los límites que él mismo se marcaba, y él, normalmente, le llevaba aún más lejos. Tan lejos que ahora estaba doblado de dolor.

Esa mañana podría haberse saltado su sesión de entrenamiento para dejar que se le curara el hombro, pero tenía un motivo urgente por el que ver a Levi. Decidió contárselo mientras esperaba a que el dolor se difuminase.

—Levi, amigo mío, tengo que pedirte un gran favor. Le estoy siguiendo el rastro a algo muy importante, un hallazgo arqueológico que no se me puede escapar.

—¿Otro de tus juguetes polvorientos? —el respeto que sentía por él como guerrero no era exactamente extensible a su profesión—. Déjame adivinarlo, ¿necesitas, como dice ahora mi hijo, ruedas? ¿Una forma de llegar a algún rincón remoto de Oriente Próximo?

—Me conoces demasiado bien, amigo mío. Levi, sólo necesito llegar con Laura hasta Samaria lo antes posible, intentar encontrar el escondite de lo que estoy buscando y traerlo de vuelta a Preston sin tener que preocuparme por policías o aduanas. Ah, y tiene que ser gratis.

Levi dejó escapar un grave y largo silbido.

—¿Y por qué no de paso que estás allí das un empujoncito al proceso de paz? Bueno, déjame ver lo que puedo hacer. ¿Cuándo podrás escaparte?

—La semana que viene es casi toda para hacer trabajos en casa. Ya tengo a todos los alumnos ocupados, así que puedo salir ya mismo de viaje. Laura también tiene todo listo. Levi, te debo una muy gorda.

—Espérate primero a ver si lo consigo. Y entre tanto —añadió, golpeándole de nuevo en el hombro—, el recreo se ha acabado. En marcha.

14

—Somos dos hombres, pero hacemos una pareja interesante, ¿verdad, profesor Murphy?

Murphy asintió con deferencia hacia su anfitrión, el jeque Omar al Khalik, pero se preguntó adónde querría ir a parar. Estaban sentados, tomando un fuerte café arábigo, en la bella casa que Al Khalik tenía en Samaria, adonde habían llegado tras un día de viaje preparado con increíble rapidez por Levi Abrams.

Laura se había retirado al dormitorio de invitados, alegando que estaba agotada por el vuelo, pero en privado le había transmitido a Murphy su sensación de que el jeque no apreciaba que las mujeres mereciesen ser incluidas en una conversación seria.

—Típico de tantos hombres árabes de su generación. De hecho —dijo, mientras golpeaba con el dedo a Murphy—, típico de tantos hombres de cualquier país.

—Eh, no me apuntes con ese dedo, que seguro que está cargado —respondió Murphy—. Yo soy inocente.

—Pero tú podrías ayudar a traerle al menos hasta el siglo xx.

Murphy suspiró.

—Estoy de acuerdo contigo, cariño, pero ¿no podríamos evitar ofender a la mano generosa que ha hecho posible este viaje? Al menos, hasta que hayamos concluido. Luego, te prometo que te dejaré aquí para que le muestres el camino a seguir. Serás mi regalo especial a este buen samaritano que parece tener de todo.

—Murphy, menos mal que tengo mis mapas para ir estudiándolos, porque mañana, cuando salgamos de exploración, voy a elegir un buen sitio para dejarte a ti detrás. No te quedes despierto hasta muy tarde con vuestra charla de machitos.

En realidad, Murphy tenía bastante claro de qué le apetecía hablar al jeque, gracias a Levi Abrams, que era el que se lo había presentado. Después de pasarse un cuarto de hora al teléfono mientras Murphy terminaba su sesión de entrenamiento, Levi había dicho:

—Creo que tengo a la persona perfecta para ti, amigo mío. El jeque Omar al Khalik.

—Y es perfecto porque...

Levi le invitó a sentarse.

—Esto va a sonarte como la última cosa que esperarías que yo supiera sobre Oriente Próximo, Murphy, pero ¿sabías que cada vez hay más árabes que están buscando a tu Dios?

—He leído algunas cosas sobre el movimiento cristiano entre los musulmanes, pero para serte honesto creí que sería tan poco probable como que se acercaran a tu Dios. Sin ánimo de ofender.

—No te preocupes. En cualquier caso, Al Khalik es más rico de lo imaginable, su flota de aviones privados todavía goza de inmunidad diplomática, y, de alguna manera, supongo que eso no es suficiente para él. He oído decir que ha contactado discretamente con algunos grupos de misioneros de la zona. Como puedes imaginar, ese tipo de actividades extracurriculares no son

116

muy populares en Oriente Próximo, por muy poderoso que uno sea. Así que le he contado que tú estarías encantado de poder aconsejarle a cambio de un pasaje de ida y vuelta y material para una pequeña excavación.

—Levi, eres un genio. ¿Puedo fiarme de él?

—Hace unos años le ayudé a salir de una situación comprometida con unos beduinos de gatillo fácil que se le estaban subiendo a las barbas en su propio jardín. Yo confiaría en él.

—Gracias, Levi. Te debo una gorda.

—No me debes nada. Cuida a esa maravillosa mujer que tienes. A ella sí que la echaría mucho de menos. Y, Murphy, fíate del jeque, pero no necesariamente de los que trabajan para él. Pero bueno, ya sabes lo que pasa cuando te pones a cavar en tierras extrañas.

Ahora, dos días después, Murphy estaba sentado enfrente del jeque, esperando a que le explicara en su a veces tortuoso inglés por qué hacían «una pareja interesante». El viaje no podía haber ido mejor. El consejero mayor del jeque, Saif Nahavi, había hecho todos los trámites, y el dinero y la inmunidad diplomática del jeque habían facilitado las trabas burocráticas.

Pero, por supuesto, como había dicho Laura, «Murphy, tus viajes son siempre como una cárcel, es mucho más fácil entrar que salir de ellos».

Es cierto que Murphy tenía mucho de lo que estar agradecido por la generosidad del jeque y quería corresponderle cumpliendo su parte del trato cerrado por Levi, aconsejándole sobre todos y cada uno de los aspectos de su aparente interés en el cristianismo. Sin embargo, sus numerosos viajes a Oriente Próximo le habían enseñado que debía esperar a que el jeque sacara un tema de conversación tan delicado. Si es que lo hacía.

—Profesor Murphy, usted es un cristiano que viene a mi tierra musulmana en busca de algo que ha estado perdido durante siglos, algo que usted cree que es de vital importancia aún en nuestros días. Yo soy un hombre que tiene todas las posesiones habidas y por haber, pero siento que estoy buscando algo aún más antiguo y más simple de lo que usted rastrea en su viaje a esta tierra.

—Jeque, respeto su valentía en esa búsqueda. ¿Tiene alguna pregunta al respecto?

—Tengo tantas, Murphy. Pero me basta con conocerle y poder echar una mano a un hombre que profesa su fe. En la posición en la que estoy y mientras siga aquí, en la tierra de mis antepasados, y a pesar de todo lo que me puedo permitir hacer, no tengo la libertad de la que usted goza, que puede venir hasta aquí con las manos en los bolsillos.

Murphy tuvo que volver a reprimir la risa ante la facilidad del jeque para las frases embarazosas.

—Sólo déjeme decir, jeque, que estoy a su servicio a cualquier hora del día o de la noche. Estoy en deuda con usted por la generosidad que ha mostrado hacia mi trabajo y sin un aviso previo. Pero, después de esta noche, me doy cuenta de que debo dar gracias por una doble bendición, porque además me ha recordado lo afortunado que soy de ser estadounidense y, por tanto, libre de profesar la religión que desee.

—Soy yo el que debe darle las gracias, Murphy. Algún día, quizá, podamos discutir muchas cosas en su tierra.

—¿Está seguro de que debemos esperar hasta entonces, jeque? Estoy seguro de que no tendremos tiempo esta noche para todas sus preguntas, pero ¿qué le parece si me adelanta las dos que más le preocupan ahora?

El jeque sonrió.

—Ya veo, profesor, que se le da bien eso de desenterrar. Está bien. Dígame, ¿cuál cree que es la principal diferencia entre Alá y su Dios? Mucha gente opina que son el mismo.

Murphy se incorporó, sentado en su silla.

—Comparten muchas similitudes. Nosotros creemos que nuestro Dios es el creador de todas las cosas y ustedes también. Pero nosotros creemos, además, que Dios es uno y trino, un Dios integrado por tres personalidades divinas con tareas individuales. Él es un Padre celestial misericordioso, pilar y soberano del universo que ama tanto a los hombres que envió a Su único Hijo a morir en la cruz para lavar nuestros pecados y darnos así la vida eterna. Él manda Su Espíritu Santo a nuestros corazones para insuflarnos un nuevo espíritu y guiarnos a través de esta vida.

El jeque suspiró.

—Hay tanto que comprender. Mi segunda gran cuestión es ¿qué tendría que hacer si quisiera convertirme al cristianismo?

—De acuerdo con lo que dice la Biblia, una persona se convierte en cristiana cuando cree que Jesucristo no es sólo el Hijo de Dios que murió por los pecados del mundo, sino que, además, resucitó al tercer día y nos salvará a todos los que tengamos fe en Él.

—¿Eso es todo? Parece demasiado fácil, demasiado simple.

Murphy asintió.

—Sí, lo es. Ésa es una de las cosas que mucha gente no sabe. Pero la verdad es que para Él no fue fácil afrontar una de las muertes más extremadamente dolorosas de la historia. Como bien sabe, jeque, los de su fe creen que Él era, simplemente, un hombre bueno, un profesor, o incluso, un profeta. Pero Jesús era mucho más que eso. El hecho de que Él regresara luego de entre los muertos demuestra que el Dios Padre agradeció Su sacrificio y desea salvar a todos aquellos que tengan fe en Él.

El jeque parecía cansado. Murphy añadió con amabilidad:

—Jeque, lo que le he explicado esta noche es una cuestión de corazón. En la calma de sus propios pensamientos podrá llamar al Padre en el nombre del Hijo, y el Espíritu Santo le salvará y le otorgará la vida eterna.

—Gracias, profesor Murphy, por no presionarme —Murphy volvió a estremecerse ante lo torturado de su lenguaje—. Y gracias por sus respuestas a mis preguntas.

—De nada, jeque. Rezaré porque tome una decisión pronto. Sólo le querría pedir una cosa: cuando lo haga, mándeme una nota para informarme. Aquí tiene mi tarjeta. Puede ponerse en contacto conmigo por teléfono o por correo electrónico.

—Estupendo. Ahora debe ir a descansar, profesor. Mañana, mi ayudante, Saif, le acompañará por mi tierra para asegurarse de que regrese a la suya con el menor número posible de interferencias.

Una hora después de que el jeque se hubiera retirado y media hora después de que Murphy hubiera apagado la luz de la habitación de invitados, la mano derecha del jeque, Saif Nahavi, se deslizó sin que nadie le viera hasta el mercado de la ciudad. Parecía como si tuviera que encargarse de los suministros de última hora para la excursión que realizarían los Murphy a la mañana siguiente.

Según pasaba por delante de una tienda de productos electrónicos cerrada, alguien le llamó en voz baja:

—Nahavi. Soy Behzad. No te des la vuelta. Gírate hacia el escaparate.

Nahavi hizo lo que le habían dicho. Behzad hablaba desde las sombras del portal de la tienda.

—¿Estás preparado para lo de mañana?

—Sí. El chófer habitual ya ha comunicado su baja. Tú, Behzad, serás su repuesto de última hora. Sólo iremos los Murphy y yo. Viajan ligeros, por decirlo suavemente.

—¿Y qué andan buscando?

—No sé lo que trata de cazar Murphy en nuestro país. Pero tengo que creer que, dado que lo lleva tan en secreto, debe de valer un montón de dinero.

—Más vale —el tono frío de Behzad no era como para tomárselo a la ligera.

—No dudes de mí, Behzad. Nunca hemos trabajado juntos, a pesar de la cantidad de veces que has tratado de convencerme para que usara mi contacto con el jeque para robar cosas que tú pudieras vender en el mercado negro. Pero sé reconocer algo valioso y, sea lo que sea, lo que encuentren mañana los Murphy valdrá una fortuna. Además, queda el detalle nada insignificante de mis deudas de juego, que este mes al fin han superado el límite de lo que puedo distraerle al jeque.

—Tú, con tu estupenda posición al lado del jeque, siempre me miras como si fuera basura, Nahavi. Siempre sospeché que también eras un ladrón.

—Tú eres el ladrón profesional, Behzad, y es por eso que mañana haremos negocios juntos. Pero recuerda, lo haremos a mi manera. Debe parecer un robo perpetrado por desconocidos. No pondré en peligro mi posición ante el jeque.

—No te apures, Nahavi, me encargaré de proteger tu preciada inocencia. Siempre y cuando el mercado negro pague bien por lo que le quitemos a los Murphy.

—Pagará bien, Behzad. La mitad para ti, la mitad para mí, y, sólo para ser completamente justos, si tú haces bien tu papel, los Murphy se llevarán dos mitades completas... de muerte.

15

Murphy se pasó la manga de la camisa por la frente, entrecerró los ojos para otear a través de la claridad cegadora en busca de una lejana línea de colinas polvorientas y engulló un largo trago de aire abrasador del desierto. Era agradable estar de vuelta en casa.

En realidad, él nunca había puesto el pie en esa zona en particular de Samaria, pero cuando sus zapatos hicieron crujir la tierra seca bajo sus pies, y un andrajoso rebaño de cabras pasó a su lado, dejando atrás un estrépito de cencerros y un fuerte aroma almizcleño, supo que ése era su hogar. Los primeros cristianos debieron de morar en estas tierras. Quizá alguno de los apóstoles se echó a descansar a la sombra del enorme peñasco colgado del acantilado. Por lo que sabían, incluso, podrían estar siguiendo las huellas de Jesús.

Murphy sonrío ante su propio atrevimiento. Tal vez, había ido demasiado lejos, pero no cabía duda de que éste era el escenario en el que habían tenido lugar algunos de los sucesos clave de la Biblia. Y él estaba convencido de que esta tierra, aparentemente muerta y desierta, podía contar una historia milagrosa a aquel que supiera escucharla.

Ésa, por desgracia, era la parte difícil. La coartada oficial de este viaje consistía en la grabación de escenas de prueba para su próximo documental. Así que, mientras Laura continuaba con su meticuloso examen del paisaje, Murphy no dejaba de alzar y bajar su cámara digital, haciendo parecer que se encargaba de todo el trabajo.

A través de la pantalla de su cámara observaba a Laura caminar despacio de un lado a otro, examinando el cerro bajo que había al sur, chequeando a la vez un montón de mapas que había metido a presión en sus pantalones de expedicionaria. Luego se volvía 180 grados, como si de repente se hubiera acordado de algo, y de nuevo se giraba con aire de frustración, como si se le hubiera vuelto a ir de la cabeza. Murphy sabía demasiado bien que no debía meterle prisa cuando se encontraba ya en el campo de operaciones.

El resto de miembros de la expedición, puestos a su disposición por el jeque, eran Saif Nahavi y un chófer llamado Behzad. Ambos permanecían muchos metros por debajo, metidos en el land rover, vigilando que no se acercaran intrusos, pero sin prestar, aparentemente, demasiada atención a lo que hacían los Murphy. No le habían contado nada a Nahavi sobre lo que buscaban, tan sólo le habían dicho adónde querían que les llevara. Yendo más allá aun del consejo de Levi, Murphy ni siquiera le había hablado al jeque de la cola de la Serpiente.

Por lo demás, estaban solos en aquella esquina del desierto, un anfiteatro semicircular creado por los cuernos curvados del cerro. Los cencerros de las cabras se habían perdido en la distancia y el único sonido que se podía escuchar era el susurro de la arena que llegaba suavemente del desierto.

Después de estudiar sus mapas la noche anterior y esa misma mañana, Laura se había mostrado algo mareada por la emoción y el fuerte café arábigo. Estaba convencida de haberlo encontrado. Tras observar incontables colinas y hondonadas, sin dejar que nada la desconcentrase, Laura había puesto un dedo en el mapa desplegado sobre la mesa de la cocina y había exclamado:

—¡Éste es! Estoy segura. Al norte de la antigua ribera del río, antes de llegar al valle. ¡Aquí!

Y Murphy esperaba que estuviera en lo cierto. Después de todo, ella tenía un talento natural para estas cosas.

Ahora se daba cuenta de que ya no estaba tan segura. Su confianza se había evaporado como el rocío bajo el feroz sol del desierto. Laura andaba cabizbaja, arrastrando los pies como una atleta derrotada, avanzando entre los peñascos.

Un instante después se había volatilizado.

16

Murphy se quedó un instante paralizado, con la boca abierta, como si hubiera contemplado un truco de magia y no pudiera explicarse dónde estaba la chica que antes ocupaba el baúl vacío. Luego, echó a correr.

Laura se encontraba a cincuenta metros de él cuando desapareció, pensó. Con el corazón en un puño, sintió que la tierra blanda le absorbía, mientras avanzaba trabajosamente hacia el montón de arena que marcaba el último sitio en el que la había visto. Era como en uno de esos sueños en los que corres para escapar de un monstruo, pero tus piernas no parecen funcionar. De repente, pudo imaginarse a Dakkuri, con sus negros ojos brillando de maldad y susurrando una oración silenciosa.

Tropezó, se volvió a incorporar y, por fin, coronó la pequeña pendiente que les había separado. Donde tenía que haber estado Laura sólo había un agujero de algo más de un metro de ancho en el que la arena de los bordes se precipitaba como el agua en un lavabo. Se lanzó hacia él, introduciéndose tanto como se atrevía en el agujero. Se acordó de cuando rescató a un compañero de clase que se había hundido bajo el hielo un invierno, confiando en que la superficie helada sostendría su peso en su parte más delgada. ¿Funcionaba la arena del desierto igual?

Creyó oír algo, un grito apagado que podría ser de Laura y se inclinó un poco más dentro del agujero. De repente, la tierra sólida se hundió bajo su cuerpo y empezó a deslizarse como un crío en un tobogán. Aterrizó con un golpe seco y rodó hacia un lado, ahogándose con la boca llena de arena. Cuando pudo escupirla toda, el polvo había comenzado a aclararse y el mundo volvió a recobrar su apariencia normal.

Estaba rodeado por tres muros de piedra negra irregular y sin pulir; el lado restante estaba sepultado por el alud de arena que le había llevado hasta allí. Y ahí en medio, indiferente al parecer ante el caos que la rodeaba, estaba Laura. Murphy gateó hasta ella.

—Laura, ¿estás bien? ¿Estás herida?

Tenía los pantalones rasgados a la altura de la rodilla; una mancha oscura empezaba a extenderse por la tela, y parecía gotear arena por todos los poros de su cuerpo. Pero, según se sacudía un buen montón de tierra del pelo, pudo ver que estaba sonriendo.

—¿Ves?, tenía razón. Siempre estuvo justo debajo de nuestros pies; no me extraña que no lo pudiéramos ver.

Murphy la abrazó con fuerza y se rió aliviado.

—Nunca dudé de ti, ni por un instante, cariño.

Se echó para atrás para comprobar que de verdad seguía entera y luego siguió su mirada hacia el muro del fondo.

Sus ojos aún se estaban aclimatando a la mezcla de la luz que entraba por arriba a través de los agujeros por los que se habían caído y la oscuridad tenebrosa, y a respirar el aire viciado de la caverna subterránea en la que habían aterrizado. La arena cedía su lugar a unos cincuenta metros de distancia, y allí la piedra formaba unos escalones que parecían conducir a la entrada de una especie de cueva rocosa de origen natural, muy parecida a las que estaban acostumbrados a encontrar cuando iban de excursión por Carolina del Norte.

Avanzaron trabajosamente a través de la arena hasta los escalones y luego, ya más ligeros, hasta la entrada de la cueva. Ambos habían sacado sus linternas de los pantalones y barrieron la piedra formando arcos gemelos.

—¿Qué estamos buscando? —preguntó Laura.

—Probablemente, un ánfora.

Laura compuso su imagen mental de una antigua tinaja de arcilla con forma de bulbo y dos asas que se incrustaban como orejas en su estrecho cuello. Las ánforas habían servido para guardar grano, pescado desecado, agua, vino y objetos de valor. Vio una tumbada en la arena y se la dio a Murphy.

—Sí, no hay duda de que se parece a los vasos que menciona la Biblia, lo que nosotros llamamos ánforas, del tipo de las que los babilonios robaron durante el saqueo de Jerusalén. Si no me equivoco, la cola de la Serpiente está dentro de una de ellas.

Murphy volvió la tinaja del revés. Algo horrible con pinta de serpiente salió de ella y se alejó reptando.

—Pero no dentro de ésta.

Laura se estremeció y pegó un salto a un lado cuando aquella cosa delgada pasó reptando junto a ella. Perdió el equilibrio, y fue tropezando hacia atrás hasta el muro de la caverna, para caer luego por una estrecha fisura vertical.

Murphy la oyó gritar, y giró su linterna en esa dirección, buscándola entre las sombras. Pero había desaparecido.

—¿Laura? Laura, ¿dónde estás? —la llamó, ahogado por la ansiedad—. ¿Laura?

—Estoy aquí, Murph —respondió ella por fin, tras lo que pareció ser una eternidad—. Aquí. Creo que lo he encontrado.

Murphy sintió alivio al escuchar su voz, pero aún no podía verla. Tuvieron que pasar unos momentos de tensión hasta que al fin vio el fulgor de su linterna a través de la estrecha fisura. Se lanzó hacia allí, colándose por la abertura entre los muros de la caverna que se había tragado a Laura.

Apareció, entonces, en otra cueva, notablemente más pequeña que la primera.

—Laura, tienes que dejar de desaparecer ante mis ojos.

Laura estaba allí de pie, paseando la luz de su linterna por encima de lo que había descubierto.

—¡Mira, Murph! —exclamó asombrada—. ¿No es maravilloso?

Murphy dirigió su linterna hacia allí y ambos se quedaron boquiabiertos.

—Murph, ¿tú estás viendo lo mismo que yo?

—Después de todo lo que ha pasado, parece demasiado bueno para ser verdad.

El cuello de una gran tinaja de barro asomaba sobre un montículo de arena y barro, como si estuviera esperando a que la abrieran.

Se acercaron a ella juntos, como cazadores que acecharan un gamo temiendo que pudiera huir antes de tenerlo en sus puntos de mira. Se arrodillaron en silencio y limpiaron la suciedad que cubría la tinaja. Medía 45 centímetros de alto y el cuello tenía justo el ancho suficiente como para meter la mano dentro.

Murphy, ansioso de emoción, se apresuró a cogerla y, tratando de no pensar en escorpiones, víboras y otros bichos de picadura peligrosa semejantes, metió la mano dentro. Laura, la más cautelosa de los dos, iluminó con su linterna el trecho que la separaba del ánfora para asegurarse de que no había nada reptando por allí antes de dar un paso más hacia su marido. El camino parecía seguro, pero justo cuando estaba a punto de unirse a su esposo, que ya daba gritos de alegría, se le ocurrió iluminar también la parte más alejada del muro.

Nada reptaba por allí tampoco, pero lo que vio atenazó su corazón al instante.

—Eh... Murph... Tenemos un problema.

17

El resto de la caverna estaba lleno de ánforas. Cientos y cientos de ánforas. Ánforas de todos los tamaños y formas.

Murphy dejó en el suelo la que sostenía en su regazo, aquella que hacía sólo un segundo le había parecido, sin lugar a dudas, el escondite de la cola de la Serpiente.

El suelo era plano y estaba seco, y, probablemente por ello, había servido de almacén para las ánforas muchos siglos atrás. Allí habían sido almacenadas y olvidadas.

—Estupendo —gruñó Murphy—. Aquí debe de ser donde vienen a morir las ánforas. No había planeado tener que pasar los próximos seis meses de mi vida aquí abajo.

—Lo estaba haciendo tan bien...

—Sí, cariño, tú nos has traído hasta aquí.

—¿Se te ocurre alguna idea para averiguar cuál es la que esconde la cola de la Serpiente?

—Mmm... Me pregunto si ese sacerdote rastrero de Dakkuri no trata de jugárnosla. ¿Y si no sólo ordenó a sus validos que enterraran la pieza de la Serpiente, sino que fue más allá y la escondió a plena vista?

—Claro, como si hubiera que buscar en un pajar lleno de agujas.

—Quizá no sea tan complicado, Laura. Tú sabes más que yo sobre esto gracias a tus investigaciones. ¿Cómo se solían usar las ánforas?

Laura comenzó a bucear en su enorme base de datos mental sobre artefactos antiguos.

—Normalmente, las sellaban con tapones de corcho, arcilla o madera, y eso cuando las sellaban —le explicó Laura—. Pero un ánfora con algo tan importante dentro... deberíamos buscar una sellada con cera.

—Y si encontramos una llena de monedas, sabremos seguro que es falsa.

Laura se puso a un lado de la caverna, Murphy al otro, y empezaron a examinar las ánforas. La mayoría estaban vacías. Algunas tenían dentro huesos de animales, o primitivos utensilios domésticos o de uso privado. Cada una de ellas, independientemente de su contenido, eran artefactos antiguos que, en otras circunstancias, habrían encendido chiribitas en los ojos de Murphy o de cualquier otro arqueólogo.

Examinaron ánfora tras ánfora, y estaban a punto de claudicar cuando a Murphy se le ocurrió una idea.

—Espera —dijo en ese tono que empleaba cuando no podía creerse lo tonto que había sido hasta entonces—. Si quisieras esconder una pieza de la Serpiente, que presumiblemente es larga, fina y dura, no la pondrías dentro de esas ánforas gordas, porque podría hacer ruido al moverla. La envolverías en algo suave y la deslizarías dentro de una de éstas, ¿verdad?

Levantó un ánfora alta y estrecha con forma de jarrón de flores.

—Si encontramos una de éstas sellada con cera, ya lo tendremos.

La mayoría de las ánforas de la caverna tenían forma

de bulbo o de olla. La reflexión de Murphy sirvió para eliminar a todas ésas. Él y Laura seleccionaron a las candidatas en potencia y con la misma rapidez desecharon todas las que no estaban selladas con cera.

—¿Qué te parece ésta?

No pasó mucho tiempo antes de que Laura hiciera esa pregunta, mostrando a Murphy un ánfora con la abertura sellada tan perfectamente que el tapón tenía que ser de cera.

Murphy empezó a escarbar con su navaja, depositando la cera en una bolsa de plástico para poder estudiarla después. El tapón no tardó en desprenderse con un chasquido sordo. Metió entonces la mano dentro, con los ojos abiertos como platos por la emoción, y sacó algo envuelto en un paño toscamente tejido.

Lo que descubrió al desenvolverlo fue una pieza perfectamente conservada de bronce fundido, de unos treinta centímetros de largo y cinco de diámetro. Uno de los lados se estrechaba con forma de serpiente y el otro acababa abruptamente. Murphy no dudó ni por un instante de que tenía la cola de la Serpiente de Bronce entre sus manos.

18

—Murphy, lo hemos encontrado. Déjame verlo.

Laura quedó extasiada al coger la cola de la Serpiente de Bronce.

—Imagínate, Murphy, esto lo construyó Moisés.

—Increíble. Hoy estamos bendecidos. Ahora vamos a tratar de salir de aquí para poder contarlo mañana.

Volvieron sobre sus pasos, pero se dieron cuenta de que no podrían trepar por los agujeros por los que habían caído a la caverna subterránea. Había dos pasadizos que partían en dirección contraria a la entrada a la cueva. Murphy eligió el que menos arena tenía. Tras avanzar unos centenares de metros por él, la arena dejó paso al barro y el suelo empezó a estar algo mojado, lo que indicaba la presencia de agua cerca. Unos metros más adelante vieron ya raíces de árboles y matorrales entre el barro, y Murphy pudo encaramarse sobre un montón de rocas y madera y meter la cabeza entre la tierra del techo del pasadizo.

—Cariño, creo que podemos colarnos por aquí.

—Murph, estoy atascada.

Murphy se giró y vio que Laura tenía un pie trabado en una maraña de raíces. Bajó del montículo y la liberó, quebrando para ello un nudo de madera. Lo iba a tirar a un lado cuando vio que entre las raíces crecía un pequeño retoño con la forma casi exacta de una cruz. Lo arrancó y se lo dio a Laura.

—Para ti, mi increíble esposa. Un recuerdo de tu visita a la atracción de la Serpiente de Bronce.

Un fino rayo de luz del día surgía sobre sus cabezas y cruzaba entre ellos. La luz alcanzó la pequeña cruz y la revistió de un aura deslumbrante que pareció obra de la Providencia. Murphy y Laura se quedaron mudos. Ella apretó la cruz contra su pecho mientras él la estrechaba entre sus brazos. Y así permanecieron, de pie bajo el rayo de luz, abrazados, olvidando por un momento dónde se encontraban. Pero, de repente, volvieron a acordarse cuando la primera bala se incrustó en una roca a cinco centímetros de la mejilla de Laura.

La segunda bala golpeó una retama que crecía en el techo, por encima de donde Murphy había metido la cabeza antes. Trozos de corteza golpearon sus caras.

Murphy se lanzó delante de Laura para protegerla, apretando su cuerpo y el de ella contra la pared de piedra.

—Murphy, ¿qué está pasando?

—Son balas. Alguien se lo está tomando muy en serio. A menos que podamos volver sobre nuestros pasos con la esperanza de encontrar un ánfora llena de armas y munición, debemos salir de aquí. Ahora.

Laura nunca se había visto envuelta en un tiroteo, pero no tardó ni un instante en captar el mensaje. La tercera bala, que cayó en la arena, a los pies de Murphy, ayudó a ponerla en marcha. Echaron a correr caverna adentro, pero toparon con un muro de roca maciza.

—Vamos a tener que arriesgarnos a salir por el agujero. Y quienquiera que nos esté disparando lo sabe. Vamos.

Murphy guió a Laura hasta la maraña de raíces donde antes se había quedado enredada, puesto que era su mejor parapeto contra las balas. No servía de mucho, pero al menos no estaban al descubierto.

—Agáchate y quédate aquí.

—Murph, ¿adónde vas? ¡No me dejes sola!

Murphy corrió hasta las rocas que había al otro extremo del agujero.

—Ssshhh... He tenido una idea que podría funcionar, pero va a ser muy ruidosa.

Quienquiera que estuviera disparándoles podía hacerlo dentro del agujero, pero no dispondría de excesivo alcance a menos que metiera el arma dentro de la cavidad. Y Murphy contaba con que lo hiciera.

Hubo un momento de calma, mientras el tirador llegaba a esa conclusión al dejar de ver a los Murphy correr por dentro del agujero. Primero apareció la punta del cañón de un AK-47 dentro de la cavidad, y luego el resto. Según lo iba introduciendo dentro, no dejaba de descargar cargador tras cargador de munición, haciendo un ruido ensordecedor y convirtiendo la tierra en una furiosa nube de polvo, barro y arena.

Murphy, confiando en aprovechar el momento exacto, se lanzó a por el cañón mientras aún vomitaba fuego y tiró de él hacia abajo. Con un grito terrorífico, el rifle y su dueño se desplomaron por el agujero. Murphy se incorporó y se colocó en posición para poder abalanzarse sobre el tirador en cuanto golpeara el suelo triturado contra el que había estado disparando. Murphy calculó que tendría una fracción de segundo como mucho para aprovechar su ventaja, el elemento sorpresa.

Pero a la postre la sorpresa fue aún mayor, puesto que el tirador no pasó demasiado tiempo sobre la tierra tras el golpe, sino que la atravesó y siguió cayendo. Las balas habían troceado tanto el suelo que deshicieron los siglos de arena, barro y roca que habían formado una capa relativamente fina sobre el profundo pozo de arena que se extendía por debajo.

Mientras Murphy contemplaba la escena maravillado, el tirador al fin frenó su caída con un golpe sordo. Dado que el rifle estaba ya en sus manos, Murphy dio por hecho que no podría seguir disparándole, así que se asomó por el borde del nuevo agujero, mucho más profundo que el anterior. No necesitaría preocuparse más por el tirador. O por lo que quedaba de él.

Murphy trató de no prestar atención a su terrible y agudo grito, mientras veía como su cuerpo quedaba enterrado en vida. Toneladas de arena que llevaban siglos sin ser holladas por pie humano alguno se abalanzaron sobre su cuerpo, segundos después de haber aterrizado en el fondo del agujero. Murphy no podría haber hecho nada para salvarle incluso aunque lo hubiera deseado. Quince segundos después, sólo quedaba un montículo de arena donde antes estaba su cabeza.

Sin embargo, antes de desaparecer por completo bajo la arena, Murphy pudo reconocer su cara, iluminada por la luz de la linterna. Behzad, el chófer.

Con el arma aún en sus manos, Murphy se giró listo para abrir fuego cuando notó una mano en su hombro.

—Eh, Murphy, tranquilo, que soy yo.

—Ah, perdona, cariño. Vamos a salir de este agujero, no vaya a ser que todo el suelo termine por hundirse.

Luego murmuró para sí mismo, para no asustar a Laura:

—Y dado que el que ha tratado de matarnos era nuestro chófer, cualquiera sabe qué nos estará esperando ahí arriba.

19

La sangre fluía frente a ellos. Murphy y Laura habían emergido de la caverna por el agujero, después de que se asegurase, rifle en mano, de que nadie les esperaba. Reinaba una calma bendita, tras el estruendo de las balas bajo tierra. Luego, se abrieron camino colina abajo, hasta donde estaba el land rover, llamando a Saif.

Cuando llegaron al coche se dieron cuenta de por qué no había contestado a sus gritos ni les había ayudado. Estaba tirado en el asiento de al lado del conductor, sangrando de una herida en la cabeza que parecía producto de un golpe con un objeto pesado.

—¿Está... muerto, Murphy?

Justo mientras hacía esa pregunta, Saif gimió débilmente y su cuerpo se estremeció.

—Mi opinión como profesional es que no, Laura, el señor Saif no está muerto.

Laura le dirigió una intensa mirada.

—Quítate de en medio, tío listo, y déjame echarle un vistazo a esa herida.

Echó mano de la parte inferior de su camiseta, que era lo más parecido a un trapo limpio que pudo encontrar a su alrededor.

—Señor Saif, ¿puede oírme? Alguien le ha golpeado. Probablemente, Behzad, el chófer, el esbirro que nos atacó a nosotros. ¿Pudo ver algo antes de que le golpearan?

Saif abrió un ojo, luego el otro, y gimió.

—Ayyy, señora Murphy, usted se encuentra bien. Qué le... Está usted... Bendito sea Alá, está usted a salvo. Creo que el sustituto del chófer es un ladrón. Me redujo y después debió de ir a por ustedes. Lo siento mucho. El jeque se pondrá furioso. Siento mucho que el ladrón les robara su artefacto.

Murphy le miró con recelo.

—¿Qué quieres decir, Saif? Fuimos atacados por el mismo chófer que te golpeó a ti, pero no nos robó nada. Y no volverá a robar a nadie nunca más.

Saif trató de parecer aliviado.

—¿Entonces, tienen aquello que vinieron a buscar?

—Sí, y muchas otras cosas, aunque la mayoría son balas. Vámonos al aeropuerto ahora mismo.

Dos horas después, los Murphy estaban sentados a salvo en el avión particular del jeque, de camino a casa.

—¡Vaya día, Murph! —Laura se apretó contra su marido, cerrando los ojos en seguida, pese a la adrenalina que aún recorría su cuerpo.

—La primera pieza de la Serpiente de Bronce.

—Y la primera vez que me disparan. Pero estoy tan impresionada por la Serpiente que estoy dispuesta a perdonarte por hacer que casi me maten.

—A mí me costará algo más perdonarme a mí mismo.

Murphy se dio la vuelta y le puso la mano en la mejilla.

—Cariño, si hubiera tenido la más mínima idea de que iba a poner tu vida en peligro...

Laura sonrió y puso su mano sobre la de él.

—Ya lo sé, me habrías dejado en casa fregando los platos y remendándote los calcetines. Ahora que todo ha acabado, puedo empezar a saborear lo mucho que voy a presumir de esto en la sala de profesores la semana que viene.

—Y no creo que nunca vaya a olvidar o perdonar a nuestro amigo Saif.

Laura le miró algo confundida.

—¿Qué quieres decir, Murph? El pobre tipo casi termina muerto también.

—Sí, «casi» es la palabra exacta. No soy médico, pero ¿alguna vez has visto una herida en la cabeza tan perfecta? Una buena cantidad de sangre para llamar nuestra atención, pero sin la profundidad suficiente como para hacer verdadero daño.

Laura se incorporó como una flecha en su asiento.

—¡No! Murphy, estaba demasiado asustada y atontada por las balas como para darme cuenta en ese momento, pero no es posible que estuviera inconsciente antes de abrir los ojos. Tenía las pupilas tan despejadas como las dunas.

—Sí, yo también me fijé en eso. Creo que Saif estaba implicado en todo esto, pero quería aparentar ser una víctima más por si acaso sobrevivíamos. Se supone que nosotros no viviríamos lo suficiente como para ver su numerito.

—Pero ¿cómo se enteró de que estábamos buscando la Serpiente?

—No se enteró. No podría haberse enterado. Nadie aquí lo sabía. Creo que él sabía que el jeque nos estaba ayudando a encontrar algo de valor. No le importaba nada de qué se tratara, simplemente, quería robárnoslo. No creo que el jeque esté implicado en esta canallada. Pero en cuanto aterricemos le haré saber qué clase de malhechor intrigante trabaja a su servicio.

—Bueno, Murphy, el jeque ha sido nuestro anfitrión. Modera tu famoso mal genio cuando le llames.

—No te preocupes. Pero seguro que agradece saber la verdad. Y hablando del jeque, ¿qué te parece si echamos un vistazo con más detalle a lo que casi nos cuesta la vida hoy?

Cogió la valija diplomática del jeque y sacó de ella la pieza metálica envuelta en un paño.

Sin tener que luchar ya contra el cansancio, Laura sonrió.

—¿Por qué has tardado tanto?

Murphy comenzó a aflojar los nudos, casi esperando que la cola de la Serpiente se escabullera reptando entre los asientos con un silbido. Retiró el paño y la sostuvo bajo la lámpara. Pese a haber sido forjada 3.500 años atrás, la rica superficie de bronce no había sufrido daño alguno por acción de las fuerzas corrosivas obra del hombre o de la naturaleza.

La textura de la piel de la serpiente, tan cuidadosamente forjada, estaba intacta. Cada una de las escamas del reptil había sido fielmente tallada. Murphy reconoció el inconfundible dibujo de una víbora venenosa del desierto.

«Moisés hizo esto —susurró—, Moisés tuvo esto entre sus manos.»

Laura extendió el dedo para tocarla.

—Obedeciendo el mandato de Dios, confiaron en Él y sanaron. Era un símbolo de su fe.

Murphy vio que tenía cardenales en el brazo.

—Pero ¿en qué se convirtió la Serpiente después de que Moisés la usara? Desde entonces, ésa ha sido la pregunta clave todos estos siglos.

Murphy ladeó la cola de la Serpiente para que la luz de la ventana iluminara su superficie, haciendo brillar y bailar sus escamas. Casi parecía estar viva.

—Eh, cariño, ¿has visto eso?

Laura acercó la cabeza.

—¿A qué te refieres? Sólo es...

Entonces lo vio. Otro grupo de marcas. Apenas visibles, como si hubieran sido grabadas toscamente, casi arañadas en el bronce. Pero una vez que se concentró en ellas, le parecieron extrañamente elegantes, y, al instante, las encontró familiares. Triángulos con líneas como rabos, figuras con forma de uve como pájaros volando en el cielo.

—Escritura cuneiforme caldea —exclamó Laura—. Como la del pergamino.

—Ajá. Te apuesto lo que quieras a que también es obra de Dakkuri.

Murphy se giró y apretó la cabeza contra el cristal. Unos diez mil metros más abajo, el desierto se extendía como ondas hasta el lejano horizonte.

—¿Sabes?, fuera lo que fuese lo que tramaba Dakkuri, parece que cumplió su promesa del pergamino. Sí dejó algo en la primera pieza que parece que puede guiarnos hasta el resto de la Serpiente.

20

—Bueno, ¿alguno de vosotros hizo algo interesante la semana pasada? Por lo que a mí respecta, yo estuve en Samaria.

Sólo hubo un débil brote de interés entre los estudiantes. «Un público duro», pensó Murphy. Se resistió a lograr su atención con un truco fácil: «Y me tiroteó un árabe».

En lugar de eso, cogió su mochila de detrás del atril.

—Y mirad lo que he encontrado.

—¿La tubería de una ducha? —dijo alguien desde la parte de atrás de la clase.

—No, pero el próximo listillo se va directamente a la ducha. Esta increíble pieza de unos treinta centímetros de bronce es, señores y señoras, una serpiente.

Muchos de los que estaban sentados en las primeras filas se echaron para atrás.

—Tranquilos, nunca estuvo viva, pero ha tenido muchas vidas, todas ellas más interesantes que las de cualquier serpiente real.

Murphy apretó un botón y su proyector de diapositivas sí volvió a la vida.

—Bueno, sé que estos nombres y reinos de la Biblia son complicados de pronunciar, así que voy a intentar ayudaros a que los toméis correctamente mostrándoos-los en la pantalla. Todos estos caballeros reinaron mucho antes de que pudieran aparecer en la portada de las revistas del corazón, así que no tengo grandes fotos en color y sobre papel satinado para ayudaros a recordarlos.

»Bien, la diapositiva muestra un documento de aspecto decrépito, un antiguo pergamino de papiro que llegó a mis manos no hace demasiado tiempo. Sin embargo, como sucede a menudo en arqueología, no podía poner en contexto lo que estaba viendo. Resultaría todo mucho más fácil si estos artefactos vinieran con una cinta de sonido como las que se escuchan con auriculares en los museos, pero todavía no he encontrado ninguna. Así que no nos queda otro remedio que averiguar todos esos datos nosotros mismos.

La siguiente diapositiva era una ampliación del pergamino.

—No os preocupéis. Para los que penséis que estáis de resaca: eso que veis ahí no es inglés. Ni siquiera se le parece. Es un lenguaje conocido —o, en estos días, sobre todo desconocido— como caldeo, que se empleaba allá en los tiempos de Nabucodonosor, el rey más importante de Babilonia.

Murphy mostró el nombre del rey en la pantalla y, después, un mapa de Babilonia. Luego, pasó a la figura dibujada en el pergamino que él había interpretado que representaba al rey.

—Os vuelvo a decir que esto no viene con libro de instrucciones, así que ¿cómo he sabido yo que este adorable dibujito representa al rey Nabucodonosor? Pues averiguando la época en la que se escribió y sabiéndome la línea sucesoria de los reyes, o lo que es lo mismo, colegas, comiendo espinacas, rezando por la noche y estudiando, estudiando y estudiando. En este negocio no existen atajos como los de Hollywood.

»Ahora, os voy a contar qué es lo que convierte en tan interesante este pergamino. La mayoría de lo que los arqueólogos han encontrado de los tiempos de Babilonia son recibos de almacenamiento y registros comunes del día a día, porque los babilonios eran la versión antigua de los administradores de una universidad. Les encantaba tenerlo todo por escrito.

Pasó a la siguiente diapositiva.

—Bueno, eso puede pareceros una pestaña sobre el proyector, pero en realidad es el símbolo cuneiforme para representar una serpiente. Combinado con el siguiente símbolo, que creemos que significa bronce, la cosa empieza a ponerse interesante. Y luego, cuando desentrañé algo más del resto del pergamino, fue cuando me di cuenta de que no se trataba de una lista de la compra babilónica.

Ésa era su última diapositiva, así que Murphy apagó el proyector.

—Os volveré a hablar más a fondo sobre los métodos para interpretar los escritos antiguos en una próxima clase. Pero, por ahora, dejad que me salte esta parte, que me salte lo que leí en ese pergamino y cómo me llevó a encontrar a esta querida serpiente que tengo aquí delante.

Volvió a sacar la cola de la Serpiente de Bronce de su mochila.

—Porque de lo que quiero hablaros hoy es de cómo tener la valentía necesaria para dar un salto en la lógica y el conocimiento, porque, a veces, son las ideas locas, salvajes e imposibles las que conducen a los arqueólogos, incluso a los más aburridos, como yo, a descubrir nuevas verdades.

»Creo que esta pieza de bronce, una vez que hagamos las pruebas pertinentes en el laboratorio, se revelará como la cola de la Serpiente de Bronce, que, según vuestro Antiguo Testamento, fue fabricada por Moisés en el 1458 a. C. Los israelitas empezaron a quejarse de estar vagando durante tanto tiempo por el desierto y comenzaron a cometer actos de «descreimiento» hacia el Señor. Como castigo por esta rebelión, Dios envió serpientes venenosas para que mordieran a los culpables. Eso les metió a todos en vereda de nuevo, rezando y suplicando ayuda a Moisés. Él rezó a Dios, que se apiadó de los israelitas y le dijo a Moisés: «Hazte una Serpiente ardiente, ponla sobre un asta; los que hayan sido mordidos, al mirarla, sanarán».[1]

»Moisés interpretó "ardiente" como "de bronce", puesto que fabricó esta Serpiente y la sostuvo ante los enfermos. Los que se arrepintieron fueron curados. Todo este simbolismo entronca, por supuesto, directamente con la Serpiente que tentó a Eva en el Jardín del Edén, lanzando al mundo por la vía del pecado y el enjuiciamiento. Y uno de estos días me gustaría volver sobre ello y hablar de lo que curó a los israelitas. ¿Fue algún oscuro poder mágico de la Serpiente de Bronce, o fue el hecho de que volvieran a comprometerse con la fe en Dios? Pero bueno, el decano Fallworth va a empezar a acusarme de ser un predicador de pueblo si me atrevo a entrar en temas de fe. Además, hoy quiero centrarme en el tema de la investigación.

»Hay dos lugares en los que, según está registrado en la Biblia, hace su aparición la Serpiente de Bronce. El pri-

1. Para ésta y para las siguientes referencias a las citas bíblicas se ha utilizado la Biblia de las ediciones paulinas, 1989. (*N. del E.*)

mero es en el 1458 a. C., cuando Moisés la modela con el propósito de curar a los israelitas. Y luego, hay que avanzar hasta el 714 a. C., hasta la única vez más en la que sale mencionada, en 2 Reyes 18, 1-5, cuando, en contra del primer mandamiento, se convierte en un objeto de culto.

»El joven rey Ezequías, uno de los más devotos de Judá, descubrió que su pueblo estaba empezando a practicar la idolatría, muy común entre las tribus vecinas. Es evidente que la Serpiente de Bronce había sido preservada en secreto y usada como objeto de culto. Alguna gente, incluso, le atribuía misteriosos poderes curativos.

»Cuando Ezequías descubrió al pueblo de Judá postrándose de rodillas ante la Serpiente para rendirle culto como sólo se podía rendir culto a Dios, se enfureció tanto que la quebró en tres piezas.

»Y ésa fue, en lo que respecta a la Biblia, la última vez que vimos a la Serpiente de Bronce. Hasta que este pergamino me puso sobre la pista de cierta conexión relacionada con la Serpiente en los tiempos del mayor imperio de Babilonia, durante el reinado de Nabucodonosor. Un lugar muy alejado en el espacio y en el tiempo de donde la Biblia deja a la Serpiente, rota en tres pedazos a los pies de Ezequías.

Murphy hizo una pausa.

—Así que, dado que los arqueólogos buscamos instrumentos que no sean máquinas del tiempo para explicar cómo los artefactos pueden sobrevivir saltos espaciotemporales como éste, yo tengo una teoría al respecto, y esa teoría me ha ayudado a encontrar la semana pasada esta pieza de la Serpiente. En mi opinión, cuando Ezequías ordenó en Judá que se destruyera la Serpiente, fue quebrada en tres piezas y llevada al viejo Templo. En esos tiempos, uno no tiraba a la basura una pieza de un metro de largo hecha de bronce aunque fuera el rey el que te ordenara destruir un ídolo. Cerca de 140 años después, cuando los babilonios arrasaron Judá y saquearon el Templo, se llevaron para su tierra todo aquello que pareciera valer algo, y alguien debió de fijarse, entonces, en las tres piezas de la Serpiente.

»Ahora bien, falta parte de la inscripción en el pergamino que descubrí, así que tendremos que especular más de lo habitual. Aun así, hemos descifrado lo suficiente de su mensaje como para saber que un alto sacerdote entre los que adoraban ídolos en Babilonia volvió a unir la Serpiente en una pieza, probablemente, con la creencia de que poseía grandes poderes.

»En mi próxima clase os empezaré a hablar sobre profecías y sobre cómo Nabucodonosor aprendió a temer al Dios verdadero y ordenó destruir ídolos a diestro y siniestro. Así fue como la Serpiente volvió a colocarse bajo el filo del hacha. Pero el alto sacerdote que escribió este pergamino quería que la Serpiente volviera a salvarse, así que la dividió en tres piezas dejando instrucciones para poder recuperarla y recomponerla. Lo que, si tengo suerte a la hora de interpretar lo que está escrito al final de la cola que tenéis ante vosotros, yo aspiro a lograr. Así que, mientras me entrego a esta causa, podéis iros a casa.

Un estudiante le llamó la atención.

—¿Profesor Murphy? Nadie se curó mientras usted sostenía la cola, pero ¿no cree que si encuentra las otras dos piezas y las une de nuevo podrá sanar a la gente?

—Ésa es la pregunta clave, cierto. O también es posible que, de acuerdo con los creyentes en la denominada magia negra, que han andado detrás de la Serpiente durante años, cuando se unan las piezas, si es que alguna vez se logra, sirva para hacer el mal.

21

Shane Barrington trataba de obligarse a sí mismo a no pensar en su hijo. Pero, hasta para un maestro en contemplar con la mirada más fría todos los actos perversos y las maldades empresariales que había cometido sin piedad a lo largo de su vida, el asesinato de Arthur a manos de Garra mientras él lo observaba indefenso estaba demostrando ser un recuerdo difícil de ignorar. Especialmente, porque no tenía ni idea de qué había hecho Garra con el cuerpo, más allá de su misteriosa alusión a un plan posterior.

Resulta extraño, pensó, como después de expulsar completamente de su mente a su hijo durante tantos años, ahora, ya muerto, Arthur se negaba a abandonar sus pensamientos. Tampoco era que Barrington se fuera a convertir de repente en un sentimental en lo que respecta a su familia. Quitando a su ex mujer, a la que había amortizado más de dos décadas atrás, Arthur había sido el único miembro vivo de su familia. Y nunca había necesitado o deseado tener algo tan pedestre como un amigo. Socios, empleados y criados, sí; amigos, no.

Tampoco había sentido un cariño especial por ningún lugar en particular. No había ningún sitio que pudiera llamar hogar, pese a que poseía lujosas mansiones

150

en tres continentes. El lugar del que provenía no tenía, desde luego, ningún valor sentimental para Barrington. Era un sitio del que huías si tenías suerte, pero no al que soñaras con regresar. Por lo que respecta a la atracción por obras de arte de valor incalculable o piezas arquitectónicas magnificentes, eso era para almas más débiles. La verdad es que él era feliz cuando estaba de camino hacia cualquier sitio, en bólido o en avión. Moverse a toda velocidad, sentir el mundo encogiéndose a sus pies. Y con los sistemas de última generación que Barrington Communications fabricaba, podía manejar los hilos desde donde quisiera.

Pero si tenía que elegir el sitio donde más cómodo se sentía, como si se encontrara en el centro del universo, ese sitio sería éste, su ático, contemplando el vasto panorama de dientes de sierra que conformaban las torres de cristal y acero iluminándose al atardecer. Sin embargo, después de aquel terrible instante en el que vio a Garra torturando a Arthur desde su terraza, Barrington no había vuelto a mirar por la ventana, y menos aún, salido a la terraza.

Ahora, cuatro minutos antes de que llegara su invitada, se dijo a sí mismo que había llegado el momento de que su enorme fuerza de voluntad diera un paso adelante. Se obligó a sí mismo a descorrer las cortinas para abrir la puerta corredera de la terraza. Él no se comportaría como todas las débiles criaturas que había conquistado en el pasado. No había sitio para la culpa en el tablero de juego de Barrington. Salió fuera y bajó la mirada hacia Endicott Arms. Se estremeció un segundo y luego, limpió su mente.

Al instante, sintió como volvía a recobrar todo su poder, como si fuera un rey bárbaro de pie sobre una pila de cadáveres de sus enemigos vencidos. Barrington Communications era, desde no hacía mucho, una empresa miles de millones más rica y fuerte, como nunca antes lo había sido. Los agujeros en su estructura financiera estaban remendados y tenía poder suficiente como para emprender nuevas conquistas. Todo aquel magnate empresarial que fuera lo suficientemente tonto como para creer que podía medirse de igual a igual con Shane Barrington descubriría pronto cuán grande había sido su error.

Apoyó la mano en el cristal y sonrió. Y todo a cambio, realmente, de muy poco. Ahora, comenzaba su segundo trabajo para los Siete. Al igual que el primero, la tarea parecía extraña, arbitraria y desconectada de cualquier grandioso plan maestro. Se la habían encomendado con pocas palabras y sin ninguna explicación. Sin embargo, de la misma forma que había obtenido los datos sobre los sistemas de seguridad de Naciones Unidas, era algo que podía lograr con facilidad desde su poderosa posición.

Consultó su rolex. La cita había sido fijada para las siete en punto. Lo suficientemente tarde como para obligarla a cancelar cualquier plan que pudiera tener para esa noche. Y la había hecho esperar otros diez minutos más. Lo justo para que su confianza se volatilizase y fuera sustituida por el miedo. Un truco fácil, en cualquier caso, que difícilmente necesitaría usar nunca más. Pero el ejercicio del poder, aunque fuera mezquino, era lo que le daba placer, y si no podía permitirse eso, la vida sería, sin duda, muy aburrida, desde luego.

Dio la espalda a su reflejo sombrío y se acercó a la boca el micrófono que colgaba de su chaqueta.

—Dile que entre.

Stephanie Kovacs, la reportera más prometedora del canal de noticias Barrington News, se obligó a sí misma a no volver a retocarse el peinado y el maquillaje cuando la recepcionista de detrás del mostrador, rubia de bote, le indicó que podía pasar con un breve gesto, realizado con una mano de perfecta manicura. Ahí estaba, Stephanie Kovacs, una periodista estrella de programas de investigación en televisión, habituada a desenmascarar sin temor a los tramposos y los corruptos, una mujer a la que habían tiroteado, que había sido acuchillada por un maníaco, a la que habían amenazado con babeantes perros de presa, pero que nunca había dado un paso atrás y había mirado a los ojos a hombres el doble de altos y corpulentos, y diez veces más agresivos que ella. Ahí estaba, nerviosa como un gatito, simplemente, porque el director ejecutivo de su cadena de noticias la había convocado para una reunión.

¿Qué era lo peor que podía pasar? Bueno, podía despedirla. Ésa era la idea que había estado rondando por su mente durante los últimos cinco minutos, obligándola a chequear su Rolodex mental. «¿Cuál sería la primera persona a la que llamaría? ¿Quién fue ese ejecutivo que dijo en la gala de entrega de unos premios: "Si alguna vez te planteas dejar tu programa..."? ¿Qué cadena necesita una cara nueva para reforzar sus cifras de audiencia? ¿Qué telediario busca desesperadamente algo de credibilidad?»

Pero no se trataba de encontrar un nuevo trabajo en televisión. Ella era lo suficientemente exitosa y respetada como para no tener que preocuparse por eso. Lo que la reconcomía y le llenaba el estómago de mariposas era la certeza de que cuando Shane Barrington te despide, no se limita a dejarte marchar. Se asegura antes de acabar contigo. De terminar con tu carrera. Si era eso lo que planeaba hacer, tendría suerte si un mes después se podía poner frente a una cámara para explicar el efecto de las inesperadas lluvias de junio sobre la cosecha de soja.

Se paró ante la puerta, se recolocó un mechón descarriado y entró en la sala, esperando que él no pudiera penetrar más allá de su estudiada armadura de confianza.

—¿Quería verme, señor Barrington?

Shane Barrington parecía más alto que en las fotografías y las pocas grabaciones de vídeo que le habían tomado, pero sus rasgos ásperos y sus ojos oscuros le resultaban siniestramente familiares. Sin decir ni una palabra o cambiar un ápice la expresión de su cara, le señaló el sofá de cuero oscuro apoyado contra la pared del fondo. Él siguió de pie después de que ella se sentara, obligándola a mirarle de abajo arriba.

—Señorita Kovacs —comenzó—. Stephanie. Me alegro mucho de que haya podido encontrar unos minutos libres en su apretada agenda. Espero no haberla distraído de una importante investigación. Odiaría enterarme de que, por mi culpa, se le ha escapado algún criminal del anzuelo.

Ella intentó reír.

—Bueno, siempre hay más peces en el mar. Eso es lo bueno de este trabajo: nunca te quedas sin objetivos que valgan la pena.

Barrington la miró serio.

—Claro. Sé exactamente a lo que se refiere.

Se dio la vuelta y se sentó detrás del largo escritorio de cristal tintado que había en el centro de la habitación. Ella no pudo evitar fijarse en que no tenía ni ordenador ni teléfono. De hecho, no había nada en la mesa que pudiera alterar la perfecta superficie cristalina.

—A veces, oigo a gente decir que no presto atención de verdad a esta parte de la corporación. Que, realmente, no estoy interesado en la televisión. Como si fuera una tecnología anticuada, parte del pasado. Y a Shane Barrington le interesa siempre el futuro, ¿no es cierto?

—Es cierto —se descubrió respondiéndole.

—Pues eso no es cierto en absoluto, Stephanie. Yo presto mucha atención a las emisiones del canal de noticias. Y he prestado una atención particular a tus reportajes. A tus atrevidas investigaciones.

A ella le pareció que la palabra «atrevidas» era su forma de burlarse de ella. Si cualquier otra persona hubiera usado ese tono sarcástico, ella habría empezado a irse de la lengua al instante. Nadie podía trivializarla y salirse con la suya. Pero para su sorpresa, siguió sonriendo dócilmente, como si fuera un perro y la estuvieran golpeando, no como un cordero de camino al matadero.

Los ojos de Barrington parecieron iluminarse un poco, como si estuviera disfrutando por su incomodidad.

—Tú sí que sabes cómo darle a los chicos malos. Sin piedad. Sin cuartel. Me gusta.

Él la estaba pintando como una cazarrecompensas y no como una reportera, pero si le gustaba su estilo, ella no tenía problema alguno. Aún no estaba segura de hacia dónde conducía todo esto, pero su nivel de ansiedad estaba empezando a reducirse un poquito. Puede que, después de todo, no la fueran a despedir.

—La gente también dice que soy un director ejecutivo que deja trabajar. No les digo a los productores de una cadena lo que deben hacer. Mientras consigan audiencia, qué más me da, ¿verdad? Haz un programa sobre lo que quieras. Cucarachas asesinas, abuelas asesinas en serie. Lo que más te ponga.

Mejor que mejor. A él le gustaba su criterio periodístico. Creía en la libertad editorial. ¿De qué se había estado preocupando?

Barrington se recostó en su silla y dejó las manos muertas sobre el escritorio. Sus ojos se volvieron a oscurecer.

—Pero, en ocasiones, no puedes confiar en que la gente vaya a hacer bien su trabajo. A veces, necesitan algunas indicaciones —dijo sonriendo sin pizca de humor—. De arriba.

Vale, ahora ya no vamos tan bien. La conversación, si se la puede llamar así, ha dado un giro siniestro.

—He decidido que alguien debería investigar, sin piedad, sin obstáculos, a un determinado grupo de gente que supone una gran amenaza para este país y para el mundo entero. Alguien debe desenmascararlos como los peligrosos fanáticos que son en realidad.

Hizo una pausa. «Oh, oh, aquí viene la traca final», pensó ella.

—Ese grupo son los cristianos evangélicos. Y esa persona eres tú.

Guau, ésa no la había visto venir. No era así como se había imaginado que terminaría la conversación, pero Stephanie Kovacs no se había elevado sobre el resto de brillantes y desesperadamente ambiciosas estrellas de televisión a fuerza de reacciones lentas. Se recuperó rápidamente de la sorpresa, desplegando una humilde sonrisa.

—Su confianza me honra, señor Barrington. Trataré de no decepcionarle.

—Asegúrate de que así sea. Te estaré vigilando.

22

El hombre llamado Garra se detuvo un instante para contemplar la parte de Manhattan que tenía a sus pies. De hecho, tan sólo un estrecho tablón metálico y algunas cuerdas impedían que cayera a la calle.

Estaba a diez pisos de altura sobre una plataforma de limpiaventanas, colgado de una de las estructuras más famosas del mundo: el edificio del Secretariado de las Naciones Unidas.

Garra se giró hacia una de las cientos de ventanas que daban al edificio más alto de la ONU esa apariencia externa de torre con muros de cristal. Tenía 39 plantas, pero Garra había realizado un cuidadoso cálculo y sólo le interesaban las que iban del cinco al doce. Serían más que suficientes para dejar claro lo que quería.

Shane Barrington había hecho lo que le habían pedido, consiguiendo para Garra una vía de acceso que eludiera los sistemas de seguridad y le permitiera llevar a cabo su labor. Le había dicho a Barrington lo que quería y lo había dejado en sus manos. Barrington dirigía varias compañías dedicadas a diseñar sistemas de comunicaciones, seguridad y mantenimiento para miles de empresas, así que sabría cómo conseguirle lo que le había pedido.

Garra no había necesitado demasiado porque el soporífero señor Farley le había proporcionado detalles hasta la extenuación sobre su trabajo como limpiaventanas. Y Garra se había quedado con todas sus tarjetas de identidad antes de deshacerse del cuerpo, no sin antes desposeerle también de aquellas partes necesarias para pasar los escáneres de identificación de huellas dactilares y retina que le permitirían entrar en la ONU.

Ahora, maquillado para transformarse en el señor Farley y forrado con rellenos para que le valiera el uniforme con la leyenda MANTENIMIENTO DEL EDIFICIO EJECUTIVO, Garra consultó el papel que llevaba en la mano. Era una cuadrícula en la que meticulosamente había dibujado todas las ventanas del edificio del Secretariado. Si podía seguir subiendo y bajando a bordo de la plataforma motorizada a este ritmo tan ligero, todo estaría listo bastante antes de la hora cero.

23

El ego de Murphy como hombre orgulloso, y como orgulloso arqueólogo profesional, se estaba llevando un buen golpe.

—Shari, tengo que reconocerlo, estoy confundido. Por mi vida que no entiendo lo que está escrito aquí, en esta cola.

Shari deseó que hubiera algo más que ella pudiera hacer para ayudarle. Ya había realizado todas las pruebas de datación posibles con los equipos de su laboratorio y había tomado con mucho cuidado fotografías digitales desde todos los ángulos. Ahora, estaban observando las ampliaciones.

—No creo que pueda ampliarlas aún más, profesor Murphy, o sólo podremos ver entonces manchas difusas.

Murphy se pasó la mano por el pelo, distraído por su frustración.

—No, sea cual sea la herramienta que Dakkuri empleó para grabar este mensaje en la cola, logró que permaneciera casi intacto durante todos estos años, y verlo no es mi problema. Simplemente, no le encuentro ni pies ni cabeza, o quizá corresponda decir ni cola ni cabeza. Dado que no tenía mucho espacio, debió de usar algún tipo de escritura abreviada antigua. Y sospecho, además, que Dakkuri debió de intentar ser aún más críptico si cabe, puesto que estaba desvelando el camino hacia la siguiente pieza de lo que creía que era su icono más poderoso.

Shari tomó aire con brío antes de verbalizar lo que llevaba varios minutos pensando.

—Mmm... Profesor Murphy... ¿Ha pensado en...?

—No hace falta ni que termines la frase. Sé admitir una derrota. Tengo que volver a llamar a Isis McDonald.

—Guau, profesor Murphy, es toda una cola... quiero decir, historia.

Isis McDonald repasó las notas que había garabateado apresuradamente, y se cambió el teléfono de oreja para poder desentumecerse el cuello.

—Pero, pese a lo tentador que resulta, no puedo hacer lo que me pide.

—¿Por qué no? Mire, aún no hemos tenido la oportunidad de conocernos, pero esté segura de que no soy un chiflado; por lo general, conozco el terreno sobre el que piso. Me ha ayudado con el pergamino y parece que ha acertado. Éste es el siguiente paso. Estoy más cerca de lo que nadie ha estado en miles de años de, supuestamente, encontrar la Serpiente de Bronce entera.

—Claro, claro, profesor Murphy. Todo eso está muy bien, pero yo soy una filóloga al servicio de la Fundación Pergaminos para la Libertad, no una arqueóloga de ojos brillantes en pos de la gloria, y tengo el escritorio repleto de mis propias investigaciones. De hecho —dijo estirando el cuello para echar una mirada a su alrededor—, tiene más pinta de un despacho lleno de cosas que debería haber terminado hace meses.

—Por favor, Isis. Créame, no quiero pedirle ayuda,

pero no puedo esperar, y, además, odio tener que admitir que no soy lo suficientemente listo como para desentrañarlo. Y usted sí lo es.

Isis suspiró, pero, para su sorpresa, sus labios estaban dibujando una sonrisa.

—Ah, profesor Murphy, ahora entiendo cómo sale de todos los atolladeros. Usted es un maestro en el antiguo arte de la adulación.

—Soy un profesional con licencia oficial. ¿Me ayudará, por favor?

—Mire, Murphy. Esto es lo que estoy dispuesta a hacer. Tengo que pasar aquí los próximos días porque tengo reuniones de evaluación de la fundación, y usted también es un hombre ocupado. Sin embargo, lo bueno de la fundación es que no suelen faltar recursos. Ése es el motivo por el que debo asistir a esas reuniones, puesto que usted no es el único especialista en la adulación forzosa. Pero le voy a enviar a mi muy capaz y muy de fiar secretaria, Fiona, en el avión privado de la fundación, para que recoja la cola de la Serpiente y me la traiga.

—¡Guau! Eso suena bastante extravagante, pero no puedo desprenderme de la Serpiente. ¿Cómo podría estar seguro de que está a salvo?

—Murphy, usted está allí en lo que estoy segura de que es una atractiva escuela de un pueblecito chiquitito y perfecto, y yo aquí estoy sentada en el centro de investigación histórica privado más grande del mundo, con los sistemas de seguridad más avanzados que existen. ¿A quién quiere engañar?

Murphy supo que, una vez más, había sido derrotado.

—Entendido, Isis. Antes de que me escabulla con el rabo entre las piernas para lamerme las heridas en mi orgullo pueblerino, déjeme decirle, simplemente, gracias, la cola de la Serpiente es suya durante todo el tiempo que la necesite. ¿Cuánto tardará en llegar Fiona?

Murphy sorprendió a Laura en su despacho. Sostenía una pequeña caja en sus manos.

—Murph, ¿qué estás haciendo aquí? ¿Te ha vuelto a castigar el malvado y viejo decano?

—Cariño, estaba sentado abatido en mi laboratorio después de tener que llamar de nuevo a Isis McDonald para entregarle la cola de la Serpiente porque está claro que no soy lo suficientemente listo como para descifrarla. Y, entonces, me di cuenta de que aún sabía hacer una cosa bien, así que he desenterrado esto y lo he dejado preparado. He estado pensando en dártelo desde que volvimos de Samaria.

Le entregó la caja a Laura. Mientras rompía el envoltorio, Laura tenía la misma expresión de ansia que una niña de cinco años en la mañana de Reyes.

—Oh, Murph, es la cruz que formaban aquellas raíces de la cueva. Me preguntaba qué habría sido de ella.

Levantó la madera ya pulida para admirarla. Tenía más o menos 2,5 centímetros de longitud y algo más de uno de ancho. Murphy había taladrado un pequeño agujero en la parte superior y había barnizado los extremos con pequeñas gotas de un aceite que eliminó las imperfecciones y realzó el color de la madera. En el centro estaba el nudo redondeado del que habían nacido los cuatro zarcillos de la raíz que, al crecer, formaron la cruz. Brillaba como una gema de madera petrificada.

—La he engarzado con un cordón de mis mejores mocasines de cuero. No se ha escatimado gasto alguno

162

para proporcionarle las joyas que merece por su posición, alteza —añadió arrodillándose ante ella.

Laura se inclinó hacia él y le abrazó con fuerza.

—Alzaos, noble joven. Vuestra reina guarda lo mejor para vos. Venid y llevadme a casa, dejadme mostraros por qué ser rey es todo un privilegio.

24

Paul Wallach observó cómo Shari hundía una cuchara en la salsa. Tomó un sorbito, como si fuera un gato, y meneó la cabeza ligeramente como diciendo «no está mal, si he de serte sincera». Luego, se puso a remover la pasta. El vapor que se había juntado en la apretujada cocina la había sonrojado, como si hubiera estado corriendo y no hubiera tenido tiempo para cambiarse. El brillo del sudor la hacía aún más bella, pensó él.

Ella se giró y le pilló con la mirada perdida.

—Eh —dijo frunciendo el ceño—. Deberías estar poniendo atención. ¿Cuánto tiempo te he dicho que debe cocinarse la pasta?

—Cinco minutos —apostó—. No, quince.

Ella siguió con el ceño fruncido y apretó con más fuerza la cuchara.

—Ah, ya sé —dijo él—. Es una pregunta con trampa. Hasta que esté, ya sabes, como se diga... AL DENTE.

Ella se retiró un mechón húmedo de la frente y se giró hacia sus cazuelas humeantes.

—Mmm... No creo que hayas escuchado ni una sola de mis palabras, Paul Wallach. Quiero decir, tú eres el que ha dicho que vives de latas de atún y pizzas para llevar, y que sería estupendo aprender a cocinar algo de vez en cuando que realmente tenga sabor. Ya sé que esto no es exactamente pato a la naranja o algo así, pero al menos podías mostrar algo de agradecimiento.

Él dejó al instante el vaso de coca-cola en la encimera y adoptó una expresión sincera.

—Te lo agradezco de corazón, Shari, en serio. Y huele fenomenal. Pero es que me cuesta mucho concentrarme en cosas que no me interesan de verdad...

—Seguro que te interesa lo suficiente como para comértelo —le interrumpió ella.

—Sí, seguro, tienes razón. Lo que quiero decir es que no creo que se me vaya a dar bien. Por mucho que lo intente, no creo que vaya a ser nunca un buen cocinero.

—Como tampoco vas a ser el próximo Bill Gates, ¿no? —dijo ella, mirándole un instante por encima del hombro para asegurarse de que no le enojara el comentario.

Él suspiró.

—Exacto. Creo que me he pasado la vida intentado hacer bien cosas que no hago bien. Pretendiendo estar interesado en cosas que me importaban una... un comino. Quiero decir, yo deseaba que mi padre estuviera orgulloso de mí y todo eso. No quería que pensara que yo era, vamos, un fracasado o algo así. Y resulta que él era el fracasado.

Shari se había propuesto dejarle hablar sin interrumpirle, pero se dio la vuelta para encararse con él.

—Paul, no puedes pensar eso de tu padre. Puede que fracasara en sus negocios, pero se aseguró de que vivieras bien durante muchos años.

—Sí, una buena vida. No estoy seguro de cuál fue su mayor fracaso, si los negocios o no estar a mi lado cuando le necesitaba.

—Paul Wallach, déjame contarte algo que descubrí cuando mis padres murieron en un accidente de coche años atrás. Puedes echarles la culpa por cualquier cosa que creas que va mal en tu vida, puedes sentirte culpable por cosas que no lograste arreglar con ellos mientras estaban con vida, pero en un momento dado, para bien o para mal, tendrás que seguir tu propio camino, tanto si te han proporcionado unas bases sólidas para ello como si no, y dejar de usarlos como excusa.

Paul se repanchingó en su silla.

—Sí, yo no dejo de repetirme cosas como ésas. Por eso me obligué a mí mismo a volver a la universidad aquí en Preston, porque no quería pasarme la vida parado y lamentándome por mi mala suerte. Al menos mi padre me enseñó con su ejemplo a trabajar duro. Pero no es agradable trabajar duro en algo en lo que no crees.

Shari le pasó dos humeantes platos de spaghetti con salsa de almejas, y durante un instante le distrajo el cálido y sabroso olor.

—¡Guau! —dijo—. Quiero decir, de verdad, ¡guau! Me vas a tener que dejar algún día la receta —añadió con una sonrisa burlona.

—Ja, ja, ja —respondió ella, empujándole con gestos airados hacia el cuarto de estar donde había puesto la mesa—. Siéntate y come. Y luego me podrás contar qué es, exactamente, en lo que crees.

—Gracias —dijo Paul, pasándole a Shari una taza de café—. Y no sólo por la comida, que estaba deliciosa. Gracias por escuchar de verdad mis problemas. Me siento mal por malgastar tu tiempo con estas cosas cuando podrías estar, no sé, haciendo algo más interesante.

Ella sonrió.

—Me gusta ayudar a la gente, Paul. Y sé por experiencia propia que, simplemente con escucharte, te pueden ayudar mucho.

Él había esperado que ella dijera algo más, algo un poco más personal. Algo que indicara que estaba interesada en él. Quería ser algo más que su buena obra del día. Pero quizá esperaba demasiado. O aún era demasiado pronto.

—Así que —dijo ella— lo primero que tienes que hacer es ser honesto contigo mismo. Ya no tienes que seguir viviendo la vida que a tu padre le hubiera gustado para ti. Si crees que no estás hecho para las altas finanzas, busca algo que te interese de verdad.

—Creo que he encontrado un campo que me gustaría estudiar.

—Estupendo —a ella se le iluminó la cara—. ¿De qué se trata?

Él dudó. ¿Creería ella que estaba fingiendo su interés para impresionarla, para abrirse camino hacia su corazón? No quería echarlo todo a perder.

—Es lo más alejado de la economía que te puedas imaginar. Arqueología bíblica —añadió, observando atentamente su expresión.

Ella le miró fijamente durante un rato. No sonreía, pero tampoco endureció la mirada. Como si estuviera midiendo en una balanza su sinceridad y todavía no tuviera el veredicto. Por fin habló.

—Supongo que sabes lo que pienso yo al respecto. No puedo imaginarme nada más fascinante, nada que valga más la pena. Y si a ti también te interesa, estupendo. ¿Pero estás seguro de que sabes realmente de lo que va? Quiero decir, no se trata sólo de desenterrar artefactos y averiguar de dónde provienen. Eso es lo que hacen los arqueólogos normales. Se trata de probar las verdades de la Biblia.

Paul empezó a preparar su respuesta y luego se detuvo. Tenía una respuesta, al menos eso creía, pero no estaba seguro de cómo verbalizarla. No, no se podía decir que fuera un seguidor convencido de la fe cristiana. Ni siquiera estaba seguro de en qué creía exactamente. Pero cuando vio las imágenes del osario, en la clase de Murphy, cuando le escuchó leer la inscripción, notó algo en su interior que nunca antes había sentido. Lo único de lo que estaba seguro era de que quería volver a sentirlo.

Un timbrazo rompió el incómodo silencio. «Salvado por la campana», pensó él.

—No tengo ni idea de quién puede ser —dijo Shari con pinta de estar verdaderamente molesta.

Se levantó de la mesa y se dirigió a la puerta principal. Presionó el picaporte y, tras un instante de silencio, se llevó la mano a la boca. En el marco de la puerta había un hombre joven con greñas revoltosas de color rubio sucio, barba de tres días y expresión desagradable. Se abrió paso dejando a un lado a Shari y se plantó en medio del salón.

—No veo globos. No veo serpentinas —recorrió la habitación, mirando directamente a través de Paul como si no se encontrara allí—. Y, definitivamente, no veo alcohol. Tengo que admitir que no eres una experta en fiestas de bienvenida, hermanita.

«Es imposible conocer a una familia», pensó Paul mientras se dirigía de vuelta a su apartamento. Ahí estaba él, desahogando con Shari su confusión respecto de su padre y su futuro, y ella, que parecía una persona pacífica, perfecta y sabía que lo tenía todo controlado... de repente ¡boom! Aparece ese impresentable, se cuela sin avisar en casa y resulta que es su hermano, que estaba en la cárcel por un robo y que le dejaron salir antes y decidió sorprenderla.

Vaya sorpresa. Chuck Nelson no se quedó mucho tiempo. Se cambió de ropa y volvió a salir como un trueno. Shari parecía muy enfadada, así que Paul terminó quedándose una hora más, hablando, aunque en esta ocasión sobre ella. Paul se quedó aún más impresionado al escucharla a ella.

—Mis padres murieron al instante en el choque cuando Chuck y yo éramos unos adolescentes. Nunca nos habían llevado a la iglesia, no conocía a Cristo personalmente. Sin embargo, empecé a ir a una iglesia que creía en la Biblia con una amiga de mi madre, y fue allí donde ocurrió algo maravilloso. Recibí a Cristo personalmente como mi Señor y Salvador y Él cambió mi vida. La Salvación me dio algo a lo que agarrarme cuando tanto lo necesitaba. Pero Chuck tomó el mal camino en seguida.

Paul meneó la cabeza.

—Así debió de ser, puesto que ha terminado en la cárcel.

—Chuck terminó con los peores elementos del barrio, cometió delitos, desde robar hasta traficar con drogas, y al final le pillaron. Nunca escuchaba nada de lo que le decía, y se negó a admitirme entre las personas que podían ir a verle a la cárcel, así que dejé de verle. Pero nunca dejé de rezar por él.

—¿Qué vas a hacer ahora?

—No lo sé. Sabes tanto como yo. Ya le has visto entrar aquí como un huracán y luego marcharse igual. Supongo que piensa quedarse a vivir aquí conmigo, y yo nunca le echaría, pero no voy a permitir que regrese a su vida salvaje. Necesitaré algo de ayuda. Creo que tendré que hablar con Laura Murphy y con el cura de la iglesia, Bob. Y tú, Paul, tú has sido estupendo escuchándome.

Paul se sonrojó.

—Eh, tú me has escuchado a mí, yo te he escuchado a ti. Eso es lo que hacen los amigos. Y, eh, supongo que eso significa que somos amigos.

Shari le palmeó la mano amistosamente.

—Bueno, amigo, mejor que te vayas yendo a casa. Pero te cuento, ¿por qué no vienes con nosotros a la iglesia este miércoles por la noche? Los Murphy van a ir y me gustaría presentarte a Laura. Ella también puede ayudarte. Y deberías meterte bien en la onda llegando un poco antes y echando una mano en el sótano, ordenando ropa para el mercadillo de la iglesia. ¿A las seis y media, el miércoles?

«Creo que me va a gustar vivir en Preston», pensó Paul mientras silbaba de camino a su apartamento.

25

Las casi doscientas banderas de los países miembros de las Naciones Unidas ondeaban con la ligera brisa vespertina que llegaba del East River. A las seis, mientras el atardecer se tornaba rápidamente en completa oscuridad en Manhattan, se encendieron los brillantes focos nocturnos de la ONU.

Con un fogonazo instantáneo, miles de luces convirtieron los 39 pisos del edificio del Secretariado en una de las joyas del perfil nocturno de Nueva York.

Dado que aún no era completamente de noche, las luces no alcanzaban a crear el efecto deslumbrante habitual. Sin embargo, la explosión de atención fue inmediata.

Las bocinas resonaron por toda la Quinta Avenida a medida que los coches se detenían de un frenazo. Los peatones, boquiabiertos, señalaban hacia la fachada de cristal de la ONU. Y a las 18.02 sonó la primera de las numerosas llamadas de teléfono que llegaría después al despacho del director de Seguridad de Naciones Unidas. Iba a ser una noche muy larga.

Porque pintado sobre la mitad de las ventanas entre los pisos quinto y duodécimo del edificio del Secretariado de Naciones Unidas, en un rojo brillante que relucía con la iluminación nocturna, todo el mundo estaba leyendo:

J 3 16

Media hora después, aún había más luces alrededor del edificio.

Los aledaños, incluyendo edificios y calles circundantes, habían sido evacuados, a excepción de una docena de coches oficiales. Además, las unidades móviles de lo que parecían ser todas las emisoras de radio y televisión del mundo se apretujaban lo más cerca posible de la ONU.

Se trataba de una reacción típica ante un escenario catastrófico, pero, aparentemente, no se había producido ninguna catástrofe. Los equipos de rescate no hallaron ninguna víctima ni descubrieron daño alguno en ninguno de los edificios de la ONU. Excepto por lo que parecía ser sangre, meticulosamente extendida por las ventanas de ocho pisos en la fachada del edificio del Secretariado. Si la inscripción avisaba de un ataque o de una explosión inminente, no había sido posible hallar ningún otro indicio al respecto, aunque llevaría muchas horas realizar una búsqueda minuciosa.

Dado que la ONU se encuentra, técnicamente, sobre siete hectáreas de terreno internacional, el director de Seguridad del organismo, Lars Nugent, se puso al frente de las operaciones, aunque la policía de Nueva York, el FBI y otros equipos federales de emergencia pululaban por allí, ofreciendo sus consejos y servicios.

A las 21.20, Nugent ya había logrado reunir al responsable del FBI en la zona, Burton Welsh; al comisario jefe de policía de Nueva York y al subsecretario de

Estado de EE UU, que había llegado en avión desde Washington para tratar de coordinar a todos los departamentos y agencias del Gobierno que entrarían en acción en caso de que la ONU sufriera un atentado. Independientemente de su estatus internacional, supondría un peligro y una vergüenza para Estados Unidos que la ONU pudiera encontrarse bajo riesgo inminente de sufrir cualquier tipo de ataque.

Nugent, un hombre con una apariencia más distinguida que la de muchos de los diplomáticos a los que protegía, fue el primero en hablar.

—Déjenme resumir lo que hemos averiguado hasta el momento. El mensaje fue pintado en la parte exterior de las ventanas situadas entre la planta quinta y la duodécima. Aún tenemos que hacer más pruebas, pero en principio no se trata de sangre, sino de pintura, pese a lo que habían especulado los chicos de la prensa. La pintura usada es algún tipo de sustancia química transparente que toma color bajo el efecto de una iluminación intensa, algún tipo de sustancia química de esas que brillan en la oscuridad, vamos.

—¿Cómo llegó hasta allí? —interrumpió el comisario jefe de policía.

—Estamos seguros de que se extendió desde la plataforma del limpiaventanas. Hoy estuvo izada y en funcionamiento justo por esas plantas, pero parece que todos los controles de seguridad realizados al operario fueron normales. La policía está intentando trincar al tipo que se ocupa habitualmente de este trabajo, un tal Joseph Farley, que vive en Astoria. Hasta ahora no ha habido suerte, pero lleva en su puesto diez años y no hay nada extraño en su expediente laboral ni tiene antecedentes.

El subsecretario levantó la vista de su cuaderno de notas.

—Es seguro casi al cien por cien que el que pintó eso quería lanzar un mensaje al mundo. La ONU es obviamente la organización mundial. Sin embargo, hasta ahora, ningún grupo terrorista ha reivindicado la acción.

Burton Welsh meneó la cabeza. Se desabrochó el chubasquero del FBI antes de empezar a hablar.

—No tenemos que buscar, obligatoriamente, fuera de nuestras fronteras.

El subsecretario alzó las cejas.

—¿Se refiere a terroristas estadounidenses? ¿Como en Oklahoma? ¿Qué pueden querer de la ONU que sea tan importante como para tratar de burlar uno de los sistemas de seguridad más avanzados del mundo?

Nugent agitó la mano disgustado.

—La seguridad no parece haber servido de nada hoy. ¿Qué dice el análisis de la inscripción?

Welsh cogió el libro que tenía frente a él.

—Está bastante en bruto, es bastante básico —dijo, abriendo el libro—. Damos por hecho que se refiere a la Biblia, al Nuevo Testamento. La jota, por el Libro de Juan; 3, por el capítulo tercero; 16, por el versículo 16. Leo: «Porque tanto amó Dios al mundo que dio a su único Hijo, para que quien crea en Él no perezca, sino que tenga vida eterna».

Nugent asintió.

—Sí, es quizá la cita más famosa de la Biblia, pero ¿por qué aquí, por qué ahora?

Welsh cogió su teléfono móvil.

—Tenemos algunas ideas al respecto, pero si ésta es la llamada que estaba esperando, podremos contar con algo de ayuda adicional.

26

Murphy aún estaba intentándolo. Los símbolos empezaban a culebrear ya frente a sus ojos, después de haber pasado tanto tiempo con la vista fija en la inscripción cuneiforme. Parecía moverse siguiendo un ritmo hipnótico, hasta que Murphy se dio cuenta de que era el teléfono de su despacho que estaba sonando.

Meneó la cabeza, tratando de despejarse mientras descolgaba el auricular. Era Laura, que le llamaba desde casa.

—Murph, gracias a Dios que aún estás en el laboratorio.

—Está muy bien decirle eso a tu marido a estas horas de la noche.

—Murph. Acaba de venir un agente del FBI que te estaba buscando.

—¿Del FBI? ¿Y qué quería de mí a estas horas?

—Va de camino al laboratorio para verte, Murph. El FBI quiere interrogarte.

Veinte minutos después, el agente del FBI, Hank Baines, estaba sentado en su despacho, con el teléfono supletorio pegado al oído mientras Murphy paseaba por la habitación. Laura le había dicho que encendiera la televisión de la sala de estar del departamento, y había estado viendo la cobertura en directo de la BNN desde la ONU. Murphy estaba completamente perdido, como el resto del país, por lo que había podido observar.

El agente Baines había recibido órdenes de Washington para irse volando desde la oficina de Charlotte hasta Preston y despertar al profesor Michael Murphy para interrogarle. Sin embargo, el interrogatorio no lo realizaría Baines; él debía asegurarse sólo de sentar a Murphy ante el teléfono para responder a la llamada de larga distancia de Burton Welsh, el director de la oficina de Nueva York.

—Señor Baines, esto no tiene sentido. ¿Qué tiene que ver todo esto conmigo?

—No creo que tenga que ver con usted, señor.

—Algo tendrá que ver para que haya venido a toda velocidad aquí para interrogarme.

—Como le he dicho antes, profesor, no le voy a interrogar.

—Eso tiene aún menos sentido. Si de lo único de lo que se trata es de que yo reciba una llamada de teléfono, ¿qué está haciendo usted aquí? ¿Me disparará entre ceja y ceja si no acierto alguna pregunta?

Baines respondió hablando por el auricular.

—El agente Baines en su puesto, Nueva York. Les pongo al teléfono directamente al profesor Murphy.

Baines hizo un gesto con la cabeza y Murphy levantó el auricular de su escritorio.

—Profesor Murphy, soy Burton Welsh, agente del FBI al cargo aquí en la ONU. Le hemos puesto en el manos libres para que pueda hablar con el jefe de Seguridad de la ONU, Lars Nugent. Gracias por cedernos parte de su tiempo para conversar con usted.

Murphy frunció el ceño antes de responder.

—Caballeros, no sé lo que creen que puedo hacer por ustedes.

—Señor Murphy, siento molestarle, pero tenemos un problema aquí en la ONU.

—Acabo de ver la noticia en televisión. ¿Qué tengo yo que ver con todo eso?

—Señor, estamos al tanto de su profundo conocimiento sobre todas las cosas que tienen que ver con la Biblia.

—Eso es una sucia mentira, agente Welsh. Nunca antes había tenido trato con ustedes, pero siempre pensé que el FBI tendría especialistas en todos los campos. Hay más de una docena de expertos a los que podrían haber llamado que saben más de la Biblia que yo, y muchos de ellos, incluso, están allí en Nueva York, de forma que no habrían tenido que mandar al agente Baines para que hiciera de niñera.

—Señor, ¿puedo preguntarle cómo interpreta el mensaje, J 3 16?

—Welsh, soy un experto en historia antigua de la Biblia, no en grafitos modernos.

—Aun así, ¿podría intentarlo, señor Murphy?

Murphy cogió aire antes de responder.

—Juan, 3,16, como seguro que saben ya, es, para muchos cristianos, el versículo más importante de toda la Biblia.

—¿Por qué?

—Porque nos cuenta que a través de la fe en el Hijo de Dios, Jesucristo, recibiremos el regalo de la vida eterna.

—Así que usted cree que se trata de la obra de un fanático religioso —le interpeló Nugent.

—¡Eh, caballeros! ¿Un fanático religioso? ¿Lo dicen porque es una cita bíblica? Es justo concluir que se trata de un fanático, puesto que es evidente que alguien se ha tomado mucho trabajo para pintar de esa manera la ONU. Pero hay muchos millones de personas, incluido yo mismo, que reflexionan sobre esa cita todos los días de sus vidas y a los que les parecería un insulto ser considerados fanáticos religiosos.

—Mire, Murphy —el tono oficial comedido del agente Welsh había desaparecido—, no tengo tiempo para discusiones bizantinas. Tiene que admitir que hay muchos cristianos evangélicos pirados en este país.

—Bueno, ahora lo entiendo. Me han llamado a mí porque debo de ser el único experto en la Biblia que, además, consta en sus archivos como cristiano evangélico. Fanático religioso es su definición de cristiano evangélico, ¿no es eso? Ése es el típico estereotipo malintencionado que nunca habría creído que pudiera compartir el FBI.

—Vamos, Murphy. Tenemos expedientes para aburrir sobre grupos cristianos pirados que no dejan de gritar disparates a diestro y siniestro sobre la ONU. ¿No cree que todo parece indicar que lo de hoy es obra de uno de ellos que está buscando guerra?

Murphy miró a Baines, que escuchaba la conversación desde el teléfono supletorio, pero el agente se estaba restregando los ojos, quizá para evitar su mirada. Su voz sonó mucho más tranquila después de haberse tomado unos segundos extra para recuperar la compostura.

—Y yo no me considero a mí mismo un pirado, un

fanático, un reaccionario, un chiflado o cualquier otra palabra clave que quieran infligirme en virtud de mi fe. Así que no veo cómo podría ayudarles.

Welsh le devolvió la pelota.

—¿No puede o no quiere ayudarnos?

Antes de que Murphy pudiera contestar, se abrió la puerta del despacho y entró Laura como una carga de caballería.

—Murph, ¿qué está pasando? ¿Qué quiere de ti el FBI relacionado con esta locura de la ONU?

—Cariño, te prometo por lo que más quiero que no lo sé. Pero empieza a tener peor pinta que la porquería que cubre las ventanas de ahí enfrente.

Luego volvió a dirigirse a sus interlocutores al teléfono.

—Welsh, mi mujer está aquí, y ella también comparte mi fe. Más vale que pida refuerzos porque los fanáticos religiosos sobrepasan en número al agente Baines. Voy a conectar el manos libres.

—Profesor Murphy, señora Murphy, buenos días, soy el agente del FBI Burton Welsh, de Nueva York. Mire, creo que hemos estado buscándonos las cosquillas mutuamente y hay demasiada presión...

—Lo que voy a hacer es presionar el botón para colgar. Welsh, no veo la forma de ayudarles en este asunto y tengo una inscripción con miles de años de antigüedad con la que sí puedo hacer cosas útiles. Así que, a menos que quiera que el agente Baines nos arreste a mí y a mi esposa, y luego haga una redada en nuestra iglesia, me voy a retirar.

Welsh se tensó en su silla de Nueva York.

—Puede irse, señor Murphy, pero no se vaya lejos.

—¿Qué se supone que quiere decir eso?

El agente Baines se acercó hasta Murphy y colgó antes de que pudiera recibir una contestación a su pregunta.

—Lo siento, profesor Murphy. Todo parece haberse ido un poco de varas esta noche.

Se calló un instante, y Laura pudo notar cierto embarazo tras su vacilación.

—Agente Baines, ¿hay algo más que deberíamos saber?

—No —respondió, evitando sus miradas.

—Baines, puede decírnoslo. No somos monstruos, independientemente de lo que crea Nueva York.

—No, señora, eso ya lo sé. El agente Welsh es un buen hombre y un excelente agente. Lo he visto en acción en Quantico. Pero... yo soy de por aquí y conozco las ideas extrañas que tienen sobre la religión algunos tipos de las grandes ciudades. Sólo quería que supieran que no todo el mundo en el FBI es así.

Murphy estrechó su mano.

—Gracias, agente Baines. Sólo un hombre extraordinario puede defender en ocasiones a Dios y a su trabajo al mismo tiempo. Usted parece haberse dado cuenta de eso y lo admiro por ello. Yo debería haber sido así de equilibrado esta noche.

Laura pasó un brazo por la espalda de su marido y le dio un abrazo cariñoso.

—¿Tú, siendo equilibrado con tu temperamento? Si el agente Baines te pudiera enseñar cómo hacerlo, estaríamos obligados a contratarle como profesor en Preston. Agente Baines, ha sido un placer conocerlo, aun en estas extrañas circunstancias.

—Eh, yo soy sólo un mensajero. En cualquier caso, me alegro de estar fuera de todo esto, sea lo que sea lo que esté pasando allí.

Laura rodeó a Murphy con sus brazos.

—No es posible que ese tipo del FBI crea que tienes algo que ver con lo de la ONU, ¿verdad, Murph?

—No, creo que está desesperado por encontrar una explicación a por qué alguien ha dejado una enorme cita de la Biblia escrita sobre las paredes de la ONU, y, como mucha otra gente, nos ve a todos los creyentes como miembros de una vasta conspiración colectiva que se opone al pensamiento individual. Aun así, tiene razón en una cosa. Alguien se ha tomado mucho trabajo en pintar aquello.

Murphy reflexionó, como había estado haciendo la última media hora, sobre las posibles causas. Todo el mensaje de la Biblia estaba condensado en esa pequeña frase del Espíritu Santo, que había inspirado a Juan para que la escribiera. La cita se había hecho popular cuando un tipo creó la costumbre de levantar un trozo de cartón a modo de pancarta, pintado con grandes letras negras, ante las cámaras de televisión que retransmitieran cualquier acontecimiento deportivo, en cualquier lugar del país.

Algún tiempo después, aquella cita bíblica sobrevivió a la estupidez de un luchador de lucha libre que introdujo algunas modificaciones para usarla en su espectáculo. Pero ahora, las cosas estaban a punto de ponerse realmente negras. Sólo viendo la cobertura exagerada de esta noche, Murphy tuvo la sensación de que los medios de comunicación iban a emplear esa misma cita, la más bella e intensa de toda la Biblia, que había llenado de esperanza a millones y millones de personas durante siglos, como parte de una campaña insultante y de un proceso extrajudicial contra los cristianos evangélicos. Sin embargo, Murphy aún no había perdido su toque irónico.

—Juan, 3, 16. No es un mal mensaje para difundir al mundo —dijo Laura.

—Sí —coincidió Murphy—, pero algo me dice que no fue un inofensivo párroco el que lo escribió ahí arriba.

27

Shane Barrington siguió la cobertura en directo que hizo su cadena de noticias BNN sobre los acontecimientos en Naciones Unidas. Solo en su apartamento, el presidente de la división informativa de su empresa le había avisado para que encendiera la televisión, después de haber recibido órdenes directas para que le telefonease por la línea directa si se producía cualquier noticia urgente de alcance.

Su jefe de informativos no tenía ni idea, por supuesto, de que Barrington había estado implicado de refilón en todo aquello. «Cómo podría —pensó—, si ni siquiera yo estoy seguro de tener algo que ver.» Esa gente para la que trabajaba ahora, los Siete, y su tenebroso acólito, Garra, eran un grupo extraño. No se atrevía a preguntarles nada, y no habría tenido forma de contactar con ellos aun cuando lo hubiera deseado. Sin embargo, parecían saberlo todo de su negocio, y daba por hecho que también lo sabrían todo sobre su vida privada. Si es que tuviera vida privada, claro.

La mayoría de las noches, y ésta no era diferente, las pasaba repasando informes y cifras en su apartamento. Una vez que los Siete blindaron su seguridad financiera, Barrington se volvió aún más avaricioso; había dado órdenes a todas sus divisiones para que se expandieran, buscando nuevas conquistas y tratando de hallar la forma de eliminar a sus rivales.

El respaldo de los Siete le permitía, además, pagar a los pocos lugartenientes de confianza que le quedaban dentro de la empresa, para poder estar seguro así de que no se producirían filtraciones ni traiciones. Exceptuando, claro, a los topos de los Siete, pero ésos no le importaban, puesto que no planeaba romper el acuerdo empresarial que había cerrado con ellos. Los Siete sabían lo que obtendrían al aliarse con él: un magnate de los negocios duro, sin piedad y con la intención de no hacer prisioneros.

Pero le gustaría poder saber más sobre esa gente, esos Siete. ¿Cuál era su objetivo? ¿Qué papel jugaba él en sus planes, aparte de ganar dinero y construir un imperio de sistemas electrónicos y de comunicaciones aún más grande e influyente?

Tomemos como ejemplo el asunto de la ONU. Él había recibido instrucciones precisas de Garra para hallar la forma de eludir algunos de los sistemas de seguridad de la ONU, y había logrado hacerlo con una compleja ronda de maniobras para que nunca nadie pudiera averiguar que él estaba detrás, incluso con todos los focos puestos sobre la cuestión.

Sin embargo, una vez que le proporcionó esos datos a Garra, no volvió a escuchar las palabras Naciones Unidas hasta esa misma noche. Daba por hecho que los Siete y Garra estaban de alguna manera detrás de esta operación, ¿pero con qué propósito?

A Barrington le maravillaba, como siempre, la rapidez e inteligencia de sus responsables de informativos, que ya habían buscado un nombre alarmista, marca de la casa, para esta última situación de crisis: *la onu, violada*. Sin embargo, el mensaje pintado sobre la fachada del edificio tenía más pinta de ser la travesura de un colegial que una amenaza aterradora para la seguridad mundial.

Sonó el teléfono. Respondió, esperando encontrar al jefe de informativos al otro lado del auricular.

—¿Qué pasa ahora, Jim?

—Esta noche no vas a escuchar las noticias, Barrington: vas a provocarlas.

Garra. Muy a su pesar, Barrington se quedó paralizado ante el sonido de su voz.

—Vas a proporcionarle a tu estrella de los informativos, la señorita Kovacs, la gran exclusiva de esta noche.

—¿Yo?

—Sólo tienes que escucharme y anotar lo que diga. Es una casa en el cruce entre la calle 164 y la avenida 76, en el barrio de Queens, una casa alquilada por Joe Farley, uno de los limpiaventanas que suelen trabajar en la ONU. No es donde vivía, es su escondrijo secreto. Tan secreto, de hecho, que ni siquiera sabía que lo tenía alquilado, no sé si me sigues. Dile a Kovacs que uno de tus contactos en las altas esferas te ha soplado que el FBI está a punto de irrumpir en esa casa. El FBI aún no tiene ni idea, así que ella cuenta con una ventaja considerable.

—¿Y qué pasa con ese sitio que es tan importante? ¿Está escondido allí ese tal Farley?

—Lo que pasa es que este tipo tiene esta otra casa, que está llena de Biblias y anotaciones con delirios y chifladuras religiosas, por no hablar de sus proyectos para hacer estallar en mil pedazos la ONU.

—¿Cómo sabes tú todo eso? Es imposible que lo hayas averiguado con los datos que yo te proporcioné.

—Dejémoslo en que es una información que me he proporcionado yo a mí mismo.

—¿Quieres decir que todo eso lo has puesto tú ahí para que acusen a Farley? Cuando el FBI lo encuentre quedará claro que alguien trataba de tenderle una trampa.

—El FBI no va a encontrar nunca a Farley. Ni ellos ni nadie. Y créeme, nunca es pronto comparado con lo que tardarán en encontrarte a ti si me haces una sola pregunta más. Limítate a llamar a Kovacs, dale la exclusiva, y dile que vaya para allá con un cámara y comience a emitir en directo. Ya encontrará luego una excusa. Y mañana dile que redoble sus esfuerzos en la tarea que le has asignado de investigar a esos locos evangélicos. ¿No te parece una vergüenza lo que le han hecho a un tesoro internacional como es la ONU?

Barrington no estaba seguro de si debía reírse, pero en cualquier caso Garra ya había colgado. Mientras marcaba el teléfono de Kovacs, decidió que usaría con ella esas mismas palabras.

28

—Soy Stephanie Kovacs y esto es una exclusiva mundial en directo de la BNN. Me encuentro en una calle engañosamente tranquila de Queens, en la ciudad de Nueva York. Detrás de mí, en ese edificio de ladrillo de dos plantas con una apariencia tan normal, tiene su cuartel general secreto el supuesto cerebro terrorista del ataque de esta noche en las Naciones Unidas.

Garra, atento a la televisión en la habitación de su hotel, soltó una siniestra risa ahogada. «Esta mujer es buena —pensó—. Puede que tenga más hielo en las venas que su jefe, Barrington.»

La tendría controlada por si podía usarla en el futuro.

Burton Welsh irrumpió en la sede central de Seguridad de la ONU y encendió la televisión frente a Nugent.

—Mira esto. Esa chica de la BNN, Kovacs, está emitiendo en directo desde el escondrijo secreto del limpiaventanas.

—¿Cómo ha llegado hasta allí? —dijo Nugent, blasfemando.

Welsh se encogió de hombros.

—Según mi gente, ella sólo ha dicho que tiene «fuentes en las calles». Y, probablemente, nunca le logremos sonsacar nada. Pero mira lo que ha encontrado allí.

Subió el volumen del aparato.

—Aunque no hay rastro alguno aquí, en la casa del supuesto inquilino, Joseph Farley, la BNN ha confirmado que se trata de un limpiaventanas que trabaja habitualmente para la ONU y que podría fácilmente haber perpetrado el horrible ataque de esta noche. Hemos averiguado que era nuevo en el vecindario; ésta no es su vivienda habitual, pero una vecina me ha contado que le ha visto entrar y salir de la casa a horas intempestivas.

La cámara dejó de enfocar a Kovacs, y la luz áspera de sus focos iluminó las montañas de libros y cuadernos que se apilaban sobre la mesa de lo que parecía ser un comedor.

—Aquí tienen lo que ha encontrado la BNN. Somos los primeros en entrar en la casa del fanático Farley. Biblias que parecen tener subrayados pasajes clave sobre Cristo y la resurrección. Planos de planta de Naciones Unidas, subrayados también con indicaciones para lo que me temo que podría ser un atentado terrorista.

Nugent volvió a blasfemar.

—¿Cuánto puede tardar la policía de Nueva York en llegar hasta allí y cortar la emisión?

Welsh tenía un teléfono pegado a la oreja, mientras se tapaba la otra con una mano.

—Un minuto y medio. Yo mismo voy a solucionar el asunto de la televisión tan pronto como lleguen allí. Esto se está convirtiendo en una noche en el circo.

Garra no quiso esperar a ver como Kovacs entrevistaba a la vieja chiflada que vivía en la puerta de al lado de la casa que había alquilado haciéndose pasar por Farley. Sabía que era una reportera demasiado buena como para no descubrir a la señora Sorcatini, medio ciega, pero entrometida a más no poder. Garra se había asegurado de que le viera en sus dos correrías nocturnas disfrazado de Farley para disponer el escenario dentro de la casa.

No, ya había visto suficiente de la cobertura de la BNN, tan excesiva como satisfactoria para sus fines. Y su contacto en el castillo parecía coincidir con él en eso. Cuando sonó el timbre por segunda vez ya había desactivado el código de seguridad de su teléfono. Como era de esperar, la voz era de John Bartholomew, su contacto principal por parte de los Siete.

—Créeme, Garra, si Cristo hubiera tenido a su disposición el milagro de la televisión por satélite veinticuatro horas al día, no hubiera necesitado evangelizadores. Supongo que podríamos decir que tú has empezado a hacer precisamente eso, usar a esa periodista para comenzar a destruirles.

—No estoy tan seguro de eso, señor —replicó Garra—. Esto es sólo una gota de lluvia. No va a aguantar una investigación minuciosa de las autoridades, y es imposible que encuentren a Farley para poder probar nada.

—Bueno, Garra, no es el momento para exhibiciones de falsa modestia. Has generado un evento mediático de dimensión internacional. Eso es lo que son las noticias hoy en día. A quién le importan las precisiones, las correcciones, los seguimientos. Para cuando llegue el momento, ya habrá un nuevo escándalo del que preocuparse. Pero la gente recordará que un chiflado cristiano, por usar el lenguaje de las tertulias de televisión, iba a volar la ONU. Yo diría que ha sido una noche productiva.

—Si usted está contento, yo estoy contento. ¿Quiere que lance la siguiente ola?

—No, Garra, limítate a seguir con los preparativos. Mis colegas y yo debemos decidir la dirección a seguir y los plazos. Queremos hacerlo bien para poder seguir controlándolo. El caos es un noble objetivo si se orquesta de la manera adecuada. Si no, es sólo eso, caos. Es necesario poder manipularlo de acuerdo con tus intereses. Estaremos en contacto.

Stephanie Kovacs mantuvo el teléfono móvil a un palmo de distancia mientras Burton Welsh le gritaba. Había devuelto la conexión a los estudios centrales para el noticiario de las señales horarias.

—Señor Welsh, sabe que no voy a revelar mis fuentes, gracias a las cuales llegué antes que la policía y el FBI a la casa de Farley.

Welsh se negó a rebajar su nivel de decibelios.

—Ni toda la libertad de prensa del país le va a librar de la denuncia por allanamiento de morada, señorita Kovacs. Usted no tenía derecho a irrumpir en esa casa, y lo sabe.

Kovacs usó su tono de voz más inocente.

—Pero agente Welsh, yo lo único que hacía era observar la casa desde mi furgoneta porque había recibido un soplo, y, de repente, vi que salía humo de dentro. Simplemente, cumplí con mi deber como ciudadana para salvar del fuego a cualquiera que pudiera hallarse en el interior de la vivienda.

—¿Humo? ¡Y un carajo! —resopló Welsh—. ¡Va a haber humo, se lo aseguro, pero será el que eche usted cuando fría su culo ante el juez!

Kovacs sonrió.

—Señor Welsh, ¿no cree que por una noche basta con la amenaza violenta de un psicópata? Cualquier otra pregunta que tenga se la envía al departamento legal de la BNN. Buenas noches, FBI.

29

—Ah, Garra, te juro que es suficiente como para hacer creer a cualquiera en un poder superior.

La voz, habitualmente sombría, de John Bartholomew sonaba casi jovial a través de la línea de teléfono segura.

—La siguiente fase de nuestro plan nos ha venido a caer en las manos. Haz las maletas.

Garra, como era habitual, no mostró ningún signo de emoción.

—¿Adónde he de ir?

—Vas a reforzar tu nueva devoción por el cristianismo evangélico, jovencito.

—Esta vez, espero poder usar herramientas más potentes que una lata de pintura.

—Creo que así será, pero tienes que ser paciente, Garra. Tenemos a otra persona haciendo las tareas de más peso en el inicio de esta fase, sólo que él aún no lo sabe.

Garra adoptó un tono receloso.

—¿A quién? Acordamos que yo tendría el control absoluto sobre todas las acciones en Estados Unidos.

—Y lo tendrás, chiquillo suspicaz. Sencillamente, tendrás que controlar a nuestro ayudante involuntario mientras se prepara para el reto que le aguarda. Tiene una serie de talentos que ni siquiera tú puedes igualar.

—¿Y qué talentos son ésos?

—Sabe encontrar cosas. Cosas antiguas. Te vas a Preston, en Carolina del Norte, a convertirte en la sombra del profesor Michael Murphy.

—Yo cazo cosas, yo mato cosas. ¿Por qué quieren que vigile a un profesor?

—Eres un hombre de pocas palabras, Garra, pero de frases claras y floridas. ¿Sabes?, una de nuestras fuentes en Oriente Próximo nos ha alertado de que este Murphy se ha topado con algo que nosotros deseamos fervientemente.

—Entonces, déjeme, simplemente, ir a buscar esa cosa que quieren.

—No, ya habrá tiempo para eso, pero no es tan sencillo. Hemos estado investigando y lo que queremos está partido en trozos, trozos que, probablemente, ninguna otra persona en el mundo sería capaz de encontrar.

—Eso es ridículo. Ustedes han demostrado tener el poder y el dinero suficiente como para hacer casi cualquier cosa que quieran hacer.

—Es imposible comprar a Murphy. Tiene moral, principios, algo que tú no puedes entender. E intenta ser un buen cristiano, algo que tú seguro no puedes entender. Pero aun así, sorprendentemente, le gusta arriesgarse, es como tú un hombre de acción, a veces, incluso, de acciones idiotas. Y es por eso por lo que desearía estar allí cuando tengas por fin que luchar con él, Garra, porque va a ser algo digno de verse.

—No me está dando miedo.

—No es ésa mi intención. Te estoy avisando de que la persona a la que vas a seguir no es otro limpiaventanas gordito de Queens. Es inteligente, hábil y, sobre todo, es la única persona en el mundo con una combinación tal de sabiduría, valentía y energía como para reconocer el verdadero valor de las piezas que queremos conseguir e ir a buscarlas.

—¿Qué son esas piezas que está buscando para ustedes? Él suele buscar viejos cacharros bíblicos, ¿no?

—Una forma muy elocuente de decirlo, Garra. En efecto, él busca artefactos antiguos que han ayudado a probar la validez histórica de algunos hechos bíblicos.

—¿Y para qué les interesa eso? Creía que todos ustedes odiaban cualquier clase de religión.

—No, nosotros no odiamos todas las religiones. Pronto tendremos una nueva religión, y sólo una. Para ayudar a llevar a todos esos millones de cristianos hasta nuestra religión, queremos seducirles con algunos de los símbolos de su Biblia. Si podemos demostrarles que su propio Dios nos ha otorgado su confianza a través de esos símbolos, nos dará una apariencia mucho más legítima y nos ayudará a distraerles mientras los alejamos de su viejo Dios y los llevamos hasta nuestro nuevo Dios.

—¿Para qué necesitan artefactos verdaderos? ¿Por qué no se los fabrican ustedes mismos?

—Porque existe gente como Murphy capaz de detectar cualquier falsificación. Además, durante siglos se ha rumoreado que este artefacto en concreto posee cierto poder. Es la Serpiente de Bronce de la Biblia.

—Quiere decirme que ustedes, los Siete, tienen todo el poder que el dinero es capaz de comprar y, aun así, creen en una baratija sacada de la Biblia.

—Bueno, ya lo veremos cuando Murphy encuentre las tres piezas de la Serpiente y las una. Tanto si tiene un poder oscuro como si no, terminaremos usándola como un ariete para atraer a creyentes hasta nuestra religión. Así que vas a ser la sombra de Murphy hasta que encuentre las otras dos piezas, y luego nos las vas a traer todas juntas. ¿Lo has entendido?

—Necesito hacer algo más, además de ser su niñera.

—Ah, todas las grandes mentes piensan de forma parecida, Garra. Ya conoces cómo nos hemos preocupado por que nuestros próximos movimientos nos ayuden a conseguir otros propósitos complementarios, como despertar un temor y una desconfianza generales en las instituciones y las organizaciones internacionales. Nos hemos concentrado en las grandes ciudades, pero para tu próxima misión hemos decidido combinar varios de nuestros propósitos. Vamos a sembrar el terror en un pueblo. Y seguiremos arremetiendo contra nuestros queridos hermanos y hermanas evangélicos.

Por primera vez en lo que llevaban de conversación, Garra adoptó un tono más enérgico de lo habitual.

—Déjeme adivinar. Ese pueblo es Preston, en Carolina del Norte. Y la iglesia evangélica en cuestión es la de Murphy.

—Excelente, Garra. Eres el primero de la clase. De hecho, ya estás listo para ir a la universidad.

30

Nabucodonosor no podía aguantar más la espera. Daniel parecía estar esforzándose al máximo por oír una voz interior.

Por fin, volvió a hablar.

—Ha visto una gran imagen, oh, mi rey. Ha soñado con una estatua...

—¡Una estatua! ¡Sí! La veo.

El rey se había puesto de pie, sonriendo de oreja a oreja, como un ciego al que le acabaran de devolver la vista de forma milagrosa.

Daniel prosiguió sin inmutarse por el entusiasmo del rey.

—La estatua que ha visto en sus sueños estaba construida de forma espléndida, magnificente. Una espléndida estatua que se elevaba noventa brazos por encima de su cabeza.

»La cabeza de la estatua era de oro, asombrosamente brillante, como fuego fundido. El pecho y los brazos, de plata reluciente, como la luna cuando está llena.

Se detuvo, pues el rey se había aproximado a él y le había agarrado con fuerza el hombro. Parecía como si la estatua se erigiera ante ellos, cubierta bajo un velo negro, y Daniel lo estuviera levantando centímetro a centímetro con sus palabras.

—La tripa y los muslos de la estatua eran de bronce; las piernas, de hierro y los pies, de arcilla y hierro fundidos.

Hizo una pausa, y el rey se quedó quieto, sin atreverse a moverse o a decir palabra para que la revelación no se volatilizara.

Nabucodonosor volvió a sentarse en su trono de madera de cedro y tomó un largo trago de su copa de vino. El regocijo causado por haber podido recordar su sueño le había embargado como una droga, pero había durado poco. Ahora, le corroía el ansia por averiguar el significado que subyacía bajo tan extraordinaria revelación.

Alzó la vista y Daniel pareció sentir su pregunta antes de que la verbalizara.

—Las cuatro porciones de la estatua representan cuatro imperios. El primero, de oro; luego, de plata; después, de bronce. Cada uno menos grandioso que el anterior. Hasta el último imperio, de hierro, que será el más débil, puesto que sus cimientos, una mezcla de hierro y barro, terminarán también por ser divididos.

—¿Cuatro imperios? —reflexionó el rey—. ¿Y sólo cuatro?

—Sí, sólo habrá cuatro imperios hasta los Últimos días. Así es como la gente sabrá que sólo el verdadero Dios del cielo puede revelar la historia antes de que tenga lugar. Luego, en los Últimos días, diez reinos del mundo se unirán en un intento de reconstruir un reino mundial similar al vuestro, oh, mi rey. Después, llegará el fin.

Era extraordinario. Nabucodonosor vivía en un mundo en el que la mentira era moneda corriente de pago. Incluso los más cercanos al rey, quizá especialmente ellos, no eran gente de fiar. Hacía tiempo que había llegado a la conclusión de que sólo podía confiar en que diría la verdad un hombre atado con cadenas y que viera acercarse el hierro al rojo vivo en manos de su torturador.

Y aun así, no tenía duda alguna, ni la más mínima, de que todas y cada una de las palabras dichas por Daniel se harían realidad. Por primera vez en su vida, él, señor de incontables naciones, sentía que no tenía tierra firme bajo sus pies.

Una vez más, el esclavo hebreo anticipó su siguiente pensamiento.

—¿Y qué pasa con Babilonia, qué papel juega Nabucodonosor en todo esto?

Daniel volvió a mirar al rey a los ojos, y su voz, potente y profunda, pareció llenar la cámara.

—Ésta es la interpretación del sueño. El rey ha sido elegido por Dios para ser el señor de todas las cosas y de todos los hombres. El Dios del cielo os ha entregado un reino, poder, fuerza y gloria. Antes de la venida del reino de Dios, el vuestro será el mayor imperio que el mundo haya conocido. Mi rey, vos sois la cabeza de oro de la estatua del sueño. Cuando surja el cuarto reino, será tan fuerte como el hierro. Ese reino saltará en pedazos y destruirá al resto.

—¿Saltará en pedazos? —gritó el rey.

—Ése es el resto de vuestro sueño. Vos visteis cómo se formaba sin manos una piedra. La piedra golpeó la imagen con gran fuerza e hizo pedazos los pies construidos con hierro y barro. La imagen se desplomó en el suelo. Su hierro, barro, bronce, plata y oro se desplomaron juntos y se convirtieron en algo parecido a paja en la era. Luego, el viento la esparció para que no quedara rastro alguno. Y la piedra que golpeó la imagen creció hasta adquirir el tamaño de una montaña y rodeó toda la tierra.

El rey se levantó y comenzó a caminar agitado de un lado a otro.

—Mi rey, los pies que visteis, hechos en parte de arcilla y en parte de hierro, representan un reino dividido, a la vez, fuerte y frágil. Y en los días de ese reino dividido, el Dios del cielo desplegará su propio reino, que no podrá ser destruido nunca, ni ser gobernado por los hombres. Consumirá al resto de reinos y será eterno.

Daniel concluyó.

—El Dios del cielo os ha hecho saber estas cosas, oh, mi rey. El sueño y su interpretación son verdaderos.

Entonces, el rey Nabucodonosor ordenó a sus hombres que ofrecieran regalos e incienso a Daniel. Puso una mano sobre su hombro.

—A partir de este día, serás el señor de una provincia y el administrador y jefe de todos los sabios de Babilonia. Pues tú, Daniel, sirves a un Dios que es más poderoso que cualquier otro.

31

Chuck Nelson rebuscó en los bolsillos de sus vaqueros y sacó un puñado de billetes arrugados. Les echó un vistazo con amargura. Diez pavos, uno arriba uno abajo. Lo suficiente como para pagar una hamburguesa, quizá con patatas y todo. Se retiró un mechón de su grasiento pelo rubio de delante de los ojos y fijó la mirada en los billetes, como si así fuera a cambiar algo.

Nada. Los mismos diez pavos que llevaba en el bolsillo cuando los polis le trincaron en un Chevy robado. Y también llevaba los mismos vaqueros manchados de aceite, con las rodilleras rasgadas, la misma sudadera verde y sucia, y unas zapatillas llenas de barro. Bueno, al menos le habían lavado la ropa. No parecía que hubieran hecho lo mismo con el dinero.

Sus tripas empezaron a rugir. Trató de recordar la última vez que había comido algo preparado para el estómago de un ser humano y no pienso para puercos. Un buen plato de chili sí que le iría bien ahora. Y necesitaba un trago ya mismo.

Le haría falta hasta el último céntimo, a menos que hubieran aprobado una ley para hacer gratuita la cerveza durante el tiempo que había estado fuera de la circulación, claro. Estaba a sólo tres kilómetros del pueblo. Y, eh, quizá alguien parara su coche para acercarle. Aunque lo dudaba. Sabía que su pinta le delataba como lo que era. Una fuente de problemas. Y a los chicos buenos de Preston les gustaba evitar los problemas siempre que fuera posible.

Se abrochó su vieja chaqueta del instituto de Preston tan pronto como sintió las primeras gotas de lluvia y echó a andar por la carretera comarcal de dos carriles.

Lo primero era conseguir una cerveza. Y luego, saldar un par de cuentas pendientes.

Dos horas después, estaba sentado en la taberna de Mooney apurando las últimas gotas de su jarra vacía. Tenía un cierto puntillo, pero se había gastado ya todo el dinero y el camarero, un tipo recién salido probablemente de una escuela de hostelería, se había negado a fiarle una más. Dejó la jarra sobre la mesa con un golpe seco, salpicando todo el suelo. ¿Cuánto dinero se había dejado en este antro de mala muerte a lo largo de los últimos años bebiendo su triste cerveza aguada? Las matemáticas no eran su fuerte, pero tenía que ser un montón. Y ahora, el camarero le estaba mirando como si fuera un pedazo de porquería que deseara despegar de la suela de su zapato. Podía sentir la ira creciendo en su interior, la sensación de electricidad en la punta de sus dedos, como si le hubieran prendido la mecha.

Un gritito seguido de una risa ronca desvió su atención del camarero. Se giró para echar un vistazo a una rubia bastante guapa a la que se le había atragantado la cerveza. Otra chica le estaba dando unos golpecitos en la espalda, mientras los dos tipos sentados enfrente daban palmadas sobre la mesa riendo como descosidos.

No le hizo falta ver la insignia de la Universidad de Preston cosida en sus sudaderas para saber que eran estudiantes. Y, probablemente, además, menores de edad. Él ya se emborrachaba en este garito cuando ellos aún llevaban pañales, pero era a él a quien miraba mal ahora el camarero.

Se acercó hasta ellos con andar distraído y puso sus manos sobre los hombros de los dos tipos.

—Eh, chicos, ¿no deberíais estar en clase? Creo que a vuestra amiguita no le vendrían mal algunas lecciones sobre cómo beber cerveza —dijo sonriendo, para luego palmearles la espalda amistosamente.

La rubia se pasó la manga por la boca para limpiarse la espuma de la cerveza y le miró. Los dos chicos se quitaron de encima las manos de Chuck y se pusieron de pie de un salto. Medían unos centímetros menos que él, y no parecían estar en forma. Habían pasado demasiado tiempo estudiando y demasiado poco en el gimnasio, pensó. Advirtió que no querían quedar mal delante de sus novias, pero su mirada preocupada dejaba claro que no le iban a dar problemas.

—Os propongo una cosa. Vosotros me compráis una jarra de cerveza y yo os hago una demostración gratuita. Os enseño cómo se hace. ¿Qué os parece?

Les regaló su mejor sonrisa, mientras le guiñaba un ojo a las chicas. Pero ellas aún le miraban como panteras. «Eh, no es culpa mía si vuestros novios son unas nenazas», pensó.

Estaba a punto de ir un poco más allá cuando sintió que le tiraban de la chaqueta. Perdió el equilibrio, dio unos pasos hacia atrás y se cayó con todo su peso encima de una mesa. Antes de que pudiera volver a ponerse en pie, alguien le cogió por debajo de los brazos y le empezó a arrastrar hacia la puerta.

—Eh, quítame las manos de encima.

Logró zafarse y se dio la vuelta. El camarero le miraba sonriente con los brazos cruzados. A su lado había otro tipo al que no había visto nunca antes, una mole sin afeitar y con tatuajes medio borrados en los antebrazos. «Debe de haber salido de la cocina», pensó. El hombre dio un paso adelante, quedando justo frente a su cara.

—Lárgate. Ahora. Antes de que tengamos que ponernos violentos. Ya no queremos tener basura como tú por aquí.

Chuck se dio cuenta de que podía enfrentarse al camarero sin problemas, pero el tipo de la cocina eran palabras mayores. No tenía sentido recibir una paliza por una jarra de cerveza, independientemente de la sed que tuviera. Así que se largó sin mirar atrás.

Unos minutos después, el hombre conocido como Garra se fue del bar dejando su cerveza intacta en la mesa de la esquina. Observó con atención la calle. No había ni rastro de Chuck en ninguna dirección. No importaba. No resultaba excesivamente difícil predecir su siguiente paso. Olfateó el aire y luego giró hacia la derecha. Hacia el río.

Mientras caminaba por el pueblo dejando atrás la pequeña farmacia de la esquina y luego la tienda de todo a cien con el anuncio de peluches en el escaparate, se preguntó cuánto tiempo tendría que pasar en Preston por culpa de esta misión. Lo suficiente para dejar una huella imborrable, eso seguro. Para hacer un par de cambios que nadie lograra olvidar jamás. Se detuvo frente a la tienda de artículos de magia ¡Eh, Preston!, con su cartel pintado a mano en el que un conejo echaba un vistazo por encima del borde de un sombrero de copa, y sonrió. Oh, sí, tendría tiempo para enseñarles un par de trucos antes de terminar su trabajo allí.

Diez minutos después, las elegantes tiendecitas y los restaurantes familiares habían dejado paso a los almacenes abandonados y los solares vacíos. Incluso Preston tenía sus barrios bajos, donde las farolas no alumbraban lo suficiente y a las cercas les faltaban algunos postes y una buena mano de pintura blanca. Empezó a buscar un sitio propicio.

No tardó en encontrarlo. Un callejón entre un restaurante chino y una licorería. Un buen atajo para aquellos que no tuvieran miedo a la oscuridad y para cualquiera que pudiera estar acechando en las sombras. O para alguien que pudiera necesitar desesperadamente algo de dinero fresco y que no le importara un comino cómo conseguirlo, por ejemplo.

Clavó la mirada en la zona de sombras. Apestaba a verduras podridas. No cabía duda de que allí era donde el restaurante tiraba la basura. Los ruidos de arañazos y carreras le indicaron que no había sido el primero en darse cuenta de eso. Dio unos pasos hacia el callejón y se paró a escuchar. Justo a tiempo. Avanzó diez metros más entre las cajas de cartón abandonadas, se agachó detrás de un cubo de la basura y sacó su teléfono móvil.

Chuck mantuvo al hombrecillo pegado contra la pared con una mano mientras con la otra registraba su cartera. El tipo estaba tan aterrorizado que, probablemente, no habría podido escapar corriendo, por no hablar ya de plantarle cara. Pero las lecciones que se aprenden en la cárcel nunca se olvidan. Nunca le des la espalda a nadie. Nunca bajes la guardia. Y nunca des por hecho que tu oponente se ha rendido a menos que haya dejado de respirar.

La otra regla es tener el oído siempre atento. Puede que no veas llegar los problemas, pero quizá puedas oírlos. Y en ese momento preciso, Chuck pudo oír una sirena. Era difícil saber a qué distancia se hallaba, pero parecía cada vez más fuerte. Había llegado el momento de acabar su trabajo y largarse de allí.

De repente, un foco iluminó el callejón, cegándole durante un instante. Detrás había un policía con la porra en la mano.

—Quieto —gritó—. Sepárate de la pared con las manos en alto donde pueda verlas.

Chuck se metió la cartera en la chaqueta y dejó marchar al hombrecillo, que se deslizó hasta el suelo pared abajo. ¿Y ahora qué? No tenía arma y el madero cada vez estaba más cerca. Estaría encima de él en un segundo.

Si no se le ocurría algo rápido, pronto estaría de nuevo en la celda 486, y, en esta ocasión, lanzarían la llave al río.

El policía localizó de nuevo su objetivo con la linterna. Chuck ya no podía ver nada, deslumbrado como estaba. Entonces, se oyó un golpe seco, luego un grito de dolor, y la luz dejó paso de nuevo a las tinieblas. Cuando sus ojos se acostumbraron a la oscuridad, pudo adivinar una figura parda, la de un hombre alto de pie sobre el policía con lo que parecía ser una barra de madera en la mano. El madero ya no emitía ningún ruido.

El hombre se giró hacia Chuck y éste pudo verle la cara. Tez pálida como un hueso y unos ojos vacuos que le provocaron un escalofrío. Con su mano enguantada le hizo un gesto para que se aproximara.

—Sus compañeros llegarán dentro de un minuto. Es tiempo de recoger amarras, Chuck.

Chuck se quedó paralizado, sin saber lo que planeaba aquel monstruo. Su cerebro se había apagado.

El monstruo pareció oler su miedo. Tiró la barra sobre una pila de cajas y alzó las manos frente a él.

—No tienes nada que temer de mí, Chuck. Es más, todo lo contrario, se podría decir que soy tu salvador.

Soltó una carcajada, aunque Chuck no pudo entender el chiste. Era un ruido áspero, animal, no se parecía en nada a una risa normal.

Las sirenas cada vez sonaban más fuerte. Estaban a un par de manzanas de allí.

—Vamos, tengo un sitio donde podrás conseguir bastante pasta. Dinero fácil. Incluso tengo un trabajito para ti. A menos que prefieras volver a la cárcel, claro.

El cerebro de Chuck carburó lo suficiente como para deducir que no tenía otra opción.

—De acuerdo, colega —dijo—. Tú mandas. Mejor será que marques tú el camino.

32

Stephanie Kovacs se descubrió a sí misma mirando por la ventana por tercera vez en la última media hora, tratando de averiguar cómo había acabado atrapada hablando con el hombre más aburrido del mundo cuando estaba investigando una historia que, sorprendentemente, había acabado por ser la más importante de su carrera. Desde su exclusiva mundial en la casa del fanático Farley, el limpiaventanas de la ONU del que aún no había aparecido rastro alguno, la estrella mediática de Stephanie estaba ganando fuerza en la BNN aún más rápido que antes.

Por supuesto, no le había venido nada mal que el mismísimo Shane Barrington pareciera seguir esta historia con un interés personal más acusado que el que, anteriormente, había demostrado sentir por cualquier otra noticia. Desde el momento en el que recibió aquella llamada anónima y el soplo para que fuera volando a la casa que Farley había alquilado en Queens, la noche del ataque a la ONU, le había estado dando vueltas a aquella coincidencia entre su primer encuentro con Barrington, cuando le ordenó investigar el movimiento cristiano evangélico, y su descubrimiento y posterior exclusiva. Teniendo en cuenta que apenas había cogido una Biblia

desde los doce años, se podría decir que, desde entonces, la religión se había convertido en el centro de su
existencia.

La competitiva reportera que se escondía en su interior sentía algo más que envidia por no poder seguir las
pistas que quedaron tras la pintada en las ventanas de la
ONU. Parecía una noticia dura de roer, o más concreta-
mente, una ausencia de noticias dura de roer, puesto que
no se había descubierto ningún indicio adicional que re-
lacionara a Farley con algún grupo evangélico conocido,
ni pruebas físicas de un plan para colocar una bomba en
la ONU. Pero las revelaciones de aquella noche aún permanecían grabadas en la memoria de la gente.

Ahora estaba detrás de un soplo que le había llegado directamente de Shane Barrington. Cuando la llamó
para felicitarla —por primera vez en la vida— por su exclusiva, dejó caer que ciertos personajes muy poderosos
de Washington le habían dicho que el FBI sólo había interrogado al profesor Michael Murphy en relación con
el ataque en la ONU. Stephanie le había replicado que,
probablemente, buscaron su consejo como experto en
la Biblia para sacar algo en claro del mensaje, al igual
que las grandes cadenas de televisión entrevistaban a
expertos cada vez que tenían que tratar algún tema de
actualidad.

Pero Barrington le sugirió que viajara a la Universidad de Preston y curioseara un poco sobre Murphy.
Después de todo, era famoso por sus intervenciones en la
televisión, y no hay nada que guste más a la gente de ese
medio que una ráfaga de escándalo proveniente de otra
estrella de la tele, incluso aunque sólo se trate del presen-
tador de los documentales de polvorienta arqueología de
los canales de pago.

Y así fue como terminó sentada ante el decano Archer Fallworth, escuchándole perorar sin fin sobre la media de notas de sus estudiantes y sobre los programas sociales de la universidad. Ella no quería levantar la veda sobre Murphy hasta que no comprendiera un poco mejor su papel dentro del entramado de la vida universitaria, pero había llegado el momento de comenzar la caza.

—Decano, ¿qué me dice de los cristianos evangélicos? ¿Hay algún grupo activo en el campus?

Fallworth entornó los ojos.

—¿Evangélicos? Sí, bueno, tenemos algunos miembros muy —movió en círculos la mano, buscando la palabra exacta— enérgicos de ese grupo religioso en concreto aquí en Preston. Sólo un puñado, en realidad, pero tienden a armar bastante jaleo.

Le lanzó una sonrisa que parecía tener aires de conspiración.

—¿Qué es exactamente lo que le interesa?

—Vamos a dejarlo en que los ciudadanos normales están bastante preocupados por que esos grupos evangélicos se estén haciendo muy grandes y sean de temer. Deseo averiguar cómo afecta esto a una estupenda universidad especializada en las artes liberales como Preston. Instituciones como la suya constituyen la primera línea de combate contra el fanatismo y la beatería. A nuestros televidentes les interesaría el tema.

La sonrisa de Fallworth se convirtió en la del gato de Cheshire.

—Me gusta pensar que hacemos todo lo que podemos al respecto, luchando una encomiable batalla contra la ignorancia y la intolerancia.

Entrelazó sus manos y se inclinó hacia ella por encima de la mesa.

—Pero no siempre resulta sencillo. Están muy bien organizados, ¿sabe? Y algunos de sus líderes son tremendamente astutos.

«Vamos allá», pensó Stephanie.

—¿Está pensando en alguno en particular?

Fallworth frunció los labios.

—No quiero hablar mal de ningún miembro del profesorado, claro...

—A menos que sea por el bien de todos...

—Claro, claro. Bueno, tenemos aquí a un profesor que se dedica a crear problemas, llenando la cabeza de los jovencitos impresionables con la peor clase de absurdidades espiritistas. Su nombre es Murphy —Fallworth se estremeció, como si Stephanie le hubiera obligado a hacer una confesión desagradable—. Profesor Michael Murphy.

Bingo. El mismo nombre que le había dado Barrington cuando la había llamado hacía dos noches. Sólo para insistir un poco, había dicho, para centrar la investigación. Ella no tenía ni idea de por qué le tenía tantas ganas, pero no cabía duda alguna sobre su interés personal en el asunto. A su gélida manera, casi estaba vomitando fuego a través del teléfono. Y Murphy tampoco parecía gozar de la simpatía de Fallworth.

«Debe de ser todo un personaje», pensó ella.

—Y dígame, ¿qué es lo que enseña Murphy?

—Arqueología bíblica, si entiende lo que le quiero decir. Su misión es autentificar la Biblia desenterrando artefactos que confirmen las historias que cuenta. Todo lo contrario a lo que es la ciencia, en mi opinión.

—¿Y ha encontrado algún artefacto de ésos?

—Eso dice.

—¿Y va mucha gente a sus clases?

—Me temo que sí. Los estudiantes suelen encontrarlo... carismático. Es una figura de culto en el campus, y lo digo en el peor sentido del término. Quizá sea porque es un aventurero.

«Justo lo contrario que los eruditos como usted», pensó Stephanie, fijándose en la panza y las carnes fofas de Fallworth.

—Escalada, tiro con arco... todo muy *Gung Ho*.

Stephanie se puso en pie y cogió su maletín.

—Qué intrigante. Si voy a ir detrás de estos evangélicos, parece que lo mejor será empezar por Murphy. Dígame, ¿dónde puedo encontrarle?

33

El hombre conocido como Garra entró en la casa y soltó la mosquitera para que le golpeara en la cara a Chuck Nelson, que venía detrás de él.

Chuck se revolvió para abrir la puerta y entrar a la casa en la que Garra le había dicho que vivía. Estaba realmente confundido. Aquel tipo tenía mucho dinero; había sacado un buen fajo de billetes en cada tienda en la que habían entrado, pero aun así vivía en una casa que Chuck calificó como dos niveles por debajo de una pocilga. Estaba a unos cuarenta kilómetros de Preston, lejos de todo excepto de carreteras secundarias y bosques. El porche estaba hundido, a punto de venirse abajo, había una grieta en el tejado justo encima de los dos dormitorios y la taza del váter sólo tenía una cuerda a modo de cadena, además de estar cubierta por una capa de mugre, mezcla de herrumbre y porquería.

Chuck estaba un poco lento de reflejos, cansado de haber estado llevando a Garra en coche de un sitio a otro durante cuatro horas. Habían parado en tres grandes hipermercados, cada uno de ellos en un condado diferente, a decenas de kilómetros de distancia entre sí. Lo que habían comprado no tenía ningún sentido, y, sobre todo, no tenía sentido el no haberlo comprado todo en el mismo sitio, pero Garra había dejado bien claro al principio que no aceptaría ningún tipo de pregunta.

—Empieza a sacar las bolsas y las cajas del coche —le ordenó Garra.

—Estoy rendido. ¿No podemos esperar a mañana?

—A trabajar. Ahora. Estamos en horas de clase.

—¿A qué clase te refieres? —respondió Chuck, con el ceño fruncido.

—Cállate y aprende, genio. Voy a enseñarte a alborotar un poco a este pueblo tuyo de paletos.

Una hora después, la mesa de lo que alguna vez pudo ser un cuarto de estar estaba llena a reventar de bolsas y cajas abiertas. Chuck se sorprendió de que Garra estuviera algo más hablador que de costumbre, mientras le enseñaba cómo mezclar los ingredientes en bruto.

—A esa hermana tuya, ¿le hace tilín el profesor Murphy?

—Ya te lo he dicho, no he hablado mucho con ella mientras he estado en el talego. Estoy allí sólo porque no puedo permitirme aún vivir por mi cuenta y es un sitio limpio, mucho más limpio que éste. Pero lo dudo. Sólo es una buena chica, siempre lo ha sido.

—¿Qué sabes sobre Murphy o sobre su esposa?

—No me hagas reír. ¿Esperas que sepa algo de un profesor y de su estúpida mujer? Mi hermana le conoció en la iglesia antes de ir a la universidad. Es todo lo que sé. ¿Por qué tienes tanta curiosidad por Murphy?

—Un guerrero siempre estudia a su enemigo.

Después de mandar a Chuck a pasar la noche a su casa, dejándole que se llevara el coche de alquiler y ordenándole que estuviera de vuelta al amanecer para recogerle y dedicar el día a hacer más recados, Garra sacó el teléfono vía satélite de línea segura y marcó un número de Nueva York.

Shane Barrington tardó un rato en contestar.

—Ya sé que no eres un tipo religioso, Barrington, pero desempolva tu traje de luto. Dentro de dos días vas a anunciar al mundo la trágica muerte de tu único hijo, Arthur.

Barrington había empezado a temer las llamadas de Garra. Su único consuelo consistía en que eran breves. Y, en cualquier caso, era mejor una llamada que una visita en persona.

—Sabes de sobra que mataste a mi hijo hace días. Sea lo que sea lo que hayas hecho con su cuerpo, ¿cómo pretendes que simplemente anuncie que ha muerto?

Garra sacó su lista de tareas para asegurarse de que no se había olvidado de ningún detalle.

—Es bastante sencillo. Para empezar, eres un tipo rico y poderoso, lo que en este país significa que puedes hacer lo que te dé la gana. Vaya, un desgraciado con tanto dinero como tú puede, incluso, comprarse la simpatía del público norteamericano. Y eso es exactamente lo que vas a hacer.

34

—¿Nos encontramos ahora en la mejor de las épocas, o en la peor? Levantad la mano —Murphy se puso de pie delante de su atril—. Primero los apocalípticos. ¿Quién cree que vivimos en la peor de las épocas?

Un puñado de estudiantes levantó sus manos, pero la mayoría parecía dudar.

—Vamos, amigos, esta respuesta no cuenta para la nota final. Por lo menos, en lo que a esta clase se refiere. ¿Quién cree que es la peor?

Cerca de la mitad de los estudiantes levantó sus manos.

—Vale, ahora vamos con los más optimistas. ¿Cuántos de vosotros creéis que vivimos en la mejor de las épocas?

Algo menos de la mitad de los estudiantes levantó sus manos.

—Al resto que no habéis levantado la mano voy a concederos el beneficio de la duda para no pensar que no estáis muy seguros de si estáis vivos o no.

—¿Y cuál es la respuesta correcta? —preguntó un estudiante de la última fila.

—Bueno, no estoy aquí para contaros mi opinión al respecto, pese a que eso es lo que se teme el decano Fallworth, pero puedo deciros que, volviendo la vista atrás hasta la caída de Eva en el Jardín del Edén, un gran número de gente en cada generación ha pensado que los mejores momentos de la raza humana había que buscarlos en el pasado y que la civilización, tal y como la conocemos, o quizá, tal y como los nostálgicos quieren recordarla, está en plena decadencia, y más adelante sólo aguardan tiempos aún más oscuros.

—¡El fin está próximo! —vociferó alguien.

—Sí, muchos de vosotros habréis visto seguro a ese personaje de cómic, el chalado que vaga por las calles con un cartel a cuestas en el que dice: «Arrepentíos, el fin está próximo».

»Bueno, mucha gente cree que esa idea es risible de tan exagerada.

»Pero, a lo largo de la historia, en la mayoría de las sociedades ha habido gente que echaba mano de signos, dioses, ídolos, supersticiones o de la ciencia —sí, de la ciencia—, para poder predecir de alguna forma el futuro, especialmente, cualquier signo de que llegaban malos tiempos. En la mayoría de esas sociedades, los hombres y mujeres que podían hacer interpretaciones y predicciones de forma convincente ocupaban un lugar de honor, al menos hasta que se demostraba que mentían o, a veces, hasta que sus predicciones menos agradables se hacían realidad.

»Los practicantes más formales de este conocimiento predictivo son conocidos como profetas.

»Vosotros, probablemente, nunca os habéis topado con un profeta, pero os sorprendería saber que, hoy en día, muchos familiares vuestros, amigos y vecinos, millones de personas de todas las edades y todas las extracciones sociales, en todos los rincones del país, todos

216

creen en las profecías. Esta gente cree especialmente que el fin está próximo, y no porque lo hayan leído en las entrañas de una cabra sacrificada en el jardín, porque hayan llamado a un 906, porque les duelan los juanetes cuando va a llover o porque se lo hayan soplado unos marcianitos verdes, sino por el Libro.

Murphy alzó con sus manos la Biblia.

—Así es, la Biblia no es sólo una historia de lo que sucedió en tiempos pasados y una recopilación de lecciones sobre cómo deberíamos vivir nuestras vidas. La Biblia está llena también de profecías que ya se han hecho realidad y de muchas otras que un gran número de personas cree que se harán realidad. Personas que no son unos fumados, me atrevería a decir. Personas como yo.

»Bien, algún día, espero que la universidad me permita dar un curso sobre profecías bíblicas, porque creo que se trata de una disciplina intelectual tan relevante como fascinante, independientemente del tema de la fe en lo que las profecías predicen. Sin embargo, dado que estamos en esta estupenda clase de arqueología bíblica, en lugar de eso, voy a centrarme en mostraros como un descubrimiento arqueológico que espero estar a punto de desenterrar puede ayudar a autentificar los hechos históricos que subyacen tras una profecía que muchos creyentes consideran la más importante de la Biblia. La profecía de Daniel basada en el sueño del rey Nabucodonosor.

»Nabucodonosor era el rey supremo del poderoso imperio de Babilonia y tenía a su disposición a los mejores profetas y adivinos de su universo pagano. Ninguno de ellos pudo interpretar su sueño de una estatua, excepto uno de los esclavos hebreos, Daniel, que pudo explicarle, sin dejar lugar a dudas, que su sueño era una revelación que le había otorgado el único Dios verdadero.

»Daniel le contó que la enorme imagen que había visto en sueños era la estatua del propio Nabucodonosor levantada en cuatro niveles. Cada uno de ellos representaba uno de los únicos imperios mundiales absolutos: el primero era la cabeza de oro, que representaba a Babilonia; el siguiente, el pecho y los brazos de plata, que representaban al imperio medo-persa, los dos países que conquistaron Babilonia; luego venía la tripa de bronce, que representaba a los griegos, seguida por las piernas de hierro de los romanos. Cuanto más te acercas al presente, más débiles son los imperios, como podéis observar por la calidad decreciente de los materiales usados para construir cada parte de la estatua.

»La profecía, que no es sino la historia escrita antes de que ocurra, es una de las formas que tiene Dios para probar que existe. Por ejemplo, el hecho de que Dios revelara a Nabucodonosor hace 2.500 años que sólo habría cuatro imperios mundiales antes del "final de los tiempos" es en sí mismo un milagro.

»Pues, como bien saben todos los estudiantes de historia, sólo ha habido cuatro imperios mundiales desde los tiempos de Babilonia. Lo más increíble de todo esto es que muchos líderes sin piedad trataron de dominar el mundo: Gengis Khan, Napoleón, Hitler, Stalin, Mao, etc. Pero todos fracasaron. ¿Por qué? Porque el Dios del cielo dijo que sólo habría cuatro imperios mundiales antes de los Últimos días.

»Tendréis que admitir que como profecía no está nada mal, teniendo en cuenta que se escribió 500 años antes de Cristo.

»Y la verdadera razón por la que millones de personas estudian la profecía de Daniel es que, dado lo precisa que ha sido prediciendo cosas que ya han pasado, lo más probable es que lo que advierte para el futuro también tenga lugar.

»Una vez más, la falta de tiempo y los deberes que me impone esta clase me impiden daros más detalles al respecto, pero no dejéis de pasaros por mi despacho cuando queráis y estaré encantado de explicaros por qué esta generación tiene más motivos para creer que, cuando se estudian las profecías de Daniel y otras, hay más razones bíblicas para creer que Cristo regresará para desplegar Su reino en nuestra época que en cualquier otra de las generaciones anteriores a la nuestra.

»Pero volviendo a cómo encaja en todo esto la arqueología. Me apuesto lo que queráis a que algunos de vosotros sois escépticos y no creéis que Daniel haya existido jamás, ni dais ninguna credibilidad a sus supuestas profecías. Bueno, ¿recordáis que en mi última clase os hablé de la Serpiente de Bronce que hizo Moisés por orden de Dios y os mostré una parte de ella como prueba de que lo que cuenta la Biblia es cierto? Y acordaos de que os conté el increíble viaje que había hecho a lo largo de los siglos y de tantas y tantas sociedades antiguas diferentes, para terminar, de acuerdo con como y donde la encontré yo, en la mismísima Babilonia y en la época de las profecías de Daniel para Nabucodonosor.

»Bueno, he echado mano de una investigadora científica mucho más inteligente que yo para tratar de interpretar las pistas que me permitirán hallar el resto de la Serpiente, o al menos eso espero, y mientras, yo he seguido repasando el pergamino con el que empezó todo, que esconde una nueva interpretación de la vida y los tiempos de la Serpiente de Bronce. Una vida mucho más extensa y un tiempo mucho más interesante de lo que creíamos hasta ahora.

Murphy proyectó una diapositiva en la pantalla que tenía a su espalda.

—Siento que una vez más el mensaje de fondo en todo esto para vosotros, vagos redomados, no sea religioso, sino: «Cuando tengáis dudas sobre lo que estáis haciendo, estudiad, estudiad, estudiad y estudiad más aún». Todavía no he logrado desentrañar la conexión entre lo que hemos averiguado sobre la Serpiente de Bronce y la relación con Daniel de la que me habló la persona que me proporcionó este pergamino.

»Ahora que he encontrado el rabo de la Serpiente de Bronce, gracias a un pergamino de la Babilonia de la época de Daniel, un pergamino escrito, al parecer, por el alto sacerdote más próximo al rey Nabucodonosor, Dakkuri, yo creo que podemos situar la Serpiente en la época de Daniel, aunque el Antiguo Testamento no vuelva a mencionarla después de que Ezequías la destruyera en el Segundo Libro de los Reyes.

»Sin embargo, ni siquiera yo diría que esto prueba de forma irrefutable la existencia histórica de Daniel, o que ayuda a autentificar inequívocamente sus profecías.

»Luego, estudiando con atención el pergamino, caí en la cuenta. Bueno, en realidad, fue mientras hacía una pausa para descansar en la sala de profesores y crucé por delante de un cartel de "No fumar" que había visto miles de veces antes. ¿Conocéis ese signo internacional con una barra cruzada que sirve para prohibir todas las alegrías de la vida?

»Bueno, pues yo creía que esta marca que veis aquí sobre el símbolo del rey —que sería Nabucodonosor—, esta línea que apunta a su cabeza, era simplemente un rasguño accidental o una mancha del pergamino. Pero entonces me di cuenta de que, en realidad, era la forma que tenía el que había escrito este pergamino de decir "No fumar", es decir, su símbolo para decir "No rey". Sin embargo, no tiene ningún sentido que un alto sacerdote escriba una señal contra el rey. Después de todo, ¿qué pasaría si el pergamino cayera en manos de sus enemigos? En cuanto vieran la línea del "No rey" podéis apostar lo que queráis a que en seguida sería sustituida por "No cabeza de alto sacerdote". A menos que, y entonces me di cuenta, el rey Nabucodonosor hubiera dado permiso para acabar con su propia cabeza.

—¿Quiere decir que el rey Nabucodonosor se suicidó? —preguntó alguien.

—No se trata de un suicidio tal y como nosotros lo conocemos, no, pero sí que se destruyó a sí mismo de alguna forma. En el Libro de Daniel podemos leer que Nabucodonosor permitió que la noticia de su imperio supremo, la cabeza de oro de la estatua de su sueño, se le subiera a la cabeza.

»Nabucodonosor hizo construir la estatua de su sueño y luego enloqueció, rindiéndose culto a sí mismo. Siete años después recuperó la razón e hizo las paces con Dios ordenando destruir la estatua, rompiéndola en pedazos, más o menos como Ezequías con la Serpiente de Bronce.

»Así es, Nabucodonosor quedó destrozado cuando recuperó el juicio y se puso manos a la obra para honrar su nueva fidelidad a Dios destrozando a su vez todos los ídolos, y entre ellos la Serpiente de Bronce, que volvió a quedar rota en tres piezas, y su propia estatua gigantesca. Lo que ese símbolo de la línea dirigida con-

tra la cabeza del rey significa es que el propio Nabucodonosor ordenó la destrucción de la estatua.

»Y ésa es, damas y caballeros, la increíble y emocionante conclusión a la que llegué. Porque creo que aquí
tenemos una pista bien gorda para descubrir algo que
probaría de manera definitiva que los hechos narrados
en el Libro de Daniel tuvieron lugar de verdad.

»Lo que el pergamino nos muestra y lo que el hallazgo de la Serpiente de Bronce a resultas de sus instrucciones parece corroborar es que quienquiera que
escribiera este pergamino desobedeció en secreto las
órdenes del rey Nabucodonosor, y de alguna forma se
las arregló para rescatar las piezas de la Serpiente de
Bronce del cubo de la basura real.

»¿Y por qué querría el alto sacerdote de Nabucodonosor, Dakkuri, salvar las piezas de la Serpiente de
Bronce? Para que algún día pudieran ser redescubier-
tas por una persona digna de ello y, de esta forma, poder reunir de nuevo la Serpiente, tal y como hizo Dakkuri después de que Ezequías la destruyera.

»Y dado que el alto sacerdote Dakkuri estaba de-
sobedeciendo las órdenes directas del rey, que había
renovado su fe en Dios, parece probable que él no creyera en el Dios del cielo. Seguía aferrado a su ídolo. O
creo que también es posible que creyera que disfrutaba
de ciertos poderes, lo más seguro es que de poderes
malignos, gracias a la Serpiente de Bronce.

»Y me parece que lo que nos está diciendo en este
pergamino es que el que encuentre las piezas de la Serpiente y las junte de nuevo podrá disfrutar de los mismos poderes en los que creía Dakkuri y que Nabucodonosor quería destruir.

»Pero eso no es todo. En el pergamino nos muestra

222

una cosa más: además de los poderes especiales de la Serpiente, esa persona obtendrá un premio aún mayor, según el alto sacerdote Dakkuri, un premio mayor que Nabucodonosor trataba de ocultar al mundo. De alguna forma, una vez que la Serpiente vuelva a formar una sola pieza, guiará al que la tenga en sus manos hasta el otro objeto que Dakkuri rescató y escondió contra la voluntad de Nabucodonosor.

»Creo que nos promete un premio que la Biblia define como gigantesco en lo que a tamaño se refiere. Desea que alguien use la Serpiente para localizar y desenterrar la Cabeza Dorada de la estatua de Nabucodonosor.

35

Laura se sentó en el banco que había en la cima de la pequeña colina, desde el que se dominaba con la mirada todo el campus. Hacía un día precioso, una brisa cálida arrastraba las hojas de los árboles caídas sobre la hierba y los estorninos charloteaban posados sobre un pequeño bosque de abedules a su espalda. Era ese tipo de día en el que te sorprendes sonriendo sin motivo. Había quedado con Shari después de la clase de Murphy para comer algo, aunque no tenían mucho tiempo.

El ruido de un coche que no le sonaba familiar quebró la tranquilidad del momento frenando con violencia delante de su banco. Frunció el ceño involuntariamente al ver a Chuck Nelson en el asiento del conductor, a pesar de que sabía que ése no podía ser su coche. Debía de pertenecer al hombre pálido y delgado, vestido todo de negro y con gafas de sol, que se sentaba a su lado en la parte delantera del vehículo. Ninguno de los dos parecía muy contento de haber acercado a Shari, que se estaba bajando en ese momento del coche.

—Gracias, Chuck. ¿Vendrás a casa a cenar?

Sin responder, de hecho sin ni siquiera esperar a que cerrara la puerta de atrás, Chuck pegó un acelerón y se marchó. Pese a las gafas de sol, Laura tuvo la desagradable sensación de que el extraño la había estado observando todo ese rato. Laura agradeció que llevara las gafas, porque incluso detrás de esa barrera, había algo en su cara y en su aspecto que le había provocado escalofríos pese al calor del sol.

Y no era la única. Cuando Shari se acercó y se sentó a su lado, casi pudo ver las nubes negras que se arremolinaban sobre su cabeza. Sin mediar palabra, se aproximó a ella y le dio un fuerte abrazo. Cuando se separó dulcemente, Shari tenía los ojos anegados de lágrimas.

Laura sintió como se le mojaban también los suyos y se obligó a ser fuerte. Pero era tan duro. Recordó las largas sesiones que habían pasado en su despacho conversando sobre el dolor que Shari aún sentía años después de que sus padres hubieran muerto en un choque en cadena entre cinco vehículos en una carretera interestatal. Su padre iba al volante, con media pinta de cerveza en la barriga. Recordó cómo había tratado de ayudar a Shari a dotar de sentido a todo eso. Ayudarla a sacar algo en claro de la ira que sentía hacia su padre y tratar de ponerla en contacto de nuevo con el amor que una vez sintió. Ayudarla a encontrar la forma de dar gracias por todo lo que su madre había sido y siempre sería.

Y lo peor de todo, Laura había intentado darle la fuerza para llegar hasta su hermano. Chuck había empezado a torcerse desde el mismo día en el que comenzó a caminar, y para cuando cumplió los dieciséis los vecinos ya no aceptaban más apuestas sobre cuánto tardaría en acabar en la cárcel. A lo largo de su problemática adolescencia, se había comportado con sus padres con una mezcla que iba desde la hosca indiferencia hasta el completo menosprecio, y Shari estaba segura de que su padre bebía para tratar de olvidar el dolor que esto le causaba, mientras el corazón de su madre se rompía en silencio detrás de su sonrisa, siempre llena de amor.

Pero cuando Chuck se encontró con que sus padres se habían ido para siempre, de alguna forma cayó en un estado de conmoción, como si de repente se diera cuenta de que no había ya forma de hacer las paces. Durante un breve período Shari se atrevió a creer que la trágica muerte de sus padres le serviría de una forma terrible para darse cuenta de sus errores.

Por desgracia, en cuanto se le pasó la conmoción inicial, el comportamiento de Chuck degeneró hacia una nueva etapa de alcoholismo, peleas y tráfico de drogas. Era difícil discernir si estaba tratando de castigarse a sí mismo o a sus padres, pero no cabía duda de que se había metido en un camino de autodestrucción y que sólo era cuestión de tiempo que lograra labrarse su propio final.

Para una hermana que aún estaba tratando de superar su propio dolor, ver a Chuck esforzándose al máximo por destruirse a sí mismo era, simplemente, demasiado. Así que, cuando el juez Johnson le mandó una temporada a la cárcel, después de que la policía le parara cuando conducía un coche robado y lleno de drogas, Shari pudo al fin contar con algo de espacio para respirar, algo que necesitaba desesperadamente. Pudo dormir por la noche sabiendo que a él no le pasaría nada, y quizá sus oraciones diurnas por su hermano pudieran por fin dar resultado.

Pero el Chuck que había aparecido de nuevo en la puerta de su casa era aún peor que antes.

Y ahora tenía un motivo adicional para preocuparse: su nuevo amigo. Laura sabía que aquel extraño era el motivo principal por el que Shari la había citado para comer juntas aquel día.

—Acabo de conocerle en el coche. Ni siquiera he podido verle la cara con esas espantosas gafas de sol y la gorra calada. Chuck habla de él como si se tratara de algún tipo de padrino. Dice que le está asignando tareas importantes.

—¿Qué tipo de tareas?

—No me lo quiere decir. Simplemente, sonríe como si se tratara de una broma descomunal que nos está gastando a todos. Pero sea lo que sea lo que está haciendo, no creo que se trate sólo de robar coches —dijo, apretando la mano de Laura entre las suyas—. Estoy preocupada. Muy preocupada, Laura. No quiero que acaben matándole.

—No te preocupes, Shari —dijo Laura, apretándole a su vez la mano—. No vamos a dejar que pase eso.

No tenía ni idea de cómo hacerlo, pero era importante transmitirle una sensación de determinación y confianza. Shari necesitaba saber que sus amigos eran lo suficientemente fuertes como para ayudarla a salir de cualquier problema.

Laura reflexionó durante unos instantes.

—Si ese tipo es un criminal, ¿crees que Chuck le conoció en la cárcel? Quizá, de esta manera, podamos averiguar quién es.

—No lo creo. Chuck dice que le conoció en el pueblo. Dijo que estaba teniendo algunos problemas sacando dinero en efectivo y que este tipo le ayudó —dijo, frunciendo el ceño—. Pero no quiere contarme nada más sobre él.

—Bueno, eso no es mucho para empezar, pero ¿qué te parece si le pido al jefe de policía Rawley que le eche un ojo a Chuck y a ese amigo suyo? Quizá él pueda averiguar algo más de lo que están haciendo juntos.

—Laura, no quiero que Chuck se enfade conmigo y que piense que le he pedido a la policía que le espíe.

—Shari, las dos sabemos que Chuck probablemente se va a enfadar tanto si tratas de ayudarle como si no. Eres su hermana y te preocupas por él, pero sólo puedes llegar hasta un límite. Tarde o temprano, él tendrá que tomar la decisión de ayudarse a sí mismo.

—Ya lo sé. Yo tuve la suerte de que la amiga de mi madre me empezara a llevar a la iglesia por primera vez después de que mis padres murieran. Y tú y Murph habéis sido tan buenos, preocupándoos por mí.

—Sí, y hablando de preocuparse por ti, ¿qué pasa contigo, Shari? ¿Cuándo fue la última vez que saliste por ahí con un amigo, con un chico?

—Bueno, ya que lo mencionas, el otro día invité a un chico a casa, a un estudiante recién llegado a la universidad. Se llama Paul Wallach y está en la clase del profesor Murphy conmigo.

—Estupendo. ¿Y?

—Y nada. Estoy empezando a conocerle. Tiene problemas con su carrera, y aún está luchando por adaptarse a Empresariales, que es lo que su padre eligió para él, pese a que su padre murió hace meses.

—¿Por qué no le dices que vaya a verme?

—Ya lo hice, Laura, sobre todo, porque la clase que más le gusta es precisamente la del profesor Murphy.

—Guau, eso sí que es un salto, de la mina de oro de Empresariales a tragar polvo buscando huesos en una vieja mina.

—Bueno, tú deberías saber eso mejor que nadie. Espero que no te importe, le he sugerido que debería ir a hablar de algunas cosas contigo.

—¿Importarme? Para eso estoy. Si no, tendría que pasar más tiempo sobre el terreno con el arqueólogo de mis sueños.

—¿No es ese que viene por allí?

Murphy detuvo su Dodge delante del banco y sacó la cabeza por la ventanilla.

—Señoras, ¿le interesa a alguna de ustedes una invitación para dar un paseo por North Woods, donde me propongo disparar unas cuantas flechas contra árboles desprevenidos para mantenerme en forma?

—No creo que Shari te haya visto nunca hacer de Robin Hood, pero pensábamos irnos a comer. Murph, ¿no te estarás escabullendo porque te pedí que fueras a sacar la ropa que quieres donar al mercadillo de la iglesia, no?

—Me has pillado. Ya lo haré más tarde.

Pisó el acelerador antes de poder oír cómo le gritaba su mujer.

Laura meneó la cabeza y miró a Shari.

—¿Ves a lo que me tengo que enfrentar cada día? Una vez estuvimos contando y Murphy puede decir «más tarde» en doce idiomas, muchos de ellos más antiguos aún que su promesa de hacer algo en casa.

—Ah, me acabo de acordar de que le retorcí el brazo a Paul para obligarle a venir a la iglesia el miércoles, y le dije que debería meterse en el ambiente ayudando a ordenar la ropa para el mercadillo en el sótano.

—Estupendo. Pero más vale que vayamos a comer para reponer fuerzas, porque, si confiamos en los hombres, probablemente acabaremos teniendo que llevarlo y ordenarlo todo nosotras solas.

Garra frunció el ceño.

—Te he dicho que no vayas tan deprisa. No quiero que nos pare la policía por ir demasiado rápido.

—Vale, vale. Es que hace mucho que no me pongo a un volante. Dime, ¿por qué volvemos a ir de compras hasta Raleigh, como ayer? Hay un montón de tiendas que están más cerca.

—No quiero que nadie pueda recordar lo que hemos estado comprando.

—¿Para qué querías que acercáramos a mi hermana? Tío, está claro que no le gustas un carajo.

—Ya, el sentimiento es mutuo. Por eso no le puedes contar nada. No tardaría ni un segundo en irle con el cuento a la policía. Así que no le cuentes nada de lo que estamos haciendo.

La aburrida mirada de Chuck se iluminó.

—No tengo ni idea de lo que estamos haciendo, así que ¿cómo podría contárselo a ella? Eh, tío, ¿cuándo me vas a contar lo que estás planeando? Sea lo que sea, cuenta conmigo.

Garra afirmó con la cabeza.

—Claro que cuento contigo, tonto. Ahora calla la boca y llévanos al centro comercial. Vamos a comprar ropa. Cantidades ingentes de ropa.

—Ropa. Eso mola. No me vendrían mal unos trapitos nuevos.

—No es para ti. Vamos a regalarla.

—No lo entiendo. ¿Para qué vamos a comprar ropa para luego regalarla? ¿Dónde está el truco?

—¿No has oído a tu hermana dar la tabarra en el asiento de atrás con el mercadillo de ropa de la iglesia de Preston?

—¿Y? ¡No me estarás diciendo que me vas a hacer

ir a la iglesia!

Chuck frenó en seco en medio de la autovía.

—¿Me vas a decir de qué mierda estás hablando?

Garra golpeó a Chuck en la cabeza una sola vez, pero fue suficiente.

—Te he dicho que conduzcas y cierres el pico. Tranquilízate. Sólo vamos a hacer una donación muy especial a la iglesia.

36

—Pese a estar conmocionado y aturdido por la pena, debo dar un paso adelante para advertir a los estadounidenses.

Shane Barrington estaba hablando frente a docenas de periodistas. Pese a que normalmente no solía dar ruedas de prensa, estaba descubriendo que se trataba de una tarea bastante agradable.

Esta misión era lo último que le había ordenado Garra: comparecer ante la prensa para anunciar la muerte de Arthur Barrington, su hijo. Por supuesto, la historia que les estaba contando distaba mucho de la verdad. No mencionaba el horrible modo en que Garra había asesinado a su único hijo. En lugar de eso, Barrington había embellecido las secas instrucciones de Garra creando una historia completamente ficticia sobre la muerte de Arthur.

Barrington miró fijamente a las cámaras de televisión, calculando si debía fabricar una lágrima que mojase sus ojos mientras contaba ese cuento.

—Hace tres días, llegó a mi despacho una nota en la que se me decía que mi único hijo, Arthur, había sido secuestrado a plena luz del día en las calles de Nueva York. Los secuestradores pedían cinco millones de dólares a cambio de liberar a Arthur sano y salvo, para lo que además debía evitar contárselo a la policía. Como le habría pasado a cualquier padre, quedé conmocionado, y sólo pensé en qué hacer para salvarle.

Barrington siguió mirando fijamente a las cámaras de televisión, tratando de evitar que el recuerdo de lo que realmente había pasado, la imagen de Garra asesinando a Arthur, le distrajera.

—Sin que eso signifique falta de confianza en nuestras estupendas fuerzas del orden, sino para hacer todo lo necesario para salvar a mi hijo, di instrucciones a mi equipo de seguridad privada para que se pusieran en contacto con los secuestradores y acordarán cómo pagar el rescate. Ayer por la mañana, cuando ya debía estar dando la bienvenida de vuelta a casa a mi hijo, mi equipo de seguridad descubrió su cadáver horriblemente mutilado por esos criminales odiosos.

Incluso los periodistas, habitualmente cínicos, pegaron un respingo ante la terrible revelación de Barrington.

—Si mi hijo no está a salvo en este país, vuestros hijos tampoco lo están. Pese a la pena que siento por la muerte de Arthur, quiero dejar a un lado esta desolación para concentrar mis energías y recursos personales en poner en marcha y dirigir un movimiento ciudadano que acabe con la alarmante ola de violencia criminal que invade sin cortapisas nuestra sociedad. Gracias.

Empezaron a llover las preguntas.

—Señor Barrington —él dio la palabra al periodista de su propia cadena—. ¿Puede explicar con más detalle qué clase de acciones va a emprender en su batalla para plantar cara a los violentos que hay ahí fuera?

Barrington enunció con claridad la respuesta que Garra había preparado para la pregunta más obvia.

—Tengo en mente muchas acciones que llevaré a cabo en los siguientes meses para que los ciudadanos plantemos cara a la violencia fuera de control que asola nuestro país. Como muchos de vosotros, estoy harto de los políticos que no hacen lo suficiente al respecto.

—Señor Barrington, ¿quiere decir que está pensando en presentarse a las elecciones?

—Quiero dirigirme a los ciudadanos de este país —dijo, dirigiendo su mirada con naturalidad hacia la cámara—. Os prometo que si los políticos no logran protegernos, dejaré a un lado mi trabajo al frente de Barrington Communications y guiaré a este país de vuelta a la seguridad ciudadana.

—Mis colegas de los Siete están muy contentos con nuestro señor Barrington.

Garra escuchaba la voz de John Bartholomew, de los Siete, a través de su teléfono vía satélite.

—Le has instruido bien, Garra. En el futuro, podremos explotar ese espantoso crimen tuyo para generar un inmenso poder político, si es que Barrington sigue obedeciendo nuestras órdenes.

Garra emitió un sonido burlón.

—Si no, tendrá una desafortunada muerte prematura.

—Bueno, hemos revisado tu último informe sobre tus progresos en Preston, Garra. Hay una cosa que mencionaste muy por encima que uno de mis diabólicos colegas ha visto que podría cuadrar perfectamente en esta nueva fase de trabajo con Barrington.

—¿Qué quieren que haga?

—Ese jovencito que mencionaste, Wallach, que está cada vez más cerca de Murphy y de la hermana de tu aprendiz. Tenemos un pequeño cambio de planes en lo que a él concierne.

37

Ese miércoles por la tarde, Paul Wallach aparcó frente a la iglesia de Preston. Bajo la luz moribunda del atardecer, su fachada de madera blanca brillaba como invitándole a entrar. Su corazón empezó a latir con más fuerza, sin saber si era porque estaba a punto de ver a Shari o porque iba a entrar en una iglesia por primera vez por voluntad propia.

La puerta estaba abierta, pero no entró. Quería ir directamente al sótano para demostrarle a Shari que no le había mentido sobre lo de ayudar a ordenar la ropa para el mercadillo. Caminó hacia el lateral del edificio hasta una puerta metálica que llevaba al sótano. La empujó y empezó a descender por la estrecha escalera de madera.

Cuando sus ojos se adaptaron a la oscuridad, Paul pudo discernir el suelo de hormigón con montones de tablas de madera apiladas ordenadamente y algunas cajas de cartón al fondo. Tanteó la pared en busca de un interruptor y una bombilla solitaria inundó de luz el sótano. Entonces, pudo ver más cajas, y montones de ropa asomando de bolsas de basura.

—Hola, he venido para ayudar. ¿Dónde está todo el mundo?

En una esquina había lo que parecía ser una vieja caldera y un arco que conducía a otra zona del sótano. Agachándose, pues el techo estaba muy bajo, traspasó ese umbral y a punto estuvo de caer sobre un saco de ropa. Excepto por el hecho de que no era un saco de ropa.

Era un cuerpo humano.

Paul se arrodilló, y quedó frente a la cara de un joven de pelo rubio, que le miraba sin verle, con un brazo torcido en un ángulo extraño. Aunque no le reconoció, dio un salto hacia atrás y se golpeó la cabeza contra el muro dolorosamente, abriendo la boca por la sorpresa. Tomó aire y volvió a arrodillarse para poner su mano temblorosa sobre la arteria carótida del joven. Nada. Trató de pensar qué hacer a continuación, pero su cerebro estaba paralizado. Nunca antes había visto un cadáver. Una idea invadió entonces su mente con punzante claridad.

—¡Shari!

Se puso en pie torpemente y echó un vistazo a su alrededor desesperadamente. En el sótano había una mesa de metal sobre la que reposaba lo que parecía ser un ordenador portátil y una maraña de cables, y más cajas; y bajo la mesa...

Corrió hacia allí. Una chica. Pero no era Shari. Sintió cómo se le estrechaba la garganta. La bonita cara ovalada, rodeada por una mata de pelo castaño, le resultaba familiar. ¿Dónde la había visto? ¿En el campus? ¿En algún sitio del pueblo? Qué importaba. «Búscale el pulso, idiota.» Tenía, muy débil, pero sin duda tenía pulso. «Vale, ahora recuerda tus clases de primeros auxilios. Lo primero, la respiración.» Acercó el oído a su boca, esperando notar un hilillo de aliento.

—Hola, Paul.

Pegó un respingo. Chuck Nelson, vestido con un chándal holgado, le miraba con sonrisa burlona.

—¿Quién es tu amiguita? Creía que te hacía tilín mi hermanita. Se va a enfadar mucho cuando se lo cuente —dijo, meneando la cabeza—. Y además en la iglesia, perro.

—Chuck, ¿qué estás haciendo aquí? ¿Y dónde está Shari?

La sonrisa se le borró de la cara. Se encogió de hombros.

—¿Y yo qué sé? ¿A mí qué me importa?

Paul no sabía si intentar aclarar esta situación u ocuparse antes de la chica.

—Mira, Shari me dijo que viniera a verla aquí. Chuck, ¿qué está pasando?

Volvió a acercar el oído a la cara de la chica.

—Necesitamos ayuda. ¿Tienes un móvil? Tenemos que llamar al 112.

—Vaya, creo que me lo he dejado en casa —respondió Chuck, que se lo estaba pasando en grande—. Qué lástima. Supongo que ahora depende de ti poder despertar a esta Bella Durmiente. Será mejor que te des prisa. Creo que la estás perdiendo.

Paul se puso en pie y agarró a Chuck por las solapas.

—Oye, mira, esto no es un juego, esta chica está gravemente herida. Vete a buscar ayuda mientras intento que vuelva a respirar.

Chuck se lo quitó de encima.

—Ella ya ha tenido toda la ayuda que va a recibir.

Dio un paso adelante, dejando que algo oscuro se deslizara por su manga hasta la palma de su mano.

—Y yo me estoy cansando un poco de tus gimoteos.

Paul dio un paso atrás alzando la mano instintivamente para defenderse. Al menos, su cerebro parecía haberse puesto en marcha de nuevo. Si pudiera distraer a Chuck uno o dos segundos, quizá podría llegar hasta las escaleras. Se dio medio vuelta, buscando algo que arrojarle a la cara, y entonces, como si fuera un relámpago, algo muy duro le golpeó en los pies, y su cabeza se estrelló contra el suelo.

Entonces, su mundo se volvió negro.

38

El aparcamiento de enfrente de la iglesia estaba ya casi lleno cuando Murphy detuvo su castigado Dodge en un hueco vacío. Dio la vuelta por fuera del coche hasta el lado del pasajero para ayudar a Laura a salir, pero ella le rechazó con la mano.

—Ahórratelo, Murph. No quiero que des un mal ejemplo a la comunidad.

De pie junto a la puerta de la iglesia, con una sonrisa de bienvenida en la cara, el reverendo Wagoner extendió sus brazos hacia ellos.

—Laura, Michael. Me alegro de veros a los dos.

Murphy echó un vistazo al aparcamiento, casi completo.

—Igualmente, pastor Bob. Parece que hay lleno esta noche. La oferta de perritos calientes gratuitos está funcionando.

Wagoner se rió. Llevaba puestos unos cómodos pantalones holgados y una chaqueta deportiva por encima de un polo verde que dejaba ver un poco su barriga. Bronceado y con su fino pelo cano, parecía como si acabara de volver de un campo de golf. Que es lo que, probablemente, acababa de hacer.

—Necesito algo que me sirva de imán. De hecho,

creo que vosotros dos sois los responsables de este lleno. La gente está entusiasmada con tu descubrimiento de la pieza de la Serpiente, Murphy.

—Mientras no quieras que suba al púlpito y tenga que hablar delante de todos, Bob. Ya sabes que aquí vengo a descansar de todo eso. Pero no nos duermas, ¿eh?

Laura le golpeó suavemente en el pecho.

—No le hagas caso, Bob. Está celoso. Él sabe reconocer a un buen orador cuando lo escucha.

—Vaya, gracias, querida. Ahora me has puesto nervioso.

—Vamos, Laura, a ver si podemos conseguir un asiento en primera fila. O como dicen los críos, junto al escenario, donde está la acción.

Dentro de la iglesia se escuchaba un murmullo creciente que provenía de los sencillos bancos de madera. Vieron a Shari sentada cerca de la primera fila; parecía buscar a alguien con la mirada y fueron hacia allí.

Laura la abrazó y percibió su mirada preocupada.

—¿Qué ocurre?

—Paul. Le reté a que viniera esta noche y le dije que debería llegar pronto para ayudar a ordenar la ropa para el mercadillo abajo en el sótano, pero al final me tuve que quedar en la biblioteca y vine directamente aquí. Su móvil no funciona.

—Parece que ya vamos a empezar. Vamos a guardarle un sitio. Si es como Murphy, probablemente aparecerá en escena tarde, sobre todo, si había que hacer algo antes. Estoy segura de que llegará en cualquier momento.

Shari sonrió, pero la preocupación no se había borrado de sus ojos.

—Me voy a sentar con vosotros; espero no haber ahuyentado a Paul.

Garra sintió el impulso instintivo de lanzar a Chuck contra el muro para centrar así su cráneo descerebrado en la tarea que se traían entre manos. Pero tenía una misión para él esta noche y no le sobraba tiempo. No podía permitirse que ese haragán se hiciera un ovillo en una esquina, enfurruñado. Así que decidió hacer algo más moderado. Le abofeteó en la cara bien fuerte, dos veces seguidas.

—¡Eh! ¡Ay, qué...!

—Cierra el pico y presta atención. Hemos dejado tirado al novio de tu hermana en el suelo de la iglesia... hemos llenado todo esto de panfletos... ¿Qué queda por hacer?

Chuck respiraba fuerte y se frotaba la mejilla sin prestarle atención. «Pena del golpe en la cabeza», pensó Garra.

—La mochila, ¿te acuerdas? Quítatela para que pueda llenarla.

—Vale, vale, me queda un poco justa así puesta sobre la chaqueta.

Chuck se esforzó por quitarse los tirantes de la mochila, pero se le quedaron enredados en su chaqueta del instituto de Preston.

—Pues desabróchate la chaqueta —dijo Garra exasperado, poniendo los ojos en blanco.

—No puedo. Se ha atascado. Esta cremallera siempre se atasca.

—¿Cómo lograste pasar de la guardería?

Garra le cogió por la chaqueta con ambas manos y

trató de bajarle la cremallera sin éxito. Luego, intentó arrancarla de la tela. Completamente exasperado, movió rápidamente su brazo derecho por delante de la chaqueta de Chuck, cortándola limpiamente en dos. Después, cogió la mochila de sus hombros.

—Eh, ésta es la única chaqueta que tengo y esta noche hace frío.

Garra volvió a esgrimir su afilado dedo derecho, esta vez a través de la garganta de Chuck, para luego apartarse insensible a un lado y dejar que su pesado cuerpo cayera sobre el suelo del sótano.

—No te preocupes, Chucky, allá donde vas ahora hace bastante calor.

39

Ésta era una buena noche para la iglesia de Preston, pensó el reverendo Wagoner mientras observaba las caras de la multitud que se agolpaba en los bancos de madera. Podría decirse que estaban en silencio y expectantes, pero lo que hacía que ese momento fuera tan gratificante era que, casi todos ellos, formaban lo que podía llamarse una comunidad. Se agarró con fuerza al púlpito y aclaró su voz.

—Bienvenidos, amigos. Es realmente estupendo ver esta tarde a tantos de vosotros reunidos aquí. Me gustaría dar gracias a Dios por habernos juntado a todos en un día que no es domingo. Muchos habréis oído rumores sobre el increíble hallazgo arqueológico que nuestros queridos amigos, Michael y Laura Murphy, han traído de vuelta de Tierra Santa.

»Y si no, dejadme que os dé yo la buena nueva. Han encontrado una parte de la Serpiente de Bronce de Moisés. La que el rey Ezequías destruyó en 2 Reyes 18, 23.

Se escucharon algunos respingos. Estaba claro que había algunos que no estaban al tanto del descubrimiento.

—Pero no voy a hablaros sobre la importancia de este descubrimiento a nivel arqueológico, eso se lo dejo a los profesionales.

»Esta semana, en la que nos han llegado tantas noticias turbadoras y desasosegantes sobre las Naciones Unidas, y en la que se han dicho tantas cosas deplorables sobre la cristiandad en los medios de comunicación, quería, sin embargo, hablar un poco sobre el significado que podemos dar a lo que la Biblia nos cuenta sobre la Serpiente de Bronce.

El reverendo Wagoner hizo una pausa y su mirada pareció recaer en cada una de las personas sentadas frente a él.

—Recordaréis que los hebreos que huyeron de Egipto en busca de la Tierra Prometida no lo tuvieron fácil. A veces, cuando las cosas se complicaban, empezaban a cuestionar y a dudar de los planes que Dios tenía para ellos. En resumen, perdieron su fe...

Se produjo un fogonazo de luz y Murphy no tuvo tiempo para preguntarse por qué el reverendo Wagoner volaba por el aire hacia ellos antes de que el estruendo de la explosión retumbara en la iglesia. Entonces, el propio Murphy fue arrastrado de su asiento por la onda expansiva, y, mientras extendía su brazo para, instintivamente, tratar de coger a Laura, voló hacia un lado hasta caer en el pasillo.

Después, todo pareció ocurrir a cámara lenta.

Las ventanas de cristal tintado explotaron en una lluvia dorada y bermellón, y el suelo pareció levantarse en el aire, amontonando los bancos y lanzando a sus ocupantes hacia los escombros. Los candelabros se agitaron violentamente, las luces temblaron una vez y luego se apagaron, y sólo quedó humo y oscuridad, y los gemidos de los heridos, un débil murmullo por debajo del zumbido de sus oídos.

Murphy estaba de pie, y sin pensárselo, se dirigió

tambaleándose hacia las llamas, empezando a trepar por el agujero en que había quedado convertido el púlpito destrozado. Durante un instante, sintió como si estuviera contemplando directamente las profundidades del infierno. Luego se detuvo, y pareció que le costaba una eternidad volver la cabeza para mirar el sitio en el que había aterrizado. Con los pulmones abrasados por el humo corrosivo que anegaba el interior de la iglesia, tanteó a través de los escombros hasta encontrar a Laura. La cogió de un brazo, sintió que sus dedos se aferraban a él y supo que estaba viva.

«Salir. Tenemos que salir de aquí», pensó, rodeando a Laura con sus brazos y obligándola a ponerse en pie. Murphy no estaba seguro de tener la fuerza necesaria para sacarla en brazos como si de un bombero se tratase, pero, entonces, notó como ella daba un paso adelante y echaron a andar tambaleándose a través del humo, sobre bancos rotos y grandes trozos de yeso, hacia la puerta.

«Aire», pensó, «aire y luz». Cuando traspasaron la puerta, el aire nocturno les golpeó como un baño de anhelado alivio, y ambos llenaron sus pulmones a bocanadas. Murphy dejó a Laura en el suelo tan delicadamente como pudo.

Se arrodilló junto a ella, soplándole la cara para apartar las astillas de madera de sus ojos cerrados y limpiar de partículas ennegrecidas sus mejillas y cabello. Laura tosió y abrió los ojos, aterrorizados y manchados por lágrimas oscurecidas por el humo.

—Estoy bien, Murphy —dijo entre respingos—. ¿Ha sido una explosión?

—Tiene que haber sido eso, pero no creo que haya sido por culpa de una caldera. ¿Notas algún hueso roto?

—Tengo un golpe en las rodillas y me duelen un poco los codos... ¿Tú estás bien?

—Debo de tener peor pinta de como en realidad me encuentro. Si me prometes quedarte aquí quieta y recuperar la respiración, puedo volver a entrar y ver si puedo ayudar a los demás.

—Murph, aquí estoy bien, ¿pero estás seguro de que debes hacerlo? No sabemos qué es lo que ha pasado. Parece que la iglesia ha sufrido daños graves. No sabes lo que podría ocurrir aún. Por favor.

—Todavía no sabemos lo que ha ocurrido, y si hay alguien más herido tengo que encontrar la forma de volver a entrar.

Se dio la vuelta hacia la iglesia. Las ventanas exhalaban humo negro. Una docena de personas habían salido del edificio ilesas y se habían sentado o tumbado sobre la hierba. ¿Cuántas quedaban entonces dentro?

Vio una pequeña figura cubierta de yeso y polvo que venía tambaleándose hacia él. Shari.

Murphy fue hacia ella, preparado para cogerla por si se caía, pero ella meneó la cabeza y le echó para atrás.

—Paul —dijo con voz ronca—, tenemos que encontrar a Paul.

«Está conmocionada», pensó Murphy.

—No te preocupes, Shari. Paul no está aquí, no estaba dentro de la iglesia.

Ella le cogió del brazo y le apretó fuerte.

—Su coche. Está en el aparcamiento. Debe de haber llegado pronto. Está aquí.

—¿Pero dónde está entonces? Deberíamos haberle visto.

—¡El sótano! —dijo, con los ojos abiertos como platos.

246

Murphy le cogió suavemente las manos y las apretó entre las suyas.

—De acuerdo. Quédate aquí con Laura. No te preocupes. Le encontraré.

Sacó un pañuelo y se lo puso sobre la nariz y la boca antes de regresar al infierno. El humo empezaba a diluirse y la leve claridad de las luces de emergencia le permitía ver a gente que iba tambaleándose hacia las puertas; otros cuidaban a los heridos. Escuchó a alguien gemir sobre el crujido de las llamas y el chisporroteo de los maderos, que hacían el ruido de una ametralladora al arder.

Vio a Wagoner agachado gateando sobre un banco patas arriba para llegar hasta una figura postrada.

—Bob, gracias a Dios. ¿Estás bien?

—Creo que tengo un brazo roto y la cabeza como si me la hubieran estado golpeando un buen rato, pero estoy entero. Aunque no estoy tan seguro de que Jenny esté bien —dijo, mirando hacia una mujer de mediana edad con un vestido blanco con rayas negras hecho andrajos. Tenía los ojos cerrados y no se movía. Murphy acercó el oído a su boca mientras le tomaba el pulso.

—Creo que está muerta.

—Dios mío —dijo Wagoner, cerrando los ojos.

Murphy le agarró del hombro.

—Tenemos que conseguir ayuda, Bob.

—Ya he llamado. Están de camino.

—Bien. ¿Podrás llegar hasta la puerta?

—Yo no voy a ninguna parte. Puede haber más gente...

—Los chicos de emergencias llegarán en cualquier momento. Aquí no estás a salvo. Las vigas de las paredes pueden empezar a venirse abajo.

Wagoner se puso de pie y comenzó a dirigirse reacio hacia la parte frontal de la iglesia. Se giró.

—¿Qué estás haciendo, Michael?

Murphy iba ya de camino hacia los restos del púlpito.

—Vuelvo en un instante. Hay algo que tengo que hacer antes.

Wagoner le perdió de vista entre el humo.

La explosión había abierto un enorme agujero en el suelo debajo del altar, y, a través de las llamas, Murphy pudo ver trozos de ropa flotando entre un amasijo de hierros retorcidos y maderos rotos. No tenía ni idea del calor que podía hacer ahí abajo ni si quedaba algo de aire para respirar, pero encontró un hueco en el suelo de cemento que parecía estar libre de escombros y, tras tomar aire, saltó.

Aterrizó agachado, hundiendo las manos en una pila de ropa que no había ardido. Se incorporó, puso el pañuelo sobre su cara y gritó por encima del crujido de las vigas.

—¡Paul! ¿Me oyes? ¡Paul!

Creyó escuchar un ruido, muy débil pero humano, en la parte de atrás del sótano, el punto más alejado del lugar de la explosión. Apartando motones de latas de pintura ennegrecidas y archivadores volcados, fue avanzando pegado a la pared hasta que pudo ver una mano sobresaliendo de una pila de cajas. Las levantó, echándolas a un lado, y ahí estaba Paul, hecho un ovillo, con una mano bajo la barbilla como si estuviera dormido. No había tiempo para examinarle adecuadamente para ver si tenía algún hueso roto, y se tuvo que conformar con esperar que no hubiera sufrido daño alguno en el cuello o la columna. Se arrodilló, puso los brazos bajo su cuerpo, y le alzó tambaleándose. «Por ahí —pensó, girándose hacia el estrecho arco—. Esperemos que haya una salida.»

Hubo un fuerte crujido a sus espaldas, y sintió una ola de calor en la parte posterior de su cuello. Se echó hacia delante y se golpeó en la rodilla contra algo duro. Casi se cae, pero ahora estaba en la parte principal del sótano; pudo ver los escalones de cemento. Frunciendo la cara por el esfuerzo, cambió de postura para coger mejor a Paul por debajo del brazo, y puso un pie sobre el primer escalón.

—Sólo uno...

Puso el pie en el siguiente escalón y tiró hacia arriba, congestionado como un levantador de peso.

—Y... mmm... otro más... —gruñó.

Tenía los ojos cerrados, y sólo se dio cuenta de que había llegado arriba cuando sus pies chocaron con estruendo contra la parte inferior de la puerta. Maniobrando para poder coger el picaporte a la vez que mantenía en vilo a Paul, presionó con fuerza. Nada. Hizo una pausa para llenar sus pulmones de aire y apretó con todas sus fuerzas. No se movió. O estaba cerrada con llave, o se había quedado atrancada por culpa de la explosión.

Se echó para atrás, con la mente trabajando a toda velocidad. No tenía sentido emplear sus últimas reservas de energía en golpear la puerta. Tendría que volver por el mismo camino y esperar que el fuego no le cortara el paso y que pudiera, de alguna forma, salir por el agujero del techo antes de que el edificio se hundiera sobre sus cabezas.

Se dio la vuelta hacia la escalera, y, de repente, oyó el rechinar del metal y después sintió una ráfaga de aire fresco. A través de los restos retorcidos de la puerta pudo ver la cara de un joven bombero.

—Está bien, señor Murphy —dijo, extendiendo los brazos hacia Paul—, vamos a sacarle de aquí.

Dos médicos alzaron a Paul y le colocaron con cuidado sobre una camilla. Murphy sintió como si de repente sus brazos empezaran a flotar hacia arriba y todos sus músculos parecieron relajarse al mismo tiempo. Cayó de rodillas, cerró los ojos y estaba a punto de dar las gracias por haber podido sacar a Paul cuando un pensamiento cruzó su mente como una explosión repentina.

Paul parecía muerto.

40

Cuando amaneció, los camiones de bomberos y las ambulancias ya se habían marchado, dejando atrás sólo un enjambre de coches de policía arremolinados en la parte frontal de la iglesia.

El agente del FBI, Burton Welsh, se subió las solapas de su gabardina para hacer frente al frío de la mañana y respiró el enfermizo olor de la ceniza mojada. La estructura de madera estaba aún en pie, con el campanario alzándose orgulloso contra el cielo rosado, pero imaginó que tendría que pasar una buena temporada antes de volver a escuchar el sonido de los himnos religiosos en aquel cascarón ennegrecido.

Dada la naturaleza desconocida de la explosión, se sospechaba que podía haberse tratado de una bomba, lo que llevó a llamar al FBI. Hank Baines había sido el primer agente en llegar, haciendo el camino de regreso de Charlotte a Preston. Luego, cuando en su investigación preliminar en el sótano de la iglesia encontró material sospechoso, Welsh fue llamado urgentemente para que dejara por un rato la investigación en la ONU.

El jefe de la policía de Preston, Rawley, estaba esperando cuando llegó.

—Su hombre está en el sótano.

—¿Algún cambio en la cifra de muertos en la última hora?

—Sí, uno más. Aún no sabemos quién es, debía de estar justo encima del lugar de la explosión. Y dos más en el piso de arriba y dos en el de abajo. Ésos son los muertos. Milagrosamente, aunque la iglesia estaba llena esa noche, no hay demasiados heridos de gravedad. Exceptuando al chico que sacaron del sótano, Paul Wallach.

—¿Qué tal está?

—Lo último que sé es que aún no ha recobrado la conciencia.

—Bueno, pongámonos manos a la obra.

Welsh siguió a Rawley escaleras abajo hasta el sótano. Habían bombeado fuera la mayor parte del agua que lo había inundado, pero aún quedaba una capa de cenizas mojadas en el suelo que tuvieron que pisar de camino hacia el lugar de la explosión.

Se detuvieron frente a los restos retorcidos y chamuscados de una mesa de metal con las patas arrancadas por el estallido. Alrededor, había sillas plegables que se habían fundido las unas con las otras, formando una especie de escultura modernista, y pedazos de herramientas de bricolaje desparramados por todas partes.

Welsh se agachó hasta situar su cara a escasos centímetros de la parte superior de la mesa. Las profundas marcas que el fuego había dejado sobre su superficie eran inconfundibles. Baines se acercó también a estudiarlas.

—Baines, ha hecho un buen trabajo con su informe telefónico.

—Agente Welsh, me alegro de verle, señor. Quantico parece quedar ahora muchos casos atrás. ¿Qué opina? ¿Estaba en lo cierto?

El jefe de policía arrugó el entrecejo.

—¿En lo cierto sobre qué? ¿Explosivos?

—Jefe, esto no lo provoca una fuga de gas —resopló Welsh.

Rawley quiso demostrar con su agudeza que no era un paleto.

—¿Está hablando de C-cuatro?

—C-diez. Provoca estas estrías verdes —respondió Welsh, para luego ponerse a examinar el suelo alrededor de la mesa—. Vamos a ver qué más tenemos por aquí.

Se agachó a recoger una bolsa de supermercado de papel que había en una esquina y tiró de un cable que colgaba en su parte superior.

—Vaya, vaya.

Examinó una bobina de cables telefónicos y luego sacó un par de detonadores. Hizo un gesto como si colocara los extremos pelados en un bloque de explosivo plástico.

Rawley seguía de pie, con la boca abierta, mientras Welsh revolvía un poco más y aparecía con una placa de circuitos quemada y las carcasas medio derretidas de dos teléfonos móviles de gama alta.

Sacó del bolsillo de su chaqueta una bolsa de plástico para guardar las pruebas y deslizó dentro los restos del teléfono.

—Baines, pon a trabajar al laboratorio en esto ahora mismo. No soy un especialista, pero, o la gente de este lugar olvida algunas cosas muy extrañas en los bolsillos de sus trajes viejos, o esto no es un mercadillo de ropa corriente.

Rawley le miró con amargura.

—Sé lo que estoy viendo, pero le digo una cosa, es imposible.

—Jefe, hasta ahora todas las señales que he visto aquí abajo van en la misma dirección: alguien estaba usando esta iglesia como fábrica de bombas. Al menos, esta noche.

—Welsh, eso es imposible. Esta gente son mis vecinos. Son tan terroristas como yo.

El agente Welsh le miró como si ése fuera un argumento de lo menos convincente.

—Y, además, esto no es un juego. Aquí no estaban haciendo bombas de caramelo.

—¿Y entonces qué? ¿Cree que ese C-diez estalló accidentalmente?

—Claro. Los terroristas siempre acaban por volarse a sí mismos. Está incluido en su sueldo.

—Terroristas. No me puedo creer que esté usando esa palabra. En este lugar.

—Rawley, hoy en día los terroristas pueden estar en cualquier sitio. Con una mirada rápida a su alrededor puede ver que este sitio es un mercadillo de cosas que sirven para explotar. Hay muchas maneras de hacer estallar a la gente, pero, en este caso, no parece que un terrorista haya puesto una bomba aquí. O quizá sea mejor decir que alguno de esos vecinos por los que pone la mano en el fuego estaba jugando al juego de los terroristas y voló el sótano por error. Ocurre a menudo, especialmente cuando se trata de principiantes.

El agente Welsh recogió un panfleto chamuscado del suelo y lo leyó en alto: «¡¡¿¿Te dejarán atrás??!!».

—Sea o no verdad, el reverendo dice que nunca antes había visto ni este panfleto ni esos otros.

Baines señaló unos montones de panfletos y catálogos que reposaban ya secos sobre el suelo del sótano.

—¿Ah, sí? Estaba empezando a pensar que era el único hombre en este país que no estaba suscrito a una lista de correo para recibir este material religioso. Pero parece que el reverendo debería revisar más a menudo lo que tiene en el sótano. Los muertos y los heridos, ¿son todos de la zona?

—Hasta donde sé, sí. Excepto el chico, Paul Wallach. Era de la universidad, pero no sé de dónde viene.

—Jefe, ¿una universidad pequeña como ésta tiene muchos locos, tarados y tipos problemáticos pululando por el campus? Quiero decir, seguro que usted no conoce a ese chaval, Wallach. ¿Pudiera ser que fuera un forastero que hubiese venido hasta aquí para crear problemas?

—Bueno, todo lo que sé es que se trata de un amigo de Shari Nelson, una compañera de clase que trabaja para Michael Murphy. Es una buena chica, me resulta imposible creer que tuviera algo que ver con un pirado.

—Pirado. Es una forma original de decirlo. ¿Es una buena feligresa de esta excelente iglesia?

—En efecto. Welsh, no puede estar sugiriendo en serio que alguien como Shari Nelson o cualquiera de esas personas pudiera estar fabricando bombas aquí abajo.

—Jefe, hasta que podamos rastrear paso a paso todo lo que ha ocurrido aquí y resolver este caso, la única persona que no es sospechosa soy yo, y eso sólo porque ésta es la primera iglesia que piso desde los quince años.

41

Garra prefería estar cerca de sus víctimas, mirarlas cara a cara. Era más limpio, arriesgado y memorable contemplar su miedo justo antes de acuchillarlas. Por supuesto, también obtenía un placer extremo de la precisión mortal de los halcones que llevaba tanto tiempo entrenando.

Las explosiones eran un follón, incluso con estas nuevas bombas tan pequeñas y extremadamente potentes.

Pero la de esta noche había sido muy eficaz. Admiró la escena desde las sombras del aparcamiento. En aquella mochila había suficiente explosivo como para tirar abajo medio edificio, además de otros materiales explosivos metidos en las bolsas que Chuck y él habían esparcido por todo el sótano, pero el FBI no tardaría en descubrir que sólo eran una cortina de humo.

Le causaba satisfacción poder perpetrar un acto criminal tan destructivo, con una cifra de muertos real, y no todos esos preparativos de Nueva York.

Lástima que el zoquete de Chuck no hubiera vivido lo suficiente como para ver el resultado de su trabajo. Después de matarle, había metido el explosivo C-diez en la mochila —no había querido que Chuck andara por ahí con ese material a la espalda—, y luego le había vuelto a colgar la mochila con los detonadores conectados y le había dejado en el sótano. Garra se aseguró de que Chuck hubiese dejado a Paul Wallach lo suficientemente lejos del lugar de la explosión como para que sobreviviese.

Caos y terror, ése era su legado de esta noche. El terror que atenazaba a un pueblo y no a una gran ciudad; y nada más y nada menos que en una iglesia. El FBI no tardaría mucho en desmontar la imagen de una explosión accidental en una fábrica de bombas improvisada en un sótano y dirigida por cristianos evangélicos radicales. Más o menos como las pistas, débiles como el vapor, que había dejado en Nueva York para que creyeran que un grupo de extremistas había planeado atentar contra la ONU.

Vendrían días de noticias desaforadas sobre las conexiones de los miembros de esa iglesia, sobre Murphy y sobre Shari, una vez encontraran restos suficientes de su hermano como para identificarle, y sobre su amigo, el estudiante recién llegado, Wallach, que podría ser visto como un forastero problemático. Y sobre aquel tipo misterioso al que habían visto con Chuck. Para cuando el FBI descubriera que las pruebas sobre la fábrica de bombas eran sólo una cortina de humo, los medios de comunicación ya estarían centrados en cualquier otro tema. Al principio, sólo habría ruido y confusión, y la gente se quedaría al final con el miedo a una banda de evangélicos chalados. No estaba mal para esa noche.

Entonces, cayó en la cuenta. ¡Chuck, ese miserable perdedor, se las había arreglado para estropearlo todo incluso después de muerto! Su estúpida chaqueta, que se le había quedado atascada y que él mismo había tenido que romper para que se la pudiera quitar. Había caído hecha trizas al suelo, y con todo lo que había tenido que hacer para construir esa zona cero en el sótano se le había olvidado cogerla. En el bolsillo estaban las llaves del coche con las huellas digitales de Garra, además de la última lista de la compra, que había visto como Chuck se guardaba. La probabilidad de que la chaqueta hubiera resistido la explosión y de que el FBI le siguiera la pista a partir de lo que había en sus bolsillos era nimia.

Pero lo suficientemente importante como para dejarle preocupado. Tendría que regresar, lo que no resultaría difícil con todos esos equipos de rescate entrando y saliendo constantemente.

Garra se coló en la iglesia a través de lo que antaño había sido la puerta del sótano.

En ese momento, Laura estaba doblando la esquina de camino a su Dodge, donde siempre llevaba bebidas, un botiquín de primeros auxilios, mantas y otras cosas por si Murphy y ella decidían, de repente, irse de exploración. Pudo ver claramente a la figura que se metía en el sótano, y no le pareció que fuera un miembro de los equipos de rescate ni, desde luego, un miembro de la comunidad religiosa. Tampoco le reconoció como vecino de Preston, pero estaba segura de que su cara le sonaba de algo.

Era el tipo extraño que siempre estaba con el hermano de Shari.

Laura olvidó lo que estaba haciendo y decidió seguir al acompañante de Chuck y ver para qué se dirigía al lugar de la explosión.

«¿Podría ser posible?» Aquella idea la aterrorizó.

¿Podría ser que este forastero y el pobre, furioso y perdido Chuck estuvieran implicados en la explosión?

Bajó los escalones del sótano, sintiendo un estremecimiento de dolor en las rodillas a cada paso. Escuchó un ruido frente a ella, en una zona de tinieblas, y se dirigió cojeando hacia allí. Parecía claro que el dolor que sentía en las rodillas tardaría bastante en desaparecer.

Pero se olvidó de él al instante al sentir un dolor muchísimo más intenso recorrer su cuerpo cuando un par de manos extraordinariamente fuertes le apretaron el brazo y la garganta en medio de la oscuridad.

—Hola, señora Murphy. Debe de haber un sorteo esta noche en la iglesia, porque me ha tocado el premio gordo —dijo una voz ronca—. No puedo hacerle nada a su marido mientras aún nos sea de utilidad. Y puede que sin usted su marido tenga más tiempo para trabajar algo más deprisa.

Laura no tenía ni idea de a qué se refería este loco, pero no podía hablar de lo fuerte que le estaba apretando la garganta. Estaba empezando a hundirle la tráquea.

Garra siguió apretando. Esta vez, había decidido no usar su cuchilla. El resultado sería el mismo.

Laura Murphy le miró a la cara, renunciando a darle la satisfacción de verla desviar la mirada, pese a que le conmocionó contemplar el mal en estado puro.

Empezó a rezar en silencio, y no mostró ni un atisbo de miedo.

42

El jefe Rawley les guió hasta el interior de la sala de interrogatorios y les señaló tres sillas situadas en un lado de la mesa de metal atornillada al suelo desnudo.

—Siento que no podamos usar mi despacho. No creo que hubiéramos cabido todos cómodamente. No con todo esto... —añadió, señalando las dos grandes cajas de cartón que había en el centro de la mesa, pero sin mirarlas. Al otro lado, de pie, estaba Baines, extendiendo su mano con un gesto neutro.

—Reverendo Wagoner. Profesor Murphy.

Estrechó sus manos solemnemente antes de volver a sentarse, y volvió a mirar las cajas.

Rawley les sentó como un amable *maître d'*.

—¿Cómo va tu brazo, Bob? ¿Sabes?, todo el mundo cree que es un milagro que sobrevivieras.

Wagoner se estremeció mientras se sentaba en la silla y se colocaba bien el brazo en cabestrillo.

—Para serte sincero, no me siento de una pieza, Ed. Y eso incluye también a mi cabeza —dijo dándose unos golpecitos en la venda que le cubría la frente—. Alma dice que servirá para demostrar que Dios sabía lo que hacía cuando me fabricó de madera dura.

—¿Y qué tal tú, Murphy?

—Ah, yo estoy bien, Ed. Sólo tengo un par de cortes y algunos cardenales. Supongo que yo también estoy hecho de madera resistente.

Con una sonrisa tensa e incómodo, Rawley se colocó de pie a un lado de Welsh. Parecía reacio a ocupar la silla vacía que había junto a él, como si quisiera distanciarse de lo que estaba a punto de suceder.

—Nosotros somos los afortunados —dijo Wagoner—. Cuatro amigos del alma han muerto, y además queda un cuerpo aún por identificar que se encontró en el sótano. El pobre chico ese, Wallach, está en coma... —se le fue la voz—. Pero vamos a empezar los trabajos de reconstrucción en cuanto podamos. Y volveremos a esa querida iglesia, a rezar de nuevo a nuestro Señor.

—No empiece a reconstruir nada aún, reverendo —dijo Welsh fríamente—. Ahora mismo su iglesia es todavía la escena de un crimen.

—¿La escena de un crimen? No le entiendo.

—El estallido no fue accidental. Esa vieja caldera que tiene en el sótano fue una de las pocas cosas que no resultaron dañadas en la explosión.

—Entonces, ¿cuál fue la causa?

Welsh le miró fijamente.

—Esperaba que me lo pudiera decir usted.

Murphy se puso de pie y se inclinó hacia él sobre la mesa.

—¿Qué se supone que está sugiriendo? Bob estuvo a punto de morir allí.

Welsh no pestañeó. Esperó a que Murphy se sentara de nuevo y luego levantó la tapa de una de las cajas.

—La explosión fue causada por una bomba. Explosivo plástico. Y hemos encontrado detonadores y otros materiales para fabricar más bombas. El sótano de su iglesia servía de fábrica de artefactos explosivos, reverendo. Sus parroquianos se dedicaban a hacer bombas.

Esperó a ver el efecto de sus palabras, viendo como Wagoner se ponía pálido.

—Eso es absurdo —dijo Murphy—. ¿Para qué querrían fabricar bombas los fieles de una iglesia?

Welsh se rascó la barbilla como si se estuviera planteando esa pregunta a sí mismo por vez primera.

—¿Para volar la ONU, por ejemplo?

—¿La ONU? ¿De qué está hablando?

—Ese chaval que sacaron del sótano, Paul Wallach, no es de por aquí, ¿verdad? Supuestamente es un estudiante, pero tengo entendido que acaba de incorporarse a las clases, ¿no es cierto?

—¿Qué está sugiriendo? ¿Que Paul Wallach fue, de algún modo, el responsable de esta explosión? Eso es una locura. Es sólo un chaval.

Welsh sonrió con amargura.

—Mi experiencia me dice que son los chavales los que hacen las cosas más raras. Especialmente, cuando caen bajo la influencia de unos fanáticos —dijo, soltando la última palabra como si escupiera algo desagradable.

Murphy saltó de nuevo.

—¿Fanáticos? ¿Quién es usted, el senador McCarthy de los boinas verdes, Welsh? Ve conspiraciones por todas partes. ¿Fanáticos como quién?

—Como la clase de gente que cree que la ONU es mala. Cristianos evangélicos, por ejemplo.

—Nosotros no pensamos que la ONU sea mala —intervino Wagoner—. Creemos que hace un buen trabajo. Las misiones de paz en algunos países del tercer mundo en situación caótica, la ayuda humanitaria, los programas sanitarios y todo eso. Pero sospechamos de sus es-

262

fuerzos por promocionar la globalización, uniendo a todas las religiones independientemente de sus creencias, y a todos los gobiernos del mundo bajo una sola entidad. En concreto, nos preocupa mucho ceder la soberanía del gobierno estadounidense a una corte internacional.

—¿Quiere decir que se oponen a luchar por la paz mundial a través de la unidad del planeta?

—Todos y cada uno de los intentos por conseguir una única religión global o un solo gobierno para todo el mundo han terminado por crear un régimen totalitario, causando siempre la muerte a incontables ciudadanos inocentes. Debemos aprender del pasado. El hombre es incapaz de traer la paz a este planeta por sí mismo. Este mundo no gozará de paz mundial hasta que Jesucristo en persona llegue para desplegar Su reino. Su reino durará mil años, la Biblia es muy clara en lo que se refiere a esta profecía.

—Entonces, quizá alguien entre su gente pensó que un par de bombas podrían acelerar un poco las cosas.

Wagoner se quedó pasmado.

—¿Entre mi gente? Los cristianos evangélicos no ponemos bombas, agente Welsh.

Welsh le apuntó con el dedo.

—¿Y qué me dice de la gente que vuela las clínicas de planificación familiar? ¿La gente que asesina a los médicos que practican abortos? Son cristianos, ¿no?

—Para mí no lo son —respondió Wagoner con fiereza—. Sí, claro que es terrible quitarle la vida a un niño aún por nacer, pero un nuevo crimen no puede ser nunca la respuesta. La comunidad cristiana se opone en todo el mundo al asesinato, incluso para salvar a los nonatos de la muerte.

El agente Baines había permanecido en silencio hasta entonces, mientras su compañero argumentaba, pero no pudo contenerse por más tiempo.

—Señor, sé que no voy a coincidir con usted, pero debo decir algo. Desde luego, no pretendo hacerles creer que sé lo que se esconde detrás de este atentado, y está claro que hay pruebas circunstanciales que parecen dejar claro que en ese sótano estaban pasando cosas muy extrañas. Pero el caso es que yo conozco a esa gente. No a esas personas en particular, no es eso lo que quiero decir, sino que conozco a la gente que va a la iglesia en una comunidad como ésta, porque yo soy uno de ellos. Conozco sus corazones, y es imposible que sean terroristas o asesinos, es imposible que pongan una bomba para defender la causa que sea, por muy válida que ésta sea.

»Mire, aquí en Preston ha pasado algo terrible. Han muerto muchas personas y otras están aún en el hospital. Y todo el mundo quiere averiguar el porqué. El profesor Murphy ha arriesgado su vida para salvar a algunas. ¿Es eso lo que haría un asesino insensible? El reverendo Wagoner tuvo suerte de no morir en la explosión. No es a estas personas a las que deberíamos estar persiguiendo. Sé que es algo que me dicta el corazón y no la razón, señor, pero a veces tenemos que hacer caso a pruebas mayores que las que nuestros ojos nos revelan, ¿no?

Welsh le lanzó una mirada feroz y llena de amargura, pero no tuvo la oportunidad de responderle, porque Laura Murphy entró en ese momento por la puerta, tambaleándose y con la mirada perdida y llena de dolor.

Miró fijamente hacia el frente por un instante, tratando de encontrar las palabras exactas, y luego Murphy contempló horrorizado cómo se le ponían los ojos en blanco y su cuerpo se desplomaba como una marioneta a la que le hubieran cortado de repente los hilos. Trató de sujetarse con una mano a la silla, pero ésta cayó al suelo mientras Murphy la cogía a ella entre sus brazos.

—¡Llame a una ambulancia! —le gritó a Baines—. ¡Vamos!

43

Por segunda vez en cuestión de semanas, Stephanie Kovacs pensó que los dioses de la buena fortuna mediática le sonreían. Había decidido pasar la tarde en el hotel, examinando los papeles de su investigación para dedicar el día siguiente a curiosear por Preston para obtener más información sobre el profesor Michael Murphy.

Escuchó la explosión en la iglesia desde la habitación de su hotel, y ya estaba llamando a su cámara cuando la oficina central de la BNN la llamó a ella. Una hora después del estallido estaba retransmitiendo en directo desde el lugar de los hechos. Incluso después de que llegaran más periodistas, ella logró mantenerse a la cabeza gracias a sus habilidades y a las pistas que le pasaron desde las oficinas de Atlanta y Nueva York. Ahora, un día después, estaba lista para su siguiente exclusiva.

—Stephanie Kovacs, para BNN, en directo desde el lugar de la horrible explosión en la iglesia de Preston, Carolina del Norte. Aunque los equipos de rescate siguen trabajando desesperadamente en busca de más víctimas y para evaluar los daños, ya empiezan a aflorar algunos datos desagradables que pueden verter algo de luz en todo este asunto.

»El más impactante es que no se trata de un ataque

terrorista contra inocentes parroquianos, sino de una pesadilla aún peor para los ciudadanos de este país. Se han descubierto pruebas de que, en contra de los informes iniciales que aseguraban que la iglesia había sido objetivo de un ataque terrorista, podría tratarse, en realidad, de algo mucho más mortífero y cobarde.

»Nuestras fuentes han revelado a la BNN que lo que estalló en realidad fue una fábrica de explosivos que había en el sótano, una fábrica de bombas que terminó causando un terrible y trágico daño a cuatro miembros de esta congregación tan estrechamente unida. Y esas mismas fuentes han añadido que pruebas encontradas entre los escombros aquí en Preston sugieren que existe una conexión con otro reciente ataque terrorista.

Hizo una pausa dramática, como si necesitara recuperar la compostura antes de hacer su mayor revelación.

—Aunque las autoridades aún no se han pronunciado al respecto públicamente, nuestras fuentes nos han revelado que hay pruebas de que miembros de este grupo terrorista religioso tienen relación con el fanático Farley, sí, el sospechoso aún en búsqueda y captura para ser interrogado por su implicación en el reciente ataque contra el edificio de las Naciones Unidas en Nueva York.

»Nuestras fuentes nos han revelado que se han encontrado materiales muy similares en ambas escenas del crimen, el sótano de la iglesia de Preston, a unos pocos metros de donde estoy ahora mismo, y la casa del fanático Farley, desde donde, como podrán recordar, les informé hace apenas unos días. Al parecer, entre esos materiales hay panfletos y publicaciones religiosas del estilo evangélico, y pruebas de que entre sus escalofriantes planes cabía un atentado contra la ONU. Y aún podría ser ése el objetivo de los supervivientes de esta célula terrorista, cuyos planes se torcieron de una forma tan terrible esta noche y en esta iglesia.

Contra su voluntad, retiró la mirada de la cámara durante un instante y se giró hacia un hombre alto y medio calvo que vestía un polo negro y una chaqueta deportiva marrón.

—Tengo junto a mí al doctor Archer Fallworth, decano de la Facultad de Artes y Ciencias de la Universidad de Preston. Muchos de sus estudiantes y profesores asisten a esta iglesia —añadió, sonriéndole con sincero pesar—. Muchas gracias por dedicarnos unos minutos en estos momentos tan trágicos, decano Fallworth.

Pareció como si Fallworth hubiera logrado por los pelos no responderle «es un placer». Asintió, apretando los labios.

—Decano, creo que todos estamos conmocionados por estas revelaciones. ¿Miembros de la congregación de una iglesia fabricando bombas? ¿Y, posiblemente, relacionados con los responsables de planear ataques terroristas contra grandes ciudades? ¿Puede tratar de aclararnos qué es lo que está ocurriendo? ¿Puede sacar algo en claro de todo eso y contárnoslo?

El decano Fallworth miró al frente con expresión seria.

—No estoy seguro de poder explicar lo que parece haber ocurrido aquí en Preston, Stephanie. No sé si alguien podrá hacerlo. Cuando un grupo de fanáticos causan muerte y desolación entre gente inocente, creo que todos... Yo... —meneó la cabeza, al parecer sobrepasado por la emoción.

Stephanie decidió echarle un cable.

—Cuando se refiere a un grupo de fanáticos, decano Fallworth, ¿qué quiere decir exactamente? ¿Quiénes son estas personas? ¿Qué es lo que quieren?

Fallworth se aclaró la garganta.

—Bueno, he pasado un buen número de años en esta universidad y tengo que decir que he sido testigo de algunos cambios muy turbadores en los últimos tiempos.

Stephanie arrugó el entrecejo, mostrando así su preocupación.

—¿Qué clase de cambios?

—Siempre hemos tenido una fuerte presencia evangélica. No hay nada malo en ello, por supuesto. Pero creo que últimamente están tomando el control elementos más radicales, fundamentalistas evangélicos, si quiere llamarlos así. Y creo que esos elementos pueden estar detrás de esta horrible tragedia que presenciamos ayer aquí.

—Sin duda, estará familiarizado con este grupo. ¿Cuáles son exactamente sus creencias? Y si lo que nos están contando es cierto, y estoy segura de que comparto mis dudas con muchos de nuestros espectadores, ¿por qué la han tomado con instituciones como la ONU?

—Stephanie, creo que lo más importante es dejar claro que sea lo que sea en lo que creen, tanto si es en que el fin del mundo está cerca, o en la Segunda Venida o en lo que sea, simplemente no aceptan que tú o yo pensemos de otra manera, que tengamos creencias diferentes, incluso creencias *cristianas* diferentes.

—¿Y qué es lo que tratan de conseguir? ¿Hacernos creer a base de bombas?

Fallworth le dedicó esa media sonrisa condescendiente que tan bien conocían sus estudiantes.

—Creo que ésa es la forma más adecuada de decirlo, Stephanie. Sí, de eso se trata exactamente.

«Y además, acabo de escribir el titular de mañana», pensó Stephanie.

—Stephanie, el bienestar de mis estudiantes es la mayor de mis prioridades, y debemos estar en guardia contra cualquiera que trate de influir sobre ellos de forma negativa o peligrosa.

—¿Diría usted que Paul Wallach, que ahora está en coma, fue influido de esa manera que describe usted?

—Por desgracia, así lo creo —dijo, moviendo la cabeza con gravedad.

—¿Y sabe quién es responsable de haber convertido a un estudiante tan prometedor en lo que podría ser un asesino fanático?

Él vaciló un instante. Es posible que ella lo estuviera pintando de una forma un poco cruda. Pero ya no podía echarse para atrás. «Vamos —pensó ella—, sabes lo que tienes que hacer. Y además, te apetece mucho hacerlo.»

—Me duele mucho tener que decir esto, pero creo que uno de nuestros profesores lleva la voz cantante en este pernicioso movimiento.

Se estremeció para mostrar cuán profunda era su herida.

Stephanie le acercó el micrófono, casi como si quisiera marcarle al fuego con él como al ganado.

—El profesor Michael Murphy.

Ella fingió sorprenderse, horrorizada.

—¿Y qué asignatura enseña el profesor Murphy?

—Arqueología bíblica —dijo, pronunciando esas palabras como si se tratara de una enfermedad—. O eso era, al menos, lo que hacía hasta hoy —añadió, para girarse a continuación y mirar directamente a la cámara—. Por el bien de los estudiantes, voy a recomendar a la junta directiva que suspenda al profesor Murphy hasta que llevemos a cabo una investigación interna.

44

Murphy se sentó en el suelo de la ambulancia y cogió la mano de Laura, mientras uno de los médicos colocaba una sonda intravenosa en su brazo y otro la envolvía con mantas térmicas.

—¿Se acaba de desmayar?

Las últimas horas no eran sino un borrón en su memoria. Murphy apenas podía pensar con claridad.

—Sí. Estaba en la iglesia cuando estalló la bomba. Estábamos juntos. Pero me dijo que se encontraba bien. Que sólo tenía algunos arañazos, nada serio.

Los médicos empezaron a informar al equipo de emergencias que esperaba en el hospital, mientras la ambulancia volaba por la autopista 147. Para cuando terminaron ya habían salido de la autopista y circulaban por la carretera principal del campus, de camino hacia el hospital, con las sirenas a todo trapo. Murphy acercó una mano fría a su mejilla.

—Resiste, cariño.

Se detuvieron de golpe, y los médicos sacaron la camilla de la ambulancia y se lanzaron a toda velocidad hacia la sala de emergencias, como un equipo de *bobsled* que iniciara una carrera. La puerta automática se abría y cerraba continuamente, como unas fauces hambrientas; entraron en el área de recepción, donde el equipo de urgencias que esperaba allí rodeó al instante la camilla, con carritos de metal arañado repletos de aparatos médicos.

Le colocaron más sondas intravenosas. Engancharon un monitor para controlar sus constantes vitales. Una enfermera comenzó a vocear el pulso y la tensión sanguínea. Y todo esto mientras la camilla volaba hacia unas puertas en las que se podía leer SÓLO PERSONAL DE EMERGENCIAS.

A Murphy le arrastró esta ola; trataba de mantener la vista puesta sobre la cara de Laura, mientras los de emergencias se afanaban con furia a su alrededor. Luego, la camilla traspasó con un golpe las puertas y una mano le impidió suavemente que la siguiera.

—Lo siento, tendrá que esperar aquí. Le informaremos sobre el estado de su mujer tan pronto como lo conozcamos con certeza.

Él murmuró una frase de agradecimiento, y luego la enfermera desapareció tras la camilla. Pudo oír el trajín del equipo de emergencias durante algunos momentos más, pero luego las puertas se cerraron y él se quedó solo.

—Profesor Murphy, ¿qué está pasando? ¿Qué hace aquí?

Los ojos de Shari estaban rojos de tanto llorar.

—Laura. Se ha desmayado. No saben lo que le pasa. Yo... —se le apagó la voz.

Ella se hundió en la silla y se tapó la boca con una mano.

—Oh, no, no, no, Laura también no.

Murphy acercó su silla a la de ella y pasó un brazo sobre sus hombros. Miró hacia la doble puerta.

—Paul también está al otro lado, ¿no?

Ella afirmó con la cabeza, sollozando en silencio. Y así permanecieron, Shari con la cabeza apoyada sobre su hombro, y los dos rezando quedamente, sin saber qué más hacer. Pasaron los minutos, y luego Murphy perdió cualquier noción del tiempo y entonces estaba discutiendo con Laura sobre algo y luego se echó a reír y le pegó un salto el corazón porque ella tenía toda la razón del mundo, y entonces se dio cuenta de que debía de estar dormido y se despertó de golpe.

El doctor Keller estaba de pie a su lado. Movió la cabeza afirmativamente, dirigiéndose a Shari.

—El estado de Paul no ha variado. Pero tampoco esperábamos que lo hiciera aún —añadió, para luego volverse hacia Murphy—. Laura está estable, pero me temo que aún no sabemos por qué perdió el conocimiento. Todo parece indicar, sin embargo, que alguien muy fuerte trató de romperle la tráquea.

»Estamos haciendo todo lo posible. Y seguiremos haciéndolo. Pero por ahora sólo puedo decirle que la estamos perdiendo.

Shari pegó un respingo y Murphy, instintivamente, la abrazó con más fuerza, aunque era él quien necesitaba desesperadamente que le reconfortaran. Luego, se puso en pie y extendió su mano con firmeza hacia Keller.

—Gracias, doctor. Sé que están haciendo todo lo que pueden. Nosotros también haremos todo lo posible.

Keller le estrechó la mano y asintió con solemnidad, para luego desaparecer detrás de las puertas de la zona de urgencias. Se había quedado sin palabras, algo muy raro en él.

Murphy pudo ver que la fatiga se había acumulado bajo los ojos de Shari, formando círculos oscuros.

—Vamos, estoy seguro de que a los dos nos vendrá bien un poco de agua o una taza de café. Aún tenemos que rezar un buen rato.

45

Varias horas después, Murphy se acercó a la cama de Laura y apretó su mano. Pese a que estaba rodeada por el respirador y otras máquinas y tenía puestas varias sondas intravenosas, a él le pareció una princesa de cuento de hadas. Su piel era blanca como la porcelana y sus labios estaban extremadamente pálidos. La pastilla que le habían dado para que se durmiera era muy fuerte, pero él pudo ver como le temblaban los párpados, lo que demostraba que aún estaba allí, luchando por escapar de su prisión.

Creyó escuchar algo por encima del silbido del respirador, un gemido de protesta, como si estuviera diciendo: «Por favor, que alguien me saque de aquí». Pero tampoco estaba seguro de poder seguir confiando en sus sentidos.

Se inclinó para besarla dulcemente en la frente.

—Hola, cariño, estoy aquí. No te preocupes. Todo va a salir bien.

Miró hacia abajo y se sorprendió al ver que estaba apretando algo en su mano. Se lo debía de haber dado el doctor Keller. Era una pequeña bolsa de plástico de cierre hermético, que contenía los efectos personales de su mujer. Un delgado anillo de matrimonio de oro, un reloj de pulsera, unos pendientes de perlas, unas llaves y la pequeña cruz de madera colgada de su cordel.

Se imaginó a sí mismo saliendo del hospital con la bolsa, y, al instante, las lágrimas le nublaron la vista.

—No me abandones, cariño. Por favor, no me abandones.

Oyó que se abría la puerta, y sintió un fogonazo de vergüenza al darse cuenta de lo que estaba haciendo, pero luego pensó: «No seas tonto, ella ya ha visto esta escena muchas veces».

Pero no era la enfermera.

De pie junto a la puerta, mirando más allá de él a Laura, con una expresión de infinita tristeza, estaba una mujer pelirroja con un abrigo largo negro que parecía demasiado grande para ella.

—¿Señor Murphy? —dijo, con voz temblorosa. Su acento le resultaba cantarín y familiar, pero no pudo ubicarlo—. Soy Isis McDonald.

Le miró a los ojos durante un instante y luego volvió a mirar a Laura.

—Lo siento muchísimo.

Él la miró perplejo, como si fuera un personaje de leyenda y no pudiera comprender qué era lo que hacía allí, de pie, aparentemente real, hablándole como si fuera cualquier otra persona.

—Debe perdonarme —dijo ella—. No debería haber venido así. No quería entrometerme en su... No quería ser un estorbo. Ni siquiera nos conocemos. Pero es que...

Murphy dejó de contener la respiración y trató de relajar la tensión en los hombros. Le señaló una silla.

—Lo siento. Por favor, siéntese. Ha hecho un largo viaje para venir hasta aquí.

Ella se sentó, agarrando con fuerza contra su regazo un maletín con pinta de desgastado. No parecía saber qué decir o hacer a continuación.

La enfermera entró con un termo de café y rompió el incómodo silencio. Se acercó a Isis, la saludó y luego le dio una taza a Murphy con una sonrisa compasiva.

—En realidad no me apetece —dijo una vez se cerró la puerta tras de ella—. ¿La quiere? Me temo que no tiene ni leche ni azúcar.

Ella cogió la taza, agradecida por tener algo con lo que distraerse.

—Gracias, no me importa.

Permanecieron en silencio durante lo que pareció ser un largo tiempo, simplemente mirando a Laura y escuchando el suave silbido del respirador.

—Mire, su preocupación le honra —dijo él—, pero no es que conozca a Laura precisamente. No quiero ser maleducado, pero ¿qué está haciendo aquí?

Isis dejó la taza de café sobre la repisa de la ventana y colocó las manos sobre el maletín.

—Le traía algo.

Abrió los cierres y sacó del maletín un sobre acolchado de papel manila. Rebuscó en su interior, lo colocó boca abajo y le dio un golpecito para que saliera algo.

La cola de la Serpiente descansaba ahora sobre su maletín, brillando absurdamente.

—No entiendo.

Ella la cogió y se la ofreció.

—Creí que la querría. Pensé que podría servir de algo.

—¿Servir de algo? ¿Cómo podría servir de algo?

Ella no podía mirarle a los ojos.

—¿No se supone que...? ¿No cree que tiene poderes curativos?

Entonces comprendió para qué había ido hasta allí.

—¡No! Desde luego que no. Es sólo una pieza de bronce.

Ella pareció azorada.

—¿Sólo una pieza de bronce? Pero usted arriesgó su vida para conseguirla. Se suponía que había curado a los israelitas cuando les mordieron aquellas serpientes venenosas. Pensé que eso era lo que usted creía.

—Yo no creo eso. Fue Dios el que los curó para premiar su fe. El poder sanador residía en la fe, no en la Serpiente. Dios ordenó a Ezequías destruirla cuando comenzaron a rendirle culto como si albergara poderes mágicos.

Ella aún la tenía entre las manos, ofreciéndosela y deseando que la cogiera.

—¿Pero cómo puede estar tan seguro? ¿Cómo sabe que no tiene ningún poder? ¿Cómo sabe que no puede ayudar a Laura?

Murphy se aclaró la garganta.

—Porque sé que Dios no es así. No existen trucos de magia.

—¿Y qué me dice de la gente que cura a través de la fe? A mí eso me parece un truco de magia.

—No. No sabemos por qué a veces Dios cura a la gente. De igual forma que no sabemos por qué... por qué a veces permite que enfermen —añadió, sin poder evitar mirar a Laura—. También la gente buena enferma. Incluso los mejores. Los mejores entre los mejores.

Ella se había puesto de pie. Murphy pensó que se la iba a colocar en las manos, como un vendedor desesperado por cerrar un trato.

—¿Pero por qué no probar? Quizá no funcione, pero ¿verdad que no puede hacer ningún daño? ¿No vale la pena probarlo?

Él colocó sus manos en sus delgados brazos y la miró, implorándole que le comprendiera.

—Estaría mal hacerlo. Sería como decirle a Dios: «Tengo más fe en esta pieza de metal que en Ti». Y eso sería un pecado.

—¿Y qué más da? ¿Qué más da si comete un pecado para salvar la vida a Laura? Lo que pasa es que está siendo egoísta, pensando sólo en mantener su alma limpia cuando ella está al borde de la muerte.

Se sonrojó y puso la mano sobre su boca.

—Lo siento. No debería haber dicho eso.

Él no dijo nada. Simplemente, cogió la cola de la Serpiente y la volvió a guardar en el sobre. Luego metió éste en el maletín, lo cerró y se lo entregó.

—Devuélvalo al museo. Guárdelo en la caja fuerte. Y luego, si quiere rezar por Laura...

Ella cogió la maleta sin mirarle.

—Sí. De acuerdo. Lo siento.

Parecía una niña pequeña a la que habían pillado haciendo algo malo, pensó él.

—Tengo algo más que decirle. He terminado de traducir la inscripción. Sé que no es el mejor momento, pero se la he traído. Es... cuando menos, extraordinaria. Pensé que debía dársela lo antes posible.

Él la miró sin expresión.

—La llamaré. Cuando... cuando esto acabe.

Ella afirmó con la cabeza y salió de la habitación, apretando con fuerza el maletín contra su pecho.

Él cogió la mano de Laura y presionó su mejilla contra la de ella.

—Ojalá pudieras decirme algo, cariño. Tú siempre pareces saber lo que hay que hacer.

Murphy cayó al fin víctima de su cansancio, y se deslizó hacia un turbulento descanso. Cuando se despertó, veinte minutos más tarde, la alarma del respirador emitía un pitido urgente.

Algo había cambiado en la habitación. Miró a su alrededor, confundido, y al instante, comprendió lo que pasaba. El bip-bip-bip regular del sistema de control de las constantes vitales se había convertido en una sola y urgente nota de alarma. Saltó de la silla y estaba a medio camino de la puerta cuando se abrió de golpe y entró el doctor Keller, seguido de otro médico y de una enfermera que empujaba un carrito.

Los vio inclinarse sobre Laura. La enfermera sostenía dos placas electrificadas, a la espera de que el doctor le diera luz verde. Luego, unas manos fuertes le cogieron por detrás y cerró los ojos.

46

Los investigadores abandonaron al fin la escena del crimen, el viento arrastró el último precinto colocado por la policía, y la iglesia de Preston volvió a ser lo que una vez fue, un lugar de culto.

Sin embargo, reparar los daños físicos llevaría más tiempo. La estructura del edificio había sido reforzada con puntales de acero colocados bajo el inestable suelo; unos andamios sostenían el muro este y láminas de plástico cubrían la mayoría de las ventanas rotas. Aun así, el marco de la puerta principal, chamuscado y ennegrecido por el humo, servía para recordar que sólo unos días antes el interior de esta iglesia se había convertido en un espejo del infierno. Sólo la torre del campanario, un rayo de blancura prístina extendido hacia el cielo, había permanecido a salvo de la explosión. Resultaba difícil que los miembros de la congregación no lo mirasen como un símbolo de fe y resistencia mientras entraban en el templo.

Wagoner estaba de pie en la puerta, como la noche de la explosión, dando la bienvenida a los creyentes. Con un brazo aún en cabestrillo, no podía dar los abrazos de oso que a veces creía necesarios, pero sus apretones de mano eran más firmes y fuertes que nunca. Uno a uno, los parroquianos entraron a la iglesia, acomodándose en la docena de bancos que salieron indemnes y dirigiendo la mirada hacia el podio provisional colocado sobre las ruinas del púlpito.

Murphy se sentó en la primera fila con Shari a su lado. Tenían las manos entrelazadas. Un rayo de sol se colaba por la vidriera del este, desnuda ahora de sus cristales tintados, e iluminaba el extremo del ataúd, colocado en perpendicular al altar, colmando de brillo y color los arreglos florales que lo rodeaban. A la derecha de Murphy estaba sentado el padre de Laura, que miraba fijamente hacia delante, con la vista perdida en algún lugar distante que sólo él podía alcanzar a ver. Su esposa le agarraba el brazo, sollozando en silencio.

Mirándola a la cara, tumbada en el ataúd abierto, era difícil creer que Laura pudiera estar muerta. Su vestido de color marfil parecía emanar luz propia, dotando a su pálido rostro de un resplandor casi a juego con las flores que rodeaban el féretro y con las margaritas engarzadas en su cabello. Murphy podía escuchar el canto de los pájaros a través de la ventana desnuda, y se preguntaba si tal vez ellos también habían caído presas del mismo engaño, creyéndola viva. «Alguien debería decírselo —pensó—. Debo hablar con el pastor Bob.» Empezó a levantarse, pero notó la mano de Shari tirando de él hacia abajo. Volvió a sentarse en el banco. Quizá no importara mucho que los pájaros siguieran cantando un ratito más. Ya se callarían al ver cómo la enterraban.

Wagoner ascendió lentamente los peldaños del podio, manteniendo la vista siempre fija en Laura. Luego se giró hacia la congregación.

—Son tiempos difíciles para todos nosotros —comenzó—. A veces, parece que ha pasado toda una vida, lo sé, y otras parece que sólo hace un instante desde la última vez que nos reunimos todos aquí. Algunos de nosotros han perdido a seres queridos o a miembros de su familia. Todos hemos perdido a amigos. Todos lucimos las cicatrices de aquel terrible día. Y no me estoy refiriendo a las cicatrices físicas. Estoy hablando del dolor de la pérdida, que nos acompañará siempre.

Tosió, tapándose la boca con la mano, y por un instante dio la impresión de que la iglesia volvía a estar de nuevo llena de humo. Luego prosiguió, con voz fuerte, y el aire se aclaró.

—Puede que os pase como a mí y parte de lo que sucedió aquella noche permanezca aún entre brumas —dijo, con una mueca que aparentaba ser una sonrisa—. Pero, desde luego, recuerdo de qué os quería hablar esa noche. Iba a hablaros sobre la fe en lo que Dios guarda para nosotros. En tener fe, incluso, cuando Dios parece habernos olvidado —añadió, haciendo luego una pausa—. Y supongo que ahora parece ser uno de esos momentos. ¿Cómo puede haber ocurrido algo tan horrible? Y además, sumando el insulto a la herida, aquellos que más han sufrido en esta tragedia son acusados de crímenes terribles. Nos llaman asesinos y terroristas en los programas de televisión y en los periódicos. ¿Cómo es posible?

Se acomodó el brazo que tenía en cabestrillo y luego continuó.

—La verdad es que no lo sé. Dios no me ha revelado qué es exactamente lo que planea para todos nosotros. Pero sí sé que tiene un plan para nosotros. Y sé que Él nos está contemplando para ver cómo hacemos frente a estos juicios y tribulaciones.

Se agarró al borde del podio con su mano sana.

—¿Y qué ve Dios cuando nos mira? Bueno, puedo deciros lo que yo veo cuando os miro. Veo a gente que empieza a reconstruir lo que ha sido destruido. Veo a gente que regresa al lugar que fue violado por un terrible acto de violencia y lo convierte de nuevo en un lugar sagrado con su fe. Veo a gente que sigue teniendo fe. Pero, al final, el plan de Dios nos será revelado. Nos va a costar mucho trabajo, vamos a necesitar de todas nuestras energías, conocimiento y esfuerzo para lograr que esta iglesia vuelva a ser lo que una vez fue. Y nos va a costar cada gramo de nuestra fe en Dios el atravesar el torbellino que ahora nos rodea. Pero juntos, con la ayuda de Dios, lo conseguiremos.

Tomó aire, y se secó la frente con un pañuelo. Esperaba haber levantado, al menos un poquito, el ánimo de la congregación. Necesitarían de todas sus fuerzas para hacer frente a lo que estaba por llegar.

Todos los ojos estaban fijos ahora en el ataúd de Laura. La luz había ido desapareciendo, y su rostro estaba ahora en penumbra. Las flores habían perdido su brillo.

Wagoner se aclaró la garganta y comenzó a hablar.

—No necesitáis que os diga que Laura Murphy era una bellísima persona, tanto por dentro como por fuera. Cualquiera que la viera sonreír, que la oyera reír, que contemplara cómo hacía reír a los demás —sonrió—, a veces, incluso, riéndose inocentemente de ellos, y os lo digo por experiencia propia... cualquiera sabrá, entonces, el tipo de mujer que era, de las que son felices y hacen felices. Era, además, una estupenda arqueóloga, que podría haber tenido una carrera brillante, pero que decidió, en lugar de eso, dedicarse a ayudar a los demás, a ayudar a los estudiantes a sacar lo mejor de ellos mismos. Hay mucha gente en este pueblo que tiene una deuda de gratitud con ella por colocarles en el buen camino o por ayudarles a salir de la senda oscura, y estoy seguro de que muchos de ellos están aquí hoy. Si alguno se está preguntando cómo es posible que una persona tan maravillosa pueda ser abatida cuando aún tiene tanto que ofrecer, me gustaría que tratarais de pensar en todo lo que Laura nos ha dado. ¿Cuánta gente es capaz de dar tanto en toda su vida?

Escuchó unos cuantos sollozos y lloriqueos a su alrededor, así que paró un instante para que pudieran recuperarse un poco. ¿O quizá era para poder recuperarse él? ¿Cuántas veces había hecho eso, ofrecer palabras de consuelo a los afligidos? ¿Y cuántas veces había necesitado en secreto que alguien le reconfortara a él? Pero ésa era la misión que Dios le había dado, y gracias al cielo le había otorgado, además, la fuerza para llevarla a cabo.

—Laura amaba la vida. Laura amaba a Dios. Y a su marido, Michael.

Miró a Murphy, que tenía la vista fija en Laura, con una media sonrisa extraña, y se preguntó si de verdad era consciente de que ella ya no estaba a su lado.

—Sólo aquellos que han perdido a un ser querido saben cómo se siente hoy Murphy. Nuestros corazones están de verdad junto al suyo. Rezamos para que Dios le dé la fuerza para hacer frente al terrible dolor que siente ahora.

Se incorporó todo lo que pudo en el podio. Tenía delante una antigua Biblia encuadernada en cuero, pero no necesitó leerla.

—En los primeros tiempos de la cristiandad, cuando moría un creyente, los que le sobrevivían no sabían bien qué esperar del momento en el que Cristo regresase a por ellos en el rapto. El apóstol Pablo escribió en la

Primera Carta a los Tesalonicenses, 4,14-18, que cuando Jesús venga del cielo bajará... con un grito... y los muertos unidos a Cristo resucitarán los primeros. Después nosotros, los vivos, los que estemos hasta la venida del Señor, seremos arrebatados juntamente con ellos entre nubes por los aires al encuentro del Señor. Y ya estaremos siempre con el Señor.

»La Biblia nos dice que deberíamos consolarnos mutuamente con estas palabras. ¿Y qué mayor consuelo podría haber? Laura está ahora con Jesús. No está triste, no sufre dolor como nosotros. Su cuerpo puede estar roto, pero su alma, su alma perfecta está en el cielo. Y Dios nos ha prometido que si creemos que Su Hijo murió en la cruz para limpiar nuestros pecados, y que Dios le devolvió de entre los muertos, volveremos a verla a ella y al resto de hermanos creyentes y "estaremos siempre con el Señor". Por eso, el apóstol pudo decirnos, pese a nuestro dolor, "consolaos, pues, mutuamente con estas palabras", porque volveréis a ver de nuevo a Laura.

Esas últimas palabras las pronunció despacio, mirando fijamente a Murphy mientras las decía.

Luego, Wagoner cogió su libro de himnos. Murphy se puso en pie y el dulce sonido de sus voces se unió en seguida en una pena común, y el agradecimiento se elevó de los bancos destrozados.

Murphy caminó hasta el ataúd para mirar por última vez a Laura. Cuando bajó la mirada, y le costó un instante darse cuenta, pensó que sus lágrimas distorsionaban lo que estaba viendo. Pero alargó su mano y sus dedos comprobaron que era cierto. Alguien se había colado a hurtadillas, había cogido la cruz de madera que Murphy colocó alrededor del cuello de Laura y la había partido, de forma que los tres pedazos colgaban ahora del cordel.

47

Murphy entendió que Laura se había ido para siempre cuando escuchó la última palada de tierra sobre su tumba. El cuerpo enterrado en el ataúd, pese a su belleza, no era ya el de ella. Laura estaba en otro lugar, un lugar sobre el que él había reflexionado mucho en los últimos años pero que, aun así, no podía imaginar. Él sabía que, allí, ella nunca envejecería; siempre sería como la última vez que la vio. Perfecta.

Los padres de Laura estaban agarrados el uno al otro junto a la tumba. Trató de pensar en algo que pudiera hacer por ellos, pero cuando miró en su interior sólo encontró un gran vacío. Sabía que si trataba de consolarles nunca encontraría las palabras adecuadas.

Shari se acercó hasta él.

—Voy a acompañar a Kurt y Susan de vuelta al hotel. Ella necesita descansar, y yo puedo quedarme allí un rato si lo desean.

Él asintió con la cabeza, agradecido por que su grandeza de alma le hubiera permitido leerle la mente.

Wagoner, de pie junto a la puerta de la iglesia, estrechaba la mano a las almas apenadas que abandonaban el lugar, ofreciéndoles unas últimas palabras de consuelo que, al parecer, guardaba en su inagotable almacén. Murphy se dio cuenta de que no tenía nada más que hacer allí.

Se metió en el coche y se quedó allí sentado un rato. Luego arrancó el motor y salió despacio del aparcamiento. No podía ir a casa. Aún no. La presencia de Laura allí sería demasiado fuerte y quedaría paralizado por la pena con tan sólo ver su cepillo para el pelo o su taza de café encima de la mesa. Así que condujo sin destino durante un tiempo, hasta que se descubrió circulando por la carretera que llevaba hasta la universidad. Tampoco era una buena idea. Giró a la derecha, deseando encontrar un lugar que no le trajera recuerdos, un lugar que Laura no conociese y que no gritase su nombre nada más acercarse a él. Decidió seguir conduciendo hasta hallar una carretera que no le resultara familiar y luego seguir hasta... ¿Hasta dónde? No lo sabía. Hasta que algo cambiara, quizá. Pasó por delante de una gasolinera y varios talleres, y cuando vio un cartel indicando que faltaban cien kilómetros para llegar a un sitio, giró y pisó el acelerador. El volante parecía haberse vuelto más ligero y el mundo comenzó a fluir a sus espaldas. Perdió la noción del tiempo.

Escuchó un bocinazo y dio un volantazo a la derecha, esquivando por muy poco al camión que venía por el carril contrario. Detuvo el coche en seco y apoyó la cabeza sobre el volante, esperando a que se calmase el martilleo en el pecho.

No servía de nada. No tenía sentido tratar de huir. Sabía adónde debía ir. Volvió a la carretera y se dirigió al lugar del que había venido.

Media hora después, se detuvo delante de la iglesia y salió del coche. Se alegró de que en el aparcamiento sólo estuviera ya la vieja camioneta de Wagoner.

Volvió andando hasta la tumba y allí se quedó, de pie, mirando la pálida lápida y su sencilla inscripción. «Un día te traeré flores y estará desgastada y el musgo crecerá entre las grietas», pensó.

Alzó la vista. Bob Wagoner estaba de pie al otro lado de la tumba con las manos entrelazadas delante de su cuerpo.

—Supuse que volverías —dijo.

Murphy sintió que algo se agitaba en su interior y se dio cuenta de que había regresado para esto.

—No dejo de darle vueltas a lo que has dicho sobre el plan de Dios y yo... simplemente, no puedo aceptarlo. ¿Cómo pudo Él hacer esto? ¿Cómo pudo Él dejar que ocurriera? Si yo hubiera muerto en Samaria, o en el incendio... pero Laura. Ella tenía una fe tan fuerte. No albergaba un mal pensamiento en su cabeza. Era... como un ángel.

Wagoner se acercó a él y le puso una mano en el hombro.

—Dios entiende tu pena, Michael. Y tampoco le ofenden tus dudas. Recuerda, su propio Hijo le cuestionó.

Se dio cuenta entonces de que Murphy sostenía entre sus manos una pequeña cruz de madera. La reconoció como la que Laura llevaba colgada del cuello.

—Tienes la respuesta en la palma de tu mano, Michael. Cuando Jesús estaba muriendo en la cruz, preguntó a su Padre: «¿Por qué me has abandonado?». Así se sentía, como tú ahora. Pero Dios no le había abandonado. Y tampoco te ha abandonado a ti. Debes confiar en Él, Michael. Sé que es difícil. Pero es ahora, cuando más baja está la marea, cuando debemos agarrarnos con fuerza a nuestra fe. Rezaremos juntos, Michael, y Dios nos escuchará.

—¿De verdad nos escuchará, Bob? ¿Nos escuchó cuando gritamos todos de dolor y de miedo la noche de la explosión, cuando, ahora lo veo claro, quienquiera que pusiera la bomba no creyó haber hecho ya suficiente daño por una sola noche? Tuvo que ir y atacar a Laura en el sótano, asegurándose, además, de que tardara un largo rato en morir. Y ni siquiera eso fue suficiente.

Murphy levantó la cruz de madera que tenía entre sus manos.

—La última tropelía. El responsable de todo esto se atrevió además a colarse en el funeral para romper la cruz en tres mitades. Parece como si tuviera conexión con la búsqueda de las tres piezas de la Serpiente, aunque no se me ocurre qué relación podría haber. Pero, y esto es lo más importante, Bob, no le encuentro sentido a todo este sufrimiento. He perdido lo más importante de mi vida. ¿Qué puede hacer Dios por mí ahora?

El pastor Wagoner suspiró.

—Es normal que te hagas estas preguntas en un momento tan terrible como éste, Michael. Sólo te puedo decir que ya he visto esto muchas veces. Lo que Dios puede hacer por ti ahora es, enfrentado como estás a la peor tragedia posible, al dolor más profundo, regalarte lo que yo llamo la gracia para sobreponerte. La fuerza que necesitas para superarlo. La fuerza para seguir viviendo, a pesar del dolor, y poder llevar así a cabo los planes que Él tiene para ti.

Murphy resopló.

—¿Crees que Dios tiene aún planes para mí?

—Sé que los tiene —respondió Wagoner con firmeza.

—Bueno, no estoy muy seguro de que a mí me importe que los tenga.

—Mira, Michael. Laura era una persona muy especial. Pero tú también lo eres. Tienes un coraje excepcional y no te asusta enfrentarte cara a cara con el mal. Y ahora mismo estoy seguro de que eso es, precisamente, lo que necesitamos que hagas.

Murphy le miró extrañado.

—¿De qué estás hablando?

—Mira a tu alrededor, Michael. Has sido tú mismo el que lo ha dicho. Alguien ha intentado destruir esta iglesia. Literal y metafóricamente hablando. Estoy seguro de que no has visto la televisión o leído un periódico desde la muerte de Laura, pero si lo hubieras hecho, habrías podido contemplar titulares como «Terroristas evangélicos» y «Conspiraciones de terroristas cristianos». Alguien se está esforzando mucho por desacreditarnos, y, por ahora, lo está haciendo muy bien, a juzgar por lo que los medios de comunicación están diciendo.

Murphy se paró a pensar un instante.

—Pero ¿qué puedo hacer yo? Sólo soy un arqueólogo.

—No estoy seguro, Michael. Pero creo que Dios tiene una misión especial para ti. Y creo que si le das la oportunidad, Él te dirá de qué se trata.

—Lo intentaré, Bob. Pero creo que ahora mismo estoy demasiado furioso por lo que le ha pasado a Laura para escuchar lo que tiene que decirme.

Wagoner le dio una palmadita en el hombro.

—Me voy a casa, Michael. Pero estaré aquí de nuevo mañana. Queda mucho aún por hacer para volver a poner esta iglesia en forma. Tenemos que demostrarle al mal que no puede vencer.

Murphy bajó la mirada al montón de tierra que había frente a ellos.

—Quizá ya lo ha hecho, Bob.

—No digas tonterías, Michael. Laura está ahora con el Señor en el cielo, recuérdalo. Quizá deberías irte a casa tú también. Vete a casa y reza. Él te dará lo que necesitas.

Murphy se quedó junto a la tumba, escuchando los pasos de Wagoner alejarse. La sombra de las lápidas se alargaba sobre el césped y el sol comenzaba a hundirse tras los árboles. Un rato después, una paloma blanca se posó sobre la tumba de Laura, sin inmutarse por su presencia, arrullando suavemente mientras se arreglaba con el pico el plumaje de sus alas, de un blanco inmaculado. Se descubrió sonriendo.

—Bendita seas, cariño mío —dijo muy bajito. Luego se colgó la cruz del cuello.

La paloma alzó la cabeza y le miró, y luego echó a volar de repente, cruzando sobre las tumbas para desaparecer tras la iglesia.

Él buscó con la mirada qué era lo que la había asustado. En las ramas más altas de un árbol, una gran ave de presa pasaba su curvado pico entre sus garras. Soltó un penetrante chillido y echó a volar con desgana, batiendo lentamente sus alas de vuelta hacia la oscuridad del bosque. Murphy la vio desaparecer y luego caminó de vuelta hacia la iglesia. Había decidido quedarse allí porque sabía que estaría solo y porque aún no podía soportar la idea de volver a casa. Y porque pensó que si Dios quería decirle algo, les resultaría más fácil comunicarse en un lugar de culto. Estaba cansado y confundido sobre tantas y tantas cosas. Si Dios quería que entendiera su plan, tendría que hablarle alto y claro para que captara su mensaje.

48

Si hubieran estado hablando cara a cara, uno de los hombres más poderosos del mundo estaría ahora muerto. Pero Garra tuvo que escuchar los gritos de John Bartholomew, el miembro de los Siete, sin poder hacer nada excepto arañar con su afilado índice la mesa de su habitación de motel, atrás y adelante, atrás y adelante. Si la conversación hubiera durado más de dos minutos, es posible que hubiera partido la mesa en dos, de lo terribles que eran sus arañazos.

—Garra, te dije explícitamente que no hicieras nada que pudiera dañar a Murphy.

—¿De qué está hablando? No le he tocado un pelo. He matado a su mujer.

—Si te queda algún gen normal en el cuerpo quizá te des cuenta de que la pérdida de un ser querido puede provocar consecuencias devastadoras. No nos importa que ella haya muerto, pero si eso le distrae de la búsqueda de las otras dos piezas de la Serpiente, nos habrás fallado. E, incluso, tú deberías temer las consecuencias.

—Mire, hice lo correcto. Se entrometió y podía haberme descubierto. Sólo era cuestión de tiempo. Además, me estaba volviendo loco sin nada más que hacer que vigilar a un arqueólogo y planear un atentado que no me causó... satisfacción personal.

—Voy a confiar en que nos hemos entendido y que esta conversación no tendrá que repetirse, Garra.

«Prueba a decírmelo a la cara y ya verás cómo termina la próxima conversación», pensó Garra.

—Esa mujer de la Fundación Pergaminos para la Libertad fue a ver a Murphy al hospital y escuché que le decía que había descifrado la cola.

—¿Ves?, ésa es la mejor razón para que Murphy vuelva al caso. Entonces podemos quedarnos ya esa pieza. Creo que Murphy se pondrá manos a la obra en seguida. Y una vez que lo haga, tú también podrás volver a la acción. Pero aún no debes tocarle, repito, aún no debes tocar un pelo a Murphy. En cualquier caso, ha llegado el momento de reclamar esa primera pieza de la Serpiente.

—Volver a la acción, eso es lo que me gusta escuchar.

Murphy disparó la flecha como había disparado las cincuenta anteriores a lo largo de la tarde. Sin objetivo, simplemente tensando la cuerda y lanzando entre los árboles.

Normalmente, ejercía con su arco una disciplina muy precisa. Había sido un gran tirador desde los quince años. Solía ir de caza ocasionalmente, pero lo que estimulaba de verdad su instinto competitivo era el tiro al blanco.

Incluso ahora, anegado por la niebla de su furia, Murphy respetaba todos los pasos de un lanzamiento profesional. Se ajustó el protector de plástico al antebrazo derecho antes de coger una flecha del carcaj que llevaba colgado de la cintura. Lentamente, tensó la cuerda de su arco de fibra de carbono. El sistema de cables y poleas excéntricas montado en su extremo se encargó de colocar en la punta de sus dedos un extraordinario poder. Sólo tenía, pues, que dejar escapar el aire que retenía en sus pulmones y soltar la mano para que su flecha saliera lanzada hacia su objetivo a una velocidad de hasta cien metros por segundo, como un misil guiado por láser.

Sin embargo, las lágrimas que fluían sin aviso de sus ojos, la rabia que susurraba dentro de su cabeza y el dolor que aún le atenazaba el hombro se combinaban para que las flechas volaran entre los árboles sin rumbo pero de una forma igualmente mortífera.

A Murphy no parecía importarle. El relajo de sus músculos tras cada lanzamiento parecía tan natural y a la vez tan incontrolado como sus lágrimas.

Sin que pudiera verle, el hombre conocido como Garra le había seguido y le observaba a cientos de metros de distancia con unos prismáticos. Sabía que, después del aviso de los Siete para que le dejara tranquilo, esa tarde no podía hacerle nada. Así que, al no poder canalizar sus instintos asesinos en pos de un ataque inmediato, se sorprendió a sí mismo admirando su fuerza. Admiraba su fuerza física, los músculos de su brazo y la coordinación necesaria, incluso, para disparar el arco sin objetivos a la vista, claro, y no la fuerza de su carácter, puesto que Garra no tenía capacidad alguna para empatizar, de forma que le resultaba imposible percibir cuán quebrado estaba por el dolor.

Garra apartó la mirada al escuchar el ruido de algo que se acercaba a Murphy por el lado opuesto. Oyó después la voz de un hombre, aunque aún veía sólo la figura de Murphy. Durante un instante pensó que Murphy, profundamente perturbado, estaba gritando.

—¡Pero bueno! ¿A eso le llamas tú tiro al blanco, Murphy? He visto a ciegos con más puntería.

Levi Abrams se acercó a Murphy, avanzando como un oso entre los árboles.

—Vete, Levi, por favor.

—No puedo. Me ha enviado el espíritu de los bosques para proteger a los árboles. Con esa furia tuya, disparando todas esas flechas a diestro y siniestro, podrías matar a más árboles que un incendio forestal.

—Levi, te lo advierto, no estoy de humor. Déjame en paz.

—Imposible, Murphy. Voy a defender a estas ramas con todas mis fuerzas, al menos mientras quede alguna en este bosque.

»No me voy a morder la lengua, Murphy. Lo que le ha pasado a Laura es horrible. Sólo puedo imaginar el dolor que sientes ahora mismo.

Murphy no paró, siguió disparando como un autómata entre los árboles. Sólo le quedaba un puñado de flechas.

—En realidad, puedo hacer algo más que imaginar lo que sientes, Murphy. Cuando mi primera mujer y mi hija murieron en un atentado contra un autobús en Tel Aviv, hace cinco años, creí que no podría seguir viviendo. Yo no tenía un arco y una flecha, sino 210 cargadores que disparar mientras hacía desaparecer una botella de whisky en un tiempo récord. Y eso fue sólo la primera noche. Me costó seis meses salir a flote. ¿Y sabes qué?

Murphy dejó ir su última flecha. Por primera vez en

toda la tarde, aterrizó en el centro exacto del tronco, en el árbol que más cerca estaba de Levi. Murphy tiró el arco al suelo y se enfrentó a Levi con mirada furiosa.

—¿Qué?

—Desperdicié esos seis meses. Estaba dejando que esos perros árabes me vencieran. Estaba permitiendo que cogieran con sus sucias y ensangrentadas manos de asesinos los dulces, dulcísimos recuerdos que tenía de mi mujer y de mi hija, para retorcerlos hasta convertirlas en víctimas. Tú no quieres que a Laura le pase eso. Era demasiado buena. Y tú también lo eres, amigo mío.

Murphy se dio la vuelta. Las lágrimas dejaron de correr por su cara.

—Levi, no le encuentro el sentido a todo esto.

Levi le rodeó con su brazo.

—Yo tampoco, Murphy. No soy un experto, pero me he puesto en contacto con dos personas que sí lo son y sé que pueden devolverte a la realidad, que es lo que debes hacer. He hablado con tu pastor, Bob. Como cristiano que eres, crees en la resurrección, en la vida después de la muerte, momento en el que volverás a estar para siempre con Laura. Espera con fe e ilusión ese momento, y, entre tanto, ¡vuelve al trabajo! Sabes lo que Laura querría que hicieras. No pretendo hacerte creer que entiendo ese aspecto de tu religión, pero sé que tú sí lo comprendes, y ha llegado el momento de que lo pongas en práctica.

»Después hablé con esa tal Isis McDonald, Murphy. Ella está lista para examinar contigo la traducción de tu cola de la Serpiente. Te he conseguido un billete para Washington. El avión sale esta misma tarde.

Murphy recogió el arco y luego agarró a Levi por el cuello.

—Muchas gracias, Levi, amigo mío. Serías un buen cristiano si decidieras alguna vez unirte a nosotros. Sabes que rezo por que lo hagas. Me subiré a tu avión, pero antes tengo que hacer una visita.

Garra observó cómo los dos hombres salían caminando del bosque. Excelente, pensó. Ahora él también podría soñar con volver a la acción. En Washington.

49

Laura se habría sentido avergonzada, pero no sorprendida, al ver a un exhausto Michael Murphy, sin afeitar y cubierto de porquería, dirigirse despacio, pero convencido, hacia el púlpito de la iglesia.

El reverendo Wagoner le dio la bienvenida extendiéndole la mano.

—Pastor, ¿puedo decir unas palabras a la congregación?

—Por supuesto, Michael.

—Amigos. Muchos de vosotros sois mis amigos, y supongo que ése es un concepto que se vuelve aún más importante sólo en los momentos de dolor, pero desde que Laura murió no he sentido muchas ganas de estar con otra gente.

»Supongo que porque estoy seguro de que algún triste remedo de persona, un pedazo de mal con piernas, fue el que acabó con su vida.

»Y yo no pude evitarlo. Por eso tampoco he sentido muchas ganas de estar conmigo mismo.

»Y lo peor de todo es que no he tenido muchas ganas de estar con Dios, porque estaba furioso y le echaba la culpa a Él. No tenía fuerzas para seguir viviendo, me sentía tan abandonado por Él y tan confuso... Pero me he dado cuenta de que Dios tiene un plan para mí, independientemente de lo doloroso que resulten algunas partes de él.

»Supongo que empecé a darme cuenta de ello cuando una colega bienintencionada me llevó la pieza de la Serpiente de Bronce de Moisés al hospital. La pieza que Laura y yo habíamos encontrado en nuestra última gran aventura juntos. Por un momento, estuve a punto de abandonar a Dios, como me sugirió esta colega, para poner mi fe en este falso icono.

»Esta mañana me he dado cuenta de que la Serpiente es una señal no para abandonar mi fe, sino para renovarla. Creo que eso fue lo que el pastor Bob estaba a punto de decir la otra noche, cuando estalló la bomba. El que me ha ayudado a centrarme ha sido, entre todos mis amigos, el israelí Levi Abrams, lo que supongo que nos demuestra que la inspiración y la sabiduría pueden venir de cualquier parte si nos abrimos a ellas.

»Aquí, cara a cara ante el dolor más grande y el misterio más desconocido de mi vida, la pérdida de mi alma gemela, igual que ocurrió con Moisés y la Serpiente, mi fe está siendo puesta a prueba, pero no voy a ceder. Como Moisés con la Serpiente, tengo la responsabilidad de llevar a cabo mi misión, enfrentándome a todo el mal y el miedo y el caos del mundo que me rodea.

»Así que hoy quiero anunciaros, mis cristianos amigos, que a partir de ahora voy a confiar en nuestro Señor, porque creo que Él aún tiene un plan para mi vida, aunque ahora esté apenado. Y con su fuerza y esperanza podré superar la peor tragedia de mi existencia y volver al trabajo. Así que gracias por todas vuestras oraciones y por dejarme expulsar esto de dentro. Ahora, me voy a descubrir las otras dos partes de la Serpiente de Bronce. Estoy seguro de que eso es lo que Dios y Laura querrían que hiciera.

50

Fue un día de intensas emociones encontradas. Mientras vigilaba el descanso de Paul, aún inconsciente, Shari vio cómo empezaba a estremecerse, y luego, sin aviso previo, abrió los ojos. Estaba muy débil, pero podía hablar, y no parecía tener demasiados efectos secundarios después del tiempo que había pasado inconsciente. Incluso se las arregló para sonreír. Los médicos y las enfermeras llegaron corriendo y querían empezar a hacerle pruebas, así que pidieron a Shari que saliera de allí.

El agente del FBI, Baines, la esperaba en el pasillo del hospital. Tenía noticias terribles. Una de sus peores pesadillas se había hecho realidad, pero a la vez sintió cierto alivio. Las pruebas habían revelado al fin la identidad de la última víctima que habían hallado en el sótano de la iglesia. El cuerpo estaba completamente destruido, así que llevar a cabo los análisis de ADN había sido todo un reto. Sin embargo, ahora estaban seguros de que se trataba de su hermano, Chuck. Y el FBI pensaba, además, que Chuck había sido, de hecho, el que hizo estallar la bomba, algún tipo de fardo o mochila que llevaba colgado a la espalda.

Shari no había vuelto a ver a Chuck desde la mañana del miércoles de la explosión y, por supuesto, estaba preocupada por él, pensando adónde podría haber ido. Incluso se había planteado la posibilidad de que pudiera estar implicado de alguna forma en el atentado, aunque él era el tipo menos religioso y comprometido políticamente que había conocido nunca. Paradójicamente, deseaba que, simplemente, estuviera haciendo perrerías con su nuevo amigo.

Ahora sabía la verdad. Sintió cómo corrían por sus mejillas lágrimas calientes. ¿Qué podría haber querido conseguir atentando contra la iglesia? Tuvo que ser su extraño amigo el que le indujera a hacerlo. Shari se preparó para la previsible avalancha de preguntas del agente Baines. Se sorprendió al ver lo amable que era.

—Señorita Nelson, siento mucho su pérdida. Hay un montón de preguntas con las que podría echarnos una mano para averiguar las razones por las que su hermano podría haber atentado contra la iglesia. Pero si necesita tiempo para asimilarlo, lo comprenderé.

Shari observó cómo el equipo médico atendía a Paul, su historia feliz, y se dio cuenta de que, probablemente, no lo volvería a ver hasta dentro de unas horas. Se giró hacia el agente Baines.

—No, vamos a encargarnos ahora de lo de Chuck para empezar a dejar atrás esta tragedia.

Muy pronto empezó a quedar claro que Chuck era, probablemente, más una víctima que el cerebro malvado que se escondía tras el atentado de la iglesia. De acuerdo con sus antecedentes criminales, el FBI pudo comprobar que no tenía ni la experiencia ni la habilidad como para manejar explosivos, y Shari se encargó de resaltar su completa falta de interés por participar en cualquier grupo religioso, incluso aunque pudiera haber una fábrica de bombas dirigida por fanáticos religiosos en ese sótano. Algo que el FBI no parecía creer después de haber revuelto los escombros y de haber realizado sus interrogatorios.

El agente Baines volvió a llevar a Shari al hospital una hora después.

—Por extraño que suene, casi me gustaría que fuerais una panda de fanáticos religiosos, como quiere hacer creer la prensa. Esto tiene pinta de ser un sucio intento por implicar a los cristianos evangélicos, como lo del mensaje de la ONU. Con qué fin, más allá de causar problemas, no lo sé. Pero lo averiguaremos y les cogeremos.

—Eso espero, agente Baines. A todos nos aliviará poder escapar de este turbador foco con el que alguien quiere llamar la atención sobre nuestra fe, al parecer para herir a gente inocente y avergonzarnos a todos.

De vuelta a la habitación de Paul, en el hospital, Shari se alegró de ver que no se había quedado solo después de que los médicos se marcharan. Un hombre muy distinguido, vestido con un traje a medida, estaba inclinado cerca de Paul, hablándole con expresión muy seria.

—Hola, Paul.

Él sonrió cuando Shari entró en la habitación.

—Eh, Shari, qué bien, ya estás aquí otra vez. Éste es Shane Barrington, el mismísimo Shane Barrington. Ha venido a verme, ¿te lo puedes creer?

—Encantado de conocerla, señorita Nelson. Paul me ha contado lo buena amiga que es usted. Qué tragedia para un joven tener que soportar un año como el que él ha vivido. Y, además, ahora esto.

Había algo en Barrington que hizo que Shari se mantuviese alerta y a distancia.

—Sí, señor Barrington. Pero discúlpeme, ¿qué lleva a un hombre rico y poderoso como usted a preocuparse por Paul?

Pese a lo débil que estaba, la pregunta de Shari hizo que Paul palideciese aún más.

—Shari, no tienes por qué ser desagradable con el señor Barrington.

—No te preocupes, Paul, no creo que haya sido desagradable. Yo también he sufrido hace poco un terrible suceso violento en mi familia que me arrebató a mi único hijo. Cuando escuché la noticia de este atentado y lo que le había pasado al profesor Murphy y a Paul, sentí la necesidad de venir hasta aquí para ofreceros mi apoyo. Esto es, exactamente, a lo que me refería en mi rueda de prensa. Quiero ayudar a las víctimas y combatir a los criminales.

—Bien, está claro que ha sido usted muy bueno viniendo aquí, señor —dijo Paul, sonriendo.

Barrington le dio unas palmaditas en el hombro.

—No estoy aquí sólo para hacer amigos, Paul. Mi equipo ha examinado tu historia, y me ha hecho pensar en mi hijo, en las oportunidades que él ya nunca tendrá. Y, siento tener que decir esto, en las oportunidades perdidas que yo tuve para estar a su lado cuando estaba creciendo y tenía problemas.

Sacó un sobre de su bolsillo.

—Así que me he tomado la libertad de crear una beca especial financiada por Barrington Communications para que puedas estudiar en Preston. A partir de ahora no tendrás más preocupaciones de índole económico mientras sigas en la universidad.

Los ojos de Paul se llenaron de lágrimas de agradecimiento. Las sospechas que Shari albergaba respecto de este señor Barrington y de su interés por Paul se vieron reforzadas. Estaba siendo un día de lo más intenso.

51

Nabucodonosor estaba de pie en la parte más alta de las murallas de su palacio. Una brisa primaveral llegaba del río y agitaba delicadamente su manto, llenando su nariz con los olores de una nueva vida. Qué extraños son los mecanismos de la mente, caviló. Sólo unos meses atrás estaba atormentado por el sueño de la gran estatua, reducido a una piltrafa impotente por no poder recordar ni un solo detalle. Luego, el esclavo hebreo, Daniel, se lo devolvió, y, desde aquel día, soñó con la estatua todas las noches. Y esas fantasías, intensas hasta ser casi insoportablemente reales, no le dejaban agotado y confundido como antes: se despertaba ansioso y con fuerzas renovadas.

Desde que Daniel le explicó el significado de su sueño, que no habría imperio mayor que Babilonia en la historia del mundo ni emperador más poderoso que él, Nabucodonosor, rey de reyes, sintió una energía renovada fluyendo por sus venas, un sentimiento temerario y enloquecedor que le hacía creerse casi un superhombre. Estaba claro que ahora nadie podría vencerle; seguro que todas las tribus, todas las naciones, desde las montañas lejanas en las que el sol se hunde hasta las desconocidas playas en las que el mundo se desploma hacia las tinieblas, reconocerían su poder y se inclinarían ahora ante su grandeza imperial para sentir el peso de su pie sobre sus cuellos.

Mirando hacia la llanura que se perdía en el horizonte, casi podía ver a sus súbditos trabajando bajo el calor primaveral. Cientos, miles de hombres tirando de cuerdas, izando grandes vigas de madera, afanándose como hormigas sobre la tierra árida. Incluso a esa distancia podía escuchar el débil sonido del restallar de los látigos y sentir el aguijón de cuero morder su piel desnuda mientras los capataces les obligaban a trabajar más allá del límite de sus fuerzas.

¿Era obra de su imaginación o realmente podía captar el olor de su sudor impregnado en la brisa? Su esposa, Amytis, había llenado sus jardines con todos los tipos de arbustos y flores posibles, para recordarle los frescos santuarios de su Persia natal, y él solía pasear por allí, llenando sus pulmones con esos ricos perfumes. Pero ni la más exótica de esas flores olía tan dulcemente como el sudor de los hombres que morirían sólo por enaltecer su nombre.

A medida que el sol se elevó en el cielo y el aire comenzó a temblar por el calor, levantó la mirada de las masas de trabajadores hacia el enorme objeto que reposaba en el centro de la llanura. Estaba tumbado, como un gigante postrado atrapado en una gigantesca tela de araña. Pero las cuerdas no tenían como fin mantenerlo atado, sino izarle. Escuchó cómo crecía la intensidad de los gritos de sus capataces y el restallido de sus látigos, y supo que la estatua iba a ocupar, al fin, el lugar que le correspondía. Que su sueño se iba a hacer realidad.

La enorme figura no se movió, y durante un terrible instante se preguntó si sus ingenieros habían errado en sus cálculos y era, sencillamente, imposible elevar un peso tan desproporcionado de la tierra, por muchos esclavos que tuviera a sus órdenes. Porque estaba claro que nunca antes se había intentado, ni tan siquiera imaginado, hazaña tan ambiciosa.

Pero, entonces, el rumor de miles de pies arrastrándose se mezcló con el grito agónico de los músculos, exprimidos más allá de la fatiga, para dejar sitio luego a un sonido más profundo y desgarrador a medida que la estatua parecía levantarse por su propio pie del polvo, flotando hacia el cielo. El rey abrió la boca asombrado, incapaz de desechar la idea de que, de alguna forma, la estatua estaba viva y se estaba acercando hacia él.

Los gritos de terror y dolor atravesaron de repente el aire, después de que varias cuerdas atadas alrededor del enorme torso de la estatua se rompieran; docenas de trabajadores fueron lanzados al suelo por el terrible retroceso. La figura pareció dudar; luego, mientras Nabucodonosor rogaba por que siguiera avanzando, con los dientes apretados, pareció volver a coger impulso y con un último gran esfuerzo puso sus enormes pies sobre el suelo, levantando una densa nube de polvo amarillento.

Nabucodonosor no oía el sonido de miles de hombres gritando de dolor por sus músculos y tendones rotos o, simplemente, de placer porque el tormento había terminado. Todo lo que pudo oír fue el latido frenético de su corazón y el sonido áspero de su respiración, mientras se agarraba al muro tomando grandes bocanadas de aire. Despacio, desesperadamente despacio, el polvo que rodeaba la estatua comenzó a dispersarse por el viento y la visión de lo que tenía frente a él cobró vida ante sus ojos.

Como si alguien hubiera aplicado una llama a un caldero de aceite en una habitación oscura como la noche, el sol se reflejó de repente sobre su enorme frente y la cabeza se iluminó con una gigantesca explosión de luz dorada. Entornando los ojos ante el brillo cegador, Nabucodonosor empezó a sollozar de emoción mientras aparecía ante él el resto de la estatua. Primero el pecho y los brazos de plata, luego la barriga y las caderas de bronce, y finalmente las piernas de hierro, abiertas y apoyadas sobre pilas de andamios y cuerpos ensangrentados.

De pie, elevándose noventa brazos de altura, con su figura musculosa recortada por unas líneas metálicas bien definidas, la estatua relucía ante Babilonia como un enorme y cruel dios.

Cuando los ojos del rey se acostumbraron a su fulgor, pudo al fin contemplar los rasgos de su cara dorada. Los labios, amplios, se curvaban hacia abajo con una expresión de burla vengativa, y los ojos vacíos brillaban con furia.

Con un estallido de risa que resonó por toda la llanura, Nabucodonosor reconoció esa cara como la suya.

52

Isis miró por última vez la cola de la Serpiente, con sus escamas de bronce brillando bajo las luces halógenas y la depositó en una bolsa de nailon. Cogió la tarjeta llave que llevaba colgada al cuello y la introdujo en una pesada puerta de acero, que se abrió a continuación con un suave susurro. La mayor parte de los estantes de metal gris que había dentro estaban vacíos. Sólo había una caja de caudales que ella sabía que contenía un collar de valor incalculable rescatado de una excavación en Troya, y dos tubos de acero llenos de papiros de una tumba descubierta recientemente de una princesa egipcia de la tercera dinastía. Colocó la bolsa entre los tubos y empujó con fuerza la puerta para cerrarla.

—Este sitio es como Fort Knox —dijo—. No puedo imaginarme cómo alguien podría colarse aquí dentro sin autorización. Y aunque lograra burlar las alarmas y los guardias de seguridad y demás, tendría que atravesar esto —añadió, dando un golpe seco sobre la puerta con sus nudillos—. Dejémoslo en que, a veces, tengo pesadillas soñando que me quedo encerrada aquí por equivocación. Cuando al fin abren la puerta, sólo encuentran una momia vieja toda reseca —concluyó con un escalofrío.

—Supongo que sería un caso de justicia poética, ¿verdad? —dijo Murphy.

—¿Perdón?

—Ya sabe, convertirse en un artefacto antiguo.

Ella resopló.

—Quizá lo sería si yo fuera una arqueóloga. Supongo que es usted el que debería tener cuidado.

Ella se estremeció y se llevó la mano a la frente.

—Mire, lo siento...

Murphy puso la mano sobre su brazo.

—Vamos a dejar una cosa clara. No necesita comportarse como si fuera pisando huevos. No necesita preocuparse por si menciona la muerte por accidente y yo me deshago en pedazos. Si quiere, puede incluso hablar de Laura. Y tutearme.

Ella suspiró aliviada.

—Estupendo. Me gustaría. Hablar sobre Laura, quiero decir.

Se dirigió hacia una puerta en el muro —una jaula metálica que iba del suelo al techo— y la abrió con su llave. Después de que se cerrara automáticamente a su espalda, Murphy pudo ver una placa metálica en la que ponía: *área de almacenamiento seguro | prohibido el paso al personal no autorizado*. Observó como Isis doblaba la esquina y desaparecía, y se apresuró a seguirla sin perderla de vista. Probablemente, nunca podría salir de este laberinto subterráneo sin ella.

—¿Este sitio lo diseñó el mismo tipo que construyó la pirámide de Annacherib?

—¿La que tiene callejones sin salida y corredores falsos? ¿Cómo la llaman, el Laberinto del Olvido? No me extrañaría nada —dijo riéndose.

Al fin le llevó, subiendo una escalera, hasta una puer-

ta que salía directamente al aparcamiento de empleados, como descubrió Murphy sorprendido. Isis le pilló
mirando la cabina de los guardias de seguridad que había en un extremo.

—Hay una en cada entrada —dijo ella—. Los guardias están en comunicación por radio con la estación
central de seguridad del edificio principal. Desde allí se
controlan todos los sistemas de vigilancia electrónica.

Él pareció satisfecho.

—Vale. ¿Adónde vamos ahora?

—Me temo que no soy una experta en los restaurantes de la zona. No salgo mucho a cenar fuera. Por lo general, pido una pizza y me la como en mi despacho.

—¿Y a mediodía?

Ella parecía estar avergonzada.

—También.

—¿Y siempre pizza?

—¿Por qué no? Hidratos de carbono en estado
puro. La menor cantidad posible de nutrientes. Podría
ser el plato nacional de Escocia.

—Bueno, pues vamos a por pizza entonces.

Ella frunció los labios.

—Creo que podemos conseguir algo mejor. ¿Qué
tal si probamos el segundo plato nacional de Escocia, el
curry?

—Cualquier cosa picante me sirve.

—Puede que termines arrepintiéndote de esas palabras —dijo ella, cogiéndole del brazo.

Un taxi les llevó hasta la conexión con la calle 12,
uno de los numerosos túneles que pasan por debajo del
Mall —una zona de casi cinco kilómetros de longitud
con parques, monumentos y edificios gubernamentales,
situada en el centro de la ciudad—. Emergieron en la

calle E, y pronto se encontraron de camino hacia Chinatown.

La Estrella de la India, extrañamente encajonada entre La Casa de los Tallarines de Yip y El Palacio de Jade, estaba a oscuras y virtualmente vacía. Examinaron el menú mientras tomaban un té y *popadums*. De fondo, se oía la banda sonora de la última película india. Isis se decidió por gambas con *vindaloo*, mientras que Murphy reconoció su derrota incluso antes de comenzar el combate y se inclinó por un pollo a la *bhuna*.

—Bueno, cuéntame lo de la inscripción.

—Creí que no me lo ibas a preguntar nunca —respondió ella, mientras apartaba los trastos de la mesa.

Sacó un pedazo de papel arrugado de su bolso y lo aplanó sobre el mantel.

—Me llevó una eternidad. Se trata del fragmento de caldeo más enrevesado con el que me he topado nunca. Pero después de colgarte el teléfono, creo que al fin lo descifré, al menos, lo más relevante. Creo que tenías razón: el alto sacerdote Dakkuri escribió este puzle con una doble finalidad. Quería que el lector supiera cómo localizar el resto de la Serpiente, pero, por otra parte, pretendía estar seguro de que sólo pudiera hacerlo la persona correcta. Así que lo envolvió todo en un lenguaje metafórico muy difícil de descifrar. Es como si su mensaje estuviera dentro de una concha.

—¿Y quién podía llegar a encontrar las piezas en contra de su voluntad?

—Es complicado saberlo. Sabemos que Nabucodonosor le ordenó que se deshiciera de la Serpiente, junto con el resto de ídolos. Presumiblemente, si alguien leal al rey hallara lo que Dakkuri estaba escondiendo, lo destruiría inmediatamente, y al alto sacerdote no le aguardaría un destino muy diferente.

—Eso tiene sentido. ¿Y entonces quién es la persona correcta? ¿Quién quería Dakkuri que encontrara la Serpiente?

—Ésa es una buena pregunta —dijo ella, señalando con el dedo las líneas del texto hasta encontrar la que buscaba—. Aquí está. Se trata de una frase hecha. Es muy común. Se puede encontrar en un montón de inscripciones de todo tipo. Algo parecido a «sólo aquellos de corazón puro hallarán lo que buscan».

—Suena como si se refiriese al héroe de la película.

—He dicho que es algo parecido. En realidad, hay otra palabra en lugar de puro. No tiene mucho sentido, pero lo más parecido sería «sólo los de corazón oscuro», o «sólo aquellos con oscuridad dentro de su corazón» —dijo, y luego sonrió—. Supongo que eso te deja sin muchas posibilidades, ¿verdad?

—Te sorprenderías —dijo Murphy—, hay mucha oscuridad en mi corazón en estos momentos.

Ella le miró y se mordió el labio. Él señaló el papel con la cabeza.

—Adelante. ¿Qué más dice nuestro hombre?

—Bueno, hay algunos conjuros más, dirigidos a dioses babilónicos menos conocidos. Y luego llegamos al quid de la cuestión —dijo señalando un párrafo en particular—. «Las piezas de la serpiente sagrada están bien dispersas, pero aún están unidas. Aquel que sea lo suficientemente sabio (de hecho, astuto sería quizá la palabra correcta) como para encontrar la primera ya tendrá la segunda en la mano. Si encontrara la tercera, el misterio regresaría.» Esta última parte me tuvo confundida un buen rato. Ni siquiera ahora estoy segura de haberlo comprendido bien. Pero «misterio» es la única palabra que se me ocurre para traducirlo.

—Misterio —repitió Murphy—. Vale. Lo que quiere decir que cada pieza de la Serpiente tiene una inscripción que te dice dónde encontrar la siguiente.

—Eso creo.

—Bueno... ¿y dónde está la segunda pieza entonces? —dijo él, sonriendo.

Ella le dio la vuelta al papel.

—Justo al final. Supongo que él dio por hecho que sólo la persona correcta llegaría tan lejos. Esto es lo que hay: «Mira al desierto y el señor de Erigal cogerá tu mano izquierda...».

—¿Qué significa eso?

—Bueno, Erigal es un demonio babilónico de poca importancia. Algunos expertos ni siquiera hablan de él en sus libros. Pero mi padre era un poco más escrupuloso que la mayoría —dijo con orgullo—. Lo he buscado en uno de sus viejos libros de anotaciones. El caso es que la misión de Erigal era hacer trabajos extraños para Shamash, el dios jefe de los babilónicos. Del tipo de Zeus u Odín. El jefe macho, en cualquier caso. No pude averiguar a qué se estaba refiriendo Dakkuri hasta que caí en la cuenta de que, en sus orígenes, Shamash era un dios del sol.

—¿Y?

—Pues que el señor de Erigal cogiendo tu mano puede significar al amanecer.

—Y si coge tu mano izquierda, será que estás mirando al sur.

—Exacto.

—Y si estuvieras en los alrededores de Babilonia y miraras al sur, estarías mirando hacia... Arabia Saudí.

—El desierto.

Isis levantó el pedazo de papel de la mesa justo para que el camarero, vestido con una camisa blanca resplandeciente y una pajarita negra, pusiera los platos delante de ellos. Murphy se dio cuenta de repente del hambre que tenía al aspirar el vapor aromático que emanaba del plato. Pero no podía empezar a comer hasta tener la respuesta.

—Se trata de un desierto muy grande —dijo él—. Es fácil perder un ejército ahí dentro, así que imagínate una pieza de bronce de treinta centímetros de longitud.

—Dakkuri fue un poco más específico —respondió ella algo impertinente, como si Murphy la estuviera criticando personalmente—. A continuación, explica que «veinte días después, el buscador podrá aplacar su sed. Y bajo sus pies lo encontrará».

Murphy le dirigió una mirada sin expresión.

—¿No lo ves? Tiene que estar refiriéndose a un oasis. A veinte días de distancia caminando hacia el sur desde Babilonia.

Cruzó los brazos en señal de triunfo. Murphy sonrió.

—¿Tiene ese sitio algún nombre?

—Ah —dijo ella, bajando la mirada—, ése es el problema. Tiene un nombre, sí. Y una población de cerca de un millón de personas. Si la segunda parte de la Serpiente está bajo Tar Qasir, vas a tener que excavar toda una ciudad moderna para recuperarla.

53

—Mira, te agradezco mucho todo lo que has hecho.

Murphy estaba sentado en el despacho de Isis, o, más bien, en la zona catastrófica que ella quería hacer pasar por un despacho, y lo cierto es que se sentía como en casa.

—Ojalá encontrara la forma de compensarte por ello. Pero de ninguna manera te vas a venir conmigo a Tar Qasir. Voy a dejar aquí en la fundación la cola de la Serpiente, para que la guardéis en la caja fuerte durante una temporada, y luego voy a preparar el viaje a Oriente Medio para encontrar las otras dos piezas. Yo solo.

—¿Pero qué ocurrirá si encuentras la segunda parte en Tar Qasir? —insistió Isis—. Necesitarás que te traduzca lo que quiera que esté escrito en ella. Soy la única que puede hacerlo.

Ella se dio cuenta de que su voz se estaba volviendo más estridente por culpa de la furia que la embargaba, pero no le importaba.

—Me has guiado a través de la inscripción de la cola. Creo que ahora sabré encontrar el camino yo solo. Ya te llamaré si me quedo atascado.

Ella resopló burlona.

—Ya. No sabrías ni por dónde empezar. No creo que sepas distinguir una inscripción cuneiforme de un agujero en el suelo, lo que, teniendo en cuenta que tú eres un arqueólogo y yo una filóloga, tiene bastante sentido, ¿no crees?

Él suspiró.

—Mira, no entiendo por qué estás armando tanto follón por esto. Tú no eres, lo que se dice, una investigadora de campo, ¿verdad?

En realidad, ella tampoco lo tenía muy claro. Hasta hace un par de días, lo más parecido a una investigación de campo que había realizado había sido desenterrar alguno de los libros o papeles que se amontonaban en su despacho. Y, ahora, estaba ofreciéndose como voluntaria para realizar un extraño viaje al otro lado del mundo en pos de un artefacto que, si no estaba maldito, por lo menos parecía tener un aura bastante desasosegante a su alrededor.

Ella cogió aire y trató de ordenar la mezcla de emociones que se revolvía en su interior.

—Estoy segura de que estás tratando de ser caballeroso y todas esas tonterías, pero me gustaría que admitieras simplemente que, si de verdad quieres encontrar todas las piezas, me vas a necesitar a tu lado.

Murphy seguía con los labios sellados.

—Sé que piensas que sólo soy una mujer de piernas débiles que se ha pasado toda su vida con la cabeza metida entre libros viejos —continuó, observando como empezaba a dibujarse una sonrisa en la cara de Murphy—, y, quizá, tengas razón. Pero tal vez haya decidido que ha llegado el momento de limpiar un poco las telarañas. Quizá haya decidido que ha llegado el momento de demostrar al mundo que mi padre no era el único doctor McDonald que estaba dispuesto a correr riesgos para lograr lo que quería.

Murphy logró evitar que se le escapara: «Y mira cómo acabó».

—Eres una mujer muy cabezota, ¿lo sabías?

—Sí. Cabezota y con muchos recursos. Me he tomado la libertad de hablar con el director de la FPP, y él ha estado de acuerdo en que la Fundación Pergaminos para la Libertad ponga a nuestra disposición su avión y los fondos para financiar tu expedición... nuestra expedición, quiero decir, a cambio de poder exhibir la Serpiente en el museo. Eso, dando por hecho, claro, que esta Serpiente tenga cuerpo y cabeza y que nosotros los encontremos y los podamos traer de vuelta a casa.

—Isis, sabes que te has pasado de la raya recabando fondos antes de que yo accediera a dejarte venir conmigo —dijo Murphy, suspirando—. Pero gracias, porque no creo que pudiera haber llegado hasta Tar Qasir sin la generosidad de la fundación.

Isis le miró nerviosa por lo que estaba a punto de oír.

—De acuerdo —dijo Murphy, sonriendo—. Nos vamos a Tar Qasir. Pero si las cosas se nos van de las manos, prométeme que serás la primera en coger un avión de vuelta. ¿Trato hecho?

54

La misma tarde del día en que Isis McDonald y Michael Murphy cogieron su avión hacia Oriente Medio, el guardia que vigilaba en la cabina de seguridad de la entrada a la FPP no se dio cuenta de que un par de halcones peregrinos emergían por el techo de una furgoneta negra en el aparcamiento. Pero su trabajo le obligaba a permanecer concentrado durante largos períodos de tiempo sin apenas estímulo alguno, y es posible que, a medida que caía la tarde, al final de un largo día, empezara ya a escapar de la rutina embrutecedora que suponía vigilar constantemente los monitores y examinar los registros horarios.

Si se hubiera dado cuenta de la presencia de los halcones, habría podido ver como esas sombras oscuras y esbeltas se impulsaban con potencia hacia el cielo siguiendo una clásica espiral de ascenso, usando las corrientes de aire caliente que emanaban del asfalto castigado por el sol para aumentar la velocidad de vuelo que les proporcionaban los movimientos regulares de sus musculosas alas. Si hubiera sido un especialista en aves, habría reconocido al instante sus elegantes siluetas, y quizá habría sonreído, inspirado por la belleza de esta visión.

Los halcones peregrinos son, de alguna forma, el epítome de la belleza salvaje e indomable, y no resulta así sorprendente que la avaricia y la rapiña del hombre les haya expulsado de sus hábitat naturales. Y aun así, se habían adaptado asombrosamente bien a la vida en el corazón de las ciudades más modernas y densamente pobladas. En su mundo salvaje les gustaba construir sus nidos en riscos escarpados y cazar otros pájaros. En las ciudades, los rascacielos y las palomas cubrían sus necesidades de sobra.

Quizá, si se hubiera encontrado en un estado mental más espiritual, el guardia podría haber reflexionado sobre el futuro, cuando las ciudades sean abandonadas al hundirse el mundo en la guerra y el caos, y los halcones hereden los rascacielos vacíos como si siempre les hubieran pertenecido.

Lo que nunca hubiera podido imaginar era que, en cuestión de minutos, uno de esos pájaros iba a acabar con su vida.

Su compañero, parado frente a la puerta por la que Murphy e Isis habían salido del edificio, tampoco se había enterado de nada. En el momento en el que los dos pájaros alcanzaron el punto más alto de su ascenso, a unos trescientos metros de altura, su mente le daba vueltas al puzle habitual. Su magro salario no le bastaba para cubrir sus deudas de juego, menos aún para mantener, además, a una mujer que parecía echarle la culpa por la devastación que el tiempo estaba causando sobre su cara y su cuerpo, y se vengaba con sus tarjetas de crédito.

Y ahí estaba el guardia, sentado literalmente sobre una mina de oro. Una mina de oro de la que tenía en sus manos la llave, o, al menos, una de sus muchas llaves. Bien dentro de su corazón sabía que necesitaría a alguien mucho más listo e imaginativo de lo que él sería nunca para convertir en dinero su pase de seguridad. Pero de la misma forma que otra gente masca tabaco o talla palos de madera, a él le relajaba darle vueltas a esta idea en la cabeza.

Y se encontraba muy relajado cuando el halcón de mayor tamaño, la hembra, se asentó en el aire batiendo sus alas con firmeza y concentró su penetrante visión de túnel en la figura alta que estaba de pie en el aparcamiento, centenares de metros más abajo. Vestía de negro de la cabeza a los pies, y cualquiera que se encontrara al otro lado del aparcamiento podría confundirle fácilmente con una de las alargadas sombras del atardecer. Pero para el halcón era tan visible como un faro. En parte por su extraordinaria visión, y en parte porque le conocía muy bien.

Y también sabía lo que esperaba de ella.

El hombre llevaba un guante de cetrería que sostenía por encima de su cabeza. A cualquiera que pasara por allí le parecería que estaba llamando a un taxi. Sin duda, algo raro en mitad de un aparcamiento. Pero, en realidad, estaba haciendo una cosa mucho más extraña.

Estaba invocando a la muerte para que cayera del cielo.

Garra miró hacia arriba y vio una mancha negra perfilada contra el delicado color rosa del cielo vespertino. Parecía colgada, liviana, en lo alto de las nubes, y casi pudo sentir su impaciencia. Quería que él cortara ya el hilo invisible que la mantenía atrapada y la liberase.

Y eso es lo que hizo, bajando el guante rápidamente hacia su costado. Al ver su gesto, ella giró en el aire para colocarse en posición, con los ojos fijos en su objetivo, y ocultó las alas bajo su cuerpo. La gravedad hizo el resto.

Un halcón en caída libre desde esa altura puede acelerar hasta una velocidad de casi 320 kilómetros por hora. Demasiado rápido como para que el ojo humano pueda seguirle; así, la mejor forma de saber dónde se encuentra es escuchar el sonido del aire abriéndose al paso de esta bala de músculos, plumas y huesos. Garra prefería observar su objetivo y, simplemente, esperar lo inevitable.

Mientras su mente le daba vueltas a sus fantasías sobre cómo hacerse rico de un plumazo, el guardia de seguridad se dio cuenta de que un hombre vestido de negro le miraba de pie entre dos hileras de coches. ¿Era fruto de su imaginación o de un truco de la luz del atardecer, o ese hombre tenía una mirada de divertida expectación? Una mirada que parecía decir «yo sé algo que tú no sabes».

Instintivamente, se giró hacia la derecha cuando captó un fogonazo de movimiento en el extremo de su campo de visión. Luego, las cuchillas adheridas a las garras del halcón le cortaron la garganta a una velocidad de vértigo. Con la arteria carótida desangrándose, logró dar un par de pasos tambaleándose, agarrándose con una mano la laringe seccionada, y se desplomó.

Garra esperó a que todo hubiera terminado, después, se acercó para examinar el cadáver, evitando con cuidado pisar la piscina de sangre que se extendía a su alrededor. Metió la mano dentro de su chaqueta, cogió un manojo de llaves y esperó a que los acontecimientos se desarrollaran según tenía previsto. Oyó el ruido de pasos detrás de su espalda. Venían de la cabina de seguridad, acercándose primero despacio, vacilantes, y luego más rápido, al trote, a medida que estaban más y más próximos. Se guardó las llaves en el bolsillo y esperó.

—Vale, colega, ponte de pie lentamente y date la vuelta. Pon las manos en alto donde yo pueda verlas.

Garra levantó las manos y le dirigió su mejor sonrisa «¿quién, yo?». El guardia le mantuvo en el punto de mira de su revólver, mientras echaba un vistazo rápido al cuerpo que yacía en el suelo. Al darse cuenta de que no podría ayudar a su compañero a la vez que vigilaba a Garra, echó mano de la radio que llevaba en el cinturón. Garra dejó caer uno de sus brazos abruptamente contra su costado.

—He dicho que pongas las manos...

Pero el resto de palabras murió en su garganta cuando el segundo halcón peregrino le golpeó en la parte de atrás del cuello, seccionando su espina dorsal con un solo golpe de sus garras. Garra se apartó a un lado cuando el guardia se desplomó sobre el asfalto. Abrió una bolsa de plástico de cierre hermético, sacó un par de palomas muertas y extendió el brazo lejos de su cuerpo. Unos segundos después, los halcones salieron de las sombras y se posaron sobre sus muñecas, picoteando alegremente un regalo que no esperaban mientras clavaban sus garras en los brazaletes de cuero que él llevaba ajustados bajo la chaqueta.

Volvió a la camioneta y ató a la hembra a su percha. Ella graznó enfadada mientras le ponía la caperuza, y luego se calló al instante, calmada por el manto de oscuridad que la envolvió de repente. Cogió al macho por las pihuelas de sus patas y se giró hacia la cabina, susurrándole suavemente: «Tú aún tienes un trabajito por hacer». No tardó mucho en encontrar lo que estaba buscando.

La puerta del museo de la Fundación Pergaminos

para la Libertad se abrió con un chasquido muy satisfactorio y Garra se coló dentro.

Era sábado, pero Fiona Carter había decidido aprovechar la ausencia de la doctora McDonald para tratar de organizar el despacho. Se regaló a sí misma un almuerzo en un restaurante de verdad, algo que, raramente, podía hacer cuando tenía que tener en cuenta la opinión de la doctora McDonald. Fiona se preguntó cómo les iría a su jefa y al profesor Murphy, tratando de decidir cuál se llevaría una sorpresa mayor.

Abrió la boca de asombro ante su propio descubrimiento. Los cuerpos de los dos guardias de seguridad estaban horriblemente mutilados y entrelazados como si hubieran estado bailando un espantoso tango cuando el asesino les quitó la vida. Fiona se agachó junto a ellos y trató de discernir qué heridas tenían, pero no lo logró. Eso es todo lo que pudo hacer para no salir corriendo y gritando. En lugar de hacerlo, se forzó a sí misma a entrar en el edificio para llamar al 112.

Dentro, los pasillos estaban aterradoramente tranquilos. No podía esperar que nadie estuviera trabajando a esas horas en fin de semana, pero, de todas formas, el silencio era demasiado denso, como si el edificio entero contuviera la respiración.

El instinto hizo que se dirigiera al área de almacenamiento seguro. Giró la esquina y pudo ver que la puerta de malla metálica estaba abierta. Cuando llegó a la caja fuerte comprobó que su pesada puerta también estaba entreabierta. Fiona miró dentro, sabiendo lo que se iba a encontrar. O, para ser más preciso, sabiendo lo que no iba a encontrar.

La cola de la Serpiente había desaparecido.

En su lugar, alguien había esculpido un bosquejo con la forma de una serpiente a base de tajos profundos en el estante de metal del almacén. La serpiente estaba cortada en tres pedazos: cabeza, cuerpo y cola. Y al lado había otro símbolo aún más desasosegante. Iba a tener que llamar al jefe de la FPP, Compton. Y luego tendría que averiguar dónde se encontraban el profesor Murphy y la doctora McDonald. Esperaba que aún estuvieran a tiempo de volver, que no fuera ya demasiado tarde.

55

El primer vuelo les llevó de Washington al aeropuerto
londinense de Heathrow. Allí llenaron el depósito del
avión de combustible y cambiaron a la tripulación. Murphy e Isis aceleraron el paso de camino hacia la terminal
de salidas. Su figura delgada caminaba aplastada por el
peso de una voluminosa maleta de cuero repleta de libros —ediciones poco comunes que no se atrevió a fac-
turar—, esforzándose por mantener su ritmo. Pero había rechazado todos sus ofrecimientos para llevar su
carga con una resistencia numantina.

—Me las puedo arreglar sola perfectamente, muchas gracias. Y de todas formas, tú también tienes un
valioso equipaje del que hacerte cargo.

Eso era verdad; el arco de competición, metido en una
maleta resistente a los golpes, no era lo que se dice pesado, pero sí difícil de transportar, y ella se había propuesto no añadir más peso al que ya tenía que llevar Murphy.

Al menos, había dejado de regañarla por haberse venido con él. Ella se veía a sí misma como una profesional tan válida como Murphy y, aunque no podía igualar
su más reciente pérdida personal, al recordar la muerte
de su padre sentía que también podía empatizar con él
en el plano personal.

Murphy e Isis no hablaron mucho durante su largo viaje hasta Tar Qasir. Murphy se pasó durmiendo la mayor parte del trayecto hasta Londres; cayó como un bendito tan pronto como subió al avión. Mientras esperaban en Heathrow, dio un paseo en silencio por los pasillos cavernosos y las tiendas del aeropuerto, como un hombre que se estuviera probando unos zapatos nuevos. No pensaba en nada. Simplemente, se iba acostumbrando a su nueva vida, a su nueva existencia sin Laura.

Isis notó que debía dejarle solo, que necesitaba tiempo para recobrar fuerzas ante lo que estaba por venir y, por su parte, se alegró de tener tiempo para bucear entre sus libros. Aunque no lo admitiese, estaba preocupada por que podía resultar una rémora para Murphy, y, al menos, quería que sus habilidades lingüísticas estuvieran afiladas como una cuchilla para cuando las necesitaran. Si se las arreglaban para encontrar la segunda pieza de la Serpiente, quería estar segura de poder desentrañar sus secretos.

Estaba releyendo un viejo volumen en particular, que había pertenecido a su padre: *Libros apócrifos en caldeo menor*, del obispo Henry Merton. Ya lo había leído antes, por supuesto, pero no con la suficiente atención, según se estaba dando cuenta ahora. O quizá fuera, simplemente, que el estudio de Merton de alguno de los recovecos más oscuros de las creencias religiosas de la antigua Mesopotamia nunca le había parecido tan terriblemente relevante. Ahora, sin embargo, sus exhaustivos análisis del culto babilónico a ídolos le parecían cortados a la medida de sus necesidades.

Por supuesto, Merton aún no era obispo cuando escribió ese libro. Sólo era un vicario de pueblo perdido en una parroquia semiolvidada de Dorset, en el somnoliento suroeste de Inglaterra. Fue allí donde su padre le conoció. Como él mismo contaba, ambos alargaron la mano para coger una primera edición de *La rama dorada,* de Frazer, en una librería de segunda mano de Dorchester. Tras una dilatada discusión, en la que los dos aseguraban que había sido el otro el que había sido el primero en interesarse por el libro en cuestión, su padre había ganado al fin la pelea (la abnegación de acero de los escoceses venció a la educación inglesa), y, prácticamente, empujó al joven clérigo hasta el mostrador con su trofeo.

Después de eso, por supuesto, Merton no pudo hacer otra cosa sino invitar a su benefactor a tomar té con bizcochos en una pequeña tienda cerca de la librería. Y fue allí, entre quimonos y porcelana, donde descubrió su interés por los rituales oscuros de las religiones olvidadas. Una pasión, según recordaba su padre, que bordeaba la obsesión. No es que hubiera algo necesariamente malo o incluso extraño en ello, sobre todo, teniendo en cuenta las aficiones de su padre, pero es que Merton vestía la camisa negra y el alzacuellos de un vicario ordenado por la Iglesia de Inglaterra.

—Me pareció bastante raro —recordaba él— escuchar a ese joven, que en puridad debería estar empleando su tiempo en recolectar almas para Jesús, hablar con tanta pasión sobre los demonios que habitaban en los recodos más oscuros del infierno sumerio.

A pesar de sus escrúpulos instintivos como viejo arqueólogo, luego les uniría una animada correspondencia. La atracción que sentía por la vasta erudición de Merton era demasiado fuerte como para resistirse. Pero unos meses después su padre dejó de responder a las cartas de Merton, y la joven Isis pudo notar claramente que algo le había causado un fuerte desasosiego.

Nunca descubrió de qué se trataba. Pero ahora, según iba pasando lentamente las páginas de LIBROS APÓCRIFOS EN CALDEO MENOR, recordó que éste era el mismo volumen que estaba agarrando su padre cuando le encontraron.

Se estremeció, y sus dedos volaron instintivamente hasta el amuleto que llevaba colgado del cuello. Era la cabeza de la diosa babilónica Ishtar, un regalo de su padre y un alivio constante en temporadas de estrés.

Meneó la cabeza débilmente y volvió a su libro. Fuera cual fuese la verdad sobre el obispo Merton, realmente, sabía mucho sobre rituales caldeos. Si alguien podía ayudarla a meterse en la mente de Dakkuri era él.

Durante el vuelo de Londres a Riad, Murphy no interrumpió su lectura. Parecía servirle para recargar sus baterías, algo que seguro necesitaba después del trauma de los últimos días. Y cuando completaron su largo viaje en taxi por el desierto hasta Tar Qasir y se acomodaron en un gran hotel moderno llamado, apropiadamente, El Oasis, ella parecía, desde luego, estar rebosante de energía. Murphy volvió a dormirse tan pronto como puso la cabeza sobre las frescas sábanas blancas, antes incluso de tener tiempo para preguntarse sobre cuál sería su siguiente paso. Y ahora, horas después, el decidido golpeteo en su puerta que le había sacado de su descanso sin sueños parecía tener todas las trazas de ser obra de ese espíritu inquieto.

Se duchó, se cambió de ropa y, centrado de nuevo, se reunió con ella en el espacioso vestíbulo del hotel.

—Creo que deberían rebautizar este hotel como El Cuarto Vacío —bromeó él—. Debemos de ser los únicos huéspedes, ¿verdad?

—Tar Qasir no es precisamente un destino turístico —admitió ella—, pero eso no significa que no albergue lugares interesantes.

—Como...

—He estado investigando un poco mientras tú recuperabas el sueño perdido —dijo ella, guiñándole un ojo. Sonó como si dormir fuera algo que ella sólo se permitía hacer muy de vez en cuando, como quien se toma una copa de tarde en tarde—. Como ya sabemos, comenzó siendo un oasis. Era un punto de encuentro muy bien situado entre varias de las rutas comerciales que cruzaban el desierto. Fue creciendo gradualmente hasta convertirse en una ciudad de mercaderes que preferían establecerse aquí en lugar de usarla simplemente como manantial. Y, en la Edad Media, se tornó ya en una ciudad de verdad. De hecho, una ciudad única y bastante inusual.

Resultaba evidente que se estaba divirtiendo de lo lindo, y a Murphy le agradaba que así fuera.

—¿Única e inusual? Déjame adivinar: ¿tenían heladerías? No, no: ¡inventaron el béisbol!

Ella meneó la cabeza.

—Es mucho más interesante que todo eso. Tenían alcantarillas subterráneas. Sí, verás, el manantial que alimentaba el oasis suministraba agua suficiente como para hacer funcionar un sistema notablemente eficaz. Probablemente, el primero que haya existido.

Murphy se rascó la barbilla.

—¿Y aún funciona?

—Por todos los santos, claro que no. Pero los túneles sí deben de seguir intactos. Por entonces, construían las cosas para que durasen. Si queremos averiguar qué se esconde bajo la superficie de la ciudad de Tar Qasir, quizá las alcantarillas sean la respuesta.

—Muchos quizá son esos —replicó Murphy—. ¿Y cómo nos metemos dentro? ¿Y cómo nos orientaremos una vez ahí abajo?

Isis levantó su mochila y se puso de pie. Iba vestida con unos pantalones cortos de combate y botas de montaña, pero aun así se las arreglaba para tener más pinta de filóloga que de alpinista.

—Sugiero que visitemos la biblioteca municipal de Tar Qasir y veamos qué podemos encontrar allí.

Murphy suspiró. Una biblioteca. Por supuesto. ¿Dónde, si no, sugeriría Isis que fueran?

Cuando salieron a la calle el calor les golpeó como un muro sólido, así que meterse unos minutos después en el taxi con aire acondicionado supuso todo un alivio para ellos. Aunque habían pasado el tiempo suficiente fuera como para que la camisa de Murphy estuviera empapada de sudor. Isis, en cambio, parecía tan pálida y fresca como si andaran de paseo por su tierra natal, en las Highlands escocesas. «Quizá tenga sus ventajas ser una dama de hielo», pensó Murphy.

Desde el exterior, la biblioteca de Tar Qasir no tenía un aspecto muy prometedor. La fachada victoriana del modesto edificio de tres plantas alardeaba de tener más personalidad que los edificios de ladrillo que parecían conformar el centro de la ciudad; pero las ventanas rotas y el polvoriento vestíbulo indicaban que sus mejores días ya habían pasado. Una primera impresión que confirmó el hombre que parecía ser su único morador.

—Necesitamos ciertos retoques, es verdad —admitió Salim Omar, atusándose la barba, elegantemente recortada—. Tar Qasir es una ciudad moderna que mira hacia el futuro y no hacia el pasado, y todo eso —señaló las estanterías, y en muchos casos, pilas de libros que llenaban la sala— se considera algo irrelevante que no merece la pena estudiar —añadió suspirando—. Es una pena. Yo, personalmente, creo que sólo examinando con atención el pasado podremos comprender lo que el futuro nos deparará.

Murphy sorbió del vaso de té de menta caliente y afirmó con la cabeza.

—Estoy con usted, señor Omar.

Sintió un ramalazo de camaradería que le unía a ese bibliotecario de voz queda, que parecía estar varado en una playa del pasado tras el paso del tifón de la modernidad. Le habría gustado tener más tiempo para seguir bebiendo té con él y conocer su historia. Pero Isis sólo pensaba en los negocios.

—Las alcantarillas, señor Omar. Estamos interesados en las alcantarillas.

Omar le dirigió una mirada extraña, y ella no supo si estaba sorprendido porque alguien mostrara interés por algo así, o lo que le asombraba en particular era que lo hiciera una mujer.

—Doctora McDonald, ya es bastante raro que entre alguien aquí preguntando por un libro, pero que dos personas lleguen hasta mi puerta directamente desde Estados Unidos para interesarse por las alcantarillas... Debo decir que es lo más extraño que he oído nunca.

—Estoy admirada —respondió Isis con lo que a Murphy le pareció cara de póquer—. Estaba segura de que todo el mundo estaría al corriente de la red de alcantarillado de Tar Qasir.

Él la miró como si estuviera un poco loca.

—Tal vez. Pero muy pocos hacen el esfuerzo de venir hasta aquí para ver lo que queda de ella.

—¿Y qué es lo que queda de ella? —preguntó Murphy.

Omar extendió las manos.

—¿Quién podría decirlo? Nadie ha bajado allí en muchos años.

—¿Y qué pasaría si alguien deseara hacerlo? ¿Hay algún mapa, algún registro de su construcción? ¿Alguna forma de navegar por esa red?

Omar miró el teléfono cubierto de polvo que había sobre su escritorio, y, durante un instante, Murphy pensó que iba a llamar a la policía para que vinieran a arrestar a estos extranjeros sospechosos tan interesados en las alcantarillas. Lo cierto es que se estaba empezando a poner muy nervioso.

—No sirve de nada. Sólo hay túneles medio derruidos y cosas así. No puedo ayudarles.

Murphy hizo ademán de levantarse, pero Isis colocó su pálida mano sobre su brazo.

—Señor Omar —comenzó, dirigiéndole su más cálida sonrisa—. Si pudiera ayudarnos, estaríamos encantados de poder contribuir con un pequeño donativo a la reconstrucción de su espléndida biblioteca.

Él entrecerró sus ojos.

—Nos vendrían muy bien más estanterías. Quizá, un poco de ayuda para catalogar los fondos...

Isis siguió sonriendo.

—¿Cuánto?

Un gesto agrio invadió su cara, como si estuviera por encima de esas cosas.

—¿Podríamos decir que mil dólares?

—Quinientos —le replicó Isis.

—Algunas estanterías están en un estado ruinoso, son incluso peligrosas. El otro día tuve una mala caída. Ochocientos.

—Seiscientos.

—Setecientos cincuenta.

—Trato hecho.

Antes de que Murphy tuviera tiempo para acostumbrarse a esta nueva Isis tan resuelta que apenas podía reconocerla, ella echó mano de su mochila y contó un fajo de billetes perfectamente ordenados. Omar cogió el dinero sin decir nada, se puso en pie y les hizo una seña para que le siguieran. Agachándose para poder pasar por una pequeña puerta que había en un extremo de la sala, entraron en una caótica cueva de Aladino llena de libros y manuscritos, apilados en montones apoyados contra la pared. Tras rebuscar sin éxito durante varios minutos, Omar emergió al fin con su trofeo. Sopló el polvo que cubría un delgado volumen encuadernado en cuero marroquí antes de ofrecérselo con una floritura.

—Es un verdadero tesoro. Una primera edición del año 1844, *Una curiosa historia de la antigua Arabia*, del barón de Tocqueville. Creo que encontrarán dentro unas excelentes ilustraciones del sistema de alcantarillado de Tar Qasir, tal y como era en el siglo XIX.

Murphy observó como Isis pasaba las páginas, resecas y amarillentas. Parecía estar en el cielo de los filólogos.

—Una primera edición —musitó—. Ni siquiera sabía que existiera cualquier edición. Mi padre habría...

Él la guió hacia la puerta, preocupado por no poder separarla nunca de esta cueva del tesoro llena de libros si se quedaban un rato más.

—Gracias por su ayuda, señor Omar. Y buena suerte con los trabajos de restauración.

Omar asintió con la cabeza.

—Buena suerte para ustedes dos —añadió con solemnidad.

Después de que la pesada puerta de entrada se cerrara a sus espaldas, se volvió a sentar en su escritorio, se sirvió otra taza de té y se la bebió pensativo. Un rato después, un joven vestido con una chilaba blanca salió de detrás de una pila de libros. Empezó a hojear las notas que había sobre el escritorio de Omar.

—¿Has dejado que se vayan?

Omar se encogió de hombros.

—¿Qué otra cosa podía hacer? Parecían muy decididos.

—La mujer era muy bella. Nunca había visto una piel tan pálida. ¿Crees que les volveremos a ver por aquí?

Omar dejó la taza sobre la mesa.

—¿Hablas en serio? ¿Sabiendo lo que hay ahí abajo?

El joven suspiró.

—Qué lástima. Ella era realmente guapa.

56

Garra atravesó el arco ornamentalmente tallado que daba paso al enorme vestíbulo y se preguntó si estaba a punto de morir. Durante los dos años que había estado a las órdenes del consejo, había sido llamado al castillo en muy pocas ocasiones, y siempre que le habían llevado a la cripta subterránea sus patrones estaban sentados detrás de una enorme mesa de obsidiana, siete siluetas negras anónimas que parecían distorsionadas para ocultar sus identidades.

Pero ahora, por primera vez, un criado ciego que parecía navegar por el castillo encontrando su rumbo gracias a un sexto sentido le señalaba un asiento al final de una larga mesa de roble en la que los Siete estaban sentados a la luz del día, con las caras descubiertas. Que ya no trataran de ocultarle sus identidades sólo podía significar dos cosas: o confiaban completamente en él, o no tenían intención alguna de dejarle escapar vivo del castillo. Si se trataba de la segunda opción, no tenía sentido tratar de pensar un plan para huir. Pero tenía curiosidad por saber cómo lo harían.

Sospechó que sería una forma eficaz a la par que algo teatral. Definitivamente, tenían pinta de saber apreciar un buen espectáculo. Y tenían, además, una sutil forma de entender la historia. ¿Algo medieval a juego con el escenario del castillo? Tal vez un caballero con armadura de metal aguardaba de pie tras su silla en este mismo momento, listo para decapitarle con una alabarda bien afilada. O quizá algo con un toque más religioso. Puede que estuviera a punto de ser despellejado en vida, como san Bartolomeo,[1] o que le rasgaran los miembros sobre una rueda dentada, como a santa Catalina. Eso sería, sin lugar a dudas, espectacular. De hecho, de alguna forma, casi lo estaba deseando.

Al otro lado de la larga mesa, un hombre de pelo gris, mirada dura y la nariz enjuta le sonreía como si pudiera leer sus pensamientos.

—Bienvenido, Garra —dijo, con voz tranquila, pero lo suficientemente potente como para resonar por toda la sala—. Seguro que te estás preguntando qué haces tú aquí. O, en concreto, cómo es que te hemos permitido vernos sin el beneficio de... los trucos tecnológicos habituales. Déjame asegurarte que no es porque hayamos decidido prescindir de tus servicios. Todo lo contrario. Has demostrado ser muy eficaz y digno de nuestra confianza. Indispensable, me atrevería a decir —añadió, mientras sus compañeros asentían—. En sintonía con nuestros objetivos para lograr un gobierno mundial. Todo ello en nombre de la paz, claro está. Si todo transcurre de acuerdo con nuestro plan, habrá mucho más para ti en el futuro, un futuro que dudo que ni siquiera te puedas imaginar. Pero te prometo que lo encontrarás extremadamente satisfactorio.

Garra no dijo nada. Ni siquiera varió su expresión; siguió con su máscara neutra habitual. No quería que

1. En inglés, *Bartholomew*. (*N. del T.*)

pensaran que le importaba que le mataran. Y tampoco quería que vieran su emoción ante la perspectiva de nuevos asesinatos. Aunque ellos estuvieran preparados para mostrarse ante él sin máscaras, él no estaba seguro de poder devolverles aún el favor.

Se fijó en un hombre regordete y con gafas a la izquierda del que le hablaba, que parecía bastante nervioso.

—Creo que ahora podría ser un buen momento para ver lo que el señor Garra nos ha traído, ¿no? —dijo este hombre.

El tipo de pelo gris asintió y el criado ciego apareció de repente junto al costado de Garra. Éste sacó una bolsa de algodón de su chaqueta y se la entregó. El criado la cogió y la llevó lentamente hasta el otro extremo de la mesa, sujetándola por delante de su cuerpo como si se tratara de una pieza de cristal.

Hubo un momento de silencio, con todos los ojos puestos en la bolsa, y entonces, Garra tuvo tiempo para observar con detalle uno a uno a todos los miembros del consejo. El que más cerca estaba de él, a su izquierda, era un hombre de rasgos asiáticos vestido con un traje gris de sastre, erguido como un palo y con una expresión neutral insondable. A su lado había una mujer, gruesa, de aspecto germánico, con el pelo rubio recogido con fuerza para despejar su frente. Ella tampoco parecía muy interesada en lo que Garra había traído. Pero el siguiente miembro del consejo, un hombre hispano vestido con una chaqueta azul y con un bigote cuidadosamente recortado, se había inclinado hacia la bolsa con una sonrisa aviesa. En la cabecera de la mesa, el hombre de pelo gris mantenía su fría mirada fija en dirección a Garra.

A juzgar por su apariencia superficial, nada parecían

tener en común estas siete personas, completamente diferentes las unas de las otras. Pero Garra conocía por experiencia la fuerza de su propósito común. Algo las había unido. Algo que requería de enormes recursos y a la vez de un secreto a prueba de bombas. Algo que merecía la pena lo suficiente como para derramar mucha sangre para conseguirlo. Algo que enraizaba con el pasado bíblico y convertía a los cristianos evangélicos en sus enemigos mortales.

Mientras le daba vueltas en la cabeza, en busca de ese nexo común que se le escapaba, Garra se preguntó si debería mirar en su interior. Después de todo, ellos parecían considerarle casi como uno de los suyos. ¿Y qué veía cuando miraba dentro de su corazón? Se permitió sonreír levemente. Lo mismo que siempre. Sólo sangre, horror y oscuridad. A Garra le guiaba su fascinación por el mal y los actos despiadados. Su único interés por los planes mundiales de los Siete consistía en que podían ofrecerle los medios y recursos ilimitados para hacer realidad sus retorcidos deseos.

Una mujer de rasgos angulosos, con un llamativo vestido verde esmeralda y el pelo chocantemente rojo, puso su mano sobre el brazo del hombre mofletudo y siseó: «Vamos a verlo. Ya hemos esperado bastante».

Lentamente, sir William Merton alcanzó la bolsa y sacó la pieza de bronce de treinta centímetros de longitud. Garra pudo ver como su mano rolliza temblaba mientras la levantaba para acercarla a la luz. Luego, pasó algo curioso. El aire pareció volverse más denso, se escuchó un crepitar eléctrico, y la mano de Merton se estabilizó. Debió de ser por efecto de la luz, pensó Garra, pero le había parecido que sus ojos cambiaban de color, de gris a un azul oscuro de medianoche. Y cuando volvió a hablar, su acento inglés había desaparecido, sustituido por algo más profundo y complicado de ubicar.

—Pronto serás uno de nuevo. Como en los primeros días. Y el sacrificio volverá a ser tuyo.

Luego cerró los ojos y expiró todo el aire de sus pulmones; pareció deshincharse, volverse físicamente más pequeño. Cuando los abrió de nuevo, volvía a parecer un corpulento clérigo inglés.

Garra había tenido tiempo más que suficiente para examinar la cola de la Serpiente, pero la miró ahora con curiosidad renovada. Si una sola pieza podía hacer eso, ¿qué esperarían que pasara cuando tuvieran en sus manos las tres?

Merton se había quitado las gafas y estaba examinando con atención la barriga de la Serpiente. La expectación crecía alrededor de la mesa.

—Sí, sí —dijo al fin—. Sí, ya veo. Estupendo, estupendo.

Dejó la cola en la mesa y cruzó las manos sobre su barriga con una sonrisa satisfecha.

—¿Y bien? —preguntó John Bartholomew.

—¿Murphy sigue colaborando con Isis... con la doctora McDonald?

Bartholomew asintió con la cabeza.

—Fueron vistos por última vez de camino a Riad.

—El reino del desierto. Claro, claro. Bueno, si es digna hija de su padre, no debería tener problema alguno para descifrar el pequeño puzle de Dakkuri. Puede incluso que Murphy tenga ya la segunda pieza en sus manos mientras nosotros estamos aquí hablando —añadió Merton con una risotada ahogada.

El general Li giró su cabeza unos centímetros hacia Merton.

—¿No deberíamos estar quitándosela de las manos entonces, mientras estamos aquí hablando?

A Merton no pareció perturbarle lo más mínimo el tono del general.

—Claro que no. Ni mucho menos. Debemos darle tiempo para que pueda traducir la siguiente parte del acertijo. Como bien sabe, la segunda pieza conduce a la tercera y la tercera a... bueno, no es necesario que diga adónde conduce la tercera.

Las miradas de codiciosa expectación confirmaron que, efectivamente, no era necesario.

—Debemos ser pacientes. Cuando Murphy tenga la última pieza entre sus manos —dijo, señalando con la cabeza hacia Garra— será el momento de atacar. Y quizá entonces —añadió con una mirada malvada—, la doctora McDonald y yo tengamos la oportunidad de recordar algunas cosas juntos.

57

Murphy agarró la anilla de hierro con ambas manos, se colocó contra el muro del estrecho callejón y tiró con todas sus fuerzas. Sintió las gotas de sudor que empezaban a resbalar por su frente y como los brazos le temblaban del esfuerzo, pero la losa de piedra no se movió ni un ápice, siguió firmemente adherida al lugar donde había pasado los últimos siglos.

—¿Estás segura de que éste es el mejor punto de entrada —gruñó él.

—Sin duda. Por aquí llegaremos directamente a la galería principal.

—Dando por hecho que aún exista.

—Ten un poco de fe, Murphy. Vamos, ¿estás seguro de que te estás esforzando al máximo?

Por el rabillo del ojo vio como ella se colocaba detrás de él, bajo la luz de la luna, con los labios fruncidos por la concentración. Si hubiera tenido a mano una fusta no hay duda de que la habría usado con él. Estaba a punto de pedirle que le echara una mano cuando sintió que la enorme losa empezaba a moverse. Tomó aire sin soltar la anilla y apretó los dientes. La losa de piedra comenzó a soltarse, y al fin logró retirarla a un lado. Cayó de rodillas, escrutando el oscuro agujero.

—Dame una linterna.

Ella se la pasó y él se inclinó, metiendo la cabeza dentro.

—¿Qué ves?

La oscuridad engulló voraz el rayo de luz.

—Poca cosa. Las paredes de ladrillo parecen intactas aquí arriba, pero más adelante... No sé. Supongo que sólo hay una forma de averiguarlo.

Ella estaba empezando a ponerse nerviosa.

—¿Cómo vamos a...?

—Si tienes dudas, lo mejor es saltar dentro. Ésa es mi filosofía.

No cabía duda ya de que su entusiasmo se había diluido.

—No puedes estar hablando en serio. Podría haber cincuenta metros de caída hasta el fondo.

Él metió las piernas en el agujero y se agarró a los bordes.

—Creo recordar que fue idea tuya. Vamos —dijo. Pero luego vio su expresión de pánico y se suavizó—. Bueno, hay agarraderas a ambos lados, sólo tienes que ir despacito y seguirme.

No fueron tanto como cincuenta metros y los peldaños de barro estaban sorprendentemente bien conservados. Bajaron sin problemas, exceptuando las pocas veces que Isis perdía pie y su bota golpeaba el hombro de Murphy. Aterrizaron en el cruce de cuatro túneles. Murphy le dio tiempo para recuperar la compostura.

—Bueno, ¿y ahora adónde vamos?

La pálida cara de Isis parecía flotar en el aire como una aparición bajo la luz de su linterna, mientras pasaba las páginas del libro de De Tocqueville.

—El lugar más probable es la fuente del manantial. Dakkuri debía de estar hablando de ese lugar.

Murphy cogió un puñado de tierra y lo dejó escapar entre sus dedos.

—¿Y cómo lo encontraremos? Aquí la tierra está más reseca que una momia.

Las arrugas en su frente le daban un aspecto aún más fantasmal.

—Sólo tenemos que averiguar la dirección de la corriente y marchar al contrario.

Murphy se agachó y pasó el foco de su linterna por el suelo.

—Vale. Cuando se secó el agua debió de dejar estrías en el barro y, con un poco de suerte, seguirán aquí, preservadas como si de un fósil se tratase.

Avanzó unos metros y enfocó con su linterna una piedra larga y aplanada.

—Aquí está. A menos que esté muy equivocado, deberíamos ir en esta dirección.

Ella le siguió hacia la oscuridad, guiada por su linterna, que movía de lado a lado iluminando las paredes. Avanzando muy despacio a través del pasadizo de ladrillo, mientras respiraba un aire muerto con siglos de antigüedad, Isis estaba empezando a recordar por qué nunca había querido ser arqueóloga. El moderno y cómodo hotel que les esperaba en algún lugar sobre sus cabezas parecía estar a cientos de kilómetros y a miles de años de distancia.

Chocó con la espalda de Murphy.

—Un callejón sin salida —dijo él.

Volvieron sobre sus pasos hasta el cruce y examinaron el suelo en busca de nuevas trazas de la corriente de agua. Murphy señaló otro túnel.

—¿Estás seguro? —preguntó Isis.

—No sé tú, pero yo es la primera vez que me meto en una red de alcantarillado medieval. Para serte sincero, estoy tirando de mi olfato.

—Suena bien —dijo Isis—. Quiero decir, parece un buen plan dentro de una alcantarilla.

Echaron a andar por el túnel, menos seguros ya, deseando encontrar alguna señal que les indicara que iban en la dirección correcta. Tras unos minutos de dificultosa marcha, Murphy se detuvo. Apuntó hacia el suelo con su linterna.

—¿Qué crees que es esto?

No parecía nada en especial. Sólo una sombra. Luego Isis pegó un respingo.

—Una pisada.

—Sí, eso es lo que pensaba. Y parece reciente. Supongo que eso significa que vamos en la dirección correcta.

Isis no estaba tan segura de eso. Para ella significaba que había alguien más allí abajo. Quizá Omar había mandado a un esbirro para hacerse con el resto del dinero. Se moría por volver sobre sus pasos lo más rápido posible y regresar a un mundo de luz y gente en el siglo XXI. Pero no iba a intentar hacerlo sola. Agarró nerviosa su amuleto, y se apresuró a alcanzar de nuevo la espalda de Murphy.

Unos minutos después vieron otra pisada. Y luego otra. Ahora aparecían muchas juntas, borrándose las unas a las otras, como si fueran el rastro de una manada. Tiró de la manga de Murphy.

—¿Crees que deberíamos continuar? Parecen ser muchos.

—¿Tienes una idea mejor?

—¿Sin contar el darnos la vuelta?

Murphy se giró hacia ella.

—Mira, esto parece la caza del conejo, pero es la única caza del conejo que hay ahora mismo en la ciudad. Al menos sabemos que no estamos en otro callejón sin salida. Estas huellas deben de conducir a algún sitio.

Dirigió su linterna hacia el camino por el que habían venido, y cuando el foco iluminó de pasada su cara pudo ver el miedo grabado en sus rasgos de duende.

—Mira, no voy a obligarte a seguir. ¿De verdad quieres volver?

Una ola de alivio recorrió su cuerpo, seguida de un curioso sentimiento de vacuidad, como si en ese instante su vida careciera de repente de sentido. Tomó aire, le giró y le pegó un pequeño empujoncito para que echara a andar.

—No, no. Es que por un momento he perdido la noción de la realidad. Debe de haber sido culpa del polvo. Ya estoy bien.

Él gruñó y volvieron a ponerse en marcha. Ella seguía iluminando con su linterna hacia delante para no tener que ver más signos de sus acompañantes invisibles.

Cuando llegaron a un nuevo cruce, en el que el túnel se dividía a la izquierda y a la derecha, ella cerró los ojos y trató de concentrarse en mantener bajo control su respiración.

—Esto se va a hacer más estrecho —dijo Murphy por encima de su hombro—. ¿Estás bien?

—No tengo claustrofobia, ¿sabes? —dijo ella con toda la indignación que pudo reunir.

Y era cierto. Nunca le habían asustado los espacios cerrados. En una ocasión, la señorita McTavish la había dejado encerrada en el aparador durante toda una tarde, y ella no había sentido nada excepto un sentimiento de bendito alivio por poder escapar de las garras de sus compañeras de clase durante unas pocas horas y poder dejar vagar su mente libre entre los dioses y criaturas mitológicas que ya entonces poblaban su imaginación.

Pero ahora era diferente. No sólo estaban en una catacumba de túneles cada vez más oscuros y con menos aire, sino que, además, no estaban solos. De acuerdo con lo que les había contado Omar, aquí no había bajado nadie desde hacía generaciones. ¿Y a quién pertenecían entonces estas huellas? Su ansiedad se acentuaba por lo poco que parecía importarle a Murphy. Estaba claro que su filosofía era de verdad avanzar ciegamente hacia adelante, confiando en que un poder superior evitaría que cayera en un profundo y oscuro agujero. Arrastrándola a ella.

Cogió fuerzas para la inmersión en el siguiente túnel, pero Murphy seguía inmóvil en su sitio.

—¿Oyes algo?

Ella giró la cabeza hacia un lado.

—¿Qué es lo que tengo que oír?

—No sé. ¿El viento?

Ella alzó la mano frente a su cara y meneó la cabeza.

—Ni un soplo. No, suena como si fuera... agua.

Él asintió.

—Y las pisadas van en esa dirección. Mira.

Él se metió en el túnel de la izquierda, agachándose para no golpearse la cabeza contra el techo. Isis se colgó de su brazo, sin importarle ya lo que pudiera pensar. A medida que se iban adentrando en el túnel, el rumor se hizo cada vez más fuerte, hasta el punto de que ella creyó oler el agua entre el olor a polvo y corrupción.

Se detuvieron instintivamente al escuchar otro sonido. En esta ocasión ambos sabían de qué se trataba. Llegaba en oleadas, primero fuerte, luego más débil. Isis apretó con su mano temblorosa el amuleto y esperó a que Murphy dijera algo.

—¿Sabes de qué idioma se trata? No suena como el árabe.

Ella se obligó a prestar atención. Tenía cierta musicalidad, un ritmo muy marcado, como si se tratara de un cántico.

—Yo... No sé. Se parece un poco al arameo, pero podrían ser imaginaciones mías. ¿Qué vamos a hacer?

—Vamos a tener cuidado —dijo Murphy, arrastrándola hacia adelante.

Avanzando a trompicones tras él, una mezcla salvaje de pensamientos invadió su cabeza. ¿Había cerrado con llave el cajón del escritorio en el que guardaba su diario personal? ¿Había devuelto al profesor Hitashi su copia de las anotaciones de Gilroy a *La épica de Gilgamesh*? ¿Había quitado todas las trampas para ratones que Fiona se había empeñado en poner en su despacho?

Se dio cuenta sorprendida de que no confiaba en volver con vida a Washington. Se había convencido a sí misma de que iba a morir. Bueno, al menos si tenía que ser ahora, no dejaría familia para que la llorase. Eso la llevó a pensar en quién iría a su funeral. No mucha gente, supuso. Pero claro, tampoco encontrarían nunca su cadáver. Así que tampoco habría un funeral. Simplemente, desaparecería para siempre. Como un alma en pena...

Murphy la estaba golpeando en el hombro, señalando hacia adelante. Llegaba un rumor claro como de agua en movimiento, de una corriente que golpeara contra la roca, y los cánticos parecían ahora ominosamente cercanos. Y además había luz, un titilar fantasmal sobre los muros de piedra.

Siguieron adelante, hasta que Isis notó que los dedos de sus pies chocaban contra algo duro. El suelo del túnel estaba cubierto de ladrillos desperdigados. Miró al frente y vio un agujero irregular abierto en el muro. Sus piernas la hicieron avanzar contra su voluntad. Ya no sentía miedo. Su mente parecía haberse apagado y sólo le funcionaban los mecanismos de emergencia que bastaban, eso sí, para mover su cuerpo. Su último pensamiento fue que así es como debían de sentirse los zombis.

Murphy la zarandeó para devolverla a la realidad. La miró muy serio, bajo la luz vacilante, llevándose un dedo a la boca para indicarle que guardara silencio. Ella asintió y giró lentamente la cabeza para mirar a través del agujero. Sus ojos parecían haberse cerrado por decisión propia, así que los obligó a abrirse.

Lo primero que vio fueron las calaveras. Había siete, formando un semicírculo irregular como si de calabazas de Halloween se tratara. Las cavidades oculares rezumaban una luz aceitosa que se derramaba voraz sobre el cuerpo que yacía en el sucio suelo. El cuerpo estaba muy rígido, pero era claramente el de una chica que no podía tener más de diez años. Una manta de algodón crudo cubría la mayor parte de su cuerpo; su estrecha cara parecía de cera, pero dejaba ver trazas de la belleza que algún día podría tener.

Si no estaba ya muerta, claro.

Los tres hombres estaban desnudos hasta la cintura y oscilaban de atrás adelante, impulsados por los cánticos rítmicos que llenaban el oscuro lugar. Isis resopló al ver los enormes cuchillos de carnicero que llevaban en la cintura y Murphy se apresuró a poner una mano sobre su boca.

Tomó aire y retiró la mano lentamente, señalando un punto más allá de las calaveras.

En el extremo de una vara clavada en la tierra había un delgado objeto de metal brillante con forma de ese.

«¡La sección intermedia de la Serpiente de Bronce!»

Cuando se dio cuenta de lo que era, sintió que se hundía a través de los siglos hasta un mundo de oscuridad primitiva. Era como estar en el aparador de la señorita McTavish, pero, en esta ocasión, con dioses y demonios de verdad y sin esperanza alguna de ser liberada. Un quejido ascendió por su garganta y apenas tuvo tiempo para acallarlo.

Luego Murphy la arrastró de nuevo hasta el túnel y sintió como todo su cuerpo se relajaba. Volvían a casa. Iban a sobrevivir.

58

Murphy agarró a Isis por los hombros y trató de descifrar su expresión. En la oscuridad de aquel túnel sólo podía verle los ojos, y parecían estar rogando en silencio.

—¿Puedes hacerlo? —le preguntó.

Un susurro escapó de su garganta. ¿Era eso un sí? La apretó más fuerte, casi zarandeándola, y ella asintió. Tendría que bastar con eso. No tenía tiempo para volver a repasar su plan. Murphy se metió de nuevo por el agujero en la pared y le vio detenerse un momento; luego se deslizó entre las sombras vacilantes.

Fue tras él, agachándose para entrar, con una mano sobre la boca para evitar echarse a llorar. Apenas se atrevía a mirarle. Pero no podía permitir que las lágrimas la cegasen. Si le perdía de vista estaría completamente sola. Asió con fuerza la linterna como un náufrago se agarraría a un salvavidas.

Murphy se arriesgó a mirar un instante en su dirección mientras reptaba sobre su barriga a través de los ladrillos y las rocas desperdigadas por el otro lado del agujero abierto en el muro del túnel. Podía sentir su mirada sobre él, pero por lo demás no era sino otra sombra fundida con la oscuridad reinante. Confiaba en que la capa de polvo que cubría el suelo amortiguaría sus movimientos, pero todo su cuerpo se tensó cuando su rodilla golpeó un ladrillo y lo hizo rodar. Los tres verdugos siguieron entonando sus cánticos fúnebres. Parecían estar en trance, quizá drogados, pero sabía que tarde o temprano dejarían de cantar y sus malignos cuchillos entrarían en acción.

Se echó en cara el haberse dejado el arco de competición en el hotel. Quién iba a pensar que se vería tratando de interrumpir un sacrificio humano en una alcantarilla medieval, pero ya había tenido tiempo para aprender a esperar lo inesperado. Recordó la llamada inicial de Matusalén. Si hubiera sabido lo que iba a provocar, ¿le habría dicho al anciano por dónde se podía meter su artefacto, estuviera o no relacionado con Daniel? Las muertes, el atentado en la iglesia, Laura... Todo parecía haber comenzado con esa llamada. Pero sabía que no tenía sentido seguir pensando en eso. Ahora estaba seguro de que Dios le había puesto en una senda y no había nada que pudiera hacer para evitar tener que llegar hasta el final.

Por alto que fuera el precio.

Volvió a su cabeza la imagen de la niña yaciendo en el suelo minutos antes de ser sacrificada, y sintió como recobraba su coraje. Se preguntó entonces si Isis sería capaz de seguirle. Cuando la conoció le pareció tan tensa como su arco. Ahora, expulsada de su cascarón académico, tenía miedo a que estuviera al borde del colapso emocional.

Rezó por que sus nervios aguantaran.

Empezó a avanzar de nuevo, manteniéndose lo más alejado posible de los tres cuerpos en danza. ¿Era su imaginación o el murmullo de la corriente parecía ir ganando fuerza? No quería terminar como un sacrificio humano adicional, pero tampoco quería ser arrastrado por una corriente subterránea. Si volvían sus cabezas hacia la derecha le verían. No podía confiar en que por estar como drogados no terminaran por darse cuenta de su presencia. Giró la muñeca y la esfera luminosa de su reloj le indicó que aún tenía que esperar un minuto más. Demasiado. Ahora estaba convencido de que los tres verdugos terminarían sus oraciones en cualquier momento y, entonces, sería demasiado tarde.

«Seguid, colegas, seguid cantando unas cuantas estrofas más.» Se centró en el sonido repetitivo, y sintió que perdía la concentración. Anheló que las manecillas del reloj avanzaran más deprisa. Y entonces, justo cuando se le empezaba a ir la cabeza y estaba perdiendo ya contacto con la realidad, escuchó un estruendo de polvo y rocas, y giró el cuello para mirar hacia atrás.

Lo que vio le puso el corazón en la garganta.

Enmarcada en el agujero del túnel donde había visto por última vez a Isis, había una aparición fantasmal, como si los cánticos paganos hubieran conjurado a una divinidad demoníaca. Iluminada desde abajo por la linterna, su cara, pálida como la de un cadáver, parecía emitir un resplandor sobrenatural, como si flotara en medio de la oscuridad.

Durante un segundo dudó de que fuera de verdad Isis, pero luego volvió a la realidad y se lanzó hacia delante. Como había esperado, los tres hombres estaban ahora de pie, gesticulando en dirección a Isis silenciosamente horrorizados. No parecieron darse cuenta de que alguien pasaba a trompicones a su lado en dirección a la estaca que sostenía la Serpiente, pero quién sabe por cuánto tiempo seguirían creyéndose la función de Isis.

Se agachó para agarrar del hombro a la niña, que seguía inconsciente.

No estaba atada, pero sí rígida como un ángel tallado en la piedra. «Esperemos que no se haya convertido ya en uno», pensó Murphy. Si estaba aún viva, debían de haber tenido que drogarla para hacerle perder la conciencia de esa manera, y podría ser un error tratar de despertarla de repente. Pero fueran las que fueran las consecuencias, Murphy pensó que serían mejores que ser acuchillada por los seguidores del culto a la Serpiente.

Después de zarandearla dos veces por los hombros, la niña abrió los ojos y empezó a gritar al ver a Murphy. Había contado con que Isis mantendría distraídos a los hombres, pero, por si acaso, le había tapado la boca con una mano mientras con la otra hacía una señal para que se mantuviese callada. Ella le miró aterrorizada, con los ojos saliéndosele de las órbitas del miedo, pero se las arregló para asentir con la cabeza para indicarle que había comprendido su gesto.

Se puso en pie y se dirigió a la estaca que sostenía el cuerpo de la Serpiente. Su brillo feroz, reflejo del fulgor de las antorchas, era hipnótico. Alargó el brazo y con su mano temblorosa comenzó a desatar los cordeles de cáñamo que fijaban el trozo de bronce a la vara. La cogió maravillado al sentirla entre sus manos, pues parecía tener el mismo tacto que la cola.

Pero su examen fue interrumpido de forma abrupta cuando un grito resonó a su espalda. La atención de los tres verdugos se había desplazado de Isis al ver a la niña correr hacia el agujero de la pared. Y luego dejaron de gesticular hacia su víctima cuando uno de ellos vio a Murphy con su icono entre las manos. Perdieron así el interés por ambas mujeres y se volvieron hacia él con toda la rabia de una velada arruinada.

Avanzaron hacia él, gruñendo furiosos, con los cuchillos en ristre y sin mostrar signo alguno de atontamiento por el trance en que parecían haberse encontrado momentos antes.

A Murphy se le habían acabado las ideas. No podía correr. Eso habría dejado a Isis a su merced. Y no tenía forma alguna de enfrentarse a tres maníacos armados con cuchillos y salir victorioso. Lo había hecho lo mejor que había sabido; ya no podía hacer nada más. Confió en que Isis tuviera la fortaleza de ánimo suficiente como para huir por donde había venido mientras se ensañaban con él.

Trató de acallar su miedo y empezó a rezar. En unos minutos estaría de nuevo con Laura.

Salió de sus ensoñaciones al escuchar como empezaban de nuevo los cánticos. Pero ahora eran diferentes. La voz era más aguda. Era voz de mujer. Miró sobre los hombros de los maníacos y se dio cuenta de que era Isis. Le apuntaba con fiereza con su mano al tiempo que de su boca manaba una jerga incoherente en un tono extrañamente imperativo. Bueno, a él le pareció una jerga incoherente. Pero los tres hombres se habían detenido y la miraban con la boca abierta, como si no pudieran creer lo que estaban escuchando.

Al ver que perdían su interés por él, Murphy echó a correr, pero según pasaba por su lado algo le embistió y sintió un dolor punzante en el costado. Hincó una rodilla en el suelo, esperando que el próximo navajazo le cortara la garganta. Entonces un sonido, a medias entre un grito y un gruñido, cortó la oscuridad y oyó como los tres hombres caían al suelo.

Isis había subido el tono, ladrando furiosa y moviendo sus finos brazos en amplios círculos. Fuera lo que fuese lo que estaba diciendo, ellos parecían haber comprendido el mensaje. Con mucha cautela, Murphy se arrastró a su lado y cruzó al otro lado del túnel. Él la cogió del brazo y ella le miró furiosa, como si estuviera ofendida porque un simple mortal se atreviera a tocar a una diosa.

—Vamos, diosa, vuelve a la realidad —le susurró—. Tenemos que salir de aquí antes de que tu club de fans se dé cuenta de lo que ha pasado.

Isis se rió despectiva, pero le permitió guiarla hacia el lugar por el que habían venido.

—No creo que se atrevan a moverse de allí por un buen rato. A menos que quieran acabar como alimento de los hombres escorpión.

—Creí que no hablabas su idioma —dijo Murphy mientras le metía prisa para que avanzara por el túnel.

—De repente me acordé. Es un dialecto del teramasio. Una lengua supuestamente muerta desde hace un millar de años.

—Y resulta que tú sabes hablarla.

—La aprendí en la universidad. Por divertirme. Es una rareza, así que pensé que alguien debería mantenerla viva.

—¿Y qué les has gritado? Desde luego, has logrado llamar su atención.

Pasaron por el lugar donde los túneles se desdoblaban y se acercaron rápidamente al cruce por el que habían entrado. Murphy no escuchaba señal alguna de que les estuvieran persiguiendo.

—Simplemente, les he recordado que debían su miserable existencia a la diosa de la creación y que si tocaban al espíritu perruno de mi familia se arrepentirían.

Murphy la ayudó a subir al primer peldaño.

—¿Tu espíritu perruno? ¿Lo mejor que se te ha ocurrido para mí es que soy tu espíritu perruno?

—Iba a llamarte espíritu de la serpiente, pero no creí que tuvieras una pinta lo suficientemente malvada.

—Supongo que tendré que darte las gracias.

—Murphy, si quieres puedo volver y decirles que eres un arqueólogo bíblico.

—Pensándolo bien, me parece muy bien lo del espíritu perruno —gruñó Murphy.

Ella se deslizó por la abertura de salida y cogió el cuerpo de la Serpiente de manos de Murphy para que pudiera trepar tras de ella. Juntos colocaron la losa de piedra en su lugar y se recostaron contra el muro. El grotesco mundo que acababan de abandonar se había desvanecido ya como una pesadilla aterradora.

—¿Qué crees que le habrá pasado a la pobre niña? —dijo Isis después de un rato en silencio.

Murphy cogió un pedazo de ropa.

—Parece que ha logrado escapar. Encontré este trozo del vestido que llevaba puesto desgarrado en un borde afilado de las agarraderas.

Miró a Isis. Con los ojos cerrados, su cara aún tenía un aspecto fantasmal bajo la luz de la luna.

—Ha hecho un buen trabajo ahí abajo, doctora McDonald. Se ha sacado de la manga un buen numerito de cabaré.

Ella se puso en pie y empezó a limpiarse el polvo de los pantalones.

—Eso no ha sido nada. Mi padre siempre decía que yo era la reencarnación de una diosa o algo así. Supongo que se trata, pues, de un talento natural.

Parecía estar avergonzada, como si Murphy la hubiera visto desnuda y su amistad hubiera cambiado para siempre.

—Vamos, volvamos al hotel —añadió ella—. No sé tú, pero yo me muero por un buen vaso de whisky escocés.

Murphy no replicó, e Isis se preguntó si desaprobaba su comportamiento. Estaba a punto de decirle que si quería se bebería toda la botella, muchas gracias, después de todo lo que había tenido que sufrir, cuando se dio cuenta de que tenía los ojos cerrados. Luego, le vio deslizarse lentamente muro abajo hasta que su cabeza descansó sobre el sucio suelo.

Sólo entonces vio la sangre.

59

—La señorita Kovacs está aquí, señor.

Shane Barrington la había estado esperando en su despacho.

—Dígale que entre. Y no quiero que nadie me moleste.

La mujer que apareció en el marco de la puerta parecía muy diferente a la Stephanie Kovacs que había entrado por primera vez en su despacho hacía un mes. Aún vestía de una forma provocativa, pero como advirtiendo que no se metieran con ella, con zapatos de tacón de aguja, minifalda, chaqueta abotonada y jersey de cuello alto. Su pelo, cuidadosamente desordenado, y su sutil maquillaje contribuían a reforzar su imagen de mujer atractiva con cosas más importantes que hacer que ponerse guapa. Su paso aún era firme, confiado, un escalón por debajo de agresivo. Se dirigió a la única silla que había frente a la mesa y se sentó.

Pero sus ojos le decían que había sufrido un cambio dramático desde la última vez que se habían visto. No tenían ya ese brillo de superioridad moral que los televidentes habían aprendido a amar. Estaban apagados, vacíos, como si algo en su interior hubiera muerto. Eran los ojos de alguien que ha vendido su alma.

—Stephanie. Gracias por pasarte por aquí. Quería darte las gracias personalmente por el trabajo que has estado haciendo.

Ella le miró con cautela.

—Siento que la historia del atentado en la iglesia no resultara. El FBI apostó a fondo por ella al principio, pero luego se mostraron más cautos. Y el decano Fallworth es un *bluff*. Nada de lo que me ha dicho sirve para trincar a Murphy tal y como usted deseaba. Créame, yo...

Barrington hizo un gesto condescendiente con la mano.

—No importa, Stephanie. Lo has hecho bien. Sólo queríamos liberar un poco al profesor Murphy de sus múltiples tareas, y plantar unas semillas en la mente de los estadounidenses. Ya habrá tiempo para que descubras algunas otras cosas sobre nuestros amigos evangélicos.

Stephanie se dirigía a él con la aburrida indiferencia de alguien que ya ha perdido lo más importante que tenía.

—¿Ha dicho nosotros? Mire, me he estado preguntando quién está realmente detrás de todo esto. Usted no tiene pinta de ser uno de esos tipos que pierden la cabeza por la religión, señor Barrington.

Él sonrió.

—Siempre serás una atrevida reportera de investigación. Supongo que ese olfato de sabueso nunca te abandonará. Incluso aunque estés encadenada y con el bozal puesto —añadió, disfrutando al ver cómo se sonrojaba.

Se levantó y se acercó al aparador de cristal ahumado.

—Déjame que te prepare una copa.

Ella meneó la cabeza.

—No bebo en horas de trabajo.

Él se rió.

—Vamos —dijo, mientras sacaba una botella oscura y empezaba a retirar el cordel metálico que sujetaba el corcho—. Una copa de champán.

—¿Champán? ¿Estamos celebrando algo?

—Eso espero, Stephanie. Eso espero de verdad.

Dejó escapar el corcho amortiguando el chasquido con una servilleta y llenó dos copas. Ella aceptó la suya sin decir nada.

—¿Por qué brindamos?

Él levantó la copa con una sonrisa aviesa.

—Por el dominio de los mercados, por supuesto.

Chocaron las copas.

—Es algo por lo que brindar siempre —dijo ella irónicamente.

Él dejó la copa y se inclinó sobre la mesa. Ella se sentía incómoda por su cercanía.

—Puede hacerse realidad muy pronto, Stephanie. Barrington Communications es la empresa de comunicaciones más poderosa del planeta, como bien sabes. Pero esto es sólo el comienzo. Pronto podría haber mucho más.

Ella le miró con escepticismo.

—¿Qué piensa hacer, presentarse a las elecciones presidenciales?

—Te estoy hablando de poder real, Stephanie. Ese tipo de poder con el que uno sólo puede soñar.

Ella bebió un sorbo de champán.

—Bueno, brindemos por usted, señor Barrington. Pero no entiendo qué tiene que ver todo esto conmigo.

—Por favor, llámame Shane —dijo, poniéndose en pie y dirigiéndose a la ventana—. El poder y la riqueza pueden proporcionarte muchas cosas, Stephanie. Pero para serte sincero, se está muy solo en la cumbre. Desde mi divorcio ha habido mujeres, claro, pero cuando uno tiene tanto dinero como yo es muy difícil hallar alguien en quien confiar realmente. Alguien con quien compartirlo todo de verdad. ¿Entiendes lo que te digo?

Ella estaba empezando a entenderlo todo perfectamente. Él había comprado su alma y ahora quería el resto. Su primera reacción instintiva fue asustarse, pero luego empezó a darle vueltas, y se dio cuenta de que no era un mal trato. Si iba a venderse, mejor sería hacerlo al mejor postor. Barrington parecía creer que se iba a convertir en el rey del mundo. Hay cosas peores que ser su reina.

Ella se acercó hasta donde él estaba y miraron juntos hacia la ciudad, rendida a sus pies. Un rato después, le vino a la mente una imagen de su reciente atracón de estudio de la Biblia. Jesús y Satán en la cima de la montaña. ¿No le había ofrecido a Él todos los reinos del mundo a cambio de que se arrodillara y le rindiera culto?

Ella reposó la cabeza en su hombro. Bueno, ella era más lista. El señor Barrington... Shane... no tendría que pedírselo dos veces.

60

Isis observó cómo el doctor Aziz desaparecía dentro del ascensor con una voluminosa bolsa negra debajo del brazo y cerró la puerta a sus espaldas. La última vez que lo había contado, hablaba una docena de dialectos árabes y otras diez lenguas de Oriente Próximo y Oriente Medio, amén de quién sabe cuántos millones de palabras sueltas. Pero se estaba empezando a dar cuenta de que bastaba con conocer una sola.

Baksheesh.

Por un puñado de dólares, el jovencito de detrás del mostrador había estado encantado de llamar al doctor Aziz, asegurándole que era «de lo más discreto». Y el doctor, por otra cantidad razonable, no tuvo problema alguno en remendar a Murphy. Cuando le acompañó a la salida, le dedicó a Isis una sonrisa de viejo *roué* con su brillante diente de oro.

—Policía no, policía no —dijo, colocándose un dedo sobre los labios.

No sabía si podía confiar en que ninguno de los dos jugaría a dos bandas y avisaría a la policía. Pero ella y Murphy no habían hecho nada ilegal, ¿verdad? Hasta donde ella sabía, no habían matado a nadie, y por lo que respecta al cuerpo de la Serpiente, resulta difícil decir a quién pertenece en realidad. De hecho, estaba empezando a creer que Ezequías hizo lo correcto: lo mejor sería que no fuera de nadie.

Se apoyó contra la pared, sintiendo como de repente le pesaba mucho el cuerpo.

—Parece que sobrevivirás. Me ha dado unas pastillas contra el dolor con una pinta infame, probablemente son para caballos, pero dado que tú eres más cabezota que una mula... ¿Murphy?

Tenía los ojos cerrados y estaba muy pálido, pero creyó ver el débil movimiento de su pecho al respirar. Se acercó a la cama y sintió el impulso de tocarle. «Sólo para asegurarme de que está vivo», se dijo a sí misma.

Su piel estaba fría, pero pudo sentirle el pulso justo encima de la clavícula.

—Buenas noches, Murphy —susurró—. Felices sueños.

Volvió a su cuarto, se tumbó en la cama y cerró los ojos durante unos minutos, dejando volar el confuso torbellino de emociones que llenaba su cabeza. Después inspiró, expulsó el aire lentamente y se sentó. Trabajar. Ésa era la única forma de recuperar el equilibrio.

Se sirvió un vaso de Famous Grouse, colocó una docena de lápices bien afilados junto a un montón de cuadernos amarillos, y acercó el cuerpo de la Serpiente a la lámpara del escritorio. Iba a ser una noche muy larga.

Le despertó el ruido de cristales rotos. Las ráfagas de viento que se colaban por la ventana abierta esparcían por toda la habitación decenas de hojas amarillas. Las sábanas también se habían volado, dejándola aterida. La lámpara, tirada en el suelo, se encendía y se apagaba con un zumbido de circuitos quemados.

Alguien golpeaba a su puerta. Instintivamente se

apresuró a taparse. Su mano sintió el suave tacto del algodón de su camisón. Confundida, alargó el brazo para encender la luz del dormitorio.

Todo estaba en su sitio. La lámpara, sobre el escritorio. Las hojas, perfectamente apiladas, con la Serpiente haciendo las veces de pisapapeles. La ventana estaba cerrada. Quitando su respiración agitada, sólo había silencio.

Se rió aliviada, se acercó al escritorio y leyó lo que había escrito en la primera hoja. Al menos, eso no lo había soñado. Lo volvió a leer, tratando de que se le quedara marcado en la memoria, y luego se volvió a meter entre las sábanas. Se durmió antes de poder recitarlo de nuevo.

A la mañana siguiente, Murphy no tenía secuelas de su herida. Cuando se reunió con él en la única mesa ocupada del cavernoso restaurante, se estaba dando un homenaje a base de café y bizcochos, todo feliz.

—Pareces muy animado —dijo ella.

Él le guiñó un ojo.

—El sueño de los justos.

—Bueno, ve con cuidado. El doctor Aziz dijo que deberías pasar al menos dos días en cama.

Murphy resopló.

—Sólo te estaba presionando para que soltaras otro puñado de billetes, haciendo que pareciera un caso de vida o muerte. Sólo es un rasguño. En cualquier caso, tenemos trabajo que hacer.

Ella rebuscó dentro de su bolsa, con expresión triunfal.

—Relájate. Ya está todo hecho.

Él cogió el trozo de papel arrugado y lo leyó detenidamente.

—Estoy empezando a creer que tu padre tenía razón. ¿Nunca duermes?

Ella fijó la vista en el mantel.

—No me ha costado mucho tiempo.

—¿Y estás segura de que lo has hecho bien?

Ella intentó coger el trozo de papel, pero él lo puso lejos de su alcance.

—Era una broma —dijo, para luego volver a leerlo cuidadosamente—. «En la tierra de la inundación, descansa junto a una reina.» La tierra de la inundación. Podría referirse al Diluvio.

Ella asintió con la cabeza.

—Hay muchas referencias de este tipo en la literatura babilónica. La pregunta es: ¿dónde se encuentra exactamente?

—Mucha gente cree que el Arca encalló en el monte Ararat. Entonces, quizá se refiera a Anatolia. ¿Sabemos de la existencia de alguna reina en ese vecindario?

—No en la época adecuada. Demasiado al norte.

—Bien, tal vez no se refiera a la inundación, sino a un sitio que se inunda habitualmente.

Ella se sirvió una taza de té y vertió en ella un poco de leche.

—Como ¿por ejemplo?

—¿Qué tal Egipto? El Nilo tiene crecidas cada año con puntualidad británica. Si no fuera por ellas, no habría habido civilización egipcia. Ni esfinge ni pirámides.

—Tiene sentido. Sigue leyendo.

—«En una tumba de piedra, flota en el aire» —recitó Murphy; luego, meneó la cabeza—. Me supera.

Ella dejó la copa en la mesa.

—Espera un segundo. Si tú tienes razón y Dakkuri se está refiriendo a Egipto, entonces, dentro de una tumba de piedra, descansando junto a una reina, tiene que ser en una pirámide, ¿no?

—Claro.

—Vamos a ver, tú eres el arqueólogo. ¿Cuántas pirámides hay?

—Más de las que te imaginas.

—Pero ésta no es una pirámide como las demás.

Él golpeó la mesa con la palma de su mano y el camarero salió de la cocina para ver qué es lo que ocurría. Isis le alejó con un gesto y el ceño fruncido.

—¿Has oído hablar alguna vez de la pirámide de los Vientos?

—Reconozco que no. ¿Estás seguro de que no te lo acabas de inventar?

Él hizo como que se reía.

—No, lista, existe de verdad. En la meseta de Gizeh, al oeste de El Cairo. No está lo suficientemente cerca de las tres grandes, Keops, Kefren y Micerinos, como para salir en las postales, así que nadie le presta excesiva atención.

—¿Y de dónde saca ese nombre tan chulo?

—Cuenta la leyenda que hay algún tipo de corriente en el centro de la pirámide tan fuerte que puede mantener a un hombre flotando por encima del suelo para siempre.

—A un hombre... o la cabeza de una serpiente de bronce —dijo ella.

—Por qué no. Si no me equivoco, además, es el último lugar de descanso de la reina Hephrat II.

—¡Bingo! «En una tumba de piedra, flota en el aire.» ¿Qué hacemos ahora?

—Echaremos un vistazo allí dentro, claro. Vamos.

De regreso en la habitación de Murphy, ella observó

por encima de su hombro cómo conectaba su portátil a la Red y entraba en una base de datos del ordenador central de la Universidad de Preston. Unos segundos después, aparecía en la pantalla un complejo diagrama de la pirámide de los Vientos, que revelaba su interior en tres dimensiones.

Isis señaló una serie de agujeros cuadrados en la base de la pirámide.

—¿Qué es eso?

—Túneles de viento. El aire es dirigido hacia la cámara central, el gran espacio vacío que hay en el centro de la construcción, sobre la cámara mortuoria de Hephrat, y se escapa por aquí, por estos orificios más pequeños que se encuentran dos tercios de la pirámide más arriba.

—Impresionante. Los egipcios inventaron el aire acondicionado 3.000 años antes que nosotros.

—Pero sólo para la realeza —dijo Murphy—. E, incluso, ellos tenían que estar muertos antes. Quizá eso explique por qué su civilización no sobrevivió.

Isis le regaló una mueca irónica.

—¿Y de dónde viene esa leyenda de cosas flotando en el aire?

—Apenas recuerdo la física del instituto, pero mi teoría es que el aire entra por los conductos de la base, se calienta dentro de la cámara central, asciende y se va comprimiendo a medida que la pirámide se estrecha. Eso aumenta su velocidad y hace que salga a presión por los agujeros superiores, a la vez que hace el vacío y obliga a absorber más aire por debajo. Parece un círculo vicioso.

—¿Y crees que la cabeza de la Serpiente estará flotando en el aire en medio de la cámara central?

—Lo dudo. Más bien creo que estará en la cámara mortuoria, o en uno de los conductos de aire.

Isis estudió la pantalla con expresión escéptica.

—Es cierto que te he dicho que no tengo claustrofobia, pero esos conductos de aire tienen pinta de ser muy estrechos. ¿Cómo vamos a...?

Murphy apretó un par de teclas y la pirámide de los Vientos desapareció. En su lugar surgió un gráfico rotatorio de lo que parecía ser una clase de aspiradora de alta tecnología.

—Te presento al Reptil de las Pirámides. Un robot dirigido por control remoto diseñado específicamente para navegar por los conductos de aire de las pirámides.

—¿Estás de guasa? ¿Alguien ha construido de verdad una cosa así?

—Claro. No sé si es el artilugio más vendido de la iRobot Corporation, pero es justo lo que necesitamos ahora mismo. ¿De qué color lo quieres? Creo que hay dos opciones, gris oscuro y gris un poco más oscuro.

Isis estaba leyendo las especificaciones del producto: un vehículo dirigido por control remoto con dos orugas a cada lado, una encima de la otra, de forma que una se adhiere al suelo y la otra al techo para fijarse perfectamente a la piedra. Un manojo de sensores, focos de luz y cámaras de televisión miniaturizadas completan el invento.

—Imaginemos que podemos hacernos con uno de éstos. Todavía no sé cómo nos las vamos a ingeniar para meternos en la pirámide. Ya sé que no eres un amante de la burocracia, pero allí no basta con alquilar un par de camellos y empezar a excavar, ya lo sabes.

Él pareció ofenderse.

—¿Crees que no tengo mis contactos? ¿Has oído hablar del doctor Butros Hawass, el director de las pirámides? Bien, pues mi mejor amigo durante el doctorado era un tipo llamado Jassim Amram. Ahora es profesor de arqueología en la Universidad Americana de El Cairo, y resulta que es, además, la mano derecha de Hawass. Si conozco un poco a Jassim, seguro que ya tiene un Reptil de las Pirámides en su despacho y lo ha programado para que le prepare Martinis y se los lleve hasta su sillón.

—Estupendo —dijo Isis, abriendo la puerta—. Entonces, tú arreglas las cosas con tu amigo el profesor Amram y yo localizo a nuestro piloto y le digo que se prepare para llevarnos a El Cairo.

Murphy había cerrado su portátil y ya estaba tirando la ropa dentro de su maleta.

—Me parece bien.

Entonces, sonó el teléfono. Era la voz de una secretaria.

—Oh, gracias a Dios, doctora McDonald. Por favor, espere, que quiere hablar con usted el director de la Fundación Pergaminos para la Libertad.

—Isis.

Harvey Compton parecía muy tenso, pensó Isis. Probablemente, estaría preocupado por que le hubieran rayado la tapicería de su avión. Se apresuró a asegurarle que el dinero que se habían gastado había valido la pena.

—Harvey, tenemos la segunda pieza y la vista puesta ya en cómo conseguir la cabeza de la Serpiente.

—Bien, vale, eso no me importa. He estado intentado localizarte. Aquí han asesinado a dos personas y han robado la cola de la Serpiente. Isis, tú y el profesor Murphy debéis abandonar vuestro viaje y regresar a casa inmediatamente.

61

Extraño. Extraño y horrible. El asesinato de los dos guardias había sucedido literalmente al otro lado del mundo, pero, dado que se trataba de la vida de hombres de carne y hueso que trabajaban con ella, Isis estaba desolada.

—Isis, siento haber metido a tu fundación en esto —dijo Murphy, aunque sabía que no serviría de consuelo—. Compton tiene razón, por supuesto. Debemos regresar.

Isis estaba sentada, mirando la pared.

—Murphy, no vamos a volver. Ahora no. Ahora menos que nunca. Quienquiera que haya sido, sea lo que sea lo que está intentando hacerse con la Serpiente, debemos detenerlo.

—Isis, estás conmocionada. Estás en peligro, mucho más de lo que creíamos estarlo aquí en Tar Qasir, y esto no es una excursión escolar. Haz las maletas.

—No, Murphy. Mantenemos el rumbo. Compton está demasiado lejos como para detenernos. Además, hay algo que no te he dicho sobre lo que encontraron en la fundación.

—¿De qué se trata?

—Murphy, fuera quien fuese el que se llevó la cola de la Serpiente, su atrevimiento no conoce límites. Se tomó el tiempo necesario para dejar lo que sólo podría ser un mensaje insultante dirigido a ti. Arañó la estantería de metal para dibujar el símbolo de una serpiente. De una serpiente dividida en tres piezas.

Murphy caminó hasta la ventana. Tras unos segundos de reflexión, se giró y dijo:

—Bueno, sea quien sea el que robó la cola de la Serpiente, está al corriente de nuestra misión. Y las pocas personas a las que le he confiado los detalles de lo que andamos buscando no son ni asesinos ni ladrones.

—Quieres decir que al menos hasta el momento no lo han sido. Es evidente que la Serpiente tiene algo que, a lo largo de los siglos, ha llevado a hacer cosas muy extrañas a mucha gente.

—Sí, deberíamos dar por hecho que no se trata de un arqueólogo rival capaz de asesinar y robar para conseguir la cola de la Serpiente. Así que tendremos que asumir que quien nos acecha trabaja seguro para el reverso tenebroso.

Isis se acercó a él con un deje de preocupación en la mirada, y le cogió la mano antes de soltar la última de las noticias que guardaba.

—Murphy, hay algo más que debes saber sobre lo que pasó en la fundación. ¿Recuerdas lo que me contaste sobre el collar con la cruz que le diste a Laura, y cómo descubriste que alguien lo había roto cuando fuiste a mirar por última vez su ataúd durante el funeral? Bien, pues junto a la serpiente había otro signo arañado en la estantería. El mismo maníaco había dibujado una cruz rota en tres pedazos.

Murphy se sentó en silencio, conmocionado. Luego, se dirigió al muro y pegó tres puñetazos contra la pared con todas sus fuerzas.

—Las peores sospechas se confirman. Todo empieza a cobrar sentido de una forma grotesca. Todas las señales indican que existe un elemento misterioso que conecta muchas de las cosas que han sucedido. El extraño que llega a Preston y se alía con Chuck Nelson para crear problemas; el atentado en la iglesia; el robo de la cola de la Serpiente... —su voz se quebró antes de pronunciar el último eslabón de esa cadena.

Isis verbalizó sus pensamientos.

—El hecho de que Laura no muriera aplastada por los escombros, sino que fuera asesinada.

—Isis, esto se escapa del campo de la arqueología, e incluso va más allá de la fe o la validación de la Biblia. Ahora se ha convertido en algo personal. Vamos a encontrar la cabeza de la Serpiente aunque perdamos la vida en el intento. Y si continuamos con nuestra misión, es sólo cuestión de tiempo que tengamos que enfrentarnos cara a cara con ese malvado desconocido.

62

—Bueno, y cuando encontremos la cabeza de la Serpiente ¿qué?

Murphy estaba concentrado en el caos de polvo, reflejos deslumbrantes y bocinazos de El Cairo, mientras el taxi avanzaba laboriosamente adelantando a los coches, bicicletas, peatones, e incluso, a los bueyes que abarrotaban las estrechas callejuelas.

—Quiero decir —continuó Isis—, ya no podemos unir las tres piezas. El tipo que asaltó la fundación se ha llevado la cola. Quiero decir, entiendo lo que significa autentificar lo que cuenta la Biblia. Aún puedes hacerlo con las dos piezas. Pero no estamos aquí para eso, ¿verdad?

Ella se había puesto un poco morena durante su viaje por Oriente Próximo y le sentaba muy bien. Parecía más segura, tenía menos pinta de ser una criatura de la noche lista para reptar de vuelta a su agujero en la fundación al menor signo de estar internándose demasiado en el mundo exterior. Pero él no estaba seguro de tener ganas de convivir con su recién ganada seguridad en sí misma justo en esos precisos momentos.

—Mi tarea es probar que lo que dice la Biblia es cierto. No se me ocurre que pueda haber nada más importante.

Ella le miró con escepticismo, pero se tuvo que agarrar a la manecilla de la puerta cuando el conductor dio un volantazo para esquivar a un anciano que se tambaleaba sobre una bicicleta. Tras recuperar el equilibrio, continuó:

—¿No? ¿Y qué me dices de las profecías? De las profecías bíblicas.

—Eso forma parte de mi misión. Si podemos demostrar que los profetas del Antiguo Testamento escribieron sus textos cuando ellos dicen que lo hicieron, eso probaría que sus predicciones son genuinas.

—No te sigo.

Apartó la mirada a regañadientes de la ruidosa confusión de las calles.

—Parte de lo que han predicho ha ocurrido. Los escépticos alegan que eso ha sido porque realmente escribieron sus profecías después de que lo que auguraban hubiera tenido ya lugar, de forma que estaban mirando hacia el pasado y no hacia el futuro. Si podemos demostrar que las escribieron cuando dicen que las escribieron, eso probaría que podían predecir lo que iba a suceder.

—¿Y qué importancia tiene eso?

—Pues que la gente podrá estar segura de que las cosas que han predicho y que todavía no han ocurrido sí acabarán por tener lugar.

Ella asintió, como si le estuviera diciendo algo que ya sabía.

—Bueno, entonces cuéntame qué es lo que dice el Libro de Daniel que aún no haya pasado.

—¿Daniel? Creí que estabas más interesada en Marduk y Ereshkigal, y en toda esa panda.

Isis le miró con una intensidad que nunca antes había visto en ella, y Murphy se dio cuenta de que había sido demasiado duro. Por primera vez, entonces, se percató de que ella no llevaba puesto su amuleto.

—Lo siento. De acuerdo, te contaré todo lo que quieras saber sobre Daniel, pero ¿por qué te interesa ahora?

—Me contaste que tu búsqueda de la Serpiente de Bronce comenzó con un misterioso mensaje sobre Daniel. Creo que de eso se trata todo esto. Por eso estamos poniendo en peligro nuestras vidas. Así que pienso que ya es hora de enterarme de en lo que me estoy metiendo.

Ella empleó un tono impertinente, pero él no se creyó del todo que estuviera siendo sincera.

—De acuerdo. A través de Daniel, Dios le dijo a Nabucodonosor que a lo largo de toda la historia sólo habría cuatro imperios: el suyo, Babilonia, representado por la Cabeza Dorada de su estatua; luego el de los medos y los persas; después el griego, y por último el romano. Cada uno de ellos sería más débil que los anteriores, hasta que el romano terminara partiéndose por la mitad, como las dos piernas de la estatua.

—Roma y Bizancio.

—Exacto. Así pues, cuatro imperios. Sólo cuatro. Desde los romanos, nadie, ni Napoleón ni Hitler, ha logrado construir el quinto.

Ella parecía estar confundida.

—¿Y entonces cuál es la predicción que aún no se ha hecho realidad?

—Queda una parte de la estatua de Nabucodonosor. Los diez dedos de los pies. Los expertos en profecías creen que los dedos, hechos de barro y hierro, representan una forma inestable de gobierno que triunfará entre las actuales naciones estado en un futuro cercano. Probablemente, se refiere a diez reyes o gobernantes de algún tipo, que allanarán el camino para la llegada del Anticristo.

Ella desvió un momento la mirada tratando de asimilar lo que le acababa de contar. Circulaban ahora con fluidez por la Corniche El Nil, la avenida principal que discurría paralela a la orilla este del Nilo y, ante sus ojos, desfilaban como en una procesión oficial las opulentas mansiones del distrito de las embajadas.

—¿Y tú crees que el secreto, el misterio al que se refiere Dakkuri tiene algo que ver con todo eso?

Él encogió los hombros.

—Mi instinto me dice que sí tiene algo que ver con las predicciones de Daniel. Algo me rondaba la mente, algo no encajaba, pero no lograba saber de qué se trataba y me llevó bastante tiempo averiguarlo. La palabra que acabas de usar: misterio. En el Apocalipsis, es sinónimo de Babilonia. Dakkuri dijo que el misterio regresaría.

—No entiendo. ¿Va a volver Babilonia?

Él asintió con la cabeza.

—Sí, el poder de Babilonia. Cuando el Anticristo establezca un solo gobierno sobre todo el planeta.

Ella se pasó las manos por el cabello.

—Me he perdido. Volvamos un segundo a lo de la Serpiente. Si lo que vimos en las alcantarillas sirve de ejemplo, podemos decir que ha habido gente rindiéndole culto en secreto durante años, probablemente, miles de años. O, al menos, rindiendo culto a la parte central de la Serpiente. Sabe Dios cuántos inocentes han sido sacrificados en ese tiempo.

—Lo sé. Es increíble. Terrible.

—¿Pero este culto tiene algo que ver con lo que tú estas diciendo, con el retorno de Babilonia?

Él se rascó el mentón.

—Dejémoslo en que existe una fuerte relación entre ambas cosas. Las fuerzas de la oscuridad. El mal. Al final se trata siempre de lo mismo.

—Y ahora tú y yo nos dirigimos directamente hacia las fauces del dragón, ¿verdad?

Él se esforzó por encontrar la respuesta adecuada, algo que pudiera devolverle la confianza, pero en ese momento el taxi se detuvo ante el edificio principal de la Universidad Americana, y un hombre alto vestido con un traje blanco y con una amplia y brillante sonrisa les abrió la puerta del coche, haciéndoles salir al terrible calor de El Cairo.

—¡Murphy, viejo perro! ¡Bienvenido a El Cairo!

Diez minutos después, Jassim estaba sentado de nuevo en una silla de acero con pinta de ser muy incómoda, que, de alguna forma, parecía ajustarse perfectamente a su desgarbada figura. Bebió con gusto de su vaso de Martini.

—¿Estás seguro de que no quieres uno?

—¿Bromeas? Sé lo que le echas. El alcohol es lo de menos.

Jassim soltó una carcajada rica y meliflua.

—El mismo viejo Murphy.

—El mismo viejo Jassim —replicó Murphy, elevando su vaso de limonada.

—Sí, es triste, pero soy un musulmán terrible.

—Eso no lo sé, pero para mí sigues siendo un hombre excelente. La carta que me enviaste después de la muerte de Laura me ayudó mucho.

La expresión bulliciosa de Jassim se volvió sobria de repente.

—Sé que no es así, pero tenía que decirte lo que sentía dentro de mí.

Bebieron en silencio durante un rato, perdidos en sus recuerdos sobre Laura. Después Jassim dijo:

—¿Se encuentra bien la doctora McDonald? Ha sido muy amable, pero la encuentro quizá algo distraída.

Isis se había excusado y se había ido directamente a las habitaciones que Jassim había dispuesto para ellos en el complejo del campus destinado a los profesores visitantes y a sus familias.

—Tiene muchas cosas en la cabeza —dijo Murphy.

Jassim no insistió.

—Bueno, espero que se encuentre mejor mañana. Tenemos un gran día por delante —dijo, removiéndose en la silla, ilusionado como un niño en la noche de Reyes.

—Así que el profesor Hawass ha aceptado.

—Por completo. Cuando en los años sesenta sometieron la tumba de la reina Hephrat a un escáner de Rayos X, descubrieron que estaba completamente vacía. Los ladrones de tumbas nos habían vuelto a ganar la partida.

—Con doscientos años de ventaja, probablemente —dijo Murphy, provocando la risa de Jassim.

—Lo único que quedaba allí era un agujero vacío, profundo y oscuro situado en el fondo de la pirámide. Así que la idea de que aún hay algo que los saqueadores no pudieron llevarse, algo que un sacerdote caldeo de los tiempos de Nabucodonosor escondió allí, nada más y nada menos que ¡la cabeza de la Serpiente de Bronce de Moisés!... Sería una historia increíble. El profesor Hawass está encantado de poder poner todos nuestros humildes recursos a tu disposición.

—¿Sería posible empezar por guardar aquí el cuerpo de la Serpiente? Teniendo en cuenta lo que pasó en Washington, entendería que te negaras.

Jassim hizo un gesto con la mano.

—Aquí no nos asustamos tan fácilmente. Guardaremos la pieza con honor y discreción.

Murphy dio una palmadita en el hombro a su viejo amigo.

—Estupendo. Es un alivio. Así que me has conseguido un Reptil de las Pirámides, ¿no?

—Ah, claro que sí, y tengo unas ganas enormes de verlo en acción. Los ladrones de tumbas solían usar a veces a niños pequeños o, incluso, a enanos para que se colaran por esos estrechos pasadizos. Tristemente, muchas veces esos desgraciados no eran capaces de volver a salir de allí —añadió, meneando la cabeza—. ¡Espero que el Reptil de las Pirámides sea capaz de penetrar en los secretos más profundos de nuestra pirámide sin que nadie pierda la vida en el intento!

—Yo también confío en que así sea, Jassim, viejo amigo —dijo Murphy, mientras se le oscurecía el semblante—. Espero de verdad que así sea.

63

Cuando se reunieron a la mañana siguiente, listos para viajar hasta la pirámide en el land rover repleto de maletas y equipos, Murphy tuvo la sensación de que Isis había sacado algo en claro de sus reflexiones. No habló mucho, pero su forma concienzuda y empresarial de comprobar que llevaba todo lo necesario para la expedición transmitía una calma que nunca antes había visto en ella.

Mientras circulaban por el puente de la isla de Rodah, sobre el Nilo y hacia Shar'a al-Haram, a través del distrito de Gizeh y directamente hasta el borde del desierto, Murphy se preguntaba por qué él no se sentía igual. Tras pasar unas horas revolviéndose en la cama inquieto, atrapado por sueños febriles, había abandonado la esperanza de descansar y había pasado el resto de la noche paseando por el jardín de atrás de su lugar de alojamiento.

Murphy esperaba algo, quizá una señal de que estaba haciendo lo correcto, de que su presencia allí formaba parte del plan que tenía Dios para él. Pero el amanecer llegó dejándole tan agotado y confundido como antes.

Contempló la sonrisa de esfinge que iluminaba la cara de Isis mientras escuchaba las ridículas historias de

Jassim sobre momias malditas y escarabajos encantados, y se preguntó si Dios no habría preferido mostrarle a ella esa señal. Quizá, como el hijo pródigo, ella era la favorita de Dios. En cualquier caso, no la envidiaba. Se conformaba con que alguien supiera que iban por el buen camino.

La Ruta de las Pirámides. Se acordó de que así llamaban a este camino que se internaba en el desierto. Y la primera vez que lo recorrió, en la vieja lata de sardinas que era entonces su Citroën, con Laura, aún quedaban trazas de las acacias, tamarindos y eucaliptos que crecieron en abundancia en aquel lugar, y que ahora se habían desvanecido arrasados por el maremoto de asfalto de la ciudad.

Cuando por fin desaparecieron los edificios de apartamentos de hormigón y las tres pirámides de Gizeh surgieron en el horizonte, haciendo resoplar de asombro a Isis y causando la risa de Jassim al oírla, Murphy se preguntó si esa notable yuxtaposición de lo antiguo y lo moderno no era quizá la señal que estaba esperando.

Aquí en El Cairo, la gente se apresura por alcanzar el futuro bajo la mirada de unos monumentos hundidos en lo más profundo del pasado de la humanidad, imperturbables, como si dijeran «si de verdad quieres saber lo que está por venir, mira hacia atrás».

La carretera trepaba hasta la cima de una meseta de 2,5 kilómetros cuadrados, y giraba frente a la esfinge, con su mirada de un millón de años de antigüedad, y las increíbles pirámides que había ante ella y que alojaban a un rey, a su hijo y a su nieto. Desperdigadas entre las Tres Grandes, otras mucho menores de reinas y princesas sólo servían para resaltar su majestuosidad.

El land rover siguió su camino circulando hasta el

extremo nordeste de la meseta, y las pirámides comenzaron a encogerse de nuevo en la distancia. Isis estiró el cuello, tratando de memorizar hasta el más mínimo detalle del extraordinario paisaje que ahora dejaban atrás, hasta que Jassim le dio un golpecito en el hombro para señalarle al frente.

A lo lejos, en esa esquina vacía de la meseta, se erguía la pirámide de los Vientos. Su antigua geometría era tan perfecta que parecía haber sido construida la semana pasada. Más pequeña que sus famosas primas, era, a su manera, igual de impresionante, con sus escarpados muros de bloques de piedra perfectamente encajados como testamento del genio intemporal de sus creadores.

—Es increíble —exclamó Isis, escapando del land rover para sumergirse en el calor abrasador del desierto.

—Una de las mayores obras de ingeniería del hombre —coincidió Jassim.

—Ayuda el tener millares de esclavos para colocar cada bloque de piedra en su sitio —añadió Murphy.

—Por supuesto. Por eso los edificios modernos son tan canijos en comparación —se rió Jassim—. No hay forma de conseguir esclavos hoy en día.

Isis desenrolló el mapa tridimensional del interior de la pirámide mientras Jassim y Murphy comprobaban que todos los aparatos del Reptil funcionaran correctamente.

—Perfecto —concluyó Jassim al fin, mientras una imagen trasparente de la pirámide aparecía en el portátil que se balanceaba sobre sus rodillas—. Y parece responder bastante bien a todas mis órdenes —añadió, dándole una palmadita como si el Reptil fuera un perro fiel—. ¡Vamos, busca! —le gritó serio, mientras señalaba la pirámide.

Murphy se puso el Reptil bajo el brazo y empezó a encaramarse por los enormes bloques de caliza hacia la entrada del primer conducto de aire.

—El viento sopla del sur —le explicó Isis a Jassim—, así que ese conducto es, probablemente, el que tiene una corriente más fuerte. Parece el sitio lógico para empezar a trabajar.

—Esperemos que el viento no lo haya llenado de arena —respondió Jassim, mientras asentía con la cabeza.

Murphy regresó corriendo sobre la arena y Jassim inició el viaje del Reptil conducto adentro. Sobre su hombro, Murphy e Isis vieron cómo las imágenes granuladas invadían lentamente la pantalla.

—Parece despejado. El Reptil avanza sin problemas. Calculo que alcanzará el final del conducto en unos tres minutos. Por ahora no parece que haya objetos en su camino.

Esos tres minutos parecieron ser treinta, amontonados en el interior refrigerado del land rover, tratando de interpretar las oscuras imágenes que el Reptil les transmitía con sus cámaras miniaturizadas. Por fin, Jassim apretó una tecla y le detuvo.

—Creo que ya ha avanzado lo suficiente. Debe de estar cerca del extremo del túnel. No queremos perderla. Si hubiera algo en ese conducto, ya lo habríamos visto.

Murphy se preguntó en qué momento el Reptil se había convertido en ella.

—Déjala ir unos metros más allá, Jassim —dijo, escrutando la pantalla—. ¿Qué es eso? Algo se mueve ahí.

Jassim hizo avanzar el Reptil a regañadientes.

—Podría tratarse de un pequeño animal, una rata, tal vez, aunque dudo mucho que les quede algo que roer ahí dentro.

—Vale, para. Ahí está de nuevo. No hay duda de que algo se mueve al fondo del conducto.

Jassim enfocó las cámaras gemelas.

—Vamos a ver, ¿ahora mejor?

Murphy asintió con la cabeza.

—Tiene que haber algo más allá del conducto de aire. Algo que está dentro de la cámara central.

—¿Algo como la cabeza de la Serpiente de Bronce flotando en medio del aire? —se rió Jassim.

Murphy le miró fijamente.

—Sólo hay una forma de averiguarlo.

Mientras Jassim conducía el Reptil fuera del conducto, murmurando muy bajito, Murphy comprobó que llevaba todo lo que necesitaba. Cuerdas, linterna, navaja suiza. Y su arco.

Jassim le miró como si se hubiera vuelto loco.

—¿Para qué demonios necesitas eso?

—Me hubiera sido de mucha utilidad la última vez que me metí en un agujero en busca de una pieza de la Serpiente. No voy a volver a cometer el mismo error.

Isis no abrió la boca mientras se dirigían a la base de la pirámide, pero cuando Murphy se dispuso a trepar hasta la entrada del conducto puso la mano sobre su hombro.

—Ten cuidado.

Él la miró a los ojos.

—Siempre intento tener cuidado —respondió, pero no le salió la pose de arrojo y despreocupación que intentaba adoptar.

—Lo digo en serio —dijo ella.

Con el arco bien pegado a su cuerpo, y las rodillas, hombros y codos haciendo presión contra el muro, Murphy empezó a comprender por qué los saqueadores de tumbas habían dejado que fueran niños o enanos los que se las arreglaran con los conductos del aire. Pero un verano de excavaciones en México le había enseñado que incluso un hombre de mediana altura podía abrirse camino por un túnel muy estrecho si era capaz de controlar sus nervios. Casi siempre era el pánico y no las dimensiones físicas del agujero en el que te habías metido lo que te terminaba por atorar. Se tomó un minuto para calmar su respiración, intentó relajar sus músculos y comenzó a avanzar, notando el aire caliente silbar a su lado. «Puede que nunca logre salir de aquí, pero al menos no me voy a ahogar», pensó.

Diez minutos después, tenía las rodillas y los codos destrozados, y estaba empezando a preguntarse si no habría sido un error traerse el incómodo arco. Si no fuera por él, ya habría alcanzado el borde del túnel. Cerró los ojos, sabiendo por experiencia que la oscuridad total puede, paradójicamente, reducir la sensación de claustrofobia, y siguió avanzando.

Unos minutos más tarde, sus dedos rozaron el borde del conducto y abrió los ojos. Se echó un poco para delante y oteó hacia el abismo que se abría ante él. En algún lugar, en medio de aquella oscuridad, estaba la tumba de la reina Hephrat, pero la inclinación de las paredes de la pirámide aseguraba que fuera imposible escalarlas. No tenía ni idea de cómo se las habían ingeniado los ladrones de tumbas.

Se revolvió para encaramarse a un saliente. Cuando estuvo seguro de poder ponerse en pie sin golpearse la cabeza en la oscuridad, abrió los ojos. El viento que soplaba con fuerza a su alrededor parecía provenir de todas partes. No era lo suficientemente potente como para volarle del saliente, pero su pelo y su ropa comenzaron a agitarse hacia todos lados a merced de las corrientes de aire.

Cuando se acostumbró a la situación, se dio cuenta de que no estaba en la más completa oscuridad. Un fino hilo de luz proveniente de uno de los conductos de la parte superior de la pirámide se sumergía directamente en el abismo. Parecía haber sido diseñado específicamente para crear el increíble espectáculo que Murphy estaba contemplando.

A menos de treinta metros del conducto en el que se encontraba, muy por encima de su cabeza, había un objeto flotando milagrosamente en el vacío. El hilo de luz hacía brillar tenuemente lo que parecía ser un trozo de metal del tamaño de un puño que se revolvía en medio del aire. Tenía el tamaño exacto, calculó Murphy, para ser la cabeza de la Serpiente de Bronce.

Murphy no supo cuánto tiempo pasó allí, hipnotizado ante la visión de la cabeza de la Serpiente, viéndola bailar en el aire como había estado haciendo, sin que nadie la observara, durante miles de años, pero le resultaba imposible apartar la mirada. Sabía que nunca vería nada más extraordinario en toda su vida.

Como si le estuvieran leyendo la mente, una voz quebró sus ensoñaciones.

—Una vista magnífica, Murphy. Pero deberías preguntarte a ti mismo: ¿será la última que vea antes de morir?

64

Murphy miró más allá de la cabeza de la Serpiente, a través de la oscuridad que la rodeaba, para averiguar de dónde provenía esa voz. En un saliente al otro lado de la cámara pudo distinguir vagamente una figura humana.

—¿Quién eres?

—Mi nombre es Garra. Se lo dije a tu esposa, pero supongo que no tuvo tiempo para contártelo.

Al fin el mal que destruyó a Laura tenía un nombre y una cara. Todas y cada una de las fibras del cuerpo de Murphy clamaban venganza, y si la ira hubiera tenido poder para ello, habría saltado por encima del vacío hacia la garganta de Garra. Pero prefirió controlar su furia para centrarse en lo que tenía por delante.

—Eres un monstruo. Así que yo estaba en lo cierto. Tú eres el responsable de todos los horrores de las últimas semanas.

—Sí, quién iba a pensar que un arqueólogo vería tanta acción a su alrededor. Tienes mucha experiencia, Murphy, lo reconozco, pero, con el suficiente dinero y poder para contrarrestar tus habilidades, no hay ni un secreto, ni tuyo ni de la antigüedad, que no pueda ser revelado.

—¿Para qué quieres la Serpiente? ¿Cómo es posible que valga la pena matar por ella?

—Yo no tengo que revelarte mis secretos, Murphy. Lo único que necesitas saber es que, gracias a ti, conseguiré la cabeza de la Serpiente. Luego iré a la Universidad Americana, donde has guardado bajo llave el cuerpo.

—Ya veo que eres un monstruo con una confianza terrible en tus capacidades, Garra. Pero no parece que estés más cerca que yo de poder coger la cabeza de la Serpiente de ahí arriba. Todo ese poder y dinero moderno del que alardeas no parece que vaya a servirte de nada ante una mente lista de la antigüedad y un poco de viento.

Garra se rió.

—En eso, profesor, te equivocas. Parece que eres tú el que no tiene forma de saltar al vacío para coger la cabeza, mientras que yo tengo una solución casi tan vieja como esta pirámide.

Murphy vio un fugaz movimiento, y, por un momento, fue como si hubieran lanzado al aire dos objetos en el centro de la cámara. Uno era la cabeza de la Serpiente, y el otro se estaba moviendo de hecho por sí mismo, luchando contra el viento.

«Un pájaro —pensó—. Claro. Un halcón.» Muy a su pesar, tuvo que aceptar que Garra había pensado una forma muy ingeniosa para sacar la cabeza de la Serpiente del vórtice.

Incluso bajo la vacilante luz del interior de la pirámide, Murphy observó cuán magnífica criatura era el halcón. Pudo ver el brillo castaño de sus alas y las motas de color crema de su pecho. Un cernícalo. Recordó su antiguo nombre, *windhover*,[1] mientras lo veía milagrosa-

---

1. Esta palabra —sinónimo de *kestrel*— es el equivalente inglés a cernícalo, pero, además, podría interpretarse literalmente como «el que vuela contra el viento». *(N. del T.)*

mente inmóvil a unos metros de distancia del vórtice.
«Está acostumbrado a navegar por corrientes ascendentes y torbellinos —pensó Murphy—, pero nunca ha debido de ver nada parecido a esto. Debe de sentirse atrapado en medio de un huracán. Pero está aprendiendo rápido. En un par de intentos más la habrá agarrado.»

Sin ni siquiera pensárselo, sacó el arco de su funda y cargó una flecha.

Apuntó al halcón, que flotaba ahora a sólo unos centímetros de la cabeza de la Serpiente. Pero notó como su fuerza de voluntad menguaba, así que giró el arco hacia un objetivo al que no podía resistirse. Garra. Tensó la cuerda hasta hacer que todas las moléculas del arco suplicaran que la soltara de una vez. Con sólo dejar ir los dedos, una flecha volaría sobre el vacío que les separaba y atravesaría el negro corazón de Garra.

«La venganza es mía.»

Tenía al asesino de Laura delante. ¿Eran imaginaciones suyas, o Garra estaba sonriendo? «Sabe que lo tengo en mi punto de mira —pensó Murphy—. ¿Acaso piensa que no lo haré?» Notó temblar todo su cuerpo por el esfuerzo de mantener sujeta la flecha, como si ésta tuviera sus propias intenciones.

El tiempo pareció detenerse mientras esperaba ver lo que su mente le dictaba. El eco de las palmadas de Garra reverberó por toda la cámara.

—Vamos, Murphy. ¡Hazlo! ¿Qué te lo impide? Estamos solos. Tu amado Dios no puede verte. ¡Hazlo!

Murphy sintió que le temblaban los dedos. No podría aguantar así mucho tiempo.

Elevó el arco hacia la izquierda y disparó.

Pese al viento, la flecha alcanzó su objetivo. El halcón. Murphy no era capaz de quitarle la vida a un hombre.

Ni siquiera al monstruo que había matado a Laura. Además, en el último segundo se dio cuenta de que Garra estaba aplaudiendo para llamar su atención y distraerle del pájaro que acababa de atrapar la cabeza de la Serpiente.

Y no podía permitir que el monstruo de Garra consiguiera la cabeza de la Serpiente.

El cernícalo había penetrado en la corriente de aire sólido con las garras extendidas. Agarró la cabeza por la fina curva de bronce que la conectaría con el cuerpo y empezó a batir sus alas con furia para volver junto a Garra.

La flecha de Murphy le atravesó el extremo del ala izquierda. Con un horrible graznido, que retumbó por toda la cámara, sus garras dejaron caer la cabeza de la Serpiente. Pareció entonces flotar un instante en el aire, como si ya hubiera renunciado para siempre a los efectos de la gravedad, y luego se hundió en la oscuridad. De alguna forma, tras pasar siglos girando sobre su pedestal de viento, la cabeza al fin pudo desplomarse libre hacia el abismo. El cernícalo, herido, descendía casi a la misma velocidad.

Murphy contempló su caída. Casi estaba lo suficientemente cerca como para extender el brazo y tocarlo. Ahora la Serpiente ya no podría volver a juntarse nunca.

Se giró hacia Garra, pero las sombras le habían engullido.

Entonces, sintió un dolor punzante en la nuca, y oyó un graznido aún más escalofriante. Era otro pájaro. Murphy pudo recobrarse a tiempo para quitárselo de encima, y luego pareció distraerse por la caída del primer halcón y echó a volar, quizá para ir en su ayuda.

Murphy lo vio salir volando, con la cruz de Laura entre sus garras, después de habérsela arrancado del cuello.

65

Arrastrarse hacia atrás por el conducto de aire fue toda
una pesadilla. Cada centímetro que avanzaba parecía lle-
varle una eternidad, mientras imaginaba cómo el asesino
que había tenido a su merced destrozaba a Isis y a Jassim.
Ese pensamiento le atormentaba mientras se forzaba a seguir arrastrándose y su dolorido cuerpo no dejaba de san-
grar. «Podía haberle detenido. Podía haberle detenido.»

Cuando al fin logró salir tambaleándose a la arena,
la luz del sol le cegó y no pudo ver nada. Luego sintió
unos brazos que le cogían y le tiraban de los pies, y
pudo escuchar sus voces emocionadas. Estaban bien.

Ya en el land rover, entre trago y trago de una botella de agua mineral, Murphy les contó lo que había ocurrido en el interior de la pirámide.

—Suerte que eres un tipo con poca imaginación
—dijo Jassim, poniendo los ojos en blanco—. Si no, me
inclinaría por pensar que te lo estás inventando todo.
¡Un pájaro, dices, entrenado para coger la cabeza y sacarla del lugar donde ha estado girando en el aire durante eones! Ni siquiera sé si creerte.

—Limítate a vigilar por si ves otro coche —dijo Murphy—. Ha tenido que venir por el otro lado de la pirámide.

—¿Cómo supo que estábamos aquí? Eso es lo que no entiendo —dijo Isis.

Murphy meneó la cabeza.

—No tengo ni idea —respondió. Luego cerró los ojos, sintiéndose exhausto de repente—. He fracasado —añadió, más para sí mismo que en alto—. Creí que eso era lo que Dios quería que hiciera. Encontrar la Serpiente. Ésa era mi misión.

Isis le miró con sonrisa de esfinge.

—¿Qué te hace pensar que has fracasado?

Murphy golpeó con su puño la ventanilla.

—He perdido la cabeza de la Serpiente. Ahora estará en el fondo de la pirámide. Nadie la encontrará ya jamás.

—Quizá eso sea lo mejor —dijo Isis—. Creo que la Serpiente, cada centímetro de la Serpiente, no es otra cosa sino mal en estado puro. Si Dios tenía una misión para ti, tal vez era únicamente encontrar la inscripción. El mensaje final de Dakkuri.

—¿Sí? ¿Pues sabes qué?, está también en el fondo de la pirámide, por si acaso no te habías dado cuenta.

Isis pasó por alto su tono sarcástico.

—No tiene por qué ser así.

—¿De qué estás hablando?

—La cámara del Reptil logró filmar la cabeza durante dos o tres minutos. Las imágenes no tienen mucha definición pero, teniendo en cuenta cómo se movía en el aire, la hemos captado desde todos los ángulos. Si el laboratorio de Jassim está la mitad de bien equipado de lo que presume, podremos aumentar la resolución y quizá podamos unir las imágenes para fabricar una fotografía en la que leer la inscripción cuneiforme.

—Por supuesto que eso será posible —afirmó Jassim.

Murphy se pasó el viaje de vuelta a la Universidad Americana reviviendo la secuencia de los eventos que habían tenido lugar dentro de la pirámide. Había estado a punto de matar a Garra. No recordaba cuándo había cambiado de idea. Ni siquiera se acordaba de haber apuntado al halcón. Parecía, simplemente, como si el arco hubiera dirigido sus movimientos, y no al revés.

Ésa era la sensación que dejaban todos los disparos perfectos. Como si respondieran a la inspiración divina. «Bueno, quizá así fue», pensó.

Jassim estaba tan impaciente como Isis por ver lo que las cintas del Reptil podían revelar, así que mantuvo apretado el acelerador incluso cuando el atasco de todas las mañanas empezó a formarse a su alrededor. Isis permaneció con las manos entrecruzadas sobre su regazo y los ojos cerrados. Cuando al fin aparcaron frente a la fachada del elegante edificio de estuco que albergaba el laboratorio de Jassim, éste se empeñó en iniciar los preparativos mientras ellos se duchaban, y mientras Murphy se cambiaba la venda del navajazo y se ponía tiritas en todos su cortes y rozaduras.

Media hora después se arremolinaban ya frente a una pantalla de ordenador mientras los largos dedos de Jassim volaban sobre las teclas. En unos segundos, apareció una imagen granulada de la cabeza de la Serpiente, brillando tenuemente bajo la tenebrosa luz del interior de la pirámide mientras giraba sobre su propio eje.

—Pensar que llevaba allí 2.500 años —dijo, chasqueando la lengua—, y ahora... plof... ya no está.

—Tenemos las fotos para enseñarlas cuando estemos de vuelta en casa, eso es lo importante —dijo Murphy.

—Pero no se ve nada en ellas. Aún no —refunfuñó Isis—. Avanza la cinta, pero despacio.

Jassim digitalizó las imágenes de la película y fue avanzando hasta que pudieron ver la parte inferior de la cabeza.

—¡Para! —ordenó Isis. Murphy no pudo sino recordar el efecto de su voz sobre los adoradores de ídolos de las alcantarillas—. Amplíala todo lo que puedas.

Lentamente la imagen fue creciendo hasta llenar toda la pantalla. Luego, mientras Jassim seguía ampliándola, desaparecieron los bordes y todo lo que pudieron ver fue un paisaje de bronce picado y arañado, como la superficie de una distante luna amarilla.

Jassim meneó la cabeza.

—Esto es todo lo que...

—¡Ahí! —graznó Isis.

Murphy se acercó a la pantalla. Tenía razón. Lo que hace unos instantes le habían parecido arañazos y fisuras superficiales típicos de cualquier objeto de metal sometido a la acción de los elementos, de repente aparecía ante su vista como una ristra ordenada de caracteres escritos: los signos cuneiformes de Dakkuri.

Jassim mandó imprimir la imagen.

—Espero que sea otra cosa imposible de creer —dijo—. Aunque quizá haya llegado el momento de que me contéis qué es lo que está pasando.

Murphy colocó su mano en el hombro de su amigo.

—Espera a que Isis averigüe lo que significa. Luego, te prometo que te lo contaré todo.

Jassim asintió con la cabeza, mientras Isis arrancaba el papel de la impresora. Ninguno de los dos se movió. Por mucho que tardara, no iban a ir a ningún sitio entre tanto.

—Al menos es corto —dijo ella después de un rato—. Supongo que pensó que si el lector había logrado llegar hasta aquí, ya no tenía sentido seguir jugando con él.

Sus ojos se clavaron en la hoja de papel, y Murphy casi pudo escuchar los engranajes de su cerebro mientras movía los labios sin emitir sonido alguno, pronunciando palabras que repetía una y otra vez hasta dotarlas de significado. Después de un rato, depositó la hoja con sumo cuidado sobre el escritorio.

—¿Y bien? —dijo Jassim, que parecía incluso más nervioso que Murphy; éste, por su parte, contenía la respiración.

Ella se tomó un momento para recuperar la compostura y comenzó a hablar.

—Comienza con una exhortación ritual, como de costumbre: «Los siervos de la serpiente han mantenido este secreto. Que el futuro les depare poder y honor» —recitó. Luego tosió—. Y ahora viene la parte importante.

»"Las altas torres de Babilonia se han tornado polvo, el viento las arrastra donde quiere."

»"Pero encuentra la cabeza y el cuerpo habrá de resurgir tras ella, extendiendo su sombra de nuevo sobre toda la tierra."

»"De oro es, con los rasgos de un rey, el más poderoso."

»"En la morada de Marduk será donde la encuentres."

»"Oh, leal siervo de la oscuridad, recibe la orden de erguirla."

»"Del polvo deberá ser levantada también Babilonia para reinar de nuevo."

Se hizo el silencio, e Isis concluyó:

—Ya está.

—Es suficiente —dijo Murphy suavemente.

—Pero ¿qué significa? —preguntó Jassim.

—Significa que Babilonia resurgirá. Eso es lo que sucederá al menos si la Cabeza Dorada termina en las manos equivocadas.

Isis le miró pensativa, pero Jassim había saltado ya de su silla, retorciendo frustrado sus manos.

—Estás hablando en clave, Murphy. ¿Cómo podría resurgir Babilonia? ¿A qué Cabeza Dorada te estás refiriendo? Creí que estabais buscando, y de hecho la acabáis de perder, la cabeza de la Serpiente de Bronce.

—Lo siento, Jassim. Déjame explicártelo. De acuerdo con la interpretación que hizo Daniel del sueño de Nabucodonosor, el imperio babilónico fue el más poderoso que este planeta conocerá jamás. Ese poder estaba simbolizado por la Cabeza Dorada de la estatua de sus sueños, aquella que luego él construyó. Cuando Nabucodonosor comprendió que se había equivocado, hizo destruir la estatua. Pero me apuesto lo que sea a que la cabeza fue enterrada en algún sitio por aquellos que adoraban la Serpiente de Bronce.

—¿Pero por qué? Si no querían destruirla, ¿por qué simplemente no la fundieron? El oro debía de valer una fortuna inimaginable.

—Estoy seguro de que fue porque creían que si conservaban la cabeza llegaría el día en el que la persona adecuada la encontraría y Babilonia resurgiría.

Jassim se frotó los ojos, como si quisiera asegurarse de que no estaba dormido.

—¿Y qué significa eso de que Babilonia resurgirá? ¿Acaso es que la vieja ciudad será reconstruida?

—No sólo eso —dijo Murphy—. Significa que el poder de Babilonia también será reconstruido. En esta ocasión, como un poder maligno que dominará el mundo.

Jassim se volvió hacia Isis.

—Me gustaría saber qué piensa usted de todo esto, doctora McDonald. Creo que usted es una persona sensata, como lo soy yo. ¿Cree de verdad que un culto maligno ocultó durante 2.500 años la Cabeza Dorada de Nabucodonosor, a la espera de una oportunidad para conquistar el mundo?

Isis se tomó su tiempo para responder.

—No estoy segura. Mi idea de lo posible, lo real y lo irreal, ha cambiado recientemente. ¿Sabe?, creo que ahora ya he visto trabajar al mal, al mal en estado puro. Han matado a gente inocente por un pedazo de bronce —dijo, cruzando su mirada con la de Murphy durante un instante—. No sé qué creer respecto de la Cabeza Dorada, el regreso de Babilonia y todo eso. Lo único que sé es que estoy asustada. Más asustada de lo que nunca he estado en toda mi vida.

Jassim asintió con la cabeza solemnemente y luego se giró hacia Murphy.

—A mí me pasa como a la doctora McDonald. No sé qué creer. Pero aunque sólo sea por asegurarse, creo que puede ser una buena idea encontrar esa Cabeza Dorada antes de que otros lo hagan.

—Secundo la moción —dijo Murphy.

—Bueno, y ¿dónde se supone que está la morada de Marduk?

—Ésa es la parte fácil —dijo Isis—. El templo de Marduk estaba en Babilonia.

—Así que estás diciendo que...

Murphy asintió.

—Exactamente. Por una vez voy a pedirle ayuda a todo el mundo: a la Fundación Pergaminos para la Libertad, a la Universidad Americana y a mi amigo Levi, para mover todos los contactos habidos y por haber. Nos vamos a Irak.

66

—Los jardines colgantes de Babilonia —dijo Isis con aire soñador, mientras revolvía su taza de té—. No se me ocurren cinco palabras más misteriosas y seductoras. Suenan tan familiares, aunque, de hecho, nadie sepa cómo eran en realidad.

Murphy la veía sorber el té como una gatita.

—¿Sí? ¿Estás segura de no recordar algún paseo que hicieras por allí hace 2.500 años?

Isis cogió un trozo de hielo y se lo tiró.

—Vale ya.

Jassim frunció el ceño. Había elegido ese restaurante porque era muy tranquilo, y tenía reservados en los que conversar sin que nadie pudiera escuchar lo que decías. No estaba de humor para jueguecitos.

—Bueno, entonces ¿dónde está exactamente el templo de Marduk? ¿En los jardines colgantes?

—O sobre ellos. Realmente no lo sabremos hasta que lleguemos allí —respondió Murphy.

—Haces que suene muy fácil. Estoy seguro de que no basta con aparecer por allí y ponerse a excavar. Bastantes saqueos han sufrido ya los tesoros iraquíes.

—De eso se trata, Jassim. El mejor sitio en el que podrían estar ahora mismo esos tesoros iraquíes es un museo en algún lugar muy lejos de allí. Y cuando se restablezcan la ley y el orden, y los museos iraquíes vuelvan a funcionar de nuevo, entonces, todos esos tesoros volverán a las manos del pueblo iraquí, que podrá admirar la herencia de su pasado sin tener que preocuparse por que cualquier rufián la vaya a robar para vendérsela al mejor postor.

Jassim le miró con escepticismo.

—Me cuesta creer que algo tan grande... ¿Cuánto dijiste que medía, más de cuatro metros de altura y cerca de dos de diámetro? Me cuesta creer que haya escapado de los saqueos. Los que tuvieron lugar después de la guerra *o* los que hubo durante los treinta años anteriores. Tal vez la fundieron hace ya tiempo para fabricar la grifería de oro de los cuartos de baño de Sadam.

—Daría para muchos grifos —dijo Murphy.

—Sadam tenía muchos cuartos de baño.

Murphy bebió de su vaso de agua, pensativo.

—Hasta el momento, Dakkuri ha demostrado ser muy listo. Se las ha arreglado para esconder un artefacto bíblico de forma que nadie pudiera encontrarlo hasta... el momento adecuado. Me apuesto lo que quieras a que también se encargó de esconder muy bien la cabeza.

—¿Y ahora ha llegado el momento de encontrarla?

—No estoy seguro de que haya nunca un momento adecuado para encontrar algo así. Pero cualquier momento es el adecuado para evitar que las personas equivocadas pongan sus manos sobre ella.

Isis consultó su reloj y recogió su mochila del suelo.

—Entonces, manos a la obra. Nuestro avión sale dentro de dos horas.

Jassim puso la mano sobre su brazo.

—Espere un instante nada más, doctora McDonald.

—Llámame Isis, por favor.

Resultaba extraño, pero ahora que su diosa ya no le parecía tan real, se sentía más cómoda con su nombre.

—¿Qué ocurre, Jassim?

Él parecía incómodo.

—Tú, Murphy, eres un tipo valiente. O quizá sólo un loco, pero bueno, eso no importa. Quizá dé lo mismo después de todo. Y tú, Isis, tú has hecho frente a experiencias terroríficas con una fortaleza excepcional. Yo, en cambio, no soy un héroe ni nada que se le parezca. Está claro que esa gente que quiere hacerse con la Cabeza Dorada es muy poderosa y completamente despiadada. Una combinación que no me gusta nada.

—Te entiendo, Jassim —dijo Murphy—, y si no te sientes cómodo viniendo con nosotros a Irak, lo comprenderé. Tengo que reconocer que nuestra labor será más complicada sin tu ayuda logística, pero nos las arreglaremos de todas formas. En cualquier caso, hay dos cosas que me hacen pensar que no tendremos que vérnosla de nuevo con los amigos del tipo de los halcones. En primer lugar, él no pudo ver la inscripción de la cabeza de la Serpiente y tú has destruido la película que grabamos y has formateado el disco duro del ordenador. Nosotros tres somos los únicos que sabemos dónde está la Cabeza Dorada.

—Me gustaría estar tan seguro como tú —replicó Jassim, mirando nervioso a su alrededor—. Ese hombre terrible, ese Garra, parece haber ido un paso por detrás de vosotros todo el rato, si no te molesta que te lo diga. ¿Cómo estás tan seguro de que ahora mismo no está escuchando nuestra conversación?

—Igual está escuchando —admitió Murphy—, pero queda la segunda cosa. No vamos a entrar solos al templo de Marduk. En estos mismos instantes, una unidad de marines estadounidenses están tomando posiciones en ese área.

Jassim se acarició la barbilla.

—Bueno, espero que hayan recibido órdenes de disparar contra cualquier tipo con pinta sospechosa. Y contra cualquier pájaro de presa con pinta sospechosa también, claro.

—Seguro que sí, Jassim. Bueno, entonces ¿te vienes?

—Tengo la sensación de estar haciendo una tontería —suspiró—, pero creo que si al final encontráis la cabeza y yo no estoy con vosotros para compartir el descubrimiento arqueológico más importante de esta época, tendría que quitarme la vida de todas formas, así que sí, voy con vosotros.

67

El land rover avanzaba lentamente dando saltos sobre las ruinas de la antigua ciudad, e Isis tuvo que pellizcarse para asegurarse de que no estaba soñando. Desde que perdió la cariñosa presencia de su padre a su lado, había vivido toda su vida escondiéndose. Sus estudios académicos habían sido una forma de evitar todas las cosas de la vida que la asustaban y su pequeño despacho en las entrañas de la fundación era el tipo de búnker que le hacía falta para mantenerse a distancia del mundo exterior.

Hasta que Michael Murphy había aparecido en su vida, claro.

Ahora, en el corto espacio de unos cuantos días, había tenido que enfrentarse al peligro, al miedo y a la muerte. Se había aventurado, y además de forma literal, en lo desconocido. Había explorado el oscuro corazón subterráneo de una ciudad medieval. Había contemplado el interior de una pirámide. Y ahora estaba a punto de poner sus pies sobre la mismísima Babilonia.

Su mirada se cruzó con la de los fieros dragones de los muros que flanqueaban la famosa puerta de Ishtar. Habían sobrevivido a tres milenios de lluvias, viento y tormentas de arena. Pero su corazón no estaba tan emocionado como hubiera esperado. Quizá, ahora, después de pasarse toda la vida estudiando los diversos dioses y diosas que los hombres habían adorado desde el principio de los tiempos, ahora estaba empezando a atisbar algo mucho más grande.

—Ahí está.

Murphy estaba señalando una colina cercana, donde los muros ruinosos todavía se erigían según el diseño original de la reina Amytis. En la cima, un único pináculo de arena marcaba el lugar donde se encontraba el templo de Marduk.

Como había predicho Jassim, el lugar tenía la pinta de haber sido saqueado hace tiempo por los chacales. Secciones enteras de la colina se habían hundido, cubriendo lo que una vez fueron los restos de puertas y escaleras con tierra y escombros. Había desaparecido cualquier vestigio de piedras talladas o con dibujos, tanto si eran guijarros como si se trataba de enormes columnas.

Murphy estaba examinando ese panorama de devastación cuando un bronceado oficial de los marines con gafas de sol de aviador bajó trotando de la colina para presentarse.

—Coronel Davis, de los marines estadounidenses. Y usted debe de ser el profesor Murphy.

Murphy recibió un apretón de mano capaz de romperle los huesos.

—Me alegro de verle, coronel —dijo, y entonces se dio cuenta de que un montón de soldados vestidos con ropas de camuflaje para el desierto formaban un perímetro abierto alrededor de la colina—. Y también a sus hombres.

—El placer es nuestro. Si hay algo que podamos hacer por usted, sólo tiene que gritar.

—No sé por dónde empezar —admitió Murphy—. Necesitamos ver qué hay bajo los escombros. Estamos buscando una especie de cámara subterránea.

El coronel se rió.

—Eso supuse, así que cuando llegamos empezamos a rebuscar un poquito. Parece que los tipos que limpiaron este sitio se dejaron un par de objetos que no podían vender en el mercado negro.

A Murphy se le iluminó la cara.

—¿De qué se trata?

—¿Qué le parecería tener un sónar portátil?

Murphy se echó a reír.

—Pues si le digo la verdad, nos vendría muy bien uno, coronel.

Media hora después, Murphy y Jassim avanzaban arrastrando el sónar —un pedazo de plástico oblongo y ligero del tamaño de un colchón para niños— sobre la roca, mientras Isis observaba las imágenes que se iban formando en el portátil de Murphy a unos metros de distancia.

Hasta entonces, sólo había podido ver los bordes oscuros de cámaras derruidas y criptas vacías. De repente, le llamó la atención la notable simetría de un par de líneas paralelas de color oscuro que aparecían en la pantalla.

—¡Paraos un momento! ¿Podéis volver hacia atrás un poquito?

Murphy y Jassim pasaron el sónar en zigzag sobre las rocas. Ahora no cabía duda. Ahí abajo, a unos tres o cuatro metros de profundidad, había algún tipo de objeto fabricado por los hombres. Y no era precisamente pequeño.

Murphy y Jassim se acercaron a mirar la pantalla. Jassim asintió con la cabeza.

—¿Un par de puertas, tal vez? En cualquier caso, parece algún tipo de entrada.

—¿Pero cómo vamos a llegar hasta ella? —preguntó Isis.

El coronel Davis, que se había quedado a un lado viéndola trabajar, intervino.

—Discúlpeme, señora, pero ¿podría servir de algo una excavadora?

Se marchó sin esperar a oír su respuesta, y, unos minutos después, escucharon el rugido del motor de una excavadora que se acercaba colina arriba. Se acercó hasta unos metros de donde habían dejado el sónar. Murphy le dio luz verde con los pulgares hacia arriba, y la excavadora comenzó a apartar la tierra y los escombros a un lado. La primera vez sólo pareció causar un roce superficial, pero el joven soldado que la manejaba se puso en seguida manos a la obra. Unos veinte minutos después, Murphy le indicó que se detuviera.

Se acercó al hoyo y luego se giró hacia el coronel Davis.

—Ahora sólo necesitamos unas cuantas palas.

Davis asintió marcial.

—Ahora mismo las consigo. Y tengo además una veintena de hombres con mucha experiencia en hacer agujeros, si es que los necesita para algo.

Para cuando habían cavado hasta una profundidad aproximada de unos tres metros, Murphy y Jassim ya estaban mareados por el esfuerzo, pero la media docena de marines que les ayudaban aún no habían empezado a sudar.

—Eh, eso ha sonado a metal —dijo uno de ellos cuando su pala chocó contra algo duro.

Se pusieron de rodillas y empezaron a quitar con las

manos los últimos puñados de tierra. Luego, se echaron a un lado.

Murphy y Jassim, a los que se les había unido Isis, contemplaron un par de enormes puertas de bronce. Pese a los depósitos de mineral incrustados y a la pátina de sedimentos descoloridos, los paneles resultaban asombrosos, esculpidos con relieves de las muchas conquistas de Nabucodonosor, que nadie había podido ver en los últimos 3.000 años; y por encima incluso de la imagen del gran monarca estaba la de Marduk, el dios guerrero.

Durante unos instantes, nadie se atrevió a romper el silencio. Luego, Jassim dijo:

—Yo diría que estamos en el lugar donde mora Marduk, ¿verdad? ¿Entramos pues?

Parecía como si las puertas, paralelas casi al suelo, hubieran sido selladas para siempre y ni siquiera con el esfuerzo conjunto de todos los presentes se movieron un ápice. No había manera así de saber si había algo más que tierra debajo de ellas. La estructura se había girado entera hacía mucho tiempo, perdiendo la verticalidad, probablemente, a causa de uno de los frecuentes terremotos que asolaban la región, y es posible que las puertas se abrieran a la nada.

Bajo la batuta de Murphy, tres marines se subieron a una de las puertas y trataron de hacer palanca con sus palas para abrir la otra. Pronto estaban sudando, y Murphy empezó a sospechar que las puertas habían sido diseñadas astutamente para sugerir que detrás de ellas había una cámara que en realidad no existía.

De repente, se escuchó un chirrido y la pala voló de las manos de uno de los soldados, al tiempo que aparecía una grieta y una ola de aire viciado escapaba por ella. Agarraron el borde de la puerta y tiraron con todas sus fuerzas. Lentamente se fue abriendo hacia arriba con un gemido de sus antiguos goznes.

Agarrado a una de las puertas, Murphy se introdujo en la oscuridad, con las piernas colgando libres sobre el vacío. Así que las puertas sí conducían a algún sitio. El aire fétido era casi irrespirable, el tufo acre de podredumbre más fuerte con el que se había topado nunca. Sintió náuseas, su pecho se hinchó y empezó a tener convulsiones. Escuchó gritar a Isis cuando se le resbalaron los dedos del borde de la puerta y luego se desplomó hacia abajo.

Ese instante pareció alargarse hasta el infinito. Murphy pensó en los hombres que, mientras se ahogan, ven pasar sus vidas como una película ante sus ojos en cuestión de segundos. Luego, sintió un golpe que le provocó una sacudida de dolor que recorrió sus piernas a la velocidad de la luz, y antes de que tuviera tiempo para gritar, su cabeza chocó contra algo firme y duro, y una nube negra invadió su cabeza, borrando la realidad.

Cuando recuperó la conciencia, pudo escuchar voces que venían de más arriba. Durante un momento, fueron sólo un ruido ininteligible, pero luego esos sonidos se convirtieron en palabras de nuevo y pudo comprender que Isis y Jassim estaban preguntándole si se encontraba bien.

—Estoy bien —se las arregló para decir, arrastrándose sobre sus manos y rodillas.

Volvió a darle otro ataque de tos cuando una nueva bocanada de aire negro se coló en sus hinchados pulmones, y sintió que sus escocidos ojos se le llenaban de lágrimas. Esperó a que se le pasara el ataque, y luego se limpió la cara con el dorso de la mano. Su cabeza aún le hacía chiribitas, pero el dolor de las piernas había disminuido hasta convertirse en un latido regular. Abrió los ojos.

Luego los cerró de nuevo al notar como le invadía la cabeza una claridad deslumbrante. «El golpe en la cabeza —pensó—. Me he debido de quedar ciego.» Luchando contra la ola de pánico que le invadió, recobró el ritmo normal de respiración y abrió una rendija los párpados. La luz dorada era aún insoportable, pero se obligó a mantener los ojos abiertos y, poco a poco, el fiero resplandor que llenaba su campo de visión se fue concretando en un objeto sólido.

Tenía la vista fija en el iris de un enorme ojo dorado.

Aún en cuclillas sobre sus manos y rodillas, se arrastró hacia atrás sobre la tierra para poder contemplar el resto del objeto. Al principio no se aclaró con todas esas líneas curvas y aristas angulosas, le parecían los rasgos confusos de un cuadro de Picasso. Pero cuando ajustó la perspectiva a su posición horizontal pudo ver la cara de Nabucodonosor contemplándole a través de un abismo de 2.500 años.

Murphy se arrastró aún más atrás hasta apoyar la espalda sobre el muro de tierra, y observó la cara del monarca. No tenía forma de saber lo fiel que había sido el artista al reproducir los rasgos del rey, pero, desde luego, la escultura gozaba de un realismo desasosegante. Los grandes ojos parecían taladrar a Murphy como un rayo láser, y una mueca imperativa parecía flotar en su enorme boca, como si estuviera diciendo: «¡Levántame, perro! Llevo ya demasiado tiempo tirado aquí en el barro».

No supo cuánto tiempo más se pasó allí agazapado, hipnotizado ante el poder de la mirada de un rey muerto hace miles de años, hasta que escuchó el golpeteo de botas acercándose hasta él y el sonido de voces de asombro y emoción. Luego, un par de fuertes manos le izaron del suelo y volvió a cerrar los ojos, agradecido por no tener que seguir mirando la cara del mal.

68

Shari tiró de la mano de Paul. Aún estaba débil después de pasar una larga temporada en el hospital.

—Eh —protestó él—, hace sólo unos días que me han quitado la escayola. Me vas a descoyuntar.

—Deja de lloriquear —respondió ella—. El doctor Keller dijo que necesitas un poco de mano dura. Demasiado cariño puede entorpecer tu recuperación. ¡Mira, allí está!

La había dejado arrastrarle hasta Washington para esperar en la pista en la que debía aterrizar el avión de carga contratado por la Fundación Pergaminos para la Libertad. Al tupido enjambre de cámaras y periodistas no le había llamado nadie, pero resultaba difícil mantener a la prensa alejada de la llegada de un artefacto tan espectacular.

Cuando el avión tocó tierra, Shari empezó a agitar la mano frenéticamente incluso antes de que Michael Murphy empezara a bajar por la escalerilla.

—¡Profesor Murphy!

Él se giró extrañado y luego se dirigió hacia allí con el semblante iluminado.

—No pasa nada, agente. Puede dejar pasar a esos dos. Se lo han ganado.

El guardia se apartó a un lado a regañadientes, y Murphy y Shari se abrazaron. Paul pudo sentir la comunicación sin palabras que fluía entre ellos.

Se separaron y Shari dijo:

—No puedo creer que lo lograra. No puedo creer que esté de verdad aquí, ¡en Estados Unidos!

Murphy sonrió.

—No ha sido nada fácil. Hemos tenido que convencer a mucha gente de que era lo mejor. No lo habría logrado sin la ayuda de mis amigos —añadió, señalando a una pequeña mujer pelirroja con cara de duende y a un elegante hombre de tez oscura y traje de color crema que charlaban animadamente con la tripulación—, que me han brindado el respaldo de la Fundación Pergaminos para la Libertad y la Universidad Americana de El Cairo. Ya me conoces. No se me da nada bien dorarle la píldora a los burócratas.

—¡Pero lo lograsteis! —repitió Shari.

—Incluso alguien nos ha echado una mano desde bambalinas, alguien muy especial que ya nos había ayudado muchísimo antes —dijo Murphy. Luego sacó un papel del bolsillo de su chaqueta—. Esperad a oír esto, chicos. Por trascendental que parezca hoy la llegada de la Cabeza Dorada, tenemos un motivo de celebración aún más importante. Esta carta me estaba esperando cuando subí al avión. Escuchad.

»Querido profesor Murphy:

»Muchas gracias por honrarme con su presencia en mi hogar y por permitirme ayudarle en su búsqueda; ahora sé que iba detrás de la Serpiente de Bronce, que ha terminado por conducirle hasta la Cabeza Dorada de Nabucodonosor. Me siento doblemente honrado por haber jugado un pequeño papel en los preparativos para su viaje hasta su hogar temporal bajo su custodia.

»Pero, sobre todo, quiero agradecerle el tiempo que se tomó para explicarme tan claramente la verdadera razón por la que el cristianismo es la única forma real de llegar hasta Dios.

»Después de que se fuera a la cama aquella noche, me quedé sentado a solas en mi habitación reflexionando sobre lo que me había contado acerca de la naturaleza de Dios. Por primera vez entendí que Jesucristo había muerto por mis pecados y por los del mundo. Luego, Él regresó de la tumba.

»Aquella noche le recibí con mi fe, como me había contado y le invité a entrar en mi vida.

»Si no vuelvo a verle en esta vida, no tengo duda de que le veré en la próxima, en el cielo.

»Suyo,

»Jeque Omar al Khalik

Shari estalló en una amplia sonrisa.

—Oh, profesor Murphy, tiene que sentirse tan bien sabiendo que ha ayudado al jeque en su búsqueda personal.

Murphy la abrazó y se dirigió de nuevo a Paul, agarrándole la mano.

—Eh, me alegro de verte. Tienes buen aspecto. Y tengo entendido que los chicos de Barrington te han concedido una nueva beca. Espero que eso te permita centrar tus estudios en algo que de verdad te haga ilusión y abandonar Empresariales.

—Sí, señor. Si no, Shari no me hubiese dejado aceptarla. Me ha ayudado mucho —dijo, sonrojándose. Shari le dio una fuerte palmada en las costillas.

—Trátale bien, Shari —dijo Murphy—. Aún es muy

joven. Tardará un tiempo en darse cuenta de que tiene que dejar las decisiones más importantes de su vida en manos de Dios y de una buena mujer, en ese orden.

Ella le apuntó con el dedo.

—¡Profesor Murphy!

La figura desfallecida del decano Fallworth surgió del hangar y se cruzó en el camino de Murphy. Antes de que pudiera reaccionar, Fallworth le cogió la mano y empezó a estrechársela con entusiasmo.

—Murphy, me alegro de tenerle de vuelta. La junta y yo estamos tremendamente orgullosos de lo que ha logrado para la universidad. Es un día para estar orgullosos en Preston, con uno de nuestros miembros más destacados en las noticias.

Una mirada avergonzada sustituyó por un instante sus ademanes de vendedor ambulante, y bajó la voz para que sólo Murphy pudiera escucharle.

—Espero que podamos olvidar nuestra pequeña confusión. Sacaron mis comentarios durante la entrevista televisiva completamente fuera de contexto, ya sabe. De hecho, estoy pensando en presentar una queja formal contra la BNN y contra esa horrible periodista. Ella, prácticamente, puso esas palabras en mi boca.

Murphy no sabía qué decir. Ya ajustaría cuentas con Fallworth a su debido momento. Ahora, simplemente, estaba aliviado por saber que su puesto en la universidad no peligraba. Cuando todo el barullo y la atención pública remitieran, podría regresar a su verdadero trabajo, tratar de inspirar a sus alumnos. Él sabía que esto es lo que Laura desearía que hiciera.

Echó a Fallworth una mirada para que entendiera que no se iba a poner a discutir en ese momento, pero que aun así no estaba perdonándole todo lo que había hecho.

—Ya hablaremos más tarde, decano.

Luego se deslizó a su lado, dejando a Fallworth plantado con la sonrisa congelada en la cara.

—Isis, Jassim. Quiero que conozcáis a un par de amigos y alumnos míos, Shari Nelson y Paul Wallach.

Jassim extendió la mano mientras Isis daba las últimas instrucciones a uno de los operarios para descargar la caja.

—El placer es mío —dijo él—. He escuchado muchas cosas buenas de ustedes. La Universidad de Preston tiene mucha suerte al poder contar con unos estudiantes de arqueología tan destacados, especialmente teniendo en cuenta las, digámoslo así, costumbres poco convencionales de su profesor —añadió, guiñándole el ojo a Murphy.

Isis se acercó a ellos.

—No hagáis caso a Jassim. Sólo está sacándole el máximo partido a ser el centro de atención. Piensa que quizá un preboste del Discovery Channel le vaya a dar así la oportunidad de grabar un documental sobre los secretos de las pirámides.

—¿Y por qué no? —dijo Jassim, tratando de parecer ofendido—. Creo que soy un excelente comunicador, y tengo el tipo de cara que le gusta a las cámaras. ¿Qué opina usted, señorita Nelson?

—Yo lo vería —dijo ella riendo—. Después de todo lo que han hecho para ayudar a Murphy a encontrar la Cabeza Dorada, es lo menos que podría hacer.

Murphy carraspeó.

—Hablando del rey de Roma... Vamos a empezar a descargar.

Llevó casi una hora bajar la caja del avión y colocarla en un enorme camión dispuesto para la ocasión. Ahora estaba allí arriba, en el centro del camión, como si de una enorme pieza de arte moderno se tratara.

Murphy dio la señal y los operarios, situados en intervalos regulares alrededor de la caja, tiraron de las cuerdas que sujetaban los cuatro paneles de madera. Éstos cayeron al suelo simultáneamente con un fuerte crujido. Un equipo de la FPP se apresuró a cortar las protecciones de plástico y tela que rodeaban la cabeza. Cuando se desprendió la última capa de algodón, Murphy se acercó al micrófono colocado junto a la pieza.

—Señoras y caballeros de todo el mundo, hay mucho que contar sobre este gran hallazgo, sobre cómo llegamos a descubrirlo, a saber de su existencia y a averiguar su verdadera significación. Todo eso tendrá que esperar a que lo hayamos depositado a salvo en su hogar temporal, la Fundación Pergaminos para la Libertad, que ha aportado, con generosidad, los fondos necesarios para que este gran artefacto sea estudiado inmediata y exhaustivamente. Quiero dar gracias a Dios por darnos fuerzas y guiarnos durante todo este proceso. Esperamos poder compartir pronto con todos ustedes sus secretos y maravillas. Gracias.

En ese momento de tremendo éxito profesional, Murphy se sintió triste de repente al pensar en Laura y en los guardias de la FPP, y en todos los horribles sucesos que habían hecho posible este extraordinario descubrimiento. Como si de un reflejo se tratara, sintió un escalofrío al recordar al hombre responsable de la mayor parte de este sufrimiento, Garra, que aún estaba libre y presumiblemente tan ansioso por poseer la Cabeza Dorada como lo había estado antes por conseguir la Serpiente de Bronce.

O incluso más, puesto que Murphy había arruinado sus planes para volver a reunir la Serpiente. Y si ese misterioso Garra albergaba un interés real por esos iconos debido al poder oscuro que muchos les otorgaban, empezaba a creer que, por movidas que hubieran sido las últimas semanas, por delante le esperaban días repletos de retos aún más complicados.

Con la ayuda y protección de Dios, estaría listo para afrontarlos.

69

Los esclavos tiraron al unísono de las cuerdas, estirando con todas sus fuerzas. Por fin, la enorme pieza de oro se desplomó hasta el suelo. El ídolo que tanto tormento había causado al rey y a su pueblo yacía ahora hecho pedazos entre remolinos de polvo. Su cabeza decapitada miraba acusadora al hombre que la había inspirado. El rey Nabucodonosor ordenó entonces que las piezas fueras desperdigadas y se las envió de vuelta a la ciudad a Dakkuri, el sacerdote jefe caldeo. El oro sería fundido y usado para fabricar vasijas sagradas, o al menos eso es lo que habían hecho creer al rey.

A Dakkuri no le cabía duda alguna de que el rey estaba loco. Durante siete años se había arrastrado por el sucio suelo, viviendo como una bestia entre las sombras de su propio palacio. La noticia de su locura se había extendido por las cuatro esquinas de su imperio, que pendía de un hilo mientras sus codiciosos vecinos conspiraban para conquistarlo. Y aun así, ahora que el rey parecía haber recobrado la cordura, ahora que volvía a pensar y a hablar como un hombre, Dakkuri tenía la sensación de que estaba más loco que nunca.

¿De qué otra forma explicar su decreto para que todos los ídolos fueran destruidos? Daniel y su Dios habían hechizado de alguna forma al rey.

Dakkuri se estremeció, y no sólo por la corriente de aire húmedo de su cámara. Si la idolatría había de terminar, ¿en quién confiaría el pueblo en los tiempos de peligro e incertidumbre, cuando cayeran sobre él peste y plagas, cuando murieran sus cosechas o los ríos inundaran sus campos? ¿De quién recibirían la fuerza para destruir a sus enemigos, para arrasar sus ciudades y esclavizar a sus hijos? ¿Quién les otorgaría el poder para dominar el mundo?

Y más en concreto, ¿de dónde obtendría Dakkuri su propio poder y prestigio? Cuando escrutaba el fuego sagrado, él, y sólo él, podía interpretar el baile de las llamas. Cuando Nergal, el fiero dios del infierno, se enfurecía, sólo Dakkuri podía descifrar sus designios. Si la ira de Nergal podía aplacarse sólo mediante sacrificios humanos, era Dakkuri el que debía elegir a las víctimas. Cuando los demonios entraban en la ciudad, sólo él podía decidir quién estaba poseído y quién no, quién debía ser lapidado y quién se salvaría. A veces, le gustaba decirse a sí mismo, el pueblo le temía más que a su cruel señor.

Y las recompensas estaban a la altura de su estatus. Mantos tejidos con hilo de oro que refulgían como el sol. Los platos más exóticos, los vinos más apreciados, siempre que los desease. Y, desde luego, podía elegir a cualquiera de las bailarinas del templo.

Pero en un mundo sin ídolos, todo eso se habría acabado.

Elevó su mirada. La luz de la lámpara vaciló reflejada en el muro de piedra desnudo. Y allí, reluciendo entre las sombras, estaba la Serpiente.

Él ya no recordaba cuál fue el impulso que le llevó a reunir las tres piezas para elevar la Serpiente al lugar que merecía entre las muchas deidades babilónicas. Pero al verla unida de nuevo sentía un poder oscuro recorrer su cuerpo, como una copa que se llenara hasta el borde de un vino fuerte. Su cabeza estaba repleta de luz; un fuego delicioso, irresistible, burbujeaba por sus venas. Se sentía como un gigante. Era capaz de cualquier cosa. Si le clavaran un cuchillo en el corazón, la hoja caería derretida por la energía que recorría su cuerpo. Era un dios.

Y desde aquel momento era el esclavo de la Serpiente.

Respirando profunda y lentamente, se concentró en la sinuosa figura de bronce que tenía frente a él. A media luz parecía enorme y su sombra reptaba por el muro como si estuviera viva. Abrió su mente y sintió como su voluntad escapaba como el agua a través de una cañería rota.

Cuando el éxtasis habitual invadió sus entrañas, sonrió con los labios fruncidos.

—Dime qué es lo que debo hacer —murmuró.

Hasta donde le importaba a Nabucodonosor, Dakkuri era digno de su confianza. Le había servido durante muchos años fielmente como un sacerdote emplazado junto al palacio del rey. Pero Dakkuri tenía un secreto. Se había convertido en un devoto seguidor del antiguo ángel de la luz que se había revelado contra el creador. Dakkuri, el caldeo, pertenecía y era un siervo del ángel caído, de Lucifer.

De pie en el sótano del templo, Dakkuri se dirigió a sus tres discípulos de mayor confianza. Las piezas rotas de la imagen de Nabucodonosor descansaban ahora junto a otros elementos de culto profano y sagrado, en la oscura e inaccesible zona de almacenamiento. La mayoría de estos objetos de valor incalculable habían sido robados por el ejército de Nabucodonosor durante el asalto a Jerusalén, muchos años atrás.

Dakkuri se dirigió a sus tres discípulos luciferinos con tranquilo arrobamiento. Los tres habían tenido que jurar que llevarían a cabo la misión que estaba a punto de encomendarles. Era un plan que cambiaría para siempre la historia de la humanidad.

—Compañeros al servicio de Lucifer, escuchadme. La Cabeza Dorada de Nabucodonosor debe ser escondida del mundo hasta el fin de los tiempos.

Dakkuri cogió la bellamente esculpida Serpiente Dorada, un símbolo muy apropiado, la verdad.

—He inscrito en esta Serpiente las palabras que conducen al sitio exacto en el que la cabeza de oro será enterrada.

Dakkuri colocó la Serpiente sobre el altar y la rompió en tres pedazos con un gran martillo. Luego entregó una pieza a cada uno de los discípulos.

—Cada uno de vosotros viajará a un área predeterminada y enterrará su porción de la Serpiente como se le ha ordenado. Cada pieza de la Serpiente será, por supuesto, inútil sin las otras dos.

Uno de los discípulos se puso en pie y preguntó.

—Maestro, ¿por qué debe permanecer escondida la Cabeza Dorada?

—El mundo no necesita por ahora la Cabeza Dorada. Pero llegará el día en el que el líder mundial precisará del poder luciferino que representa esta Cabeza Dorada. Esa época se encuentra aún en el futuro. Es la época a la que se refirió Daniel, el profeta, en su interpretación del sueño real...

Dakkuri hizo una pausa para reflexionar sobre las implicaciones de sus palabras.

—Es la época en la que Babilonia resurgirá por segunda vez y dominará el mundo.

70

Los siete se aposentaron en la cripta sumergida en las profundidades del castillo. El hombre llamado Garra se sentó frente a ellos. Lejos de sentir miedo alguno por no haber alcanzado sus objetivos, se mostraba molesto por tener que responder a sus preguntas.

—Murphy tuvo suerte. Le ayudaron los marines estadounidenses, y recuerden, me ordenaron no matarle y no herir a nadie más de su círculo.

—Sí —la voz británica se había erigido de nuevo en portavoz—. Ha supuesto una gran desilusión. Nunca sabremos ya qué poderes pudo haber tenido la Serpiente de Bronce. Es una lástima, pero, independientemente de cuáles fueran, no los necesitaremos para seguir adelante.

—Bueno, cumplió su propósito —replicó Garra bruscamente, mientras parecía concentrarse en el objeto con el que jugaba, acariciándolo con su afilado dedo, más que en la conversación—. Condujo a Murphy hasta vuestra preciada Cabeza Dorada.

—Desde luego. Le llevó hasta ella. A Murphy y no a ti. Ahora debemos ajustar nuestra estrategia. Tras su descubrimiento, el mundo entero sabe de la existencia de la Cabeza Dorada. Eso nos va a obligar a replantearnos nuestros planes con mucho cuidado. Pero la buena noticia, Garra, que es por lo que aún no han caído en desgracia, es que, con toda esta notoriedad, cuando nos hagamos con ella, y no dudes de que nos haremos con ella, será un símbolo aún más grande de poder y gloria.

Garra se puso en pie.

—Estupendo. Díganme entonces lo que he de hacer. Ustedes pueden quedarse con su poder y su gloria.

Se dio la vuelta para marcharse, meneando mientras se alejaba el objeto con el que había estado entretenido. Era una correa de cuero con una cruz colgando, una que estuvo una vez partida en tres pedazos pero que ahora estaba pegada de nuevo.

—A mí ahora me mueve un interés personal.

Agradecimientos

¡Ningún hombre es una isla! Y esa máxima también se cumple en el caso de los escritores. Si he de decir la verdad, nosotros recibimos la influencia de decenas de personas que nos ayudan a desarrollar nuestras habilidades y conocimientos para tener algo interesante y significativo que compartir con millones de potenciales lectores.

Yo quiero darle las gracias en particular a Joel Gotler, mi agente, que con su visión, fe y agenda me puso en contacto con Irwyn Applebaum, de Bantam, el editor más posibilista que haya conocido jamás. Muchas gracias también a mi ayudante de redacción, Bill Massey, por la enorme capacidad y experiencia profesional que volcó en este libro.

También le estoy agradecido a mi agente, por juntarme con Greg Dinallo, un estupendo escritor de ficción que captó mi visión para unir la acción más trepidante a una profecía a la par informativa y desafiante. Ha sido un placer colaborar con él.

Por último, me gustaría expresar mi profundo agradecimiento y cariño a David Minasian, mi ayudante personal en la labor de investigación, que comparte mi amor por la palabra de Dios y me ha ofrecido una ayuda inestimable a la hora de investigar y editar, sugiriéndome además material para incluir en este libro.

430